Dean Fuller   *Tod eines Kritikers*

Dean Fuller

Tod eines Kritikers

Roman

Aus dem Amerikanischen
von Inge Leipold

MALIK

Die Originalausgabe erschien 1996
unter dem Titel »Death of a Critic« im Verlag
Little, Brown & Company, Boston.

ISBN 3-89029-111-2

Satz: Uwe Steffen, München
Druck und Bindung: Ebner, Ulm
Printed in Germany

Für Loilly

Prolog

Die Erscheinung

IM Haut Languedoc überziehen die Aprilmorgen die hochgelegenen Weiden noch mit Frost. Außerhalb des Bergdorfes Le Pré bleiben die abschüssigen Felder des Steinmetzen Pierre Fournier im Halbdunkel erstarrt, bis die Sonne weit genug über den Pic de Nore aufsteigt und den Tau verdunstet, den Nebel und die Gespenster aus den Schluchten verjagt und die kleine Schäferin wärmt, die Fourniers Schafe bewacht.

An jenem Morgen Mitte April ist die zehnjährige Marie-Rose, eine Tochter Fourniers mit seiner ersten Frau, die bei der Geburt ihres zwölften Kindes starb, diese kleine Schäferin. Das Mädchen, dessen Brüder und Schwestern mitsamt Lieblingstante aus dem Dorf weggezogen sind, als ihr Vater wieder heiratete, hat jetzt nur noch zwei Freunde: den Schäferhund Vercingétorix und die Heilige Jungfrau Maria, die ihr vor zwei Wochen, am 5. April 1985, mittags erschien, gerade als die Glocke in der verfallenen Kapelle zum Angelus läutete.

Die ganz in Weiß gekleidete Jungfrau war in strahlendem Glanz erschienen, den Mond zu ihren Füßen und eine Sternenkrone auf dem Haupt. Und an der Stelle, an der sie ihr erschienen war – in einer Senke einen Steinwurf von dem Platz entfernt, wo Marie-Rose gestanden und die Schafe gehütet hatte –, sprudelte eine Quelle hervor, die jetzt pro Minute fünfzig Liter reines Bergwasser liefert.

Nie hätte Marie-Rose gewagt, ihrem Vater und ihrer Stiefmutter von dem Wunder zu berichten, wäre nicht dieser Quell gewesen. Die hätten sie nur geschlagen, weil sie sich eine derartige Geschichte ausgedacht hatte und weil sie während der Arbeit Tagträumen nachgehangen hatte. Aber Marie-Rose wußte, ihr Vater war ein praktischer, wenn auch nicht sonderlich religiöser Mensch. Die Quelle lieferte mehr Trinkwasser als sein alter Brunnen. Zudem hatte es für ihn, abgesehen von gelegentlichen Reparaturen an Mauern und Grundmauern um das Dorf herum, fast ein Jahr lang keinerlei Aufträge für Steinmetzarbeiten gegeben. Es überraschte daher Marie-Rose nicht weiter, als ihr Vater mit ungewöhnlicher Demut und Frömmigkeit an Père Labatt, den für die heruntergekommene alte Kapelle zuständigen Priester, herantrat, ihm das Wunder schilderte und die Worte wiederholte, die die Jungfrau zu seiner Tochter gesprochen hatte: Die Leute von Le Pré müßten Buße tun, den Rosenkranz beten und eine neue Kirche aus Stein errichten.

1. TEIL

Die Premiere

I

Gus

IN jenem Jahr hielt ein aufreizend launischer September Einzug in Paris. An dem einen Tag zogen drohende Wolken am Himmel über der Stadt auf, am nächsten strahlte er in reinstem Wohlwollen. Die Seine verfärbte sich abwechselnd hell und dunkel. Schulkinder in ungewohnter neuer Kleidung, noch sonnengebräunt und vom angsteinflößenden Geruch nach Kreide und Bucheinbänden, vom eintönigen Summen der Gelehrsamkeit und den flackernden grünen Monitoren der Computer gequält, die auf eine ewige Wiederholung der Ionisationsgleichung programmiert waren, starrten aus den Fenstern des Gymnasiums in die letzten Strahlen der goldenen Sommersonne, die verblaßten, nur um dann wiederaufzublitzen. Aufreibend war das. Der Septemberanfang wußte selber nicht so recht, was er wollte.

Monsieur Auguste Pezon-Schwartz schenkte dieser Unschlüssigkeit des Wetters nur wenig Beachtung. Dic crstcn drei Tage des Monats hatte er nicht geschlafen, sondern im Théâtre Bakoledis in der Rue de Caumartin verbracht. Mit seinen fünfzig Jahren war Auguste Pezon-Schwartz, von seinen Kollegen »Gus« genannt, Produzent und Regisseur einer Neuinszenierung der *Eurydice* von Jean Anouilh. Acht Wochen hatten die Proben gedauert, und in dieser Zeit hatte Gus kaum bemerkt, was für ein Wetter war. Er hatte einen Schauspieler ersetzen müssen: seine Eurydice und sein Orpheus hatten eine Affäre miteinander gehabt. Das zu spät gelieferte Bühnenbild war einfach im Theater abgeladen worden und mußte infolge einer falschen Berechnung der Bühnenwerkstatt am 1. September mitten in der Nacht aufgebaut werden. Weshalb Gus doppelte Überstunden hatte bezahlen müssen, da auch noch Sonntag war. Am Montag, dem 2., waren den ganzen Tag über und die Nacht hindurch die Scheinwerfer installiert und richtig eingestellt worden. Der technische Probedurchlauf, bei dem die volle Besetzung jeweils zu ihren Stichworten erscheinen mußte, hatte den ganzen Dienstag in Anspruch genommen; auf ihn war, nach einer Stunde Pause, um zu Abend zu essen, die Kostümprobe gefolgt, ein gefühlsgeladenes, anstrengendes Unternehmen mit einer Flut von Vorwürfen und Tränen; sie hatte bis drei Uhr am Mittwochmorgen gedauert.

Bis zu dem Zeitpunkt wäre es Gus völlig gleichgültig gewesen, ob es geschneit oder Negerküsse geregnet hätte. Am Mittwoch, dem 4. September jedoch, war Premiere. Als er mittags aufwachte, blinzelte er durch sein Schlafzimmerfenster hinaus, um zu sehen, wie das Wetter war. Dann schaltete er den Fernseher ein: klar bis zeitweise bewölkt, erklärte das Mädchen in Aquamarinblau. Wind aus westlicher bis soundso Richtung, Temperatur soundsoviel Grad. Wieder ein schöner Tag, irgendwo zwischen Sommer und Herbst. Normalerweise brachte Gus schönes Wetter mit schlecht besuchten Nachmittagsvorstellungen in Verbindung. Aber für einen Premierenabend nahm er mit dem vorlieb, was ihm geboten wurde.

Bedächtig rollte er seinen massigen Körper aus dem Bett und tapste nackt zum Badezimmer; wie er so X-beinig stelzend und mit leicht nach innen gerichteten Füßen dahinschlurfte, entbehrte überraschenderweise nicht einer gewissen Anmut, wenn man bedachte, was für ein beleibtes Mannsbild er war. Tatsächlich ließen sich an seinem Gang Nachwirkungen der Schritte feststellen, die er vor dreißig Jahren Revuegirls und Stripperinnen beigebracht hatte, als er für seinen Onkel in Toulouse gearbeitet hatte.

Gus trat ins Badezimmer, wo sich neben der Toilette ein Telephon befand. Er setzte sich hin, pißte und rief gleichzeitig im Vorverkaufsbüro an.

Heute abend war das Haus ausverkauft. Die Karten für die Ehrengäste und Kritiker waren – bis auf die von de la Pageries Begleiterin, deren Karte noch im Kartenbüro lag – abgeholt worden. Gus wies den Leiter des Büros an, dem Inspizienten Jérôme auszurichten, er solle das Signallicht Nummer achtzig zweimal aufleuchten lassen, ehe er das Theater aufschloß.

Er legte auf, duschte und wusch sich das dichte, wellige Haar, das mit der Zeit eine vornehm wirkende Chromfärbung angenommen hatte. Noch tropfnaß, trippelte er aus der Dusche, schlang ein riesiges Badetuch – eine Erinnerung an die Inszenierung des *Besuchs der alten Dame* in Saint-Jean-de-Luz – um seine Speckwülste und spähte in den länglichen Spiegel, der über dem doppelten Waschbecken hing und von Wasserdampf beschlagen war. Er nahm den Fön und richtete den heißen Luftstrahl auf das Glas. Als der Dampf verdunstete, wurde allmählich seine Gestalt im Spiegel sichtbar.

»Auftritt Gussy«, murmelte er, als sein rundes, glattwangiges, fettes Babygesicht auftauchte. Sein Körper hatte sich zwar im Lauf der Jahre verändert, nicht jedoch sein Gesicht. Immer noch hatte er das gleiche dicke Kindergesicht, mit dem er im Alter von acht Jahren ins Internat gekommen war, wo er ins Bett genäßt hatte und als einziges Kind nicht in Ferien gefahren war.

Es war das gleiche Gesicht, das seine Mutter zu seiner Bar-Mizwa mit Küssen bedeckt hatte, ehe sie für immer mit einem berufsmäßigen Gesellschaftstänzer das Weite gesucht hatte; das gleiche pausbäckige, fette Kindergesicht, das ihn mit achtzehn vor der Armee und Dien Bien Phu bewahrt hatte, als sein Onkel (der ihn brauchte, um mit den Girls in Toulouse zu trainieren) der Einberufungsstelle geschrieben hatte, Gus habe Plattfüße und sei so etwas wie sexuell abartig. Sein Onkel hatte ihm das Leben gerettet, ihm den Sprung ins Berufsleben ermöglicht und ihn gegen seinen erbittert männlichen Vater, einen Rechtsanwalt, verteidigt, der die Ansicht vertreten hatte, was dem Jungen auch fehle, eine gewisse Zeit in der Fremdenlegion würde ihn davon kurieren.

Gus musterte sein Gesicht. Warum konnte er nicht das Gesicht von Samuel Beckett oder Charles Aznavour haben statt dieses vanillepuddingähnlichen, nichtssagenden Kloßes? Wo waren die wundervollen Charakterfalten? Gus verdiente Charakterfalten. Er hatte sein Lehrgeld gezahlt, war Bühnenarbeiter, Requisiteur, Beleuchter, Bühnenmaler, Schauspieler, Stückeschreiber, Choreograph, Leiter des Kartenbüros, Inspizient, Regieassistent, Regisseur, Assistent des Intendanten, Intendant gewesen und jetzt Intendant und Regisseur in einer Person. Und wo war das Gesicht dazu? Warum konnte er nicht zumindest das Gesicht von Orson Welles haben? Den Körper, den hatte er, weiß Gott. Sogar die Stimme. Die tiefe, wohlklingende Stimme, die für einen Regisseur so wichtig ist, wenn er um drei Uhr morgens ganz hinten in einem dunklen, kalten Theater sitzt, den Mantel über die Schultern drapiert, sich schließlich räuspert und die acht Wochen Probenzeit mit einem feierlichen, sonoren: »Ich danke Ihnen, meine Damen und Herren. Wir sehen uns eine halbe Stunde vor Beginn der Vorstellung, um neunzehn Uhr dreißig«, beendet.

Das einen Block von dem älteren Théâtre Caumartin entfernte Théâtre Bakoledis war ursprünglich als Musicaltheater gedacht gewesen. Als jedoch irgendwann in den Fünfzigern Paris zum Friedhof für Musicals geworden war, wurden der Orchestergraben abgedeckt und vier zusätzliche Sitzreihen eingebaut; damit war das Bakoledis zu einem ganz normalen Theater geworden. Da es relativ klein war, wurde es von freien Theatertruppen, für kurze Wiederaufnahmen und von Pantomimengruppen gemietet. Gus hatte einen unbegrenzten Pachtvertrag für das Haus, mußte jedoch jeweils für zwei Wochen eine Dreiviertelnutzung garantieren.

Das Theater hatte bessere Tage gesehen, daher hatte man es für die Premiere außen mit einem perlgrauen Anstrich versehen. Eine Markise gab es nicht, aber zu beiden Seiten des Eingangs waren neue beleuchtete und verglaste Plakate angebracht worden. Der Beginn war auf zwanzig Uhr angesetzt.

Um Viertel nach sieben stand Gus in Abendkleidung auf der gegenüberliegenden Straßenseite und beobachtete, wie die ersten Besucher aus dem stillen blauen Septemberdunkel der Rue Caumartin in die warme Bernsteinfarbe des Theatervorraums schlenderten. Von seinem Beobachtungsposten aus konnte er ohne weiteres die Plakate lesen:

Auguste Pezon-Schwartz
präsentiert
* EURYDICE *
von
Jean Anouilh

mit
Julie Aubry
und
Marc Durand

Ausstattung
Pierre-Yves Gastin

Regie
Monsieur Pezon-Schwartz

Dieses Rituals wurde Gus nie überdrüssig. Er liebte Theater: das Äußere, das Innere, die Zuschauerräume, die Vestibüle, die Kulissen, die Schnürböden, die Unterwelt des Theaters. Er liebte die schmalen Gassen, die zu den Bühneneingängen führten und in denen ramponierte Plakate und Programmzettel hingen. Der von seinem Onkel ererbte Traum Gus' war es, eines Tages sein eigenes Theater zu besitzen. Théâtre Auguste.

Um zehn nach halb ging er hinter die Bühne und vergewisserte sich, ob die Geschenke und Blumen für die Hauptdarsteller und die kleinen Aufmerksamkeiten für die Nebendarsteller, die Bühnenarbeiter und den Portier sowie die Flasche Courvoisier für den Feuerwehrmann da waren.

Um neunzehn Uhr fünfzig versammelte er die ganze Truppe auf der Bühne, erklärte, sie seien die begabteste, professionellste Schauspielergruppe, mit der er in seiner gesamten Laufbahn zusammenzuarbeiten die Ehre gehabt hätte. Dann schlüpfte er durch die Tür, die in die Proszeniumsloge links unterhalb der Bühne führte, trat in den Zuschauerraum und gesellte sich zu seinem Bühnenbildner Pierre-Yves, der hinten im Theater auf ihn wartete. Das Haus war praktisch bis auf den letzten Platz besetzt. Der hübsche junge Bühnenbildner, der ein altes Smokingjackett, jedoch keine Krawatte trug, lächelte schwach. Die beiden Männer flüsterten einander die rituelle Formel für »Viel Glück« zu, die im französischen Theater kürzer ist als der hinter englischen und amerikanischen Bühnen übliche Satz: »Scheiße«, sagten sie und umarmten einander.

Um neunzehn Uhr fünfundfünfzig bahnte der Betriebsdirektor sich seinen Weg durch eine Schlange Spätankömmlinge und erklärte Gus, alle Kritiker außer de la Pagerie säßen auf ihren Plätzen. Gus schlenderte zum rechten Mittelflügel, starrte nach vorne und stellte fest, Sitz 101, der Außensitz in Reihe E, sowie der Platz 102 daneben waren leer.

Virgile de la Pagerie oder »Delap«, wie er von Insidern genannt wurde, war der Kritiker der Wochenzeitung *La Revue*

Endimanchée, der wohl meistgehaßte wie auch einflußreichste und am häufigsten gelesene Kritiker in Paris. »Wir warten auf ihn«, entschied Gus.

Um neunzehn Uhr achtundfünfzig, als nahezu alle Gäste Platz genommen hatten, schritt eine hinreißende junge Frau in schwarzseidenem Minifutteralkleid, schwarzen Leggings und schwarzen Pumps mit paillettenbesetzten Schnallen durch den Mittelgang und setzte sich auf Platz 102 in Reihe E. Zuerst glaubte Gus, sie sei vielleicht die Tänzerin Sylvie Guillem. Doch die Guillem war gerade im Ausland. Er wußte nicht, wer das Mädchen war. Allerdings zog er aus ihrer Haltung, ihrer Art zu gehen und ihren erstaunlichen Beinen den Schluß, es müsse sich wohl um eine von Delaps neuesten Balletteroberungen handeln.

Die Zeiger der Uhr rückten auf Acht und weiter. Noch immer ließ Gus den Vorhang nicht hochziehen. Das Publikum wurde unruhig. Aus dem Rang ertönten vereinzelt Pfiffe. Schließlich wandte Gus sich, um zwanzig Uhr acht, zum Betriebsdirektor und erklärte: »Scheiß auf ihn! Sag Jérôme, er soll die Türen schließen.«

Kaum eine Sekunde später erschien die vertraute Gestalt Virgile de la Pageries, groß und schlank, oben im Mittelgang; die kupferfarbene Haut und das dunkle rötliche Haar und Barthaar des aus Martinique gebürtigen Kritikers hoben sich im Schein der langsam verlöschenden Lichter im Theater deutlich von dem schimmernd weißen Leinenanzug und der eleganten Umhängetasche aus Schafsleder ab. Lässig winkte er Gus und Pierre-Yves zu und schritt rasch durch den Gang zu seinem Platz neben der jungen Frau. Die Lichter gingen aus.

In der Dunkelheit ertönten Akkordeonklänge. Das leise Raunen im Zuschauerraum verstummte, und der Vorhang hob sich über Pierre-Yves Gastins bezaubernder Szenerie eines Bahnhofsbuffets in der Provinz.

Aus dem Publikum ertönte ein kollektiver Seufzer, als es diesen ersten Blick in die Zauberwelt von Anouilhs kleinem Meisterwerk tat. Applaus.

Auf der Bühne zog der Vater einen Schlußstrich unter seine Berechnungen auf der Rückseite einer Serviette und wandte sich zu Orphée. Doch noch ehe er den Mund aufmachen konnte, um seinen ersten Satz zu sagen, geriet das Publikum in den vorderen Reihen in Bewegung. Ein Theaterbesucher in der vierten oder fünften Reihe stand hochaufgerichtet da; seine Umrisse zeichneten sich vor dem Bühnenbild ab. Er trat in den Mittelgang und kniete sich hin.

Gus, der hinten neben Pierre-Yves stand und mit Argusaugen auf alles achtete, was seine Premiere stören könnte, zögerte nur einen Augenblick, ehe er den Gang hinunterlief. Er war noch keine fünf Schritte weit gekommen, als der Theaterbesucher vor ihm sich umwandte und rief: »Einen Arzt! Holt einen Arzt!«

Nach weiteren zehn Schritten hatte Gus den Besucher erreicht und sah, daß die Gestalt im weißen Anzug, die zusammengebrochen war, de la Pagerie war. Der Theaterbesucher hatte den Kopf des zu Boden gesunkenen Mannes angehoben und wollte gerade eine Mund-zu-Mund-Beatmung beginnen.

Gus ließ sich auf die Knie fallen. »Ich danke Ihnen, Monsieur«, sagte er. »Nehmen Sie bitte wieder Platz.«

»Er ist einfach vornübergekippt«, erklärte der Besucher. »Hatte wohl einen Herzanfall!« Auf der Bühne rührte sich nichts mehr.

»Gleich kommt ein Arzt«, verkündete Gus und machte sich an der Krawatte des Opfers zu schaffen. Ein paar Augenblicke später erschienen der Betriebsdirektor und der Theaterarzt. Der Vorhang fiel, und die Lichter gingen an.

Die Leute reckten die Hälse. Im Publikum, das nicht wußte, was da vorging, und verärgert war, begann es zu rumoren.

In dem Augenblick tauchten Rettungssanitäter in blauen Kitteln auf. Nach einem kurzen Versuch, das Opfer wiederzubeleben, legten sie es auf eine Trage, schoben, während sie es durch den Gang hinaufrollten, einen Jackettärmel zurück und legten ihm eine Infusion an. Gus, der mit aschfahlem Gesicht die Schultertasche des Opfers trug, ging neben der Trage bis zum Krankenwagen mit.

In der Zwischenzeit war der Betriebsdirektor auf die Bühne und vor den Vorhang getreten. Er verkündete, ein Besucher habe einen Herzanfall erlitten; die Vorstellung würde jedoch gleich weitergehen.

Ein paar Minuten lang wurde von einem Tonband Poulencs *Sonate für zwei Klaviere* gespielt, um das Publikum abzulenken. In der Zeit stand die junge Frau von Sitz 102 auf und ging.

Die Musik hörte auf, die Lichter verlöschten langsam, erneut war das Akkordeon zu vernehmen, und die Vorstellung begann von vorne.

Trotz einiger stümperhafter Patzer ganz zu Beginn, zweifelsohne eine Folge der Unterbrechung, reagierte das Publikum mehr als begeistert auf den ersten Akt. In der Pause hieß es dann schon, Gus habe einen Treffer gelandet.

2

Hôpital Saint-Lazare

BEI seiner Einlieferung in die Klinik wurde Virgile de la Pagerie für tot erklärt. Die Rettungsmannschaft hatte alles getan, was in ihrer Macht gestanden hatte: künstliche Beatmung, Ringer-Laktat-Infusion, doppelt kohlensaures Natron. Der medizinisch-technische Assistent hatte es bereits mit einer Herzlungen-massage versucht – ohne Erfolg. Man rief den amtlichen Leichenbeschauer von Paris. Er untersuchte das Opfer sorgfältig. Schnüffelte an ihm; überprüfte, ob alles vorschriftsmäßig erledigt worden war. Schließlich stimmte er der Diagnose Herzstillstand zu.

Vorschriftsgemäß wurde eine Liste mit der Beschreibung der Kleidung und der persönlichen Habseligkeiten des Opfers angefertigt. Der weiße Leinenanzug ohne Taschen, außer einer Brusttasche im Jackett, in der ein zum Hemd passendes Taschentuch steckte, war von Delors & Fils maßgeschneidert worden. Das rosafarbene Hemd und Taschentuch stammten aus dem Herrenwäschegeschäft T. Barton in der Rue Saint-Honoré. Die Ledersandalen, die er ohne Socken getragen hatte, waren von I. Castiglione in Rom. Die persönlichen Dinge, die sich in einer Umhängetasche aus Schafsleder befanden, umfaßten: einen linierten, in einen acht mal dreizehn Zentimeter großen Manuskripthalter geklemmten Notizblock, zwei Mont-Blanc-Kugelschreiber, ein Taschenwörterbuch, ein Minitonbandgerät, einen Kamm, eine kleine Tube Schnurrbartwachs, eine Pinzette, eine Halbbrille, ein Adreßbuch, eine Brieftasche mit Kreditkarten und 1002 Francs in bar, Schlüssel an einem Ring aus Sterlingsilber, an dem eine Kamee mit weiblichem Profil befestigt war, ein Päckchen Pfefferminzpastillen; in einem mit goldenen Schmetterlingen verzierten Zigarettenetui aus Perlmutt von Lalique befanden sich drei Kondome. Dies alles sowie die Unterwäsche, das Hemd, die Krawatte, das Jackett, die Hose und die Uhr des Opfers wurden bis zur Abholung durch die nächsten Anverwandten hinter Schloß und Riegel verwahrt. Die Leiche wurde in die Leichenhalle der Klinik gebracht.

Der Leichenbeschauer gestattete dem Krankenhaus, eine Verlautbarung des Inhalts zu veröffentlichen, Virgile de la Pagerie, freiberuflicher Kritiker für *La Revue Endimanchée,* sei am Mittwochabend, dem 4. September 1985, gegen 20.10 Uhr offenbar einem Herzanfall erlegen.

Angesichts des nicht gerade hohen Alters und der guten körperlichen Verfassung des Opfers und durch einen schwachen Geruch nach Mandeln neugierig gemacht, den er um die Wangen und am Hals des Opfers wahrgenommen hatte, ging der Leichenbeschauer jedoch ins Büro der Klinik hinauf, telephonierte mit dem gerichtsmedizinischen Institut am Quai de la Rapée und ordnete für zehn Uhr morgens eine Autopsie an.

Narcisse

Die nächtliche Premierenfeier für das Ensemble von *Eurydice* fand in einem beliebten Theatercafé in der Avenue Mogador statt. Mit rotem Leder gepolsterte Bänke zogen sich an beiden Längswänden des großen, rechteckigen Raums entlang; in der

Mitte standen weißgedeckte Tische. Anders als in den meisten Theaterrestaurants der wichtigsten Weltstädte waren die Wände des Narcisse jedoch nicht mit gerahmten Photographien oder Karikaturen berühmter Schauspieler bedeckt; vielmehr hingen dort exakt ausgerichtete Spiegel, so daß man, wo auch immer man sich befand, sich selber sah. Die Decke war ähnlich verziert, nur hing dort zusätzlich eine Reihe kleiner Kristalleuchter.

Laut einem ungeschriebenen Gesetz stand der beliebteste Tisch bei Narcisse vor der ersten Bank auf der linken Seite, wenn man vom Vorraum in das Restaurant trat, der nächstgefragte war der erste auf der rechten Seite und so weiter. Die Tische in der Mitte waren akzeptabel. Der Tisch ganz hinten jedoch war Dieppe, und der erste Stock war Ho-Chi-Minh-Stadt. Heute abend spielte diese engstirnige Regelung jedoch keine Rolle, denn Gus hatte das gesamte Restaurant für seine Schauspieler, die Belegschaft sowie die Gönner und Freunde des Theaters reserviert.

Die Kritiken kamen kurz nach elf herein, und das Lob für die Aufführung als solche, die Inszenierung, die Besetzung im allgemeinen und die junge Schauspielerin Julie Aubry im besonderen war einhellig; die Darstellung der Eurydice durch letztere wurde abwechselnd als brillant, herausragend oder überzeugend beschrieben.

Keiner brauchte zu erwähnen, daß es nie zu solch übereinstimmenden Kritiken gekommen wäre, wenn de la Pagerie dabeigewesen wäre. Ein für Kunst und Unterhaltung zuständiger Fernsehkommentator auf Antenne 2 deutete sogar an, Pezon-Schwartz sei ein kalkuliertes Risiko eingegangen, als er *Eurydice* auf den Spielplan gesetzt hatte, ein Stück, das 1952 von einem Autor geschrieben worden war, für den Delap nie übermäßige Begeisterung gezeigt hatte. Anläßlich einer früheren Inszenierung in den siebziger Jahren hatte der Kritiker geschrieben: »*Eurydice* (oder ›Die Legende der Liebenden‹, wie man sie im Ausland nennt) ist die überladene Phantasterei eines zweitrangigen Stückeschreibers, die häufig in süßliche Sentimentalität verfällt und in einem Stil geschrieben ist, den man als neogymnasial bezeichnen könnte.«

Die Erinnerung an Delaps gehässige Feder schaffte es jedoch nicht, die gehobene Stimmung der Gesellschaft zu dämpfen. Ganz im Gegenteil, ihre ursprüngliche Ungläubigkeit beim Lesen der Kritiken schlug jetzt in Euphorie um.

Gus allerdings blieb kaum eine Stunde bei der Feier. Als um Mitternacht die Nachricht von Delaps Tod eintraf, schien er zutiefst erschüttert. Er murmelte eine Entschuldigung und ließ sich von Pierre-Yves nach Hause fahren. Dieser kehrte später zurück und berichtete dem Inspizienten Jérôme, Gus sei überzeugt, der Erfolg von *Eurydice* beruhe nur auf der Nichtanwesenheit des Kritikers.

Für die übrige Theatergemeinschaft in Paris war die Neuigkeit von Virgile de la Pageries Tod Anlaß zu allgemeiner Freude. Nicht einem Schauspieler, der ein Engagement hatte, oder, was das anbetraf, nicht einem Platzanweiser, Theaterkonzessionär oder auch nur einer einzigen Putzfrau, die in einem Theater arbeitete, war nicht irgendwann einmal durch eine vernichtende Kritik de la Pageries das Brot vorm Mund weggeschnappt worden. Die Tatsache, daß ein einziger Kritiker, der noch dazu für eine Wochenzeitschrift schrieb, die Macht über Leben und Tod in den Theatern einer Stadt mit einer solch breiten Meinungsvielfalt in kulturellen Dingen, in einem Land mit einer so reichen Theatergeschichte zu besitzen schien, war etwas, das offenbar nur die Opfer des Kritikers debattierten. Es war ein Thema, zu dem die Académie sich ausschwieg; sie ließ lediglich verlauten, Zeitungskritiker als solche seien ein zweitrangiges, häufig rachsüchtiges Element des Medienreichs und fielen nicht in die Zuständigkeit gelehrter Untersuchungen.

Als es folglich am Donnerstag, dem 5. September (windig, tagsüber bisweilen schauerartige Regenfälle), dämmerte, versammelten sich etliche Glückselige, von denen einige die Nachrichten im Fernsehen oder von jemand anderem gehört hatten, der sie wiederum von einem anderen hatte, und die alle die ganze Nacht durch aufgewesen waren und es noch immer nicht fassen konnten, zu kleinen Gruppen, die voller Vorfreude an den Zeitungskiosken im Sechsten, Siebten und Neunten Arrondissement auf die Frühausgabe von *Le Matin* warteten. Als sie eintraf, als sie es mit eigenen Augen auf Seite 1 sahen, häuften sich auf den Straßen und Gehsteigen einzelne Seiten, die mit Freudenschreien in die Luft geschleudert und von dem auffrischenden Westwind, der jetzt vom Ärmelkanal her wehte, weggetragen wurden, wie kriegerische Drachen die Avenuen hinaufsegelten, Loops und Immelmanns vollführten, sich an Laternenpfählen und Verkehrsampeln verfingen und von dem bizarren Gitterwerk um den Invalidendom aufgespießt wurden.

Einige der Feiernden versuchten ihren Freudentaumel bis mittags durchzuhalten. Die meisten gingen jedoch nach Hause und legten sich schlafen. Jedenfalls wußte keiner von ihnen, was als nächstes geschah, da es nicht umgehend veröffentlicht wurde.

Um neun Uhr vormittags ging im Büro von Richter Jean-Paul Ariel Céstac, Frankreichs Oberstem Terroristenfahnder, ein anonymer Telephonanruf ein. Mit der tonlosen Stimme einer roboterhaften künstlichen Intelligenz sprach der Anrufer folgende Worte: »Der Front Patriotique hat Virgile Philadelphie, den Mulattenbastard aus Martinique, wegen Blasphemie und Verbrechen gegen die Republik hingerichtet. Lang lebe Frankreich. Frankreich den Franzosen.«

Die Tatsache, daß man im Büro des Richters und nicht bei der Nachrichtenagentur Agence France Presse oder bei einer Zeitung angerufen hatte, wurde später als äußerst arrogant oder aber ungeheuer dumm betrachtet, da Anrufe im Büro des Obersten Terroristenfahnders bekanntlich alle auf Tonband aufgezeichnet wurden.

Allerdings zog diese morgendliche Nachricht nicht sogleich die Aufmerksamkeit des Richters auf sich, sondern erst, als

Antenne 2 die Mittagssendung für eine Sondermeldung unterbrach: ein im Anschluß an eine Autopsie vom Pariser Leichenbeschauer herausgegebenes Bulletin verkündete, der Kritiker Virgile de la Pagerie sei an einer Natriumzyanidvergiftung gestorben.

3

Alex

SECHSHUNDERT Kilometer weiter südlich öffnete die Frau des Besitzers des am Canal bei der Ausweitung zum Grand Bassin in Castelnaudary gelegenen Restaurants das Fenster der Speisekammer, stützte die Ellbogen aufs Fensterbrett und lauschte der betörenden Melodie, die von der darunter vertäuten kleinen Motorjacht heraufwehte. Ein ungeheuer großer, schlanker Mann mit Haaren und einem Bart von der Farbe der Ringelblumen saß auf der einen Seite des Cockpits der kleinen Jacht; die Füße hatte er auf die andere Seite gestützt. Auf seiner Tuba spielte er eine leise, zarte Melodie, eine Weise, so wehmütig wie der Klang der Morgenbrise, die das Marschgras entlang der Bucht liebkoste. Sie lauschte der ansteigenden und wieder abfallenden Melodie und gab sich dem verträumten Gedanken hin, er spiele nur für sie.

Mittags hatte sie ihm im Speisesaal das Essen serviert. Er hatte sich für die Bohnen mit Speck, einen grünen Salat und einen halben Liter roten Corbières entschieden. Als er bestellte, hatte er sie gefragt, wie sie heiße. Sie war überrascht gewesen. Noch nie hatte ein Gast sich die Mühe gemacht, sie nach ihrem Namen zu fragen.

»Thérèse«, hatte sie, überwältigt von Schüchternheit, gesagt.

»Alex«, hatte er entgegnet und ihr die Hand geschüttelt. »Sind Sie aus der Gegend hier?«

»Nein, Monsieur. Eigentlich komme ich aus Mazamet, im Haut Languedoc.« Sie atmete tief durch und versuchte, dies beiläufig klingen zu lassen. »Hm ... Monsieur machen hier Urlaub?«

»Ja.«

»Ganz allein also?«

»Nein. Heute abend erwarte ich meine Mannschaft. Morgen brechen wir dann auf.« Er hatte ihr erzählt, er sei Polizist, ein Chefinspektor oder so was in Paris. Hoffentlich, so hatte er hinzugefügt, sei es ihr nicht unangenehm, daß er seinem Büro die Nummer des Münztelephons im Restaurant hinterlassen hatte, für den Fall, daß man ihn erreichen mußte. Sie hatte erklärt, das sei durchaus nicht lästig. Und damit war die Unterhaltung zu Ende gewesen.

Noch nie hatte sie jemand die Tuba so sanft spielen hören. Das Orchester von Mazamet, ihrem Geburtsort, tönte Ump-ta für die Polkas, Ump-ta-da für die Jadas und UMP-ump-UMP-ump am 14. Juli, wenn die Kapelle von Mazamet sich in die Militärkapelle von Mazamet verwandelte. Darüber hinaus waren die meisten Tubaspieler klein und dick und von rotgesichtiger Selbstgefälligkeit, wenn sie sich anstrengten, Luft in den großen runden Trichter des Mundstücks zu blasen. Ganz anders der Mann hier, in dessen Umarmung die Tuba wie eine Geliebte zu seufzen schien.

Sie spürte, wie ihr das Blut ins Gesicht stieg. Dummes Weib, dachte sie, was weißt denn du von solchen Dingen? Augenblicklich schämte sie sich. Sie schloß das Fenster und wandte der Bucht den Rücken zu. Auch wenn deine Heirat arrangiert wurde und dein Ehemann doppelt so alt ist wie du, brauchst du dich deswegen noch lange nicht zu beklagen. Dein Mann ist gut zu dir. Er verlangt nichts weiter, als daß du ihm nachts den Rücken wärmst, die Bücher führst und im Restaurant bedienst. Trotzdem wandte sie sich, nach dieser an sich selbst gerichteten Strafpredigt, wieder um, starrte erneut auf die kleine Jacht hinunter und lauschte. Da läutete unten das Telephon. Das war ihre Strafe: Der Gemüsehändler wollte sein Geld.

Sie hastete hinunter und nahm den Hörer ab. Der Anruf war für Monsieur Grismolet.

»Monsieur wer?«

»Chefinspektor Grismolet. Er befindet sich auf der Mietjacht ›Sirocco‹.«

»Ach so! Augenblick bitte!« Sie zog ihre Schürze glatt, strich sich die Haare hinter die Ohren und rannte hinaus auf die Mole. »Monsieur Alex! Monsieur! Telephon!«

Alex legte seine Tuba hin und kletterte ans Ufer. »Danke, Thérèse.«

»Gern geschehen, Monsieur.« Sie blieb auf dem Kai stehen und beobachtete, leicht errötend, wie er ins Restaurant hastete.

In der dunklen Diele angelte Alex sich den herunterbaumelnden Hörer. »Hallo. Grismolet.«

»Sûreté«, erklärte die Stimme am anderen Ende der Leitung. »Hier ist Inspektorenanwärter Biramoule. Wie geht's dem Canal du Midi, Chef?«

»Ein Denkmal der Ingenieurskunst des 17. Jahrhunderts. Bezaubernd, friedlich, voller Schleusen. Was gibt's?«

»Bleiben Sie dran, Kommissar Demonet möchte Sie sprechen.«

Der Chef. Sein Instinkt verriet Alex, daß seine und Philippas vierzehntägige Erkundungsfahrt des Canal du Midi in weite Ferne entschwand.

»Alex.« Die kultivierte Stimme, der gekonnt eingesetzte, äußerst entschiedene helle Bariton, höchst geeignet für geduldige Verhandlungen mit dem Innenministerium, Untersuchungsrichtern, sogar mit dem Élysée-Palast, hallte in dem einfachen Hörer des Wandtelephons wider. »Alex, sind Sie dran?«

»Ich höre, Kommissar.«

»Haben Sie vom Tod Virgile de la Pageries erfahren?«

»Hab's heute früh in der *Dépêche du Midi* gelesen. Herzanfall.«

»Er wurde ermordet, Alex«, erklärte der Kommissar gleichmütig. »Zyanidvergiftung.«

»Im Orchestergraben des Théâtre Bakoledis?«

»Offenbar.«

»Wie?«

»Das wissen wir nicht. Der Bericht des Toxikologen zieht keinerlei Schlußfolgerungen.«

»Wer ist bei der Präfektur für den Fall zuständig?«

»Niemand, Alex. Deswegen rufe ich ja an. Eine politische Gruppierung hat die Verantwortung dafür übernommen. Damit fällt das Ganze nicht mehr in die Gerichtsbarkeit der Präfektur. Jedenfalls, der Oberste Terroristenfahnder will uns; und ich will Sie und Varnas.«

Alex war keineswegs verpflichtet, den Auftrag zu übernehmen. Die Maison schuldete ihm etliche Wochen Urlaub. Er und Philippa hatten beschlossen, ihre freie Zeit gemeinsam zu verbringen, um mit gecharterten Motorjachten so viele Kanäle wie nur möglich zu erkunden, bis zu dem Tag, an dem sie endlich die »Yacht Club«, ihr schwimmendes Heim in Paris, losmachten, um auf der Suche nach ewigem Sonnenschein das gesamte Kanalgewirr Frankreichs zu durchstreifen. Ohne übermäßige Begeisterung fragte er: »Haben Sie ... haben wir ... irgendwelche Anhaltspunkte?«

»Wir haben den anonymen Anruf im Büro des Richters auf Band, wir haben das Theater, das ich habe schließen lassen, wir haben den Intendanten beziehungsweise Regisseur, den Bühnenbildner, den Inspizienten, die Schauspieler und so weiter, und wir haben den Mann, der hinter dem Opfer saß, als es zusammenbrach. Und wir haben de la Pageries Wohnung, die ich vor zehn Minuten habe versiegeln lassen.« Dezent räusperte sich der

Kommissar. »Wir haben auch einen Hinweis, daß möglicherweise Ihr Mündel etwas damit zu tun hat.«

Alex spürte, wie eine Gänsehaut über seinen Kopf kroch. »Philippa?«

»Ja. Inspektor Varnas ist auf Ihrem Boot und nimmt ihre Aussage zu Protokoll.«

»Ihre was?«

»Alex, sie war de la Pageries Begleiterin bei der Premiere.«

Alex kündigte seinen Chartervertrag. Das Bootsverleihunternehmen behielt seine Kaution ein. Vom dortigen Büro aus rief er den Schleusenmeister im Dorf Bram an, nannte seinen Namen und erklärte, morgen würden zwei ältere Herren bei der Schleuse auftauchen, so gegen Mittag, um an Bord der »Sirocco« zu speisen. Ob der Schleusenmeister die Güte hätte, ihnen auszurichten, der Kapitän und seine Mannschaft seien nach Paris zurückbeordert worden, das Mittagessen könne also nicht wie geplant stattfinden?

Er kehrte zum Restaurant zurück und gab die paar Vorräte, die er in der Kombüse verstaut hatte, Thérèse. »Ich heb' sie auf, bis Sie wiederkommen«, meinte sie und drückte den Karton an die Brust.

Dann verstaute er seinen Seesack und die Tuba im Mietwagen, fuhr nach Toulouse und nahm den Nachmittagsflug mit der Air Inter nach Orly.

Während er es sich im gepolsterten Niemandsland des Airbus bequem machte, versuchte er, sich einen Reim auf den Anruf des Kommissars zu machen.

Philippa de la Pageries Begleiterin? Nun, das hatte der Kommissar sich wohl kaum ausgedacht. Nicht Kommissar Demonet, ein Mann mit traditionellen Wertvorstellungen, der alles äußerst genau nahm und Philippa nach wie vor als Alex' »Mündel« bezeichnete, wahrscheinlich um sich selber in dem Glauben wiegen zu können, es sei nichts Unschickliches daran, daß sein siebenunddreißigjähriger Chefinspektor auf einem ehemaligen Kohlenschlepper mit einer strahlend schönen einundzwanzigjährigen Ballettänzerin zusammenlebte.

Der Kommissar zog es vor, nicht zur Kenntnis zu nehmen, daß Alex seit Philippas achtzehntem Geburtstag rechtlich nicht mehr für sie zuständig war und daß sie immer noch auf dem Schleppkahn wohnte, daß sie nie auch nur auf die Idee gekommen war, aus dem Zuhause auszuziehen, das zu restaurieren, anzustreichen und zu lackieren sie geholfen hatte; aus dem einzigen Zuhause, das sie je gekannt hatte, abgesehen von Wold Manor, dem methodistischen Heim für bedürftige Kinder in England, in dem ihre Mutter sie des öfteren deponiert hatte – bis Alex in ihr Leben getreten war.

Er schloß die Augen.

Philippa, eine vernachlässigte Achtjährige, die ihre Mutter Angela, eine leichtlebige englische Schönheit, an einem verregneten Nachmittag in der Obhut des damals vierundzwanzigjährigen Alex, der zu der Zeit an einer Segelschule in der Bretagne unterrichtete, zurückgelassen hatte; Angela war verschwunden, und Philippa hatte ihn angefleht, sie bei sich zu behalten (Tränen ... »Kauf mich, Alex!«); endlose bürokratische Prozeduren, um mit Sicherheit festzustellen, das Kind, unehelich geboren, hatte keine Familie – der Vater war bei einer Straßensperre der IRA ums Leben gekommen, die Mutter eine von ihren eiskalten, vornehmen Lord- und Ladyship-Eltern verstoßene Herumtreiberin; Philippa hatte ihre kleine Hand in seine gelegt, als das Gericht ihm schließlich das Sorgerecht und die Vormundschaft für sie zugesprochen hatte. Und dann Paris, Examen für die Sûreté, die »Yacht Club«, die sie für fast nichts gekauft und zusammen restauriert hatten, und das Opernballett. Und Varnas, der hochgeschätzte Partner, Ersatzvater und Mentor ...

Varnas auf der »Yacht Club«, zusammen mit Philippa, wie er ihre Zeugenaussage in einem Mordfall aufnahm? Unvorstellbar.

Die »Yacht Club«

Inspektor Varnas, wie immer korrekt in seinen schwarzen Straßenanzug mit Weste gekleidet, den Homburg auf dem Kopf, kletterte vorsichtig an Bord des Schleppkahns, hängte sein Jackett und seinen Hut an den Messinghaken neben der Kajütstreppe, nahm die goldene Uhr samt Kette aus seiner Weste, zog die Schuhe aus und bereitete sich auf seine erste Ballettstunde vor. Die grundlegenden Übungen würde er gerne ausfallen lassen, meinte er. Denn er wußte, in seinem Alter bekäme er die fünfte Position nie und nimmer hin. Was er immer schon hatte wissen wollen, war folgendes: Wie konnte ein Tänzer sich auf der Bühne mit solch schwindelerregender Geschwindigkeit um sich selber drehen, ohne schwindlig zu werden?

»Wir fixieren einen bestimmten Punkt«, erklärte Philippa.

»Nun, das möchte ich lernen, Schätzchen. Fixieren.«

Und so brachte Philippa, in violetter Strumpfhose und weißseidenem Mieder, Varnas, in schwarze Hose und Weste gekleidet und strumpfsockig, zwischen ungefähr zwei und halb vier Uhr nachmittags – dann hatte Varnas im Théâtre Bakoledis einen Termin mit den Leuten von der Spurensicherung – das Fixieren bei.

Zuvor hatte Varnas in der Maison Einspruch gegen die Entscheidung des Kommissars erhoben, den jungen Inspektor Brieuc zur »Yacht Club« zu schicken, um Philippas Aussage aufzunehmen. Er hatte erklärt: »Kommissar, wenn Sie César schicken, konzentriert er sich nicht. Er ist bereits verliebt. So viel Schönheit verwirrt ihn.«

Der Kommissar hatte die riesige Meerschaumpfeife, die immer auf seinem Schreibtisch lag, angezündet, eine beeindruckende Pfeife, deren Kopf eine geschnitzte Jeanne d'Arc in voller Rüstung war. Zwischen zwei Zügen hatte er Varnas beäugt. »Und Sie lassen sich nicht verwirren, wenn ich Sie hinschicke?«

»Ich bin ausgewirrt, Kommissar«, hatte Varnas erwidert. »Ich kenne Philippa, seit sie kleines Mädchen ist. Ich bin vor ihr sicher.«

In Wirklichkeit hatte Varnas keineswegs die Absicht, Philippa zu befragen oder dies irgend jemand anderen als Alex machen zu lassen. Varnas' Reaktion war ebenso pragmatisch wie beschützend gewesen. Hätte César oder ein anderer wohlmeinender Fußsoldat der Einsatzbürokratie der Maison, einschließlich seiner selbst, offiziell Philippas Zeugenaussage aufgenommen, dann hätte er zwangsläufig ein Dossier anlegen müssen, das, ob sie nun schuldig war oder nicht, unvermeidlich den Weg in den Palais de Justice gefunden hätte. Und Dossiers, die ihren Weg in den Palais fanden, hatten so eine Art, genau dann aufzutauchen, wenn man eine Kreditkarte, eine Hypothek oder eine Angellizenz beantragen wollte. Varnas wollte Philippas Namen nicht in einem Computer des Palais de Justice gespeichert haben. Folglich verbrachte er an jenem Nachmittag die Zeit mit ihr, um auf dem Boden der Salonkabine des Schleppers Drehungen auf Zehenspitzen zu üben und dabei das Barometer auf dem Schott mittschiffs zu fixieren. All das machte er sehr langsam. Und plattfüßig.

Philippa ihrerseits brannte allerdings darauf zu reden.

»Nein. Du sprichst nur mit Alex«, erklärte Varnas, als er nach der Ballettstunde wieder in seine Schuhe stieg.

»Aber bist du nicht ganz wild darauf, etwas über ›Die Frau in Schwarz‹ zu erfahren?« Sie spielte damit auf einen Satz an, mit dem eine der Boulevardzeitungen sie beschrieben hatte. »Außerdem habe ich schon mit Stéphane geredet.«

»Wer ist Stéphane? Nein. Sag mir nicht. Sag Alex.«

Er stand auf. »Also, was ist mit neuem Wagen? Funktioniert er?«

»Im Augenblick schon.«

Vor kurzem hatte Philippa einen VW-Käfer aus vierter Hand und mit zweifelhafter Vorgeschichte erstanden, dessen luftgekühlter Heckmotor ein Quell unerforschlicher Geheimnisse war.

»Gut. Du kannst Alex in Orly abholen. Bring ihn von Flughafen zu Theater.«

»Aber darf ich denn die Stadt überhaupt verlassen?«

Er nahm Jackett und Hut vom Messinghaken. »Hängt von Zeugenaussage ab, die Alex von dir auf Weg nach Hause bekommt.« Er lächelte. »Danke für Unterricht. Wenn Tag heute mich nicht zu Krüppel macht, komme ich in zwei Jahren wieder.« Er stellte sich auf die Zehenspitzen, küßte sie auf beide Wangen, setzte seinen Hut auf und ging.

Varnas

Mit seiner Größe von einem Meter zweiundsechzigeinhalb war Varnas ein bißchen kleiner als Philippa. Stand er neben Alex, der fast zwei Meter groß war, reichte er kaum bis zu dessen zweitoberstem Kragenknopf. Dieser Größenunterschied, in Verbindung mit der Tatsache, daß Alex sich eher leger anzog, Jeans, Anorak und Laufschuhe, während Varnas immer tadellos in einen seiner konservativen dreiteiligen schwarzen Anzüge gekleidet war, führte unvermeidlich zu Witzen, welcher von den beiden der Clown und wer der Ernstzunehmende war. Diese kleinen Späße wurden jedoch von gegenseitiger Achtung und aufrichtiger Zuneigung gedämpft, um so mehr, seit vor zwei Jahren alle in der Maison befürchtet hatten, Varnas könnte die schweren Verletzungen, die er bei der Verfolgung eines Verdächtigen im Fall Wilson erlitten hatte, nicht überleben. Wäre er daran gestorben, so hätte Alex mit Sicherheit den Dienst bei der Sûreté quittiert. Wiewohl Varnas dies leugnete, hatte er Alex das Leben gerettet.

Alphonsas Varnas. Seine Kollegen kannten seinen Vornamen entweder nicht oder dachten, er laute Varnas, denn so wurde er von allen genannt. Varnas, gebürtiger Litauer und zwanzig Jahre älter als Alex, war am falschen Ort und zur falschen Zeit geboren worden; 1940 sperrten ihn die Sowjets ein, 1943 deportierten ihn die Deutschen nach Dinkelsbühl nicht weit von Stuttgart, wo er als Schweinehirt arbeitete (»Auf deutscher Landkarte, Alex, ist Litauen rosa. Rosa bedeutet Milchprodukte, Säue, Herden. Also wird jeder, den sie aus Litauen deportieren – Dichter, Künstler, Wissenschaftler –, in Deutschland Bauer. Nazidenken ist etwas Wundersames.«)

Varnas sprach fließend Litauisch, Jiddisch, Russisch, Deutsch und Polnisch. Er sprach auch eine Art Französisch und Englisch, allerdings immer im Präsens und ohne Artikel oder mit den Artikeln an der falschen Stelle, wo man sie nicht brauchte (»Also, Alex, wie geht dir?«). Er erklärte, Französisch und Englisch habe er zu schnell lernen müssen (»Ich lerne Französisch am Tag der Kapitulation, als ich durch französische Besatzungszone in Deutschland gehe. Englisch lerne ich nächsten Tag in amerikanischem Sektor.«)

Daß Alex jünger war als Varnas, aber einen höheren Rang einnahm, stellte für diesen kein Problem dar. Er hatte die Nase voll von Rängen. Was zählte, war einzig und allein, daß er und Alex spürten, wie sie einander auf eine grundlegende Art und Weise ergänzten.

Im Verlauf seiner langen Genesungszeit nach dem Fall Wilson war Varnas in eine sehr kleine Wohnung in der Rue Georges-Berger im Siebzehnten Arrondissement gezogen – die gleiche Adresse, unter der Wilsons Witwe Millicent von April bis Oktober eine sehr große Wohnung bewohnte. Eine Gegend, die normalerweise jenseits der Erwartungen lag, die ein Inspektor der Sûreté hegen durfte. Varnas verdankte seinen Einzug dort einzig und allein der Hausbesitzerin, Madame Clothilde Roget.

Während der Untersuchungen im Fall Wilson hatte Varnas Madame Roget eingehend befragt. Und Varnas hatte entdeckt, die schlanke, würdevolle Kriegerwitwe mittleren Alters hatte eine geheime, katholische, ganz und gar untadelige Leidenschaft für den vierundachtzigjährigen Andrew Wilson gehegt, als dieser noch gelebt hatte. Und Varnas hatte geahnt, daß Madame Roget – in dem irrigen Glauben, Wilson habe seine Gefühle für sie den Seiten seines Tagebuchs anvertraut – dieses vor den prüfenden Blicken der Polizei in Sicherheit gebracht hatte. Aber was Varnas nicht geahnt hatte, war, daß ebendiese Mme. Roget ihn, als er in einem Rettungshubschrauber nach Paris zurückgebracht worden war und sich auf mindestens ein Jahr Wiederherstellungstherapie hatte freuen dürfen, ihm ihre geheime Vernarrtheit in Andrew Wilson geradeheraus anvertrauen würde. Sie hatte ihm die Wohnung (vormals ein Speicher unter dem Blechdach) zur Verfügung gestellt, und sie hatte ihn gesundgepflegt.

Und auf diese Weise war Varnas ein Sklave der Nuancierung geworden. Um ihre geheime Zuneigung für ihn vor der Öffentlichkeit zu verbergen, gestattete er es sich nicht, auf ihre Gefühle direkt zu reagieren, obwohl dies nicht weiter schwierig gewesen wäre, denn sie war eine angenehme Gesellschafterin, hatte nach wie vor die schmucke Figur eines Mädchens vom Land, füllige schwarze Haare, die sie zu einem strengen Nackenknoten zurückkämmte (»Vielleicht trägt sie es nachts offen, Alex, ich werde es nie wissen«), und strahlende große Augen von der Farbe des grauen Jurahimmels im Winter. Aber wenn er auch ihre Gefühle nicht unmittelbar zur Kenntnis nahm, so erwiderte er sie doch auf indirekte Weise, da ihr dies ihr Geheimnis zu wahren half. Das Ganze war, wie gesagt, nur eine Frage der Nuancierung.

So konnte er sich zwar bei ihr bedanken, weil sie jede Woche einmal die Wäsche für ihn wusch, aber er durfte ihr nicht auf der Stelle danken und nicht von Angesicht zu Angesicht. Überhaupt nichts von Angesicht zu Angesicht. Und selbstverständlich keinerlei Körperkontakt. In der Tat, am nächsten kamen sie einander körperlich bei der Sonntagsmesse und wenn sie zusammen das Geschirr spülten. Das war immer am Mittwochabend der

Fall, wenn er bei ihr in ihrer Loge im Erdgeschoß speiste, vier Stockwerke von seiner Wohnung unter dem Dach entfernt. Sie kochte, er deckte den Tisch. Sie wusch ab, er trocknete ab. Anfangs hatte sie es nicht zulassen wollen, daß er auch nur einen Finger rührte, um ihr zu helfen. Sie hielt dies für unter der Würde eines Inspektors der Sûreté. Daraufhin hatte er sich ein Gleichnis über die Arbeitsteilung bei Singvögeln ausgedacht, das ihr so gefallen hatte, daß sie nachgab. Auffälligerweise fehlte in diesem Gleichnis jegliche Erwähnung des Paarungsrituals oder eines Geleges.

Das vertrauliche »Du« vermieden sie. Als er sie einmal »Clothilde« nannte, korrigierte sie ihn ruhig, und bis zum heutigen Tag hieß es »Madame Roget« und »Monsieur Varnas«, obwohl ihr einmal, es war zu Weihnachten, nach einem Eierflip ein »mein kleiner Inspektor Varnas« herausgerutscht war.

Ihre Leidenschaft für ihn war nur so lange wahr und gut, als sie geheim und ohne jeden Tadel blieb; sie war ihr unsichtbarer Talisman, auf den mit scheinbarem Nichtreagieren zu reagieren er mit der Zeit lernte.

Dennoch hatte sie ein Auge auf ihn, und das wußte er. Er wußte, daß sie wußte, wann er kam und ging, und sich darauf verließ, von ihm die Höhepunkte des vergangenen Tages geschildert zu bekommen, was er zu Mittag gegessen hatte und so weiter. Als er daher Philippa auf der »Yacht Club« zurückließ und in die Métrostation Porte de la Villette ging, kramte er in seiner Jackentasche nach der Telephonkarte, rief sie an und sagte ihr, er käme erst spät nach Hause.

4

Philippa

PHILIPPA badete, zog Jeans und einen alten Pullover von Alex an, der ihr bis zu den Knien reichte, und ging an Deck. Dort hängte sie ihr Trikot auf und ersetzte ein paar von den farbigen Bändern, die die Seemöwen und Tauben davon abhalten sollten, den Schleppkahn als öffentliche Toilette zu benutzen. Dann verschloß sie die Deckluke, überprüfte die Festmacheleinen, ob sie irgendwo durchgescheuert waren, und ging an Land, wo der Käfer parkte.

Ein Kotflügel des undefinierbar cremefarben gestrichenen Autos war purpurrot. Sie schob sich auf den Fahrersitz, sagte ein kurzes Gebet auf und drehte den Zündschlüssel um. Der Anlasser reagierte, aber der Motor wollte nicht anspringen. Sie langte unter den Sitz nach dem Wagenheber, stieg aus, öffnete die Heckklappe und versetzte dem Vergaser einen kräftigen Schlag. Beim nächsten Versuch sprang der Motor sofort an.

Sie hatte den Wagen für neunhundert Francs vom Fagottisten des Pariser Opernorchesters erstanden, einem ältlichen Intellektuellen, der irgendwie seinem Instrument ähnlich sah. Nach dem Abschluß des Verkaufs hatte er auf den Wagenheber gedeutet und erklärt: »Lassen Sie diesem Vehikel keine teutonische Bockigkeit durchgehen.«

Philippa ordnete sich mit dem Käfer in den Verkehr auf dem Boulevard Périphérique ein, verließ diesen jedoch wegen des Stoßverkehrs bei Ivry und bog schließlich bei Gentilly auf die A6 ab.

Die A6 war auch nicht gerade eine Schnellstraße. Während sie langsam südwärts nach Orly zuckelte, dachte sie an die Umstände, die sie gestern abend bei der Premiere auf den Platz neben Virgile de la Pagerie befördert hatten; dies ließ ihre Gedanken unvermeidlich zu Stéphane schweifen.

Deren Ferien waren gestern zu Ende gegangen, an dem Tag, als die von Philippa begannen. Eigentlich hatte sie vorgehabt, sofort zu Alex nach Castelnaudary am Canal du Midi zu fahren, hatte es aber aufgeschoben, als Stéphane sie angefleht hatte, Virgile zur Premiere von *Eurydice* zu begleiten. »Hör zu, es ist eine Galavorstellung. Die erste Premiere der Saison. Und du kriegst eine Freikarte. Bestimmt amüsierst du dich prächtig. Und rettest mir das Leben, weil er sich weigert, irgendwo alleine hinzugehen.«

Stéphane war Delaps derzeitiges Verhältnis. Stéphane, die auf die Sechsundzwanzig zuging – aber immer noch im Corps de ballet tanzte –, war das Verhältnis von mehreren einigermaßen prominenten Männern in Paris gewesen. »Ich bin altmodisch«, pflegte sie zu sagen. »Ich rauche. Eine Pawlowa werde ich nie werden. Aber es macht mir Spaß, anderen zu gefallen. Und ich bin dekorativ.« Was zutraf. Sie war Griechin, blond, langbeinig und die einzige Tänzerin in der Truppe, die D-Körbchen brauchte.

Philippas Einschätzung nach war es nur eine Frage der Zeit, ehe Stéphane gezwungen wäre, ihre Spitzenschuhe an den Nagel zu hängen und sich der rauhen, nicht in Mondlicht getauchten Wirklichkeit jenseits des Palais Garnier zu stellen. Aber solange sie noch dabei war und obwohl beider Leidenschaft für das Ballett eindeutig unterschiedlich stark ausgeprägt war – Philippa war jünger und Solotänzerin –, waren sie gute Freundinnen.

Ein Lastwagenfahrer überholte den Käfer, brüllte ihr zu, sie solle das Licht einschalten, schaute ein zweites Mal hin und machte ihr einen Heiratsantrag.

In Orly bog sie ab und spürte den winzigen Schauder von Vorfreude, der sie jedesmal überlief, wenn sie mit Alex verabredet war. »Mein Gott«, flüsterte sie, als die Haut auf ihrem Vorderarm leicht prickelte, »hört das denn nie auf?« Sie erblickte ihn beim Ankunftsschalter von Air Inter. Er lächelte nicht. Aber finster schaute er auch nicht gerade drein.

Seinen Seesack verstauten sie im Kofferraum, die Tuba auf dem Rücksitz. »Du fährst«, bestimmte sie. »Ich kann nicht gleichzeitig reden und fahren.« Er schob den Sitz zurück, so weit es ging, und sie ließen den Flughafen hinter sich.

»Überrascht mich ein wenig, dich hier draußen zu sehen«, meinte er. »Hat Varnas dich nicht unter Hausarrest gestellt?«

»Machst du Witze? Er hat nichts von meiner Geschichte hören wollen; hat nicht einmal meinen Namen und meine Adresse aufgeschrieben – hat mich für dich aufgespart.« Als sie auf diese schlagfertige Bemerkung keine Antwort bekam, stupste sie ihn an und erklärte: »Mach kein solches Gesicht. Ich erzähl' dir, was passiert ist.«

»Gut. Fang am Anfang an.«

»Mach' ich. Meine Freundin Stéphane und Delap waren zusammen in Urlaub, in Spanien oder Italien – ich weiß nicht mehr genau, wo –, irgendwo, wo er ein Haus am Meer hat. Sie waren ungefähr zwei Wochen weg. Er mußte zurück, um die Premiere zu besprechen. Sie hat gedacht, sie hätte noch einen Tag frei, und beschlossen, mit ihm ins Theater zu gehen. Aber sie hatte ihre Termine durcheinandergebracht und stellte fest, daß sie am Mittwoch tanzen mußte. Ich bin nicht mehr bei der Truppe, also konnte ich bei *Dornröschen* nicht für sie einspringen. Als sie mich allerdings gefragt hat, ob ich bei *Eurydice* für sie einspringen könnte, hab' ich ja gesagt. Klang so, als würde es Spaß machen. Also habe ich dich angerufen und bin hingegangen.«

»Den Teil kenne ich.«

»Ich fange nur am Anfang an.«

»Ist ja schon gut.«

»Ein paar Minuten vor acht hab' ich meine Karte abgeholt. Delap kam zu spät. Ich hab' mich auf meinen Platz gesetzt, fünfte Reihe Mitte, zweiter Sitz vom Mittelgang aus.«

»Hat er auf die Weise rechts oder links von dir gesessen?«

»Sein Platz war rechts von mir.«

»Wer ist links von dir gesessen?«

»Eine Dame, grauhaariger Hausfrauentyp.«

»Weiter.«

»Der Vorhang hob sich nicht pünktlich. Nach fast zehn Minuten sind die Leute allmählich sauer geworden. Schließlich ist er dann doch noch aufgetaucht, gerade, als die Lichter im Theater allmählich ausgingen. Er hat sich hingesetzt, sich seine Umhängetasche auf den Schoß gelegt, hat gelächelt und gesagt: ›Tut mir leid, ich habe mich verspätet.‹ Die Lichter sind ganz ausgegangen.

Im Dunkeln – auf der Bühne hat ein Akkordeon gespielt – hab' ich gehört, wie er ein paarmal tief eingeatmet hat, als würde er hyperventilieren. Das nächste, was ich weiß, ist, daß er sich an mich gelehnt hat. Ich meine, mit seinem ganzen Gewicht. Ich kenne seinen Ruf als Verführer unschuldiger junger Mädchen, also hab' ich gedacht, er wolle sich gleich dort, in der fünften Reihe, an mich ranmachen. Hutnadel hab' ich keine dabeigehabt, also hab' ich ihn weggeschubst. In dem Augenblick ist der Vorhang aufgegangen. Das letzte, was ich von ihm gesehen habe, war, wie er von seinem Sitz in den Mittelgang gerollt ist, mitsamt Umhängetasche und so.

Ein Mann in der Reihe hinter uns ist aufgestanden und in den Gang getreten, hat sich hingekniet und hat, schätze ich, versucht, ihn wiederzubeleben. Einen Augenblick später hat er sich umgedreht und gebrüllt: ›Einen Arzt! Holt einen Arzt!‹ Und das war's. So schnell ist das alles gegangen. Ich kann mir nicht vorstellen, wie irgend jemand ihn ermordet haben könnte. Kein Mensch hat ihn angerührt, außer mir, und ich hab' ihm nur einen Schubs gegeben. Ich meine, normalerweise antworte ich auf eine unerwünschte Annäherung nicht mit einer Zyanidspritze.«

»Und dann?«

»Dann ist ein anderer Mann, ich glaub', es war der Intendant, durch den Gang gerannt und hat die Sache in die Hand genommen. Er hat sich neben Delap gekniet, seine Krawatte gelockert, hat versucht, seine Hände zu reiben, so in der Art. Der erste Mann hat sich wieder hingesetzt. Schließlich sind ein Arzt und gleich darauf ein paar Sanitäter gekommen. Mittlerweile war der Vorhang gefallen, und die Lichter waren wieder angegangen. Die Sanitäter haben irgendwas gemacht, dann haben sie Delap auf eine Trage gelegt und ihn weggebracht.

Ich glaube, die Dame links von mir hat geglaubt, ich hätte ihn umgebracht. Jedenfalls, sie hat mit ihrem Mann den Platz getauscht.

Jemand hat auf der Bühne eine kleine Rede gehalten, ein Besucher sei plötzlich krank geworden, die Vorstellung würde jedoch gleich weitergehen. Während ich noch überlegt habe, ob ich bleiben oder mich mit Stéphane in Verbindung setzen soll, trabt so eine Frau mit geschwungener Straßbrille den Gang herunter und setzt sich auf Delaps Platz. Sie zwinkert mir zu und meint: ›Besser als ein Stehplatz.‹ Da hab' ich beschlossen zu gehen und bin aufgestanden. Als sie das sieht, dreht sie sich um, schreit ›juhu‹ nach hinten, und eine andere Frau, das genaue Ebenbild von ihr – gleiche Frisur, gleiche Brille –, rennt den Gang runter und setzt sich auf meinen Platz. Müssen Zwillinge gewesen sein. Als letztes habe ich noch gehört: ›Heut ist unser Glücksabend, Yvonne.‹

Ich bin aus dem Theater und über die Rue Boudreau zum Palais Garnier gegangen und habe draußen gewartet, bis Stéphane fertig war. Ich wollte ihr nichts von dem Vorfall sagen, ehe die Vorstellung vorbei war. Herrgott, mir war gar nicht klar, wie lange *Dornröschen* dauert – vor allem, wenn ein Russe dirigiert.

Kurz vor dem Finale bin ich hinter die Bühne. Als Stéphane sich schließlich in ihre Garderobe geschleppt hatte, sah es so aus, als brauche sie dringend Sauerstoff. Aber als sie mich gesehen hat, ist sie wieder munter geworden. Wie mir das Stück gefallen hätte? Wie ich mit Virgile ausgekommen sei? Sie nennt ihn Virgile. Aber ich schätze, irgend etwas an meinem Gesichtsausdruck muß ihr gesagt haben, daß etwas nicht in Ordnung ist. Sie hat sich hingesetzt.

Ich habe ihr erzählt, daß er im Theater zusammengebrochen und ins Krankenhaus gebracht worden ist. Welches Krankenhaus, habe ich nicht gewußt, auch nicht, wie ernst es war, aber daß es möglicherweise ein Herzanfall gewesen sei. Sie hat kein Wort gesagt. Hat ihre Spitzenschuhe ausgezogen und mir einen Fuß auf den Schoß gelegt. ›Reiben‹, hat sie gesagt. Also habe ich ihr den Spann und die Sohle massiert. Schließlich hat sie erklärt, es käme ihr komisch vor, daß ein Mann Anfang Dreißig, der den ganzen Tag den Strand entlangjoggt und die ganze Nacht fickt wie verrückt, eine Herzschwäche haben soll.

Nach einer Weile hat sie ihren Fuß weggezogen, hat ihr Tutu aufgehängt und angefangen, sich abzuschminken. Hat über die Vorstellung hergezogen, sich über die Tempi beklagt und erklärt, sie würde jetzt lieber nach Hause gehen, falls Virgile anriefe.«

Alex warf ihr einen Blick zu. »Und das war's?«

»Das war's.«

»Ist sie immer so gelassen?«

»Nein. Aber ich habe das Gefühl gehabt, entweder sie hat mir nicht geglaubt oder sie hat sich nicht vorstellen können, daß sein Zustand ernst war.«

»Hat sie ihn geliebt?«

Philippa zuckte die Schultern. »Liebe ist ihr Hobby. Sie hat ein zitronengelbes Hemd für die Proben, auf dem ein Porträt von Oscar Wilde ist. Quer über Wildes Gesicht steht in braunroter Schrift: ›Man sollte immer verliebt sein. Deshalb sollte man nie heiraten.‹« Philippa sah Alex an. »Sie hat ihn gemocht. Ob sie ihn geliebt hat – ich weiß es nicht.«

»Wo ist ›zu Hause‹?«

»Wie bitte?«

»Du hast gesagt, sie wollte nach Hause, falls Virgile anruft. Wo ist ›zu Hause‹?«

»Zu Hause ist seine Wohnung. Oder war es. Sie sagt, er bewohnt das ganze oberste Stockwerk in einem phantastischen Haus in der Rue de Tournon, in der Nähe des Jardin du Luxembourg.« Philippa wandte sich ab und schaute angestrengt auf die Straße vor ihnen. »Was eine Entscheidung aufs Tapet bringt, die ich einseitig gefällt habe. Ich hoffe, du bist jetzt nicht verärgert.«

»Probier's mal.«

»Vor ein paar Stunden hat Stéphane schließlich erfahren, daß Delap ermordet worden ist; sie hat mich angerufen und mir erzählt, die Polizei hätte seine Wohnung versiegelt. Und jetzt hat sie keine Bleibe mehr.«

»Also hast du sie eingeladen, zu uns auf die ›Yacht Club‹ zu kommen.«

»Bis sie was anderes findet.«

»Und ab wann?«

»Ab heute abend.«

»In Ordnung. Abgesehen davon, daß es ein wenig ungewöhnlich ist, wenn eine Mordverdächtige beim Hauptermittlungsbeamten wohnt.«

»Verdächtige? Stéphane soll eine Verdächtige sein? Spinnst du? Eine radikale politische Gruppierung hat ihn getötet ...«

»Hat ihn möglicherweise getötet. Aber vorläufig ist Stéphane die letzte, die mit ihm zuammen war.«

»Ich war als letzte mit ihm zusammen. Er hat sich neben mich gesetzt, hat gelächelt und gesagt: ›Tut mir leid, ich habe mich verspätet‹, und ist abgekratzt. Wenn sie eine Verdächtige ist, dann bin ich das auch.«

»Hast du ihn gekannt?«

»Nein.«

»Dann bist du nicht verdächtig.«

»Wieso?«

»Weil du niemals jemanden töten würdest, den du nicht kennst.«

Philippa stupste ihn erneut und juchzte: »Recht hast du!« Sie tätschelte die Stelle, an der sie ihn geknufft hatte, und starrte durch die Windschutzscheibe. Sie fuhren durch die Porte de la Villette. Alex steuerte auf die »Yacht Club« zu. »Alex, du sollst ins Theater kommen.«

»Ich weiß. Ich verstaue nur meine Sachen und nehme dann die Métro. Ich traue der ganzen Geschichte nicht.«

Gegenüber dem Schlepper hielten sie an. Philippa musterte sein Profil, als er den Käfer abschloß.

»Also ... wenn sie eine Verdächtige ist, wirst du sie verhören müssen, schätze ich.«

»Natürlich.«

»Da möcht' ich gern dabeisein, wenn es dir nichts ausmacht.«

»Warum?«

»Damit sie nicht auf deinem Schoß landet.«

5

Théâtre Bakoledis

VOR dem verdunkelten Theatereingang zum Bakoledis in der Rue de Caumartin und auch vor dem Bühneneingang waren Polizeiabsperrungen errichtet worden. Empörte Besitzer von Karten für die abgesagte Abendvorstellung warteten in einer Schlange, die sich bis zur Rue Auber hinunterwand, auf Rückerstattung ihres Eintrittsgeldes.

Nachdem er die Polizeikette passiert und die Eingangshalle durchquert hatte, sah Alex sich in der Tür zum Foyer einem entrüsteten Auguste Pezon-Schwartz gegenüber, der mit einem Stapel zerknitterter Computerausdrucke wedelte.

»Wer soll denn das sein?« brüllte Gus und musterte Alex von oben bis unten. »Der zweite Assistent des Hausmeisters?«

Alex verbeugte sich leicht. »Chefinspektor Grismolet, zu Ihren Diensten.«

»Entzückt, Sie kennenzulernen. Ich verklage Sie wegen des heutigen Verlustes in Höhe von neunzigtausend Francs, plus Steuer!« rief Gus und verzog das Gesicht. »Ich verklage Sie wegen der täglichen Gehaltskosten in Höhe von sechzigtausend Francs sowie wegen unnötiger Erschwernis und seelischer Grausamkeit, und zwar auf fünfzigtausend Francs! Damit schulden

Sie mir bis jetzt zweihunderttausend Francs! Es kommt aber noch einiges dazu. Ich muß eine vierzehntägige Ausnutzung des Theaters garantieren. Daher verklage ich Sie auf sechzigtausend Francs plus Steuer für jeden Abend, an dem das Theater nicht bespielt werden kann; dazu kommen noch das Gehalt und die unnötige Erschwernis und seelische Grausamkeit – plus Steuer!«

Alex lächelte. »Sie haben mein vollstes Mitgefühl, Monsieur. Ich schlage vor, Sie wenden sich mit Ihren Forderungen an das Innenministerium.«

»An das Innenministerium?« wütete Pezon-Schwartz. »In meinem Vestibül ist die PLO aufmarschiert, und Sie kommen mir mit dem verdammten Innenministerium!« Er deutete auf die Schlange von Theaterbesuchern. »Sehen Sie sich die Leute an! Jeder von denen will hundertfünfzig Francs plus meinen halben Schwanz! Bringen Sie mir den Verteidigungsminister! Bringen Sie mir einen Panzer!« Er sackte in sich zusammen. »Bringen Sie mir einen Drink!« Er sah zu Alex auf. »Tut mir leid. Ich weiß, Sie tun ja nur Ihre Pflicht. Wie, haben Sie gesagt, ist Ihr Name?«

»Alex Grismolet.«

»Pezon-Schwartz. Nennen Sie mich Gus.« Er schickte sich an, wieder ins Foyer zu gehen, blieb jedoch erneut stehen und starrte Alex an. »Augenblick noch! Im Theater wimmelt es schon von Bullen! Bullen machen Photos von meinen Schauspielern – für die Verbrecherkartei! Bullen untersuchen in den Garderoben die Abschminkcremes und falschen Wimpern! Bullen wühlen in der Fledermausscheiße auf dem Schnürboden herum! Und so ein Zwergbulle in schwarzem Anzug rennt rum und stopft Abfall in Plastiktüten! Und was wollen Sie hier?«

»Ich bin der Oberbulle«, erklärte Alex ruhig. »Ihr Theater, Monsieur Gus, war Schauplatz eines Mordes.«

»Oh, tut mir leid. Und ich habe gedacht, Sie seien hergekommen, um für das Wandertheater vorzusprechen.« Gus lehnte sich gegen einen Kartenschalter und rieb sich die Augen. »Herrgott, was für ein Alptraum!« ächzte er. Schließlich fragte er mit übertriebener Geduld: »Also, Herr Oberbulle, womit kann ich dienen?«

»Beantworten Sie mir ein paar Fragen.«

»Ein paar Fragen.« Er schüttelte den Kopf. »Bedenkt man die Situation hier, müßte einem die ganze Angelegenheit eigentlich zum Lachen vorkommen, wenn sie nicht so traurig wäre. Beantworten Sie mir ein paar Fragen. Das habe ich bereits gemacht. Was für Fragen? Noch mehr Fragen zu Delap? Einverstanden. Kein Mensch hat ihn gemocht. Ich habe ihn verabscheut. Er war ein zerstörerischer, gewissenloser Scheißkerl. Wenn ich kein solcher Feigling wäre, hätte ich ihn selber umgebracht, schon vor Jahren. Er war in der Lage, eine gute Inszenierung von einem beliebten Stück fertigzumachen, weil es ihr ... sagen wir mal ... an der verborgenen Aussage mangelte; und dann hat er von irgendeinem unverständlichen minimalistischen Scheißstück von einem nie gespielten rumänischen Dekonstruktivisten, der sich neuerdings auf die Semiotik verlegt hat, dahergeschwafelt. Ein intellektueller Tyrann, das war er.« Gus hielt inne und ließ seinen Blick über die Besucherschlange im Halbdunkel schweifen. »Aber wissen Sie was? Jetzt, wo er nicht mehr da ist, vermisse ich den Schweinehund beinahe. Das Leben ist plötzlich nicht mehr so gefährlich, keine solche Herausforderung mehr. Ist es nicht zum Lachen, daß ich so was auch nur denken kann? Nein. Ist es nicht. Es ist ein Jammer. Ein Jammer für alle. Ein Jammer für das Publikum, ein Jammer für Julie, weil sie plötzlich ein Stern am Theaterhimmel ist, der nicht mehr weiß, wo er funkeln soll, ein Jammer für die ganze Truppe, weil sie jetzt diesen grausigen Vorfall verdrängen und sich ein neues Intrigennetz ausdenken muß, und ein Jammer für mich, weil ...« – jetzt brüllte er – »... weil mich jeder Abend, an dem nicht gespielt wird, hundertfünfzigtausend Francs kostet! Was meinen Sie? Ist es ein Jammer oder zum Lachen?«

Alex überhörte die Frage. Pezon-Schwartz, ein Bild empörter Hilflosigkeit, würde wahrscheinlich die ganze Nacht solche

Hypothesen aufstellen, wenn man ihn ließe. Es wurde Zeit, ihn ein wenig abzulenken. Unter all der oberflächlichen Großspurigkeit war Alex ein leichter Akzent aufgefallen. Er fragte Gus, ob er aus Paris stamme.

»Nun ja, notgedrungen. Ich bin auf die gleiche Weise Pariser, wie Picasso und Diaghilew Pariser waren, obwohl sie anderswo geboren wurden, aber das war ja nicht ihre Schuld. Mich hat meine Mutter in Südfrankreich geworfen, in Saint-Jean-de-Luz.«

»Sie sind also Baske?«

»Nein, mein Lieber. Papa war ein sephardischer Wanderschauspieler aus Bordeaux und Mama eine abtrünnige Aschkenasim aus Saint-Jean. Er hat sie im Kasino aufgegabelt, als sie gerade Pflaumengebäck verspeist hat.«

»Sind Sie schon lange beim Theater?«

»Ich habe Aischylos am Strand von Samothrake gefickt.«

Alex wartete eine Weile ab, um der Serie von Witzen, auf die er jetzt verfallen war, ein Ende zu setzen. »Wie gut haben Sie de la Pagerie gekannt?«

»Keineswegs besonders gut. Niemand im Theater, abgesehen von ein paar irregeleiteten naiven Gören, die er gebumst und von denen man dann nie mehr etwas gehört hat, wollte ihn näher kennenlernen.«

»Haben Sie ihn gut genug gekannt, um zu wissen, ob er in Spanien oder Italien ein Haus am Meer besessen hat?«

»Nein.«

»Oder ob er je den Namen ›Virgile Philadelphie‹ geführt hat?«

Gus sackte in sich zusammen. »Das ist *wirklich* lästig. Wenn irgend so eine verrückte politische Gruppierung tatsächlich das Verdienst für sich beansprucht, dieses Verbrechen begangen zu haben, warum belästigen Sie uns dann noch? Das sind Schlägertypen. Ihre Wirklichkeit heißt Brutalität und Tod. Mit dieser Art von Wirklichkeit haben wir nichts zu tun. Die Wirklichkeit des Theaters ist eine überhöhte Wirklichkeit, die Wirklichkeit der

Vorstellungskraft, eine mittels Analogien, Gegensätzen, Dramatik, Charakteren, Sprache und Musik geschaffene Wirklichkeit. Wir schaffen eine Welt, die wirklicher als wirklich ist. Eure Wirklichkeit langweilt uns. Der Mechaniker in der Straße, in der Sie wohnen, liebt die kleine Näherin, die in derselben Straße wohnt, aber ihre Liebe verblaßt neben der Liebe, die Orpheus für Eurydike empfindet. Anders gesagt: ich kann den Prinzen von Dänemark siebenmal in der Woche umbringen, aber an Delap hätte ich nie Hand angelegt.«

»Nun, irgend jemand hat das getan, und zwar in den zehn Sekunden nach dem Verlöschen der Lichter und ehe der Vorhang sich gehoben hat.«

»Sagen Sie mir eines. Es ist in meinem Theater, während meiner Vorstellung passiert. Bin ich deswegen dafür verantwortlich? Hören Sie, wenn ich meine Premiere für Oktober angesetzt hätte, wäre er in der fünften Reihe in dem Theater von jemand anderem abgekratzt. Nein. Weder ich noch irgend jemand in meiner Truppe hat auch nur das geringste mit seinem Tod zu tun. Und wenn Sie nichts dagegen haben, wechsle ich jetzt das Thema. Warten Sie. Sind Sie soweit? Wann kann ich das Theater wieder aufmachen?«

»Wahrscheinlich morgen.«

»Sie sind göttlich!«

»Danke. Was können Sie mir über den Front Patriotique erzählen?«

»Verrückte im Süden. Verprügeln Juden und Schwule, zerschlagen Köpfe und Trommelfelle, besudeln Moscheen und Synagogen, jagen Friseuren eine Heidenangst ein.«

»Warum sollte eine Gruppe, die im Süden operiert, eine derartige Wut auf einen Theaterkritiker in Paris haben?«

»Vielleicht weil er Ausländer war. Wie ich gehört habe, mögen die keine Ausländer.«

»Er war kein Ausländer, sondern französischer Staatsbürger aus Martinique.«

»Vielleicht haben sie eine schlechte Kritik von ihm bekommen.« Gus zuckte die Schultern. »Eigentlich ist mir das scheißegal.« Er tätschelte Alex den Arm. »Rufen Sie mich an, wenn Sie Karten brauchen.« Er nickte und tänzelte durch die Halle zum Kartenbüro. Alex sah ihm nach und ging dann ins Foyer.

In dem leeren Theater war der Vorhang hochgezogen. Das einzige Licht stammte von einer vereinzelten Arbeitslampe auf der Bühne; sie warf einen fahlgrauen Schatten auf die dunklen Flächen und Silhouetten, die einen Bahnhof darstellten, an den man sich nur verschwommen erinnert. Eine düstere Szenerie, aber voller Verheißung, wie ein schlummernder Liebhaber oder ein Karussell im Winter, auf dem die emaillierten Pferdchen warten.

Die gleiche Arbeitslampe warf einen gespenstischen Schleier über ein Dutzend Müllsäcke und eine blaue Hartfaserkiste, die sich in der Mitte des Zuschauerraums türmten. Alex ging zu der nur in Umrissen erkennbaren Gestalt mit schwarzem Hut, die dort saß, hinunter.

»Gefällt dir die Vorstellung?«

Varnas blickte auf und strahlte ihn an. »Aha! Seemann von See zurück. Gut. Wie geht es meiner Philippa?«

»Gut.«

»Natürlich nicht schuldig?«

»Hat einer Freundin einen Gefallen getan.«

»Gut. Du kommst gerade rechtzeitig, Alex. Wir sind hier eben fertig.« Varnas reichte Alex seine Aufzeichnungen für den Untersuchungsbericht und eine Stiftlampe. Alex setzte sich auf die Armlehne eincs Sitzes gegenüber und las aufmerksam die Liste durch.

Die Leute vom Photolabor hatten Namen und Adressen der Schauspieler und der übrigen Truppe notiert sowie Polaroidphotos von ihnen gemacht; anschließend hatte Varnas ihnen untersagt, Paris zu verlassen, bis sie benachrichtigt würden. Um sieben Uhr vierzig hatte er sie nach Hause geschickt.

Die Aussagen des Betriebsdirektors, des Theaterarztes und des Kritikers vom *Télégraph* waren protokolliert worden (siehe Anlage).

»Was ist mit dem Kritiker vom *Télégraph*?« wollte Alex wissen.

»Ist Mann, der hinter Opfer sitzt.«

»Hat er dir irgendwas sagen können?«

»Vielleicht. Lies erst Aufzeichnungen, Alex.«

Auch die Aussagen des Intendanten/Regisseurs Auguste Pezon-Schwartz und des Bühnenbildners Pierre-Yves Gastin waren zu Protokoll genommen worden (siehe Anlage).

Alex sah auf. »Was hast du von Gus erfahren?«

»Ich frage ihn, ob es wahr ist, daß sehr viele Leute in Theatergeschäft glücklich sind, weil de la Pagerie tot ist, und, wenn ja, ob wir Liste von denen zusammenstellen können, die am glücklichsten sind. Er sagt, wahrscheinlich schon, aber falls ich mit ›wir‹ ihn meine, er hat nicht Absicht, solche Liste anzufertigen. Er sagt, Theater ist kleine Gemeinschaft, sehr ehrgeizig, sehr gehässig, aber sehr loyal. Gus ist klug, schwer zu fassen, verzogen und, glaube ich, ein bißchen nervös. Seine Hände schwitzen. Bühnenbildner Pierre-Yves Gastin beeindruckt mich nicht. Er ist hübsch, blond, kann sich aber nicht durchsetzen. Wahrscheinlich Gus' Freund. Als ich ihn befrage, schaut er immer zu Gus, ehe er antwortet. Ich habe Gefühl, er kann sich selber, ohne Gus, nicht anziehen oder Schuhe zubinden. Seltsam, sie leben nicht zusammen. Gus lebt alleine in Zweizimmerwohnung im unauffälligen Dreizehnten Arrondissement, während Pierre-Yves allein in abgelegenem Haus mit sieben Schlafzimmern in wohlhabendem Sechzehnten wohnt.«

»Vielleicht braucht jeder seinen Freiraum.«

»Vielleicht.« Varnas deutete erneut auf die Notizen. »Bitte, schau dir Ergebnisse von Spurensicherung an, Alex.«

Ein Analytiker aus dem Labor hatte an zwei Stellen auf dem Teppichboden im Mittelgang, wo das Opfer zusammengebrochen war, Spuren von Gift gefunden, fünfzig Zentimeter voneinander entfernt. Laut las Alex: »1840 05SEP85. Leichte Spur von NaCn plus undefinierbarem Säure-Fluorid-Gemisch entdeckt. Infolge vieler Fußspuren sehr ungenaue Proben. Warte spektrometrische Analyse ab; warte Spuren auf Kleidung von Opfer ab.«

»Wo ist seine Kleidung?«

»Kleidung und Umhängetasche heute nachmittag von Hôpital Saint-Lazare in Spurensicherungslabor gebracht.«

Der letzte Punkt auf Varnas' Liste betraf die Reinigung des Tatorts. Der Abfall (Bonbonpapiere, Programme und so weiter) war sortiert, aufgelistet und in Plastiksäcken verstaut worden. Fundsachen aus dem Zuschauerraum waren ebenfalls verzeichnet und in eine Hartfaserkiste Nr. 2 der Polizei gelegt worden. Sie umfaßten Ohrringe, Handschuhe, Wechselgeld, ein Brillenetui, eine schwarze Plastikkappe, wahrscheinlich von einem Filzstift, mit der aufgestanzten Inschrift: »Vor Gebrauch entfernen«, ein silbernes Federmesser, eine Samtfliege sowie etliche Schirme.

»Hast du irgend etwas in der Nähe von Reihe E, Sitz 101 gefunden?« fragte Alex.

»Unmöglich zu wissen. Putzfrauen machen gestern nacht Theater sauber, von oben bis unten, ehe wir erfahren, Kritiker ist Opfer von Mord. Ist Gewohnheit für sie. Außer wenn sie etwas Wertvolles finden, wandert alles in Mülleimer. All das listen wir für Spurensicherung auf. Wir überprüfen sogar Staubsaugerbeutel, um sicherzugehen, daß nichts aus Theater verschwindet.«

Sie beobachteten, wie eine Handvoll Inspektorenanwärter sich vorne versammelte und den angehäuften Abfall zum Bühneneingang brachte, wo ein Lastwagen der Spurensicherung geparkt war.

Alex ging zu Reihe E, und Varnas folgte ihm. Er setzte sich auf den Platz Nummer 101 und leuchtete mit der kleinen Lampe ungefähr auf die Stelle, wo der Analytiker das Gift gefunden hatte. Er wandte sich zu Varnas um. »Wann haben die Putzfrauen angefangen?«

»Laut Betriebsdirektor irgendwann nach Mitternacht.«

»Das war mehr als eine Stunde nach Ende des Stücks. Glauben wir, daß die Putzfrauen alles abliefern, was sie finden?«

»Putzfrauen sind bei Reinigungsfirma Haussmann-Auber unter Vertrag, Alex.«

Alex stand auf, kehrte der Bühne den Rücken zu und ließ seinen Blick durch den Theaterraum schweifen. »Ich habe keine Ahnung, wonach wir eigentlich suchen. Wir haben den Telephonanruf einer elektronischen Stimme, die den Mord einer rechten politischen Gruppierung, die im Süden, nicht in Paris aktiv ist, zuschreibt. Wir haben keine Mordwaffe, keinen ballistischen Befund, mit dem wir uns eingehender befassen könnten, keine Verletzungen, keine Fingerabdrücke. Nur Zyanid auf dem Teppich. Keine Ahnung, wie das da hingekommen ist. Als er neben Philippa gesessen hat, hat er noch gelebt. Zehn Sekunden später war er tot.« Alex drehte sich wieder zu Varnas um. »Was ist mit dem Mann auf dem Platz hinter ihm?«

»Kritiker von *Télégraph*. Als ich ihn befrage, Alex, erfahre ich, wenn er nicht Kritiken schreibt, ist er begeisterter Naturfreund, sehr geschickt in Überlebenstechnik und Erste Hilfe. Gestern abend, als er sich hier hinkniet und nach Arzt ruft, glaubt er, Delap hat Herzanfall. Sofort möchte er Wiederbelebungsversuch machen. In dem Augenblick rennt jedoch Gus durch Mittelgang und hält ihn auf. ›Monsieur, nehmen Sie bitte wieder Platz‹ und so weiter. Also, kannst du mir sagen, warum Gus plötzlich diesen Mann daran hindert, möglicherweise lebensrettende Maßnahme durchzuführen?«

Ohne zu zögern, antwortete Alex: »Weil Gus verständlicherweise nicht gewußt hat, daß der Kritiker vom *Télégraph* Erste Hilfe beherrscht; oder aber, und das trifft das Ganze wahrscheinlich eher, Gus hat gewußt, daß der Theaterarzt auf dem Weg war, und er wollte einen Laien nicht einen Mann mit einem

Herzanfall behandeln lassen, und zwar für den Fall, daß der Mann möglicherweise stirbt und seine Angehörigen dann ihn verklagen.«

»Vielleicht. Was sonst noch?«

»Sonst noch? Ich glaube nicht, daß es da sonst noch was gibt.« Alex musterte Varnas' teilnahmslose Miene. »Du willst doch nicht etwa andeuten, Gus habe den Kritiker vom *Télégraph* aufgehalten, weil er wollte, daß Delap stirbt?«

»Vielleicht.«

Alex runzelte die Stirn. Varnas meinte das ernst. Alex drehte sich um und griff bedächtig das teuflische Stichwort auf. »Warum hat Gus den Kritiker des *Télégraph* daran gehindert, Delap möglicherweise das Leben zu retten? Weil ... weil ... Gus gewußt hat, Delap hat *keinen* Herzanfall ...«

Varnas wartete ab.

»... hat keinen Herzanfall, sondern ist das Opfer einer tödlichen Dosis von Natriumzyanid ... das, da oral verabreicht, das Leben des *Télégraph*-Kritikers gefährdet hätte, wenn er eine Mund-zu-Mund-Beatmung durchgeführt hätte.«

»Ja.«

»Nein. Gus ist den Mittelgang hinuntergerannt, weil es dort einen kleinen Aufruhr gegeben und weil er die Silhouette eines Mannes gesehen hat, der von seinem Sitz aufgestanden ist. Das ist passiert, als es im Theater dunkel war, außer vielleicht in der ersten und der zweiten Reihe. Er kann nicht gesehen haben, was der Kritiker vom *Télégraph* gemacht hat, bis er sich praktisch über ihn gebeugt hat. Und da der Arzt unterwegs war, wollte Gus den hilfsbereiten, aber störenden Theaterbesucher einfach aus dem Weg haben.«

»Vielleicht.«

»Der Theaterarzt hat nicht zufällig auch eine Mund-zu-Mund-Beatmung durchgeführt?«

»Doch.«

»Warum hat Gus ihn nicht daran gehindert?«

»Weil Theaterarzt als Beatmungsröhre bezeichnetes Gerät benutzt, bei dem es nicht zu Kontakt von Mund zu Mund kommt.«

»Hm. Ich glaube trotzdem, Gus hatte Angst davor, verklagt zu werden. Aber für den unwahrscheinlichen Fall, daß da etwas dran ist, rufen wir die Recherchenabteilung an und bitten sie, ein kleines Dossier über Auguste Pezon-Schwartz aus Saint-Jean-de-Luz anzulegen.« Alex sah auf die Uhr. »Inzwischen muß ich die Freundin des Opfers verhören.«

»Mademoiselle Stéphane?«

»Ja.«

»Okay. Aber ehe du gehst, Alex ...« Varnas lächelte geheimnisvoll, ging zur rechten Proszeniumsloge und kletterte die provisorische Treppe über den ehemaligen Orchestergraben zur Bühne hinauf. Er drehte sich nach vorne, breitete die Arme aus und sagte: »Sieh das an.«

Er konzentrierte sich auf die Arbeitslampe und vollführte langsam, vorsichtig, auf Zehenspitzen etliche Drehungen über die Bühne; dabei hielt er seinen Homburg fest und flüsterte: »Drehen ... fixieren ... drehen ... fixieren ...«

6

Stéphane

DIE Ahornbretter, die Alex von der Bergungsmannschaft bei der Porte de la Villette geschnorrt hatte, knisterten in dem gußeisernen Ofen der »Yacht Club«, und ein warmer Luftwirbel stieg über ihnen auf, der die von der Decke hängenden Öllampen kurz aufflackern ließ. Philippa stand auf, öffnete ein Fenster und kehrte zu ihrem Platz auf dem kleinen Sofa im Salon zurück, wo sie und Stéphane das wöchentliche Ritual von Ballerinen durchexerzierten: Sie preßten und bogen neue Spitzenschuhe zurecht und nähten Bänder und Gummiriemchen daran fest.

Die Spitzenschuhe gehörten Stéphane, nicht Philippa, und das Sofa war kein normales, sondern ein Schiffssofa. Das heißt, keine kleine gepolsterte Couch, sondern zwei kleine, gepolsterte Couchs, die einander gegenüberstanden; dazwischen lag auf einem Pfosten eine verstellbare Tischplatte. Entfernte man den Pfosten, schob den Tisch nach unten und legte Kissen darauf, dann wurde aus dem Sofa eine Doppelkoje für gelegentliche Übernachtungsgäste – normalerweise Varnas. Heute abend war der Gast Stéphane. Sie und Philippa hatten das Bett bereits hergerichtet; als Alex kurz nach neun durch die Deckluke kletterte, konnte er sich daher an dem angenehmen, wenn auch durchaus nicht seemännischen Anblick zweier hinreißender Ballerinen erfreuen, die es sich auf einem mit einer Steppdecke bedeckten Doppelbett bequem gemacht hatten, das mit Ballettschuhen, Seidenbändern und Gummiriemchen übersät war.

Philippa stand auf und ging ihm entgegen. Nachdem sie sich am Fuß der Leiter begrüßt hatten und Alex seinen Anorak aufgehängt hatte, drehte sie sich um und stellte ihm Stéphane vor.

Philippas Gesicht war die Quintessenz einer klassischen irischen Schönheit – helle Haut, hohe Wangenknochen, Unmengen von schwarzem Haar, dichte Augenwimpern über blauen Augen –, Stéphane hingegen war eine Tochter Dianas: breites Gesicht, olivfarbene Haut, dunkelgrüne längliche Augen unter dichten Brauen, ein Wust brünettes, zu einem langen Pferdeschwanz zusammengebundenes Haar, den sie über die Schulter und auf ihren Schoß gelegt hatte. Sie hatte einen breiten Mund, dessen volle, etwas derbe Lippen lächelten. Philippa, muskulös, wie es sich für eine Ballerina gehört, aber gertenschlank, hatte Jeans und ein sackartiges rotes Flanellhemd an. Stéphane, im Vergleich zu ihr mollig, trug eine braune Nylonstrumpfhose und einen übergroßen grünen Wollpullover mit V-Ausschnitt, der ihr mehr oder weniger bis zur Mitte der Schenkel reichte. Wie sie so ausgestreckt auf dem Sofa dalag, schienen ihre langen Beine mit den bemerkenswerten Rundungen, die in Füßen endeten, die so gewölbt waren, daß sie sie schlichtweg nicht verrenken konnte, überhaupt kein Ende zu nehmen.

Als Stéphane Alex vorgestellt wurde, starrte sie ihn einen Augenblick lang leicht verblüfft an. Dann setzte sie ein breites Lächeln auf und machte es sich wieder auf dem Bett bequem, verstaute die langen Beine unter sich und zog den Pullover über die Knie. Philippa bemerkte diese Geste sehr wohl und fragte sich, ob es ein gutes oder ein schlechtes Zeichen war; es sah Stéphane durchaus nicht ähnlich, vor einem attraktiven Mann die Schüchterne zu mimen.

Alex schenkte jeweils einen Fingerbreit Courvoisier in drei kleine Cognacschwenker, verteilte die Gläser und stellte einen mit Segeltuch bezogenen Kapitänsstuhl gegenüber dem Sofa auf. Stéphane legte den Spitzenschuh beiseite, den sie gerade bearbeitete, und zündete sich eine Zigarette an. Philippa nähte weiter und beobachtete sie.

»Wie viele Spitzenschuhe arbeiten Sie pro Woche auf?« fragte Alex.

Stéphane zuckte die Schultern. »Kommt auf die Ballette an. Ungefähr zehn Paar in der Regel.« Sie warf Philippa einen Blick zu. »Wenn ich natürlich wie unser Schmuckstück hier tanzen würde – mit Lichtgeschwindigkeit oder noch schneller –, würde ich wahrscheinlich doppelt soviel aufbrauchen. Aber dann läge ich wahrscheinlich auch auf einer Intensivstation oder in einem Pflegeheim. Ich meine, sie ist einfach sagenhaft.«

Stéphane sprach schleppend und dehnte Worte wie »sa-gen-haft«. Außerdem fiel Alex auf, daß sie nur selten blinzelte, und wenn sie es tat, dann bewegten ihre Augenlider sich so kalkuliert wie ein Kameraverschluß, der auf eine lange Belichtungszeit eingestellt ist. Ob das die Folge eines trägen Stoffwechsels oder katzenhafte Geziertheit war, konnte er nicht sagen, aber die Wirkung war merkwürdig sinnlich.

»Hör nicht auf sie«, mischte Philippa sich ein. »Sie setzt die Schritte unglaublich genau und hat eine wunderbare Körperführung. Maurice Béjart hat ihr angeboten, sie zu einer berühmten Tänzerin zu machen, aber sie hat abgelehnt, weil sie nicht nach Belgien ziehen wollte.«

»Griechinnen *sterben* in Belgien«, erklärte Stéphane. »Außerdem war ich damals gerade verliebt.« Dabei setzte sie wieder das ihr eigene breite Lächeln auf, starrte einen Augenblick lang Alex von der Seite an und schaute dann weg.

Alex sagte: »Ich muß Sie bezüglich Virgile de la Pagerie verhören.«

»Ich weiß.«

»Sollen wir uns jetzt unterhalten? Hier? Oder würden Sie es vorziehen, morgen in die Maison zu kommen?«

»Die Maison?«

»Die Zentrale der Sûreté.«

»Servieren Sie in der Zentrale der Sûreté Courvoisier?«

»In der Regel nicht.«

»Na schön, dann unterhalten wir uns hier.« Sie nippte an ihrem Drink und drückte ihre Zigarette in der Muschelschale aus, die sie zu diesem Zweck in ihrer Tasche mit den Ballettsachen herumschleppte.

Alex fuhr fort: »Ich bin verpflichtet, Sie darauf hinzuweisen, daß Sie das Recht haben, einen Anwalt hinzuzuziehen.«

»Weil ich möglicherweise etwas sage, das später gegen mich verwendet werden könnte?«

»Im Prinzip ja.«

»Ich brauche keinen Anwalt, wenn ich zum Zahnarzt gehe, und da sage ich jede Menge, die gegen mich verwendet werden könnte. Also sehe ich keinen Grund, weshalb ich jetzt einen bräuchte. Jedenfalls, ich habe Virgile nicht umgebracht. Ich habe ihn gemocht, und er hat mich gemocht.«

Alex nickte. Er ging zur Kajütstreppe und holte aus seiner Jackentasche einen Minikassettenrecorder, den er auf die Ecke des Sofas stellte. Er schaltete ihn ein und setzte sich hin.

»Anwesend sind Grismolet und Mademoiselle Stéphane ...«

»Nikolaides.«

»Stéphane Nikolaides. Es ist Donnerstag, der 5. September 1985«, er sah auf seine Uhr, »einundzwanzig Uhr zwanzig.«

Auf weitere einleitende Formalitäten verzichtete er. Stéphane gab Geburtsdatum und -ort (am 6. Mai 1960 in Antibes als Kind griechischer Eltern geboren), ihre derzeitige Adresse (die am Quai de la Charente Nr. 12 vertäute »Yacht Club«) und ihren derzeitigen Arbeitgeber (Pariser Opernballett, Palais Garnier) an. Sie fügte hinzu, sie hätte freiwillig auf juristischen Beistand verzichtet.

Alex lehnte sich zurück und verschränkte die Hände hinter dem Kopf. »Erzählen Sie doch einfach, und ich höre Ihnen zu.«

»Von Virgile?«

»Ja. Alles und jedes, was Ihnen gerade so einfällt, egal, wie unwichtig es scheint. Je mehr wir über ihn wissen, desto eher verstehen wir, warum jemand ihn umbringen wollte.«

Stéphane atmete plötzlich aus und fächelte sich, ohne Vorwarnung, Luft zu. »Puh«, wisperte sie und wedelte noch einmal mit der Hand. »Auf mein Wort! Tut mir leid, eine Hitzewallung.« Ihre Wangen waren purpurrot. »Als Sie gesagt haben, was Sie eben gesagt haben, die Art, wie Sie es gesagt haben – so eindeutig –, das hat irgend etwas ausgelöst.«

»Was?«

»Ich bin mir nicht sicher. Hoffentlich nicht die Wechseljahre. Ich weiß es nicht. Die Wirklichkeit vielleicht.«

Philippa, die aufgehört hatte zu nähen, machte weiter.

»Vielleicht ist es bis jetzt nicht bis in meinen dummen Kopf vorgedrungen, daß jemand Virgile tatsächlich ermordet hat«, erklärte Stéphane. Sie befühlte ihre Wangen mit den Handrücken – »tut mir leid« – und setzte sich auf dem Sofa anders hin. »Also. Ich soll Ihnen alles über Virgile erzählen, egal, wie unwichtig es ist? Ehrlich gesagt, alles, was ich weiß, ist unwichtig, außer das, was ich von Délice erfahren habe.«

»Délice?«

»Seine Mutter.«

»Und wo ist die?«

»Auf Martinique. Wir haben uns letztes Jahr zu Weihnachten kennengelernt, telephonisch. Sie ist Künstlerin; eine sehr gute Künstlerin. Dann haben wir uns mehr oder weniger regelmäßig geschrieben, vor allem wenn sie etwas über Virgile wissen wollte. Was gar nicht so einfach war, denn Virgile hat mir nichts anvertraut. Seit fast einem Jahr war ich seine ... hm ... Lebensgefährtin, aber er hat mir nicht viel zu sagen gehabt. Im Grunde genommen war alles mehr oder weniger ... festgelegt. Ich glaube, das ist das richtige Wort. Er hatte sein Zimmer, und ich hatte meines, hier und am Meer.«

»Wo am Meer?«

»Marbella.«

»Wo genau ist das?«

»An der spanischen Costa del Sol, zwischen Málaga und Gibraltar. Himmlisch ist es dort. Am Morgen, wenn die Luft klar ist, kann man über die Straße von Gibraltar bis nach Marokko sehen.«

»Sind Sie oft dort gewesen?«

»Zweimal. Einmal für eine Woche im Januar, vor der Wintersaison, und dann noch einmal vor zwei Wochen, um meine Ferien dort zu verbringen. Virgile ist allerdings ungefähr jeden Monat einmal runtergefahren.«

»Und hat Sie in Paris allein gelassen?«

»Na ja, selbstverständlich. Ich habe einen Beruf.«

»Wo haben Sie in Paris gewohnt?«

»In seiner Wohnung in der Rue de Tournon.«

»Und wenn er ohne Sie seinen monatlichen Abstecher ans Meer gemacht hat, ist er dann allein gefahren?«

Sie legte den Kopf leicht schräg. »Soweit ich weiß schon. Ich habe nie danach gefragt. Und er hat nie etwas gesagt.«

»Sie haben ihm vertraut.«

Diese Bemerkung schien sie zu verwirren. »Ihm vertraut? Vertrauen ist zwischen uns nie aufgekommen. Ich habe nie gefragt, was er gemacht hat.« Sie hielt inne. »Allerdings, jetzt, nachdem ich das gesagt habe, fällt mir ein, einmal ist er nicht in das Haus am Meer gefahren, obwohl er es gesagt hatte. Da bin ich unabsichtlich dahintergekommen. Drei oder vier Tage, nachdem er weggefahren war, ist etwas mit der Post gekommen, das ich für möglicherweise wichtig gehalten habe.«

Alex unterbrach sie. »Was ist mit der Post gekommen?«

»Irgend etwas von einer Veteranenorganisation ... ›Verein der alten Kämpfer‹, glaube ich.«

»War er Veteran?«

»Nicht, daß ich wüßte.«

»Haben Sie den Brief aufgemacht?«

»Natürlich nicht.«

»Fahren Sie fort.«

»Na ja, als dieser Umschlag angekommen ist, habe ich gedacht, er könnte wichtig sein, also habe ich in Marbella angerufen. Die Haushälterin war am Telephon. Sie hat gesagt, er sei überhaupt nicht dort gewesen.«

»Wissen Sie, wie die Haushälterin heißt?«

»Corazón.«

»Nachname?«

»Weiß ich nicht.«

»War sie schon lange bei ihm?«

»Seit ihm das Haus gehört, glaube ich.«

»Und seit wann gehört es ihm?«

»Seit ungefähr fünf Jahren.«

»Hat Corazón gewußt, wo er sich aufhielt?«

»Nein.«

»Und Sie?«

»Nein.«

»Und Sie haben nicht gefragt?«

»Nein. Das wäre ein Eindringen in seine Privatsphäre gewesen. Wie schon gesagt, wir haben jeder für sich gelebt. Wir hatten jeder ein Zimmer und ein Bad für sich. Ich meine, ich habe nie gesehen, wie er sich die Zähne geputzt hat. Wir haben zusammen gegessen, am Strand miteinander gespielt und sind zusammen schwimmen gegangen. Geredet haben wir nur selten miteinander, abgesehen von: ›Guten Morgen, Stéphane, sollen wir zum Essen nach Fuengirola fahren, sollen wir laufen oder zu den Wellenbrechern hinausschwimmen?‹ Ich will nicht sagen, es hätte nicht auch Augenblicke der Geselligkeit gegeben – nach dem Essen oder wenn er etwas geschrieben hatte, das ihm gefallen hat. Aber zwischen diesen Augenblicken lagen lange

Phasen des Schweigens, in denen er ganz für sich war und gelesen und nachgedacht hat.«

»Und was haben Sie in dieser Zeit gemacht?«

»Ich bin geschwommen, habe Dehn- und Streckübungen gemacht, mich mit dem Schuldgefühl herumgeschlagen, das jede Tänzerin empfindet, wenn sie nicht tanzt.«

»Dann waren Sie also oft allein. Hat es je irgend so etwas wie Intimität gegeben?«

»Unsere Intimität hat sich auf ... das Körperliche beschränkt; körperlich, aber auch das war, wie alles andere, festgelegt.«

»Nicht spontan.«

»Nicht spontan.« Unvermittelt sah sie Philippa an. »Herrje, ist das peinlich!« Sie fuhr sich mit der Hand übers Gesicht. »Hm ... wenn wir uns geliebt haben, dann morgens, und zwar in meinem Zimmer. Immer. Ich bin nie auch nur in die Nähe seines Zimmers gegangen, weder hier noch in Marbella. Das wäre ein Eindringen in seine Privatsphäre gewesen.«

»Privatsphäre oder Heimlichtuerei?«

»Was ist da für ein Unterschied, wenn er nicht gewollt hat, daß ich weiß, ob er schnarcht oder nachts sein Gebiß in ein Glas tut? Jedenfalls haben wir nie die Nacht gemeinsam verbracht.«

Alex warf Philippa einen Blick zu. Stéphane nahm ihren Cognacschwenker, dreht ihn kaum merklich und sah zu, wie die bernsteinfarbene Flüssigkeit an der gewölbten Innenseite des Glases haften blieb. »Einmal hat er gesagt, in meiner Gegenwart fühle er sich sicher. Mittlerweile ist mir klar, daß das nicht gerade ein Kompliment war. Ich bin überzeugt, er wollte damit sagen, ich war intellektuell für ihn keine Bedrohung.« Sie trank einen Schluck. »Er hatte recht. Ich meine, ich weiß, wo meine Stärken und meine Schwächen liegen, und Simone de Beauvoir und Marguerite Duras brauchen sich keine Sorgen zu machen.« Sie lächelte und posierte ein wenig. »Ich bin unkompliziert, photogen – und ich muß aufs Klo.«

Sie drehte sich auf einem Knie herum, glitt vom Sofa und schwebte in die vordere Kajüte. Alex schaltete den Kassettenrecorder ab.

»Sie sagt die Wahrheit«, meinte Philippa. »Das meiste habe ich schon vorher gehört.«

»Tatsächlich? Du hast gesagt, er sei den ganzen Tag den Strand entlanggejoggt und habe die ganze Nacht wie verrückt gefickt.«

»Na und?«

»Aber sie erklärt jetzt, sie hätten nie die Nacht gemeinsam verbracht.«

»Alex, nimm nicht alles so wörtlich. Was für einen Unterschied macht das schon, wann er wie verrückt gefickt hat?«

»Keinen. Aber wenn die Einzelheiten ihrer Aussage widersprüchlich sind, macht das einen großen Unterschied, wie wir ihre Glaubwürdigkeit einschätzen.«

Philippa ließ ihre Näharbeit in den Schoß sinken. »Vielleicht habe ich übertrieben. Sie ist immer sehr geradeheraus ... außer wenn es um Männer geht. Was mich daran erinnert: tu mir einen Gefallen. Mach dich ein bißchen häßlich. Schwärz einen Zahn. Bekomm Schuppenflechte. Sie ist schon halb verliebt in dich.«

»Sei nicht albern.«

»Hör zu, ich kenne doch meine Stéphane. Diese Hitzewallung hat nichts mit der Wirklichkeit zu tun gehabt. Sondern mit ihren Hormonen. Letztes Jahr ist Baryschnikow zu einer Probe gekommen, und sie hat eine Woche lang Hitzewallungen gehabt. Ich möchte, daß du dich aufrecht hinsetzt, deine Beine überkreuzt und einen Gebetsmantel anziehst.«

»Wieso tanzt sie heute abend nicht?«

»Rudy hat ihr freigegeben, und das ohne großen Wirbel zu machen. Was ihm gar nicht ähnlich sieht. Er gibt nie jemandem frei. Solange man atmet, tanzt man, vor allem wenn man ein Mädchen ist.«

»Warum nähst du Spitzenschuhe? Du hast doch Urlaub.«

»Das sind ihre. Aber wenn sie in deiner Nähe noch einmal eine Hitzewallung bekommt, fülle ich Glassplitter hinein.«

Alex spähte in die vordere Kajüte. »Sie scheint nicht gerade untröstlich über den Tod ihres Liebhabers.«

Philippa biß einen Faden ab. »Ich bin nicht sicher, ob sie wirklich so in ihn verliebt war, ob mehr als er in sie.«

»Aber du hast gesagt, Liebe sei ihr Hobby.«

»Das stimmt. Oder hat gestimmt, bis Délice plötzlich darauf bestanden hat, sie wolle Enkelkinder.«

»Seine Mutter wollte, daß Delap Stéphane heiratet?«

»Nicht heiratet. Kinder macht; ›wunderschöne franko-afro-griechische Babys‹, hat sie erklärt, ›mit Genen so unverwüstlich wie Schiffstaue‹. Stéphane war von der Idee nicht sonderlich begeistert. Delap auch nicht. Sie führten ein angenehmes Leben zusammen, und dabei wollten sie es belassen. Im Grunde genommen waren sie Spielgefährten. Er sorgte für stilvolles Essen und Unterkunft, und im Gegenzug war sie ihm eine angenehme Gesellschafterin und bot ihm gewisse Zerstreuungen für Erwachsene. Sozusagen.« Philippa schenkte noch einen Fingerbreit Cognac für sich und Stéphane ein. Alex hatte seinen nicht angerührt. Sie leerte Stéphanes Muschelaschenbecher, verstaute ihn in der Ballettasche und setzte sich wieder aufs Sofa. »Wahrscheinlich überrascht es dich nicht, daß sie beide Opfer stürmischer, aber unglücklicher Liebesaffären waren. Mit neunzehn hat Stéphane sich hoffnungslos in ihren Gynäkologen verliebt. Er war fünfzig und verheiratet. Schlimmer hätte es gar nicht kommen können.« Näher ging Philippa nicht darauf ein.

»Und er?«

»Der Gynäkologe?«

»Nein, Delap.«

»Er war mit einer jungen Schauspielerin verlobt, die gestorben ist.«

»Was für eine junge Schauspielerin?«

Bevor Alex sich nach dem Namen der jungen Schauspielerin, die gestorben war, erkundigen konnte, summte Philippa unvermittelt, stand auf und berührte, ohne die Knie zu beugen, mit den Handflächen den Boden. Sie hatte Stéphanes lautloses Erscheinen vorausgespürt.

Stéphane hatte das Band um ihren Pferdeschwanz gelöst und sich die Haare gebürstet, so daß ihr Gesicht jetzt auf beiden Seiten von einer schimmernden Mähne umrahmt war, die ihr fast bis zur Taille reichte. Philippa richtete sich auf und hielt ihr den Cognacschwenker hin. Stéphane nahm ihn und ließ sich auf das Sofa gleiten, wo sie sich mit überkreuzten Beinen vor Alex setzte. Sie lächelte leicht.

»Als ich die Gebrauchsanweisung gelesen habe, wie man die Toilette spült, ist mir plötzlich eingefallen, daß meine Sachen noch in Virgiles Wohnung sind. Ob ich mir die holen darf?«

Alex schaltete das Tonband ein. »Sicher. Sobald die Leute vom Labor mit ihren Untersuchungen fertig sind. Übrigens, haben Sie einen Schlüssel für die Wohnung?«

»Ja.« Sie bückte sich, wühlte in ihrer Ballettasche herum und förderte schließlich einen kleinen Lederbeutel zutage. Sie öffnete das Täschchen, holte eine zierlich gearbeitete Kette, an der zwei Schlüssel sowie eine ovale kleine Kamee befestigt waren, heraus und reichte sie Alex.

Er sah sich die Kamee genau an. Sie war aus kunstvoll bearbeitetem grünen Jaspis; in der Mitte befand sich eine reliefartige weiße Verzierung, die sich bei genauerer Betrachtung als elegantes perlweißes Profil einer Frau mit Schwanenhals erwies.

»Sehr hübsch«, meinte Alex. »Wer ist die Dame?«

»Marie Josèphe Rose Tascher de la Pagerie.«

»De la Pagerie ...«

»Nachmals Marie Joséphine Vicomtesse de Beauharnais, nachmals Joséphine Bonaparte.«

»Kaiserin Joséphine?«

»Kaiserin Joséphine. Sie war Virgiles Ururgroßtante.« An den Fingern zählte sie die ›Ur‹ ab.

»Na so was! Und Sie haben gesagt, er hätte Ihnen nie etwas anvertraut.«

»Hat er auch nicht. Das weiß ich von Délice.«

»Verstehe.«

»Es ist wahr!«

»Daß Delap mit Kaiserin Joséphine verwandt war?«

»Absolut!«

»Aber das ist unmöglich!«

»Wieso? Weil Virgile eigentlich ein Schwarzer war? Es überrascht mich, daß Sie das überrascht. Die Wahrheit ist, Kaiserin Joséphine und Virgiles Urururgroßmutter hatten denselben Vater.«

Alex warf Philippa einen Blick zu. Sie runzelte die Stirn und nähte weiter. Er wandte sich wieder zu Stéphane. »Sie meinen das ernst, stimmt's?« Stéphane zündete sich eine Zigarette an und angelte ihren Muschelaschenbecher aus der Ballettasche. »Wie hieß denn Virgiles Urundsoweitergroßmutter?«

»Euphémie.«

»Und Sie behaupten, sie und Joséphine hätten denselben Vater gehabt?«

»Ja.«

»Aber nicht dieselbe Mutter.«

»Nein. Joséphines Mutter war Weiße, eine französische Kreolin. Euphémies Mutter war eine Sklavin.«

Alex nickte. Jetzt nippte er zum erstenmal an seinem Cognac. »Virgile hat also irgendwann den Namen seines Pater familias, der im 18. Jahrhundert Sklaven gehalten hatte, angenommen.«

»Ja, wenn das, was Sie gerade gesagt haben, Vorfahr bedeutet.«

»Wann hat er seinen Namen geändert?«

»In de la Pagerie? Als er nach Frankreich gezogen ist.«

»Das war irgendwann in den Siebzigern. Wie hat er geheißen, ehe er nach Frankreich gekommen ist?«

»Virgile Bloch.«

»Bloch.«

»Sein Stiefvater heißt Honoré Bloch.«

»Und wie hieß er, bevor sein Stiefvater seine Mutter geheiratet hat?«

»Géronte. Délices Mädchenname.«

»Aber Virgile Géronte Bloch de la Pagerie muß doch einen richtigen Vater gehabt haben, der ebenfalls einen Namen hatte.«

»Ja. Er hat einen richtigen Vater gehabt.« Stéphane fuhr sich über die Haare. »Délice hat gesagt, Virgile sei ein Kind der Liebe. Er kam auf die Welt, als Délice fünfzehn war. Den Namen des Vaters hat sie nie erfahren; nur daß er Matrose auf einem Bananenschoner war, der Richtung Philadelphia segelte.«

Alex seufzte. »Daher also Virgile Philadelphie.«

Stéphane blinzelte. »Nun ja – ja.«

Alex stand auf, ging zur Kajütstreppe und drehte sich wieder zu Stéphane um. »Das ist wichtig. Im Augenblick spielt es keine Rolle, ob die Geschichte wahr ist oder nicht. Jetzt geht es nur darum, wer außer Ihnen weiß das?«

»Weiß was? Daß sein Geburtsname Virgile Philadelphie war?«

»Ja.«

»Spielt das eine Rolle?«

Alex betrachtete sie prüfend. »Sie wissen es nicht?«

»Ich schätze nicht.«

»Haben Sie schon einmal etwas vom Front Patriotique gehört?«

»Frankreich den Franzosen oder so in der Art ...?«

»Stéphane, jemand mit einer elektronisch verzerrten Stimme hat heute vormittag im Büro des Obersten Terroristenfahnders angerufen und gesagt: ›Der Front Patriotique hat Virgile Philadelphie, den Mulattenbastard aus Martinique, hingerichtet.‹«

Stéphane starrte ihn an und drückte ihre Zigarette aus. »Das habe ich nicht gewußt«, sagte sie leise. »Es macht mir angst. Das betrifft dann ja praktisch die ganze Familie.«

»Genau. Also, eines muß ich wissen ... ist das eine Geschichte, die nur innerhalb der Familie überliefert ist? Oder ist sie allgemein bekannt?«

»Eine Familiengeschichte.«

»Aber Délice hat sie Ihnen erzählt, und Sie gehören nicht zur Familie.«

»Délice behandelt mich wie eine Familienangehörige.«

»Hatte Virgile nicht auch andere Freundinnen?«

»Natürlich.«

»Wenn Délice Ihnen das nach nicht einmal einem Jahr erzählt hat, hätte sie es dann nicht auch denen erzählen können?«

»Ich glaube nicht.«

»Was ist mit Virgiles Verlobter?«

»Angélique? Das weiß ich nicht. Délice und Honoré haben Angélique nicht besonders gemocht. Ihrer Ansicht nach ist sie ständig essen gegangen.« Sie lächelte. »Aber mich vergöttern sie.« Sie warf einen Teil ihrer Mähne über die Schulter. »Sie wollten Babys von Stéphane und Virgile. Délice hat gesagt: ›Honoré und ich lieben die Vielfalt! Ihr macht sie, wir nehmen sie! Wir ziehen sie auf dieser herrlichen Insel groß! Und wir sorgen dafür, daß ihre Köpfe nicht naß werden!‹«

»Was bedeutet das?«

»Im Voodoo-Obeah-Glauben ist Wasser, vor allem Tau, ein machtvoller Magnet und ein Lösungsmittel für Geister, und der Geist eines Menschen wohnt entweder in seinem Schatten oder in seinem Kopf.«

Alex überlegte, ob dieser unvermittelte Themenwechsel Absicht oder Zufall war. Er beschloß: im Zweifel für die Angeklagte. »Voodoo? Délice praktiziert Voodoo?«

»Nein. Aber sie befragt die Karten. Sie akzeptiert jede Religion, die von Nutzen sein könnte: ihre eigene, den Katholizismus; die von Honoré, der Jude ist; die ihres pakistanischen Lieferanten für Künstlerbedarf, eines Moslems – und Voodoo, für alle Fälle.« Stéphane klatschte einmal in die Hände. »Jaaa; ich gehöre zur Familie. Délice hat mir nicht nur die Geschichte erzählt, sondern mir auch das Buch gegeben.«

»Das Buch?«

»Den Stammbaum der Familie; in Leder gebunden und von ihr selber geschrieben und illustriert – phantastisch. Es beginnt 1761 mit einem Miniaturporträt von Joseph Tascher de la Pagerie in den Quartieren der Sklavinnen seiner Plantage; seine Hose ist auf die Knöchel gerutscht, und zwischen zwei hübschen bronzefarbenen Schenkeln auf einem Strohsack reckt er seinen weißen Hintern in die Luft. Nach vielen Seiten und vielen schwarzen und weißen Vorfahren endet das Buch mit Honoré, wie er den sechsjährigen Virgile adopiert. Sogar eine Zeichnung von dem Bananenschoner, der in Fort-de-France nach Philadelphia aufbricht, ist darin enthalten. Délice hat einen Zettel für mich beigelegt: ›Ich wollte nur, daß du weißt, worauf du dich da möglicherweise einläßt.‹«

»Wo ist das Buch?«

»In der Wohnung, in meinem Zimmer.«

»Wer hat es gesehen?«

Sie zuckte die Schultern. »Virgile.«

»Sonst niemand? Ein Gast? Ein Fensterputzer oder eine Putzfrau?«

»Bestimmt nicht.«

»Und Sie haben die Geschichte niemandem erzählt?«

Sie schüttelte den Kopf.

Er drehte sich zu Philippa um. »Du hast gesagt, das meiste von der Geschichte hättest du bereits gekannt.«

»Diesen Teil nicht«, erwiderte Philippa.

Erneut wandte er sich an Stéphane. »Weiß Délice, daß ihr Sohn tot ist?«

»Ja. Aber ich glaube, sie weiß nicht, daß er ermordet worden ist. Als ich sie gestern abend angerufen habe, da habe ich es selber noch nicht gewußt. Und als ich es heute vormittag erfahren habe, da habe ich nicht den Mut aufgebracht, sie noch einmal anzurufen. Außerdem sind sie und Honoré wahrscheinlich bereits auf dem Weg nach Paris. Sie wollen Virgile nach Martinique zurückbringen.«

Die Schiffsuhr schlug plötzlich fünfmal. Das bedeutete, es war zehn Uhr dreißig. »Alex, Stéphane hat morgen früh um neun Uhr Unterricht.«

Alex schaltete den Kassettenrecorder aus und ging zum Kartentisch. Er zog eine Schublade auf und nahm einen rostfreien Stahlschlüssel heraus, der an einem Plastikschwimmer in Form einer Navigationsboje befestigt war. »Das ist der Schlüssel zum Schloß der Deckluke.« Er drückte ihn ihr in die Hand. »Vorläufig können Sie sich als Mitglied unserer Familie betrachten.«

Sie sah den Schlüssel an, blickte kurz zu ihm auf, wandte sich dann schnell ab und fächelte sich Luft zu.

Diese Geste entging Philippa. Sie sammelte die Cognacschwenker ein.

Kurz vor sechs am nächsten Morgen wurde Alex von einer leichten Bewegung der »Yacht Club« an der Kaimauer entlang geweckt, eine Bewegung, die nur ein Seemann wahrnimmt, der die Trimmung seines Schiffes genau kennt.

Von der anderen Seite des Ganges in der Vorderkajüte hörte er, wie Philippa sich rührte. Einen Augenblick später murmelte sie: »Alex?«

»Ja?«

»Was war das?«

»Weiß nicht. Ich seh' mal nach.« Er klaubte sein langes Gestell aus der Koje und machte, nur mit einem T-Shirt bekleidet, einen Schritt Richtung Gang. In dem Augenblick erinnerte er sich an Stéphane, die in der Salonkabine schlief. Er schlüpfte in seine Jeans und tappte in den Gang. Auf halbem Weg zur Kajütstreppe bemerkte er, daß das Sofa aufgeräumt war und das Bettzeug ordentlich zusammengelegt auf dem Tisch lag. Auf der Decke erspähte er neben dem Schlüssel für die Deckluke einen Zettel. Er war in der Mitte gefaltet und für Philippa bestimmt, also brachte er ihn in ihre Kabine.

Während Philippa den Zettel entfaltete, entwirrte Alex ihre oberen von ihren unteren Augenwimpern, jeden Morgen ein Problem für Philippa. Sie las:

Chérie: Euer Boot ist nicht der richtige Platz für meine Knochen. Mir ist plötzlich eingefallen, Marcia hat ein Gästezimmer. Tausend Dank für die Gastfreundschaft, aber ich weiß, es ist besser für alle, wenn ich irgendwo auf dem Festland kampiere.

Alles Liebe
S…

7

Varnas

ER hatte schlecht geschlafen. Schon vor Tagesanbruch wachte er mit schmerzenden Wadenmuskeln und einem steifen Hals auf. »Noch nicht ganz Nurejew«, murmelte er, als er mühsam aufstand und mit schmerzverzerrtem Gesicht ins Badezimmer humpelte, um sich gründlich einzuweichen.

Während er wartete, bis die klauenfüßige kleine Eisenwanne sich füllte – bei einer antiken geschwungenen Kupfertülle mit winzigem Durchmesser als Wasserhahn, und das im vierten Stock, eine langwierige Angelegenheit –, ging er in die Kochnische und bereitete ein Glas starken Tee zu, auf litauische Art mit Erdbeermarmelade und Wodka versetzt.

Als er später in der Badewanne lag und den Tee schlürfte, überdachte er den Tag, der vor ihm lag. Die Lagebesprechung des Kommissars mit der Abteilung für Nachforschungen war um acht. Da Alex anwesend wäre, konnte Varnas sie ausfallen lassen. Sie würde zweifelsohne auf die eine oder andere Weise auf eine Zusammenfassung von Demonets Diktum hinauslaufen. In Ermangelung eines Verdächtigen war des Kommissars oberstes Gesetz in jedem Fall angebracht:

Dies ist das Diktum von Demonet
kenne das Opfer, so gut es geht.

Um neun Uhr würden die Spezialisten für Fingerabdrücke und die Leute vom Photolabor in de la Pageries versiegelter Wohnung in der Rue de Tournon einfallen, um alles einzustauben und Polaroidphotos zu machen. Die Spurensicherung würde gegen zehn eintreffen, und – wenn man bedachte, wie besessen pingelig der Chefinspektor der forensischen Abteilung war – sich dort wahrscheinlich für eine Woche einnisten. Der Chefinspektor war ein kleiner, pedantischer Mann, und seine ungeheure Herablassung gegenüber allen Polizeibeamten, die nicht im wissenschaftlichen Labor arbeiteten, nahm mit jedem Jahr exponentiell zu. Er war ein Mann, der es niemals zuließe, daß auch nur ein Staubkörnchen oder ein winziges Stückchen abgeblätterter Farbe einer Analyse mittels »des strahlendsten Juwels in der Krone der Spurensicherung, des gaschromatographischen Massenspektrometers«, entging.

Der Chefinspektor hatte diese Beschreibung des Gaschromatographen von Hippo geklaut, wie Varnas sich erinnerte. Und ihm fiel ein, daß Hippo (Hippolyte Maurice Ludovic du Temple, hochgeschätzter Leiter der Ballistikabteilung), diesmal nicht an dem Fall beteiligt wäre, da offenbar keine konventionelle Waffe im Spiel war. Darüber hinaus machte Hippo gerade seinen üblichen Herbsturlaub. Schade. Hippo war immer ein angenehmer Gesellschafter.

Nach vierzig Minuten im Badewasser fühlte Varnas sich schon erheblich besser; er trocknete sich ab und ging aus dem Badezimmer. Da der Abfluß genauso eigensinnig war wie der Wasserhahn, beschloß er, die Badewanne erst abends sauberzumachen.

Er rasierte sich und kleidete sich an. Als erstes frische Unterwäsche; sodann ein frisches, von Madame Roget gewaschenes und gestärktes weißes Hemd, gefolgt von einer schwarzen Hose, gebügelt von Madame Roget, Weste, Jackett und dazu passenden blankpolierten Schuhen. Er band sich seine dunkelbraune Krawatte um, zog seine Taschenuhr auf und entwirrte die goldene Uhrkette, ehe er Uhr und Kette in gegenüberliegende Westentaschen steckte. Es war Viertel nach sieben. Er setzte seinen Hut auf. Als erstes würde er in Virgile de la Pageries Wohnung in der Rue de Tournon gehen, eine Stunde früher als vorgesehen, um sich ein wenig umzuschauen, ehe die Labortechniker alles durcheinanderbrachten.

Orly

Infolge einer aus Westen kommenden kräftigen Nebenströmung im Jetstream landete der Flug 3041 der Air Martinique eine halbe Stunde vor der planmäßigen Ankunftszeit.

Es war ein verbilligter Flug, und da die meisten Fluggäste französische Staatsbürger waren, wurden sie von der Zoll- und Einwanderungsbehörde ohne weitere Verzögerung abgefertigt.

Um sechs Uhr fünfundzwanzig verließ Délice Géronte Bloch das Ankunftsgebäude; über einem grauen Hosenanzug und Halbstiefeln aus grauem Wildleder trug sie einen knielangen Zobelmantel. Köpfe wandten sich nach ihr um, als die schlanke, doch wohlproportionierte Schwarze vorbeiging. Ihre Haut schimmerte wie poliertes Ebenholz. Während jedoch ihre Hautfarbe auf eine Herkunft aus dem finstersten Afrika schließen ließ, waren ihre Gesichtszüge auffällig und auf nachgerade vollkommene Weise europäisch geprägt: eine kleine Nase, so gerade wie die der Venus, ein kleiner, aber voller Mund. Am überraschendsten waren jedoch die großen, mandelförmigen, durchdringend indigoblauen Augen. Sie sah hinreißend aus, ungeheuer aristokratisch. Kein Mensch hätte ihr ihre sechsundvierzig Jahre geglaubt.

Hinter ihr zog ein älterer Weißer in blauem Straßenanzug und einem Panamahut mit einem blaßrosa, türkisch gemusterten Band Unmengen zueinander passender Gepäckstücke auf einem zweirädrigen Gepäckkarren hinter sich her. Er hatte eine Adlernase und das sanft asketische, aber leicht gelblich verfärbte Gesicht eines Heiligen auf einem nicht restaurierten Renaissancegemälde. Das war Honoré Bloch. Er war dreiundfünfzig und sah zehn Jahre älter aus.

Vor dem Gebäude winkte Délice einem Taxi, stieg ein und verließ den Flughafen in Richtung Paris. Als nächster in der Schlange hielt Honoré ein Taxi an, half dem Fahrer, das Gepäck und den Karren im Kofferraum zu verstauen, machte es sich auf dem Rücksitz bequem und verließ ebenfalls den Flughafen.

Um fünf nach sieben kam Délice auf dem Pariser Blumenmarkt an und bat den Taxifahrer zu warten, während sie ihre Einkäufe erledigte. Wenige Minuten später traf Honoré im Hôtel Madison auf dem Boulevard Saint-Germain ein, wo er für sich und Délice für eine Woche eine kleine Suite gebucht hatte. Er ließ das Gepäck beim Chef des Hotelpagendienstes und stieg wieder in das Taxi, das ihn in die Rue de Tournon brachte; er erreichte die Wohnung seines Stiefsohns um zwanzig nach sieben. Zehn Minuten später tauchte Délice auf; ihr Taxi quoll über von frischen Sonnenblumen, rosa und weißen Tausendschönchen, Chrysanthemen, Astern, Fingerhut und vier Schachteln Orchideen.

Sie gingen in das Gebäude und nahmen, mit der Hälfte der Blumen beladen, den kleinen Privatlift, der sie zum Treppenabsatz im dritten Stock gegenüber Virgiles Wohnung brachte. Dort sahen sie ein rot-weißes Plastikband, das auf der Eingangstür klebte; darauf stand: »Eintritt verboten. SN.«

»Verboten!« rief Honoré.

»Pst«, wisperte Délice, »du weckst Stéphane.« Flüchtig musterte sie die Aufschrift auf dem Klebeband. »Das SN steht für Stéphane Nikolaides. Geh runter und hol die übrigen Blumen.«

Während Honoré wieder zum Lift ging, steckte sie ihren Schlüssel ins Schloß, schloß die Tür auf und trat in die Wohnung; dabei zerriß sie das Klebeband.

Auf Zehenspitzen huschte sie über den weißen Marmorboden des sonnendurchfluteten, großen, hohen Raums, der ringsum von stehenden Dachfenstern mit weißen Seidenvorhängen gesäumt war. Geräuschlos bewegte sie sich durch den Korridor, der zu den Schlafzimmern führte. Unwillkürlich blieb sie an der Stelle stehen, wo der Gang sich gabelte. Hier führte ein schmaler Durchgang zum Dachgarten. Neben der Tür zu letzterem befand sich ein kleines Zimmer, in dem einst Werkzeuge und Töpferton untergebracht gewesen waren, das aber, seit ihrem letzten Besuch in Paris, umgestaltet worden war. Die Werkzeuge waren verschwunden. Die Wände waren in einem sich wiederholenden Muster von bauschigen rosa-weißen Sommerwolken, die sich in der Luft zu Schlössern türmten, neu tapeziert. Unter dem Gewölk ließen Jungen und Mädchen in Gewändern aus dem 19. Jahrhundert – die Mädchen in Pantalons und mit Kappen auf dem Kopf, die Jungen in Matrosenanzügen und steifen Strohhüten – in der warmen Sommerluft Drachen steigen. Das einzige Möbelstück im Raum war ein uraltes Kinderbettchen aus Bambusrohr und Weidenruten.

Einen Augenblick lang blieb Délice stehen und ging dann weiter zu Stéphanes Zimmer, das gegenüber von Virgiles Arbeitszimmer lag. So nannte Délice es. In Wirklichkeit war Virgiles Arbeitszimmer ein aufwendig und wohlüberlegt gestalteter Raum, der als Schlafzimmer, Büro und Bibliothek gleichzeitig diente; ein Zimmer, in dem ein Himmelbett von der Größe des Jardin du Luxembourg stand und an das sich zwei Badezimmer anschlossen.

Durch die offenstehende Tür spähte sie in Stéphanes Zimmer. Stéphane war nicht da. Das Bett war gemacht. Merkwürdig. Nun ja, für all das würde sie noch früh genug eine vernünftige Erklärung bekommen. Sie ging in Stéphanes Badezimmer, das mit gewaschenen Trikots und Gymnastikanzügen verziert war, und ließ Wasser in das Bidet laufen. Das gleiche machte sie bei den Bidets im Doppelbadezimmer Virgiles und im Gästezimmer neben dem großen Raum.

Mittlerweile war Honoré zurückgekehrt und flüsterte ihr etwas zu. Délice erklärte: »Du brauchst nicht zu flüstern, Amour. Sie ist nicht da. Richte du die Bidets her. Ich übernehme den Rest.«

Honoré nahm die Kartons mit den Orchideen und begab sich auf einen bedächtigen Rundgang durch die verschiedenen Badezimmer; in jedes des vier Bidets leerte er eine Schachtel Orchideen.

Auf dem weißen Marmorboden des großen Raums bildeten orange-, rosa- und türkisfarbene Teppiche Farbinseln, auf denen mit Webstoffen bezogene Empirestühle und -sofas dahintrieben. Neben diesen Möbelstücken standen ein Dutzend niedriger Tische aus Teakholz, Rattan und Glas, die Délice jetzt mit Vasen, Schalen und Schüsseln voller frischgeschnittener Blumen schmückte.

Als sie fertig waren, ähnelte der Raum, der im Morgenlicht funkelte, einem sonnendurchfluteten Eispalast, in dem ein herbstlicher Garten blüht.

Sie standen in der Mitte des Zimmers. »Alles ist an Ort und Stelle«, erklärte Honoré feierlich und küßte seiner Frau die Hand.

»Ich ruhe mich jetzt aus, Amour, bis der Mann vom Bestattungsunternehmen kommt«, erklärte sie und ging in Virgiles Arbeitszimmer, wo sie sich auf der Chaiselongue ausstreckte und mit ihrem Zobel zudeckte.

Honoré, der nicht müde war, ging in die Küche, um sich einen Filterkaffee zu brauen. Früher hatte er die altmodische Machinetta seines Stiefsohns benutzt, bei der aus zwei Hähnen Kaffee in einen Becher tropfte. Doch seit der Renovierung war die

Küche mit einer Maschine ausgestattet, die jede Art von Kaffee zubereitete, die man wünschte, wie in einem Restaurant. Er las die Gebrauchsanweisung und bediente die richtigen Knöpfe und Hebel. Während er darauf wartete, daß der Dampf herausströmte, hörte er hinter sich ein Geräusch, wandte sich um und sah im Durchgang einen sehr kleinen Mann, der einen schwarzen Anzug und einen Homburg trug.

»Guten Morgen«, sagte Honoré.

»Guten Morgen«, erwiderte Varnas.

»Sie sind wahrscheinlich der Bestattungsunternehmer.«

»Pardon?«

»Sie sind ziemlich früh dran, Monsieur. Wir wollten uns erst um zehn Uhr treffen. Aber kommen Sie doch herein. Ich bin Honoré Bloch. Meine Frau ruht. Möchten Sie einen Kaffee?«

Wie Varnas jetzt erfuhr, hatten Délice und Honoré, als sie die Nachricht vom Tod ihres Sohnes erhalten hatten, Vorkehrungen für eine Einäscherung in Paris getroffen; sie sollte in zwei Tagen im engsten Familienkreis in der Église Saint-Sulpice stattfinden. Mit der Air Martinique hatten sie eine Abmachung getroffen, am Tag danach die Urne nach Hause zu fliegen, um sie am Samstag in Trois Îlets beizusetzen.

Offenkundig hatte keiner der beiden Nachrichten gesehen oder die Zeitung gelesen, seit sie von Fort-de-France aufgebrochen waren. Varnas, der an der Frühstückstheke Honoré gegenübersaß, dankte Philippa insgeheim für seine schmerzenden Beine, denn ansonsten wäre er nicht so früh aufgewacht, wäre nicht so früh in die Wohnung Virgile de la Pageries gekommen und wäre nicht derjenige gewesen, der anstelle eines barbarischen Laborbullen dazu ausersehen war, ihnen zu sagen, daß ihr Sohn ermordet worden war.

Honoré überprüfte Varnas' Ausweis. Er las jedes einzelne Wort, einschließlich des Gültigkeitsdatums, des Stempels vom Innenministerium und der Formularnummer der Regierung. »Unter den gegebenen Umständen«, flüsterte er, »bedeutet ›SN‹

also Sûreté National, nicht Stéphane Nikolaides.« Er hielt inne und starrte Varnas an. »Nun, Herr Inspektor, Sie wollen in der Wohnung meines Sohns etwas untersuchen. Untersuchen Sie etwas, das er jemandem angetan hat, oder etwas, das jemand ihm angetan hat?«

Varnas erklärte es ihm. Honoré Blochs hellbraune Augen verdüsterten sich. Nach langem Schweigen, in dem nur das Geräusch der Eismaschine im Kühlschrank zu hören war, stand er auf und sagte: »Ich muß dies meiner Frau mitteilen. Bitte, entschuldigen Sie mich.«

Fünfzehn, zwanzig Minuten vergingen. Varnas inspizierte den Gasherd mit den zwei elektrischen Backröhren, den Mikrowellenherd, die Speisekammer, die Tiefkühltruhe und das Wäschezimmer. Schließlich, um halb neun, verließ er die Küche und schlug die Richtung ein, in die Bloch gegangen war. Als er in einen Korridor gelangte, in dem farbenprächtige Aquarelle mit tropischen Pflanzen und langschwänzigen Vögeln hingen, ging er lautlos nach links. Nach ein paar Schritten kam er zu der offenen Tür eines großen Schlafzimmers mit Bücherregalen. Und da, in der Mitte des Raums, standen Honoré und Délice und hielten einander umklammert. Fast eine halbe Stunde hatten sie so dagestanden, ohne sich zu bewegen, aneinandergeschmiegt, wortlos und untröstlich.

Varnas bestellte telephonisch ein Taxi, entfernte das Polizeisiegel vom Eingang und begleitete die Blochs zu ihrem Hotel zurück. Sie sprachen kein Wort, bis sie in den Lift traten. In dem Augenblick rief Délice aus: »Wir brauchen Polizeischutz!«

Entschieden erhob Honoré Einspruch: »Amour, wir brauchen keinen Polizeischutz!«

»Und ob!« schrie sie. »Diese Mistkerle sind überall!« Mit diesen Worten drückte sie auf den Knopf, und die Aufzugtüren schlossen sich zischend.

Die Maison

An der rechten Schläfe des Kommissars der Sûreté Henri Demonet befand sich eine kleine Ader, in der das Blut pochte, wenn er ungeduldig war. Alex bemerkte, an dem Morgen pulsierte sie und milderte irgendwie die übliche Gelassenheit und das tadellose Erscheinungsbild: ein wohlgeformter Kopf, glänzendes, leicht pomadisiertes schwarzes Haar, das von dem deutlichen, wenn auch schon etwas zurückweichenden Haaransatz nach hinten gekämmt war, würdevolle Spuren von Grau in den Koteletten. Alex schaute noch einmal hin. Die würdevollen Spuren von Grau in den Koteletten waren heute nicht da. Auch hatte der Kommissar, wie üblich hinter seinem massiven Schreibtisch aus Kirschholz thronend, keinen seiner offiziellen blauen Nadelstreifenanzüge an; vielmehr trug er eine weiße Flanellhose, einen blauen Blazer mit Messingknöpfen und ein weißes Hemd mit offenem Kragen, das ein lose herabhängendes Halstuch von Hermès teilweise verdeckte.

Alex fragte sich, ob etwas an dem Gerücht dran war, dieser ungemein kultivierte und angesehene Mann, der eines Tages Leiter sämtlicher Sûreté-Operationen in Frankreich werden könnte und der seit zweiunddreißig Jahren mit ein und derselben Frau verheiratet war, färbe sich möglicherweise die Haare und pflege einen jugendlichen Lebensstil, und zwar zu einem geheimen Zweck, der nichts mit der Polizei zu tun hatte.

Der Kommissar warf einen Blick auf die Uhr, als die Spezialistin der Sûreté für Recherchen, die schon leicht angegraute Chefinspektorin Isabelle Fauré, eintrat und sich neben Alex setzte.

Die Besprechung begann. Alex schaltetet das Büro-Tonbandgerät ein und spielte noch einmal den gestrigen Telephonanruf im Büro des Obersten Terroristenfahnders ab.

Die roboterartige, künstlich verzerrte Stimme intonierte: »Der Front Patriotique hat Virgile Philadelphie, den Mulattenbastard aus Martinique, wegen Blasphemie und Verbrechen gegen die

Republik hingerichtet. Lang lebe ...« Alex schaltete den Apparat aus.

»Lassen Sie mich, ehe wir weitermachen, die Herkunft des Namens Virgile Philadelphie erläutern«, erklärte er. Er wiederholte kurz Stéphanes Zeugenaussage, einschließlich Delaps angeblicher Blutsverwandtschaft mit der Kaiserin Joséphine.

Der Kommissar schien skeptisch. »Derlei Legenden von den Zucker- und Gewürzinseln der Kleinen Antillen passen nicht so recht hierher, Alex. Bleiben Sie kritisch. Seien Sie vorsichtig. Der Richter erwartet Fakten, keine Volksmärchen.« Er trommelte kurz auf die Schreibtischplatte. »Was ist mit der Zombiestimme auf dem Tonband?«

»Eine Spielart von ›Lectro Larynx‹, vermute ich. Die Schalldose schaltet alle charakteristischen Eigenschaften der Sprache aus: Tonhöhe, Betonung, sogar den Akzent. Mann, Frau, Kind, Roboter, alle klingen gleich. Trotzdem lassen wir das Band im Tonlabor untersuchen.«

Geistesabwesend nickte der Kommissar und wandte sich zu seiner Spezialistin für Recherchen. »Haben Sie etwas, Isabelle?«

Chefinspektorin Fauré war eine hartnäckige Schnüfflerin vom Innenministerium, irgendwo in den Fünfzigern, die regelmäßig bei Pferderennen setzte und in den letzten fünf Jahren den Sieger in der Fußballeuropameisterschaft jedesmal richtig vorausgesagt hatte. Sie hielt eine Zeitung hoch.

»Das wird Sie nicht weiter überraschen«, meinte sie. »Der Front Patriotique hat offiziell jede Beteiligung an der Ermordung de la Pageries dementiert. Es steht in allen Zeitungen. Sie erklären mehr oder weniger, sie wollten ihre Ziele nicht mittels Gewalt oder Einschüchterung erreichen, sondern auf parlamentarischem Weg und so weiter; ihr Sieg würde an den Wahlurnen stattfinden, lang lebe Frankreich und so fort.« Sie ließ die Zeitung auf Demonets Schreibtisch fallen. »Natürlich habe ich nach einer Verbindung zwischen dem Front Patriotique und de la Pagerie gesucht. Und habe das da gefunden. Es wurde vor drei

Wochen veröffentlicht.« Sie reichte ihm zwei Photokopien. Die erste war ein Artikel aus dem *Figaro*. Alex las vor:

FRANZÖSISCHE RECHTE LEUGNET HOLOCAUST UND VICHY-KOLLABORATION

Marseille, 15. August.

Der Führer des Front Patriotique, Jean-François LeSaut, der seine Anhänger mit dem Ruf »Lang lebe Frankreich für die Franzosen« um sich scharte, bestätigte, daß seine Partei den Holocaust leugnet. »Wir haben das Recht, dies klarzustellen«, erklärte er. »Der sogenannte Holocaust war und ist eine von den Zionisten ausgeheckte Publicitystrategie, um von den Banken, der Regierung und der Industrie Geld zu erpressen. Die paar hunderttausend Juden – und nicht sechs Millionen –, die im Zweiten Weltkrieg starben, sind in ihrem eigenen Dreck Typhus und anderen Krankheiten erlegen. Es gab keinen Holocaust. Der Holocaust ist ein Mythos, ebenso wie die jüdische Behauptung ein Mythos ist, Vichy-Frankreich habe mit den Nazis zusammengearbeitet.«

Monsieur LeSaut, der die Invalidation aller Einbürgerungen von Arabern und Juden seit 1974 anstrebt und fordert, Arbeitsplätze müßten vordringlich weißen französischen Staatsbürgern zur Verfügung gestellt werden, beschuldigte die Sozialisten, sie versuchten seine Partei für ungesetzlich zu erklären. Er drohte, die Anti-Defamation League B'nai B'rith und Frankreichs Freimaurerloge zu verklagen, wenn sie ihre Angriffe gegen ihn nicht einstellten.

Die zweite Photokopie war eine Antwort auf die Erklärung des Front Patriotique von Virgile de la Pagerie, die zwei Tage später auf der Titelseite der *Revue Endimanchée* veröffentlicht worden war.

»Das war sein letzter Artikel«, erklärte Isabelle.

Nun, meine lieben Freunde, die Schläger von der extremen Rechten haben sich als die faschistische Partei Frankreichs zu erkennen gegeben. Zumindest wissen wir jetzt, wo sie stehen. Das ist mehr, als man von der Regierung behaupten kann.

Ironie Nummer eins

Ist es nicht verblüffend, daß die Sozialisten regelmäßig den Front Patriotique angreifen, diese antisemitische, fremdenfeindliche Bande hirnloser Raufbolde, die behaupten, den Holocaust und eine Kollaboration der Vichy-Regierung hätte es nie gegeben, obwohl die Regierung selbst sich so verhält, als hätte beides nie existiert?

Wann bringt der Élysée-Palast endlich den Mut auf, die Expolitiker und Polizeibeamten der Vichy-Regierung vor Gericht zu stellen, die heute noch mitten unter uns leben; jene nach wie vor auf freiem Fuß befindlichen Kollaborateure, die von 1941 bis 1945 an der Deportation von 76 000 Juden aus dem unbesetzten Frankreich in die deutschen Todeslager beteiligt waren?

Ironie Nummer zwei

Woher bekommt der Front Patriotique sein Geld? Aus dem Verkauf von Süßigkeiten und Losen? O nein. Fünf Prozent des Geldes des Front Patriotique stammen aus Erpressungen. Die restlichen fünfundneunzig Prozent kommen von der gleichen betuchten, isolationistischen, chauvinistischen Bande alter Konservativer im Süden, die in den Vierzigern die antisemitischen Ansichten der Vichy-Regierung unterstützt, die in den Siebzigern die Anwälte der überlebenden Kollaborateure bezahlt und es ihnen ermöglicht hat, sich einem Gerichtsverfahren zu entziehen, in dem ihre Rolle bei der Deportation von Juden aus dem unbesetzten Frankreich untersucht werden sollte, einer Deportation, von der der Front Patriotique behauptet, sie hätte nie stattgefunden. In der Tat ist der Front Patriotique unauflöslich mit ebenjenem Vorgang verquickt, den er leugnet. So wackelt der Schwanz mit dem Hund.

Schlußfolgerung

Wenn wir diesen Kreislauf von Feigheit und stillschweigendem Einverständnis nicht unterbrechen, werden wir bald alle wieder Abzeichen tragen: Juden einen Stern, Araber einen Halbmond, Stiefmütterchen für Homosexuelle und kleine Wassermelonen für Schwarze.

Kommissar Demonet legte den Artikel auf seinen Schreibtisch und schaute Alex an: »Wann ist aus dem Theaterkritiker denn ein politisch interessierter Mensch geworden?«

»Ich weiß es nicht.«

»Finden Sie es heraus.

»Mach' ich.«

»Und woher rührt das Interesse dieses aus Martinique stammenden Menschen, der zehn Jahre nach dem Krieg geboren wurde, am Schicksal der jüdischen Diaspora?«

»Ich weiß es nicht. Sein Stiefvater ist Jude.«

Der Kommissar stand auf und begann seinen Spaziergang. Die kurze Runde um seinen Schreibtisch war ein Modell Demonet, dazu bestimmt, einen klaren Kopf zu bekommen und die Aufmerksamkeit seiner Untergebenen auf sich zu lenken.

»Wir haben einen allgemein unbeliebten Theaterkritiker, bei dem es logisch wäre und ein eindeutiges Motiv gäbe, wenn er von einem rachsüchtigen Thespisjünger oder einem Intendanten ermordet worden wäre. Der Intendant/Regisseur Auguste Pezon-Schwartz hat sogar ausgesagt, nur Feigheit hätte ihn davon abgehalten, die Tat selber zu begehen. Und doch ist kein Angehöriger der Theaterwelt als Verdächtiger aufgetaucht.«

Der Kommissar beendete seinen Spaziergang und band sich sein Halstuch. »Also, lassen wir mal den unbeliebten Theaterkritiker ab- und den furchtlosen, bislang unbekannten Aufdecker politischer Skandale auftreten, der die extreme Rechte und das rassistische Erbe von Vichy, das die Regierung seit vierzig Jahren verdrängt, angreift.

Erstens: Warum hat der Kritiker diese neue Rolle übernommen? Zweitens: Hat sein Angriff irgend jemanden oder irgend etwas genügend gereizt, um eine Vergeltungsmaßnahme herauszufordern? Und drittens: Warum hat der Mörder die Codeworte Virgile Philadelphie benutzt, die den Kreis der Verdächtigen einengen und die Aufmerksamkeit auf ihn lenken?

Arroganz. Warum hat er im Büro des Obersten Terroristenfahnders angerufen, wo doch jeder weiß, daß alle Anrufe aufgezeichnet werden?«

Isabelle fiel ihm ins Wort: »Entschuldigen Sie. Wenn der Front Patriotique wirklich nichts damit zu tun hat, wie er behauptet, warum hat dann der Mörder beschlossen, ihn dafür verantwortlich zu machen? Warum nicht die Musikergewerkschaft oder die Telephongesellschaft? Was hat es mit dem Front Patriotique so Besonderes auf sich?«

»Das weiß ich auch nicht«, meinte Alex kleinlaut. »Aber wenn es einen Grund dafür gibt, werden wir ihn herausfinden. Ich habe jedoch das deutliche Gefühl, der Front Patriotique hat nichts damit zu tun. Sosehr ich ihn mißbillige, dieses Verbrechen entspricht nicht seinem Stil. Seine Anhänger sind Rabauken und Schläger, die aus Frustration, Unwissenheit und Wut Leute einschüchtern und ihnen die Köpfe einschlagen. Sie greifen sich Minderheiten heraus, von denen sie glauben, sie nähmen ihnen ihre Arbeitsplätze, ihre Frauen und ihr Franzosentum weg. Es ist immer das gleiche. Wenn die Zeiten schlecht sind, verläßt die extreme Rechte sich auf die Vorurteile der arbeitslosen Unterschicht, um ihre Botschaft zu verbreiten.

Außerdem paßt meiner Ansicht nach die raffinierte Methode, mit der Delap ermordet wurde, nicht zu einer Bande haßerfüllter Kerle, deren Waffen Schlagringe und Ziegelsteine sind. Und dann die Wahl des Tatorts. Ein Theater in Paris, während der ersten

Premiere der Saison. Wer auch immer es getan hat, er hätte ihn irgendwo anders umbringen können und wäre damit nur ein Zehntel des Risikos eingegangen und hätte nur ein Zehntel an Vorbereitung gebraucht. Sie hätten ihn am Strand von Marbella mit einem Felsbrocken erschlagen können.«

Der Kommissar hatte sein Halstuch fertig geknüpft, seinen Blazer zugeknöpft und lächelte spitzbübisch: »Das hätte aber nicht solche Aufmerksamkeit erregt, oder, Alex? Ich meine, wenn Sie den Erzbischof ermorden wollen, dann bringen Sie ihn in seiner Kathedrale um, nicht wahr?« Er warf einen Blick auf seine Uhr. »Ich bin schon spät dran. Setzen Sie sich mit der Spurensicherung in Verbindung, wenn Sie einen Augenblick Zeit haben. Und halten sie mich auf dem laufenden.« Er nickte vergnügt, winkte ihnen kurz zu und war weg.

Alex starrte Isabelle an. »Ich habe gerade erst angefangen. Wo geht der denn am Freitagvormittag um halb neun, angezogen wie zum Krocketspielen, hin?

Isabelle stand auf. »Ich wette zwei zu eins, er hat eine kleine Freundin, sieben zu zwei, sie ist noch keine fünfunddreißig, und acht zu fünf, er kriegt sie nie ins Bett.«

8

Hippo

Nun, am dritten Tag seiner Ferien, ließ der Chefinspektor der Pariser Ballistikabteilung Hippolyte Maurice Ludovic du Temple seine *Dépêche du Midi* sinken, schaute aus dem Fenster und dann schräg hinüber zu seinem Gefährten, der den gemieteten Renault fuhr.

»Nicht so schnell, Marcel«, bat er. »Wir sind in Pexiora. Du fährst neunzig – fünfzig sind erlaubt.«

Sein Freund knurrte und fuhr langsamer. Hippo nahm sein sorgfältiges Studium der Zeitung wieder auf. Für einen lebenslang nach den Pariser Zeitungen Süchtigen schien der *Dépèche du Midi,* der wichtigsten Zeitung von Toulouse und ganz Südfrankreich, die Würze zu fehlen. Aber immerhin war es etwas zu lesen, das, wenn er es sich vor die Augen hielt, die Straße vor ihnen verdeckte und ihm half, mit der seelischen Erschütterung fertig zu werden, als Beifahrer neben Marcel zu sitzen.

Hippo las die Lokalnachrichten über Narbonne. Fünf neue Häuser wurden errichtet ... heute abend fand ein Violarecital statt ...

Marcel verlangsamte, bis sie praktisch nur noch dahinkrochen. Erneut senkte Hippo die Zeitung und guckte durch die

Windschutzscheibe. Und da erblickte er den Grund für das Schneckentempo. Ein Traktor mit Blinklichtern rumpelte vor ihnen dahin; der Anhänger war mit Weinreben beladen.

Das Dorf Pexiora, mit seinen weiß getünchten und mit orangefarbenen Ziegeln gedeckten Häusern nicht zu unterscheiden von den anderen Dörfern in der Flußebene, die sich von der Garonne bis zum Mittelmeer erstreckt, war, wie die anderen Weiler auch, ganz auf den Anbau von Trauben für die weinerzeugende Industrie der Region eingestellt. Im September begann die Ernte, einer der Gründe, weshalb Hippo und Marcel beschlossen hatten, ihren Urlaub gemeinsam zu verbringen.

Doch während man das leicht spanisch angehauchte Pexiora kaum von Villeneuve-le-Comptal und Lasbordes unterscheiden konnte, waren Hippo und Marcel, wiewohl ungefähr im gleichen Alter – in den Sechzigern –, hinsichtlich Aussehen und Temperament so verschieden wie Öl und Wasser.

Hippo, der allseits geachtete Chef der Ballistikabteilung mit seinem enzyklopädischen Wissen über Waffen, vom Trébuchet – einer mittelalterlichen Belagerungswaffe, mit der Felsbrocken auf den Feind geschleudert wurden – bis hin zur automatischen Uzi, war ein kleiner Mann mit rosigem Gesicht, dessen asketische Miene eher der eines Klosterbruders als der eines professionellen Polizisten ähnelte. Dem entsprach sein Lebensstil. Hippo weigerte sich, Flugzeuge zu benutzen. Er hatte es vorgezogen, Paris zwei Tage früher als Marcel zu verlassen, um den Zug nach Toulouse nehmen zu können. Hippo fuhr weder Auto noch Fahrrad. Gegen jede sportliche Betätigung war er allergisch. Er trug unauffällige graue oder braune Anzüge, Strickjacken, Fliegen und immer einen Filzhut oder eine Baskenmütze, wie sein verstorbener Vater; und er betrachtete die Welt durch eine einfache runde Zweistärkenbrille mit schwarzer Fassung. Drei Leidenschaften hatte Hippo: erstens, seine ballistischen Untersuchungen in Paris; zweitens, die European Society of Antique Weaponry (E. S. A. W., die Europäische Gesellschaft für antike Waffen), die ihn kreuz und quer durch Europa führte und der er mit mönchischem Eifer vorstand. Und drittens interessierte er sich für alle Aspekte des Weinbaus, von der Auswahl der Traube bis zur Verkostung.

Während Hippo, der Polizist, einem Mönch glich, ähnelte sein Freund Marcel Rivette, ein ordinierter Jesuitenpriester, einem Boxer im Ruhestand. Er war ungefähr so groß wie Gérard Dépardieu. Sein zerfurchtes Gesicht mit buschigen Brauen und einem Wust eisengrauer, nach der neuesten Mode geschnittener Haare war das ganze Jahr über vom Skifahren oder Windsurfen gebräunt. Einen Hut oder Anzug trug er nie, außer bei Versammlungen der Societas Jesu oder wenn sein Bischof ihn zu sich bestellte. Abgesehen von der Wertschätzung erlesenen Weins, die er mit Hippo teilte, hatte er eine Vorliebe für schottischen Whiskey und Armagnac. Er mochte amerikanische Zigaretten, kubanische Zigarren, Sonnenbrillen von YSL und trug ein goldenes Kettchen mit einem winzigen heiligen Christophorus um den Hals, was gegen die kürzlich revidierten kirchlichen Vorschriften verstieß.

Marcel war Hippos Waffengesellschaft nicht aufgrund einer Leidenschaft für Waffen beigetreten, sondern weil er von der großteils von Gewalt geprägten Geschichte des frühen Christentums fasziniert war. Seine große Leidenschaft war die Geschichte von regelmäßig und öffentlich sich wiederholenden religiösen Wundern: Erscheinungen, die die Errichtung eines Heiligtums nach sich zogen, wundersames Eingreifen der Heiligen Jungfrau, Zeichen, Heilungen, weinende Ikonen und übersinnliche Ereignisse. Hippo billigte diese Nebenbeschäftigung eines Angehörigen des geistlichen Standes nicht. Wie die Kirche glaubte auch er, paranormale Phänomene, bei denen eine himmlische Schauspielertruppe auftrat, grenzten ans Heidnische und seien eine Ablenkung und ein erbärmlicher Ersatz für die täglichen Sakramente. Aus Ergebenheit für seinen Freund bemühte er sich jedoch, kein Wort darüber zu verlieren.

Hippo also war nach Südfrankreich gereist, um für die E. S. A. W. einige antike Waffen zu katalogisieren; und wegen der Weinlese. Marcel war hingefahren, um die näheren Umstände, unter denen die Heilige Jungfrau im Haut Languedoc der zehnjährigen Marie-Rose Fournier erschienen war, zu ergründen; und natürlich wegen der Weinlese.

Nachdem sie Pexiora hinter sich gelassen hatten, fuhr Marcel wieder mit der gewohnten Geschwindigkeit dahin – so zwischen neunzig und hundert Stundenkilometern. Hippo, der von seiner Zeitung genug hatte, lehnte sich zurück und schloß die Augen.

Er hatte sich lange auf diesen Urlaub gefreut; das heißt, bis heute morgen hatte er sich darauf gefreut, doch da hatte er, als er beim Frühstücken fernsah, vom Mord an dem Theaterkritiker im Bakoledis erfahren. Die Vorstellung, in Paris fände jetzt eine Untersuchung statt, während er durch die Weinberge des Languedoc streifte, war quälend. Seine Besorgnis wurde ein wenig dadurch gemildert, daß er wußte, Alex Grismolet, der zusammen mit Philippa gemächlich den Canal du Midi hinuntertuckerte, teilte vermutlich seine Bedenken.

Ein auf seinem Sitz vergifteter Kritiker, überlegte Hippo. Wie? Er machte in seinem Gedächtnis einen Sprung um zehn oder noch mehr Jahre zurück zu einer vom KGB – oder war es die Stasi gewesen? – benutzten Waffe, einer in einem Schirm verborgenen Abschußvorrichtung, die mittels einer Feder eine winzige Nadel in das Bindegewebe hinter dem Knie des Opfers abgefeuert hatte. Ein flüchtige Berührung inmitten einer Menschenmenge hatte genügt. Der Mörder war hinter dem Opfer hergegangen oder vielleicht gesessen und hatte »zufällig« mit seinem Schirm dessen Knie berührt. Einige Stunden später hatte das Opfer einen leichten Schmerz verspürt, das war alles. Mittlerweile war der Täter bereits in Kanada oder Ulan Bator. Die langsame Wirkung des Gifts war beabsichtigt gewesen. Der Tod trat normalerweise nach achtundvierzig Stunden ein. Wahrscheinlich hatte man dabei

Zyanid verwendet, auch wenn dies mit einem gewissen Risiko für den Mann mit dem Schirm verbunden gewesen war.

Marcel verlangsamte erneut. »Gleich kommen wir nach Bram«, meinte er. »Müssen wir da nicht abbiegen?«

Hippo nahm die Straßenkarte der Édition Poncet und suchte Bram. »Ja. Wir biegen nach links auf die D4. Von da aus ist es nur noch ungefähr einen Kilometer bis zum Canal, wo Alex und Philippa wahrscheinlich schon warten.«

Sie fuhren nach Bram hinein, ein Ebenbild Pexioras, abgesehen von einem winzigen Lagerplatz neben dem Bahnhof, auf dem sich Weinfässer aus Aluminium stapelten. Es war Essenszeit. Ein paar Traktoren transportierten ihre letzte Vormittagsfuhre. Vor den Läden wurden die Gitter heruntergelassen. Hippo hatte die Idee, sie könnten eigentlich Alex und Philippa zum Mittagessen eine Flasche von irgend etwas mitbringen. Marcel hielt den Renault am Bordstein vor einem Gemischtwarenladen an, in dessen Schaufenster Weinflaschen standen. Die Besitzerin des Geschäfts ließ gerade den Rolladen herunter.

Hippo kurbelte die Fensterscheibe herunter. »Bis vier Uhr geschlossen«, lautete die Antwort auf seine Frage.

Marcel hatte jedoch ein Requisit für derlei Notfälle bei sich: eine schwarze Hemdbrust, an der mit Klettverschluß ein Priesterbäffchen befestigt war. Er langte auf den Rücksitz, griff in die Tasche seines Skipullovers aus Val d'Isère und stieg aus.

Der Wein war ein roter Château Villars, Côte du Cabardès, Jahrgang 1982, in eine Flasche mit der faksimilierten Signatur »Frère Christophe« abgefüllt. Von diesem Etikett hatte Marcel noch nie etwas gehört, aber ansonsten stand nur noch ein billiger Rosé zur Wahl. Fürs Mittagessen würde der Rote es tun.

Sie krochen weiter durch das Dorf und bogen nach Norden auf die D4. Hinter Bram schlossen die allgegenwärtigen Weinberge sie von allen Seiten her ein, nur unmittelbar vor ihnen blieb die Sicht frei, wo in weniger als einem Kilometer Entfernung eine Doppelreihe riesiger Platanen einen kühl-grünen Schatten auf einen von Horizont zu Horizont reichenden Streifen warf. Der Canal du Midi.

Die Charterjacht »Sirocco« hatte wahrscheinlich am Kai unter der Brücke, auf der die D4 den Canal überquert, festgemacht. Hippo verspürte ein angenehmes Prickeln der Vorfreude. Es würde guttun, Philippa wiederzusehen, und er brannte darauf, seine Schießschirmtheorie mit Alex zu diskutieren.

Sie näherten sich der Brücke. Marcel parkte den Renault auf der Wiese unter einem Baum. Ein Fußweg führte zum Canal hinunter.

Hippo kletterte aus dem Auto und folgte seinem Freund zu einer Steinmole, wo jemand in einem an Eisenringen vertäuten kleinen Schleppkahn den Wassertank füllte. Von der »Sirocco« war weit und breit nichts zu sehen.

Das junge Paar auf dem Kahn kam aus Holland und sprach kein Französisch. Hippo spähte in der Richtung, aus der er Alex erwartete, den Canal hinauf. Aber außer der vollkommen glatten Wasserfläche, auf der sich die Platanen und die dunklen, undichten unteren Schleusentore spiegelten, war nichts zu sehen.

Sie nickten dem Paar auf dem Schleppkahn zu, gingen über die Brücke zu einem Treidelpfad auf der anderen Seite und schlenderten, in der Hoffnung, der Schleusenmeister besitze ein Telephon, die einhundert Meter zu den Steinstufen hinüber, die zum Haus des Schleusenmeisters führten.

Ein kleiner schwarzweißer Hund, der neben dem Kanalbecken stand, bellte einmal und trottete dann ins Haus. Eine junge Frau in Bluejeans und braunem Pullover wagte sich aus der Tür heraus. Augenblicklich erspähte sie Hippo und Marcel. Leider, leider, so erklärte sie, seien der Kapitän und die Mannschaft der »Sirocco« nach Paris zurückgerufen worden. Doch wenn die Herren Hunger hätten, würde sie ihnen gern eine Baguette und eine kleine Wurst als Mittagessen verkaufen.

Alex nach Paris zurückbeordert. Hippo nicht nach Paris zurückbeordert. Äußerst ärgerlich.

Sie speisten im Freien auf dem Kai unter der Brücke. Das holländische Paar war weitergefahren.

Wurst und Baguette schmeckten hervorragend, der Wein jedoch war, zu ihrer Überraschung, wirklich und wahrhaftig erlesen und hatte genau die Samtigkeit und Blume, die man bei einem weit anspruchsvolleren Etikett erwartet hätte. So gut war er, daß Hippo kurzfristig das, was in Paris vor sich ging, vergaß und beschloß, einen Karton davon mit nach Hause zu nehmen. Da Château Villars auf ihrem Weg nach Le Pré lag, wo die Jungfrau erschienen war, hatte Marcel nichts dagegen einzuwenden.

Sie ließen den Canal hinter sich und rasten kurz darauf Richtung Osten durch die Weinberge des Cabardès. Bei Carcassonne, dessen aus dem 13. Jahrhundert stammende Befestigungsanlagen in mythischem Glanz über der Aude schwebten, bogen sie nach Norden und erreichten binnen kurzem Villars.

Das inmitten der fruchtbaren Vorberge der Montagne Noire gelegene Dorf befindet sich, umgeben von Weinbergen, ein wenig abseits der Hauptstraße und ist nicht weiter bemerkenswert, abgesehen von der sich über eine weite Fläche erstreckenden Burg. Diese, mitsamt Burggraben, einem gemauerten Bergfried und vier beeindruckenden, mit Holzschindeln gedeckten Vorratstürmen, die die gesamte Landschaft beherrschen, ist ein nach wie vor bewirtschaftetes Kloster.

Marcel fuhr angemessen langsam durch das Dorf und die von Bäumen gesäumte Schotterauffahrt zum Eingang der Burg hinauf. Bei einem Kontrollhäuschen in der überwölbten Tunneleinfahrt nahm ein junger Mönch ihre Bestellung entgegen und dirigierte sie zu einem Parkplatz mit Kopfsteinpflaster neben der von Efeu überwucherten Klosterkapelle, aus der die düsteren, hohlen Klänge gregorianischer Gesänge ertönten. Die frommen Töne standen in merkwürdigem Gegensatz zu der Luft, die sie atmeten und die, vom Geruch gärender Trauben gesättigt, regelrecht berauschend war.

Ein von einem ungeschlacht wirkenden jungen Arbeiter in schmutzigem Overall, Gummistiefeln und Kappe gelenkter Traktor mit einem Anhänger holperte über die Kopfsteine. Darauf thronte ihre einsame Kiste Côte du Cabardès Jahrgang 1982. Der junge Mann sprang vom Traktorsitz, hievte sich die Kiste auf die Schultern und schob sie unter die Hecktür des Renault. Dann reichte er Hippo einen Zettel, auf dem »310 Francs« stand. Hippo gab ihm 320 Francs und sagte, den Rest solle er behalten. Daraufhin brachte der junge Mann ein schiefes Lächeln zustande, bei dem er entsetzlich schlechte Zähne entblößte, und lüpfte die Kappe, so daß man den geschorenen Kopf sehen konnte.

Marcel folgte den Schildern zum Ausgang am anderen Ende des Gebäudekomplexes und bog auf die schmale Straße, die zum Dorf zurückführte. Sie verlief parallel zur Außenwand der Sandsteinmauer, die den Bergfried umgab. Marcel beschleunigte allmählich, als sie das Bauwerk fast hinter sich gelassen hatten, da brüllte Hippo plötzlich: »Halt!«

Marcel bremste. Schlitternd kam der Renault zum Stehen.

»Großer Gott!« sagte Hippo und deutete mit dem Finger.

Das Graffito an der Mauer war plump in Schwarz aufgesprüht worden, so daß bei einigen der Buchstaben die Farbe heruntergelaufen war. Offenbar hatte man versucht, die Schmiererei zu entfernen, aber die Botschaft war nach wie vor zu lesen. Und eindeutig.

RAUS! RAUS! NIGGER UND JUDEN!
FARBIGE RAUS! SCHWULE UND LESBEN RAUS!

9

Rue de Tournon, Paris

FRÜHER als erwartet war die Spurensicherung mit ihrer Arbeit in Virgile de la Pageries Wohnung fertig. Das hatte mehrere Gründe: Unter polizeilichen Gesichtspunkten war die Wohnung langweilig. Alles war neu, identifizierbar und makellos, außer einer Unmenge frischer Schnittblumen, zwei Kaffeetassen in der Küche und der durchaus anregenden Garderobe einer Tänzerin im zweiten Schlafzimmer. Der Hauptgrund für den frühen Abzug der Abteilung war jedoch, daß Chefinspektor Chartier nicht dabei war. Er hatte einen Assistenten in die Wohnung geschickt, während er selber im Labor blieb, um etwas anderes zu erledigen. Dieses »andere« wurde später als »Die Rache der Scheiße« bezeichnet.

Anschließend, am späten Nachmittag, wurde die Wohnung Alex und seiner Einsatztruppe übergeben. Umgehend stellte Alex eine Einheit aus Archivierungsinspektoren zusammen, für die er einen Wäschezettel zusammenstellte und die Delaps Bücher, Unterlagen, Korrespondenz und die Software untersuchen sollte.

Varnas war nicht da. Er hatte vorhin über seine überraschende Begegnung mit Monsieur und Madame Bloch einschließlich der geheimnisvollen Bemerkung letzterer Bericht erstattet. »Diese

Mistkerle sind überall!« hatte sie geschrien. Was der Satz bedeutete, hatte er nicht herausbekommen, und es war auch unwahrscheinlich, daß er dies in allernächster Zukunft erfuhr, da die Blochs sich nach wie vor in ihrer Suite im Hôtel Madison aufhielten, während er unten im Foyer blieb und für das sorgte, was er als Polizeischutz bezeichnete. Wie üblich war er unbewaffnet.

Die Wohnung de la Pageries, die sich über eine ganze Etage unter dem Mansardendach des Gebäudes erstreckte, war mit acht Dachfenstern und zwei offenen Kaminen ausgestattet. Alex begann seinen Besichtigungsrundgang in der rosenfarbenen, moirétapezierten Eingangshalle mit vergoldetem Garderobentischchen, Spiegel und einem jetzt leeren Schrank für Mäntel. Von da ging er weiter in den weitläufigen, hohen Raum mit weißen Vorhängen, in dem die Möbel, bedeckt mit zueinander passenden Überwürfen und Kissen, in einer Flut von farbenprächtigen einheimischen Herbstblumen schier untergingen. Immerhin mildern die Blumen die zu statische Anordnung des Innenarchitekten, dachte Alex. Ohne ihre lebensprühende Frische hätte der Raum ohne weiteres als eine Seite aus *Architektur heute* durchgehen können. Dennoch, er hatte Stil.

Er schlängelte sich um die Blumen herum und trat durch ein Portal aus imitierten Marmorsäulen ins Speisezimmer, das ebenso prachtvoll war. Unter einem antiken Messingleuchter bot ein Tisch aus rostfreiem Stahl und facettiertem Glas, umringt von identischen rustikalen Ahornstühlen, deren Lehnen mit Leder bezogen waren, Platz für zwölf Personen. An der einen Wand stand eine Anrichte aus Mahagoni mit einem Teeservice aus Porzellan. Entlang der gegenüberliegenden Wand war in einem Glasschrank genügend Limogesporzellan und -kristall ausgestellt, um dem ganzen Arrondissement ein Souper zu servieren.

Als nächstes inspizierte Alex die Küche, von der Größe und der technischen Ausstattung her durchaus für ein Hotel ausreichend, sowie die Vorratskammer. Dann ging er langsam durch den Korridor, der zum Dachgarten führte, und sah jetzt die ersten

Gemälde: üppige Darstellungen von in allen Regenbogenfarben schillernden Hibiskusblüten, von unterschiedlichen Papageien und Tölpeln, kobaltblaue und korallenrote Seestücke, alle mit DGB signiert. Er gelangte zu einem unvollständig möblierten kleinen Raum, in dem ein Kinderbettchen stand. Ein Kinderzimmer hatte Stéphane nicht erwähnt.

Stéphanes Zimmer sah anders aus, als er es sich vorgestellt hatte. Das heißt, es war nicht ein einziges Durcheinander. Im Gegenteil, alles war tadellos aufgeräumt. Ihre wenigen Kleider hingen ordentlich im Wandschrank. Die Trikots hatte sie im Badezimmer aufgehängt. Auf einem Tisch neben ihrem Bett stand eine gerahmte Photographie von Virgile am Strand, wie er gerade lächelnd eine Sandburg baute. Neben dem Photo lag ein in Leder gebundenes Buch mit dem Titel »Die Nachfahren der Euphémie de la Pagerie«. Alex blätterte den sorgfältig illustrierten Stammbaum durch: genau wie Stéphane ihn beschrieben hatte, bis hin zu dem Bananenenschoner, der von Fort-de-France nach Philadelphia aufbrach.

Delaps Zimmer hatte er sich absichtlich bis zum Schluß aufgespart, nicht nur um der Archivierungsabteilung Gelegenheit zu geben anzufangen, sondern weil allmählich ein bestimmtes Muster erkennbar wurde, das sich, das spürte er, im großen Schlafzimmer bestätigen würde.

Die Bibliothek mit der umfangreichen Sammlung von Theaterstücken stellte keine Überraschung dar, auch wenn ein paar ausgefallene Bände darunter waren. Vom Boden bis zur Decke reichende Bücherregale bedeckten zwei der vier Wände. Die gesammelten Werke von Racine, Corneille und Molière standen neben Kants *Kritik der Urteilskraft.* Die Stücke von Genet, Giraudoux, Beckett, Ionesco, Sartre und Camus teilten sich ein Bord mit Babeufs *Manifest der Gleichen* und einer *Geschichte des Bebop.* Auch die Werke von Wilde, Shaw, Ibsen, Strindberg, García Lorca, Brecht, Dürrenmatt, Pinter, Williams und anderen fehlten nicht. Textbücher standen neben Werken der Literaturgeschichte und Theaterkritik, der Kunst, der Architektur und der Druckkunst.

An der dritten Wand hingen ein Arbeitsmodell der Bühnenmaschinerie des Théâtre Odéon, ein Druck von Antoni Tàpies, ein abstraktes Aquarell von M. Kanemitsu sowie eine sehr große gerahmte Karikatur im Stil Daumiers, auf der de la Pagerie, mit einem rauchenden Federkiel bewaffnet, mit gespreizten Beinen auf einem von den Leichen deutlich erkennbarer Schauspieler und Regisseure übersäten Schlachtfeld stand.

In einer Ecke der Raums befanden sich ein Computer mit Drucker sowie ein Schreibtisch mit einem Telephon, einem Fax und einem kleinen Safe. Neben dem Telephon stand ein Rolodex und neben diesem, etwas anachronistisch, die uralte Schiefertafel eines Kindes, die von einer Spindelachse aus Messing aufrecht gehalten wurde. Oben auf die Tafel standen in feinen Druckbuchstaben die Worte: »Notruf und häufig gewählte Nummern«. Alex' Ansicht nach ein Geschenk. Mit rosaroter Kreide waren die Nummern von Polizei, Feuerwehr, Joyce, Carlo, LFD, Madame Inge und ZRE auf die Tafel geschrieben. Aus Gewohnheit schrieb Alex die Namen und Nummern in sein Notizbuch.

Gegenüber dieser Art Computerzentrum standen ein Plattenspieler, Kassettendecks und ein CD-Spieler, die zusammen eine vollständige Tonanlage bildeten. Weder hier noch sonstwo in der Wohnung war ein Fernseher zu sehen.

Und dann war da noch das Bett, das im rechten Winkel zur vierten Wand stand, ein riesiges Himmelbett mit Baldachin, ein Tempel, ein Tabernakel und Hallenstadion, entworfen, gebaut und aufgestellt zu keinem anderen Zweck, als um eine vollkommene Landschaft für die Freuden ehelicher Liebe zu schaffen.

Stéphane hatte weder das Kinderzimmer noch das Bett, noch die zwei Badezimmer erwähnt. Es war jedoch klar, die Umgestaltung der Wohnung von einer Junggesellenbude in eine regelrechte Residenz hatte ein Mann durchgeführt, der zu heiraten, Gäste zu empfangen und eine Familie zu gründen beabsichtigte.

Stéphane hatte den Namen seiner Verlobten nur beiläufig erwähnt, es jedoch vergessen oder absichtlich nicht erwähnt, was er für sie empfunden haben mußte, um ein solch freudiges Monument ihrer Zukunft zu errichten.

Stéphanes Charakterisierung de la Pageries als unnahbar und ihr oberflächliches Abtun Angéliques – die Blochs hätten sie nicht gemocht, außerdem sei sie ständig zum Mittagessen aus gewesen – paßten nicht zu dem eindeutigen Erscheinungsbild der Wohnung in der Rue de Tournon.

Alex' Piepser ertönte. Er schaltete ihn aus, ging zu de la Pageries Schreibtisch, an dem ein Archivierungsinspektor die Software überprüfte, und rief in der Maison an. Der Beamte in der Telephonzentrale stellte ihn sofort zu dem vor kurzem zurückgekehrten Kommissar durch.

Demonet klang gereizt. »Wo, zum Teufel, stecken Sie?«

»In de la Pageries Wohnung.«

»Einfach prächtig! Die hat eine Geheimnummer! Seit einer halben Stunde versuche ich, Sie aufzustöbern! Kommen Sie sofort hierher! Varnas habe ich bereits herbestellt!«

»Wir sind hier noch nicht fertig, Kommissar.«

Der Kommissar schluckte. »Dann machen Sie eben später weiter! Ihr von Ihnen so hoch geschätzter Kollege, der gelehrte Chefinspektor der Abteilung für Spurensicherung Chartier, behauptet, er habe die Tatwaffe gefunden!«

Die Maison

Müßig hing Alex dem Gedanken nach, wenn er je einen immer wiederkehrenden Alptraum hätte, dann stünde in dessen Mittelpunkt mit Sicherheit Chartiers glattes, blasiertes Gesicht. Sein selbstgefälliger, äußerst selbstsicherer Gesichtsausdruck änderte sich nie, denn Chartier war im Besitz der einzig gültigen Wahrheit, der wissenschaftlichen Wahrheit, einzig und allein im Labor der Spurensicherung erkennbar. Alex bevorzugte die andere Art von Wahrheit: die Tatsache, daß Chartier, wiewohl zweiundvierzig Jahre alt, immer noch bei seiner Mutter wohnte und bei der Arbeit jeden Tag, sommers wie winters, Gummiüberschuhe trug. Kein Mensch bestritt Chartiers Befähigung als Spurensicherer. Nur die widerliche Selbstgefälligkeit, die er beiläufig gegenüber allen anderen nicht so akkuraten polizeilichen Methoden an den Tag legte, ärgerte seine Kollegen.

»Soll ich dir Aspirin holen?« flüsterte Varnas Alex zu, als sie neben Isabelle Fauré von der Recherchenabteilung und einigen Leuten aus der Datenverarbeitung ihren Platz im Büro des Kommissars einnahmen.

»Bring mir ein scharfes Messer. Wer paßt auf die Blochs auf?«

»Hoteldetektiv.«

Chartier, der einen weißen Chirurgenkittel trug, räusperte sich. Gegenüber dem Schreibtisch des Kommissars hatte er einen Zeichentisch aufgebaut, auf dem er seine Vorführung zu zelebrieren gedachte. Beide Arme in die Taille gestemmt und das blasse Schulbubengesicht hochgereckt, stand er da, als wolle er gleich ein Lied schmettern.

»Wir bitten Sie um Ihre volle Aufmerksamkeit«, krähte er mit seiner pedantischen Diskantstimme und verwendete den, zu dem Schluß war Alex gekommen, Pluralis majestatis, nicht den persönlichen, »damit wir uns nicht zu wiederholen brauchen. Und, bitte, stellen Sie das Rauchen ein.« Alex sah zum Kommissar hinüber, der gerade Tabak in den Meerschaumhelm der heiligen Johanna stopfte.

Die in dem Zimmer versammelten Leute setzten sich. »Es hat den Anschein«, begann Chartier, »als sei das Opfer, Virgile de la Pagerie, Asthmatiker gewesen.« Varnas warf Alex einen Blick zu. »Dies hier ist die Plastikkappe, die gestern im Zuschauerraum des Théâtre Bakoledis gefunden wurde. Wie sich herausgestellt hat, enthielt sie Spuren der gleichen Mischung aus Natriumzyanid und Trichlormonofluormethan, die man auf dem Teppichboden und später an der Kleidung und der Umhängetasche des Opfers gefunden hat.«

Auf dem Boden neben dem Zeichentisch entdeckte Alex jetzt die Umhängetasche.

Nun hielt Chartier einen kleinen, L-förmigen roten Plastikbehälter in die Höhe. Aus dem L ragte die Spitze einer Metallkartusche hervor. »Dies«, fuhr Chartier fort, »ist ein mit Ventil arbeitender Asthmainhalator, der dem ähnelt, den das Opfer an dem Abend, an dem es starb, im Theater benutzte. Er wird von der Société Pharmaceutique d'Oise hergestellt, einer Tochtergesellschaft des deutschen Unternehmens Scheel AG in Pointoise. Die Zerstäuberkartusche des Inhalators enthält die Mischung Albuterol.« Er deutete auf die Spitze der Kartusche, die oben auf dem L zu erkennen war. »Wenn man auf die Kartusche drückt, wird das Medikament freigesetzt, und zwar über das Inhalatorröhrchen und das Mundstück, und in die Bronchien des Patienten gesprüht.« Er wies auf den unteren Teil des L und drückte auf die Kartusche. Aus dem Inhalatorröhrchen kam ein feines Spray. »Wenn der Inhalator nicht benutzt wird«, fuhr er fort, »wird die Kappe über das Mundstück gestülpt, damit es hygienisch geschützt und ein zufälliges Austreten des Medikaments verhindert wird.« Er ließ die schwarze Kappe über dem Ende des Inhalatorröhrchens zuschnappen. »Im Theater haben wir die Kappe, das Gift sowie das Treibgas gefunden und sie identifiziert.«

Der Kommissar unterbrach ihn: »Dann ist das also nicht die Mordwaffe?«

»Die Kappe stammt von dem, was Sie als Mordwaffe bezeichnen, Herr Kommissar. Der Zerstäuber und die Kartusche, die das Opfer verwendete, wurden nicht gefunden. Dies hier sind genaue Kopien, die wir zu Demonstrationszwecken besorgt haben.«

Der Kommissar wandte sich zu Alex. »Haben Sie gewußt, daß de la Pagerie an Asthma litt?«

»Nein, Kommissar.«

»Seine Freundin hat das nicht erwähnt?«

»Nein, Kommissar.«

Demonet zog die Augenbrauen hoch. »Ich schlage vor, Sie unterhalten sich noch einmal mit ihr. Vielleicht gibt es noch mehr, das sie nicht erwähnt hat. Ich kann mir nicht vorstellen, daß eine Frau ein Jahr lang mit einem Mann zusammengelebt hat, ohne zu merken, daß er regelmäßig ein Medikament gegen Asthma nahm.«

»Sie hatten jeder ein Zimmer für sich«, entgegnete Alex wenig überzeugend.

»Tatsächlich?« Er nickte Chartier zu. »Fahren Sie fort.«

Chartier warf Alex ein selbstzufriedenes kleines Lächeln zu. »Lassen Sie uns also fortfahren«, setzte er an. »Offensichtlich wurde das Medikament im Inhalator des Opfers zu irgendeinem Zeitpunkt mit einer anderen Substanz versetzt. Wir haben Verbindung mit dem Hersteller aufgenommen und ein hypothetisches Manipulieren an dem Inhalator zur Diskussion gestellt. Er hat darauf bestanden, daß dies unmöglich in der Fabrik hätte passieren können. Und er hat schwerwiegende Zweifel daran geäußert, daß, angesichts eines Innendrucks von 17 bar, eine andere Substanz von außen in einen Sprayinhalator eingebracht werden könnte, ohne das Treibgas freizusetzen, das darauf bemessen ist, zweihundert Inhalationen oder, je nach Dosierung, genug für fünfundzwanzig Tage zu ermöglichen. Entgegen der Behauptung des Herstellers ist der Apparat jedoch eindeutig nicht sicher vor Manipulationen.«

Chartier entfernte nun die schwarze Kappe von dem Inhalator und legte sie auf den Zeichentisch. Dann zog er die Metallkartusche aus dem roten Plastikzerstäuber, deponierte den Zerstäuber auf dem Tisch und erklärte, indem er die Kartusche auf Armlänge vor sich hielt: »Die Methodikabteilung möge beachten, daß der Apparat aus drei Teilen besteht: Kappe, Zerstäuber und Kartusche. Von diesen ist die Kartusche der kritischste Teil, nicht nur weil sie das Medikament enthält, dem das Zyanid beigemischt wurde, sondern auch weil jede Kartusche eine Seriennummer trägt, was die Zurückverfolgung erleichtern könnte, falls die vom Opfer tatsächlich benutzte Kartusche gefunden wird.« Er hielt, um dem Ganzen Nachdruck zu verleihen, die Kartusche in die Höhe und legte sie schließlich neben die anderen Bestandteile auf den Tisch. »Damit ist unsere Vorführung zu Ende. Wir haben die Kleidung des Opfers sowie den Inhalt seiner Umhängetasche untersucht. Von beidem ist, vom polizeilichen Standpunkt aus und abgesehen von den bereits erwähnten Spuren der chemischen Substanz, nichts Nennenswertes zu berichten. Noch Fragen?«

Alex meldete sich zu Wort: »Sie sagen, der Apparat reiche, je nach Dosierung, für bis zu zweihundert Inhalationen. Was ist in dem Fall eine Dosierung?«

»Die Dosierung, Herr Chefinspektor, ist die vorgeschriebene Anzahl von Inhalationen zu vorgeschriebenen Tageszeiten. Bezüglich dieser Information wenden Sie sich wohl am besten an den Hausarzt des Opfers.«

Um seinem herablassenden Rat gebührenden Nachdruck zu verleihen, hatte Chartier sich halb zu Alex gewandt. Jetzt drehte er sich wieder um und stieß dabei leicht an den Zeichentisch. Der schwenkbare Tisch war nicht ganz gerade, und folglich genügte der leichte Stoß, um die Metallkartusche ins Rollen zu bringen. Chartier, der sich im Raum umsah, ob jemand noch Fragen hätte, bemerkte nicht, wie die Kartusche vom Tisch und Varnas in die Hand rollte. Es wurden noch einige Fragen gestellt. In der Zeit untersuchte Varnas eingehend die Kartusche und gab sie schließlich dem verblüfften Chartier zurück, der ihr Fehlen nicht bemerkt hatte.

»Taschenspielertrick«, erklärte Varnas vergnügt, legte den Zeigefinger an die Nase und zwinkerte wie der heilige Nikolaus, der sich gerade anschickt, durch den Kamin zu verschwinden.

Nach der Besprechung stiegen Alex und Varnas die Treppe zu ihrem gemeinsamen Büro im ersten Stock hinauf. Der fensterlose Abstellraum ohne Belüftung, der nicht größer als eines von Delaps Badezimmern war und nach einer Marke von Desinfektionsmittel stank, die nur der liebe Gott und die knickrige Instandhaltungsabteilung des Innenministeriums kannten, war, abgesehen von der Installierung eines kleinen Computers und eines Faxgeräts, seit den Tagen der Dritten Republik weder renoviert noch besser ausgestattet worden. Die Einrichtung bestand aus zwei aneinandergerückten Holzschreibtischen, zwei Schreibtischlampen, zwei Telephonen, dem Fax, einem gemeinsamen Papierkorb, dem Computer auf einem separaten Tischchen, ein paar Pappkarteikästen entlang den anstaltsgrün gestrichenen Wänden und einem Safe, in dem Varnas seine Baretta Kaliber 25 aufbewahrte.

Alex legte Delaps Umhängetasche auf seinen Schreibtisch und setzte sich. Varnas blieb stehen und musterte seinen irgendwie niedergeschlagen wirkenden Freund.

»Alex, wenn französischer Diplomat achtzehn Jahre lang chinesische Frau lieben kann und nicht merkt, daß sie Mann ist, dann ist es möglich, daß Mademoiselle Stéphane ein Jahr mit Kritiker zusammenlebt und nicht weiß, daß er Atembeschwerden hat.«

Alex hatte die Umhängetasche umgedreht und leerte den Inhalt auf den Schreibtisch. »Was den Diplomaten betrifft, da kann ich nicht mitreden, aber wenn man Stéphanes muntere Umgänglichkeit und die kokette Neugierde dieser großen blonden Frau bedenkt, kommt es einem unwahrscheinlich vor.«

»Was ist, wenn Delap nicht wollte, daß sie weiß?«

Alex untersuchte ein kleines Adreßbuch. »Warum sollte er nicht wollen, daß sie es weiß? Asthma ist nicht ansteckend oder lebensbedrohlich.«

»Für Männer wie Delap ist es vielleicht imagebedrohlich.«

»Vielleicht.«

»Aber, viel wichtiger, jetzt, da wir Information über Inhalator haben, wissen wir Grund, warum Gus an Premierenabend so schnell Mittelgang hinunterrennt.«

»Was für einen Grund hatte er?«

»Um Inhalator zu holen, den Delap in diesen paar Augenblicken von Verwirrung fallen läßt, ehe Theaterlichter angehen und Doktor kommt.«

»Du glaubst, Gus hat den Inhalator?«

»Vielleicht. Außer schwarzer Kappe. Übrigens, stellt die Recherchenabteilung Dossier über Gus fertig?«

»Noch nicht.« Alex beschäftigte sich immer noch mit dem Adreßbuch. »Varnas, wenn Gus den Mord geplant und aus Gründen, die nur er kennt, vorgehabt hätte, ihn in einem Theater vor Publikum zu inszenieren, dann hätte er dies nicht besser planen können. Warum sollte er sich jetzt, da er seinen großen Erfolg gehabt hat, auf praktischer wie auch auf theatralischer Ebene, um etwas so Prosaisches wie den Inhalator kümmern, geschweige denn im Dunkeln auf allen vieren danach suchen? Sollen sie den Inhalator ruhig finden! Soll er doch vergiftet sein! Um so geheimnisvoller und sensationeller und besser für den Vorverkauf!« Alex sah seinen Partner an. »Offenbar mußt du dringend weg. Halte ich dich von irgendwas ab?«

Varnas lächelte. »Es ist Freitag und Essenszeit. Specialité de la maison bei Chez Suzanne ist freitags Chou farci. Ich kann an nichts anderes denken.«

Chez Suzanne war ein winziges Café in der Nähe der Talstation der Seilbahn, die zu Sacré-Cœur führt. Es wurde von einer Expuffmutter aus dem Limousin geführt, die Varnas einst aus den Fängen der Sittenpolizei befreit hatte, und war sein Club, der gesellschaftliche und gastronomische Mittelpunkt seines Lebens (Suzanne bereitete echte Hausmannskost zu, jeden Tag – außer montags – ein anderes Gericht). Zudem war es ein Treffpunkt der Halbwelt und kleinen Gauner, die den Grundstock von Varnas' Informantenliste bildeten, exklusiver, als je eine von einem Pariser Polizisten zusammengestellt worden war. Wenn Varnas zu Chez Suzanne ging, dann selten nur wegen des Essens.

»Bon appétit«, meinte Alex, »Kohlrouladen unwiderstehlich.«

Varnas ging.

Alex legte das Notizbuch beiseite und wandte seine Aufmerksamkeit dem kleinen Tonbandgerät des Kritikers zu. Er drückte auf den Knopf »Play«. Eine auffällig kultivierte Stimme verkündete gedehnt: »Als junger Mann arbeitete Jean Anouilh für eine Pariser Werbeagentur. Unglücklicherweise war der Verlust für die Werbung kein Gewinn für das Theater ...«

Das Tonband klickte und schwieg. Möglicherweise hatte de la Pagerie den einleitenden Satz für seine Kritik der *Eurydice* aufgenommen.

Alex drückte auf »Replay«. Als das Tonband stehenblieb, betätigte er erneut den Knopf für »Play«. Einen Augenblick lang gab das Gerät ein zischendes Geräusch von sich, dann klickte es, und schließlich sprach eine sanfte, wie eine Klarinette klingende Frauenstimme klar und deutlich:

Aber plötzlich erscheint der Mann. Die jungen Mädchen haben nur noch für ihn Augen. Er versteht es, sich selbst zu inszenieren. Er stellt sich auf die Hinterbeine, um nicht vom Regen durchnäßt zu werden und um sich Orden an die Brust zu heften. Er läßt den Bizeps anschwellen. In geheuchelter Bewunderung zittern sie vor ihm, beben vor Angst, wie selbst ein Tiger sie ihnen nicht einflößt, und machen sich nicht klar, von allen fleischfressenden Tieren hat allein dieser Zweibeiner verfaulte Zähne. Und wie sie ihn so anstarren, bewölken sich die Fenster der Seele, durch die sie einst die Myriaden von Farben der Außenwelt sahen, werden undurchsichtig, und in diesem Augenblick ist die Geschichte vorbei ... und das Leben beginnt. Die Lust des Bettes beginnt. Und die Lust des Tisches. Und die Gewöhnung an diese Lust. Und die Lust der Eifersucht ... und die Lust der Grausamkeit ... und die Lust des Leidens. Und zuletzt die Lust der Gleichgültigkeit. So verliert die Perle nach und nach ihren Glanz und ist, lange ehe sie stirbt, tot.

Das Tonbandgerät klickte und schwieg, bis die männliche Stimme den kurzen Text zu Jean Anouilh wiederholte. Alex hatte keine Ahnung, wer die Frau war oder was die kurze Rezitation bedeuten sollte.

Er legte das Tonbandgerät in seine Schreibtischschublade und wandte sich wieder dem Adreßbuch zu.

Er suchte die Adresse eines Arztes, des Hausarztes de la Pageries: des Arztes, der sich nicht gemeldet hatte, als die erste, vorläufige Diagnose des amtlichen Leichenbeschauers veröffentlicht worden war, der sich vor allem nicht gemeldet hatte, als man den toxikologischen Bericht freigegeben hatte; und noch wichtiger: des Arztes, der das Medikament gegen Asthma verschrieben hatte und die genaue Dosierung kannte.

Zweimal ging Alex das Adreßbuch durch. Kein Arzt war darin aufgeführt. Er zog sein Notizbuch heraus, in das er die am häufigsten gewählten Nummern auf der Tafel auf Delaps Schreibtisch gekritzelt hatte.

Polizei und Feuerwehr ließ er aus und rief als erstes bei Joyce an. Am anderen Ende der Leitung war ein Anrufbeantworter. Joyce war seine Friseuse, und ihr Laden hatte geschlossen. Carlo, ebenfalls geschlossen, entpuppte sich als Maßschneider. LFD war eine Lieferfirma für Speisen und Getränke und Madame Inge eine Masseurin. Sie behandelte gerade einen Patienten und wollte das Gespräch rasch beenden, so daß Alex schließlich erklärte, wer er war. Er fragte, ob Monsieur de la Pagerie ihres Wissens irgendwelche chronischen Beschwerden oder Allergien gehabt hätte. Nein, meinte sie, abgesehen von gelegentlichen Kreuzschmerzen und Muskelkrämpfen sei da nichts gewesen. Alex legte auf und rief ZRE an. Es war keine Pariser Nummer.

Eine Frau nahm ab. »Zentrum für respiratorische Erkrankungen.«

Alex erklärte, wer er war, und bat darum, den behandelnden Arzt Virgile de la Pageries zu sprechen.

»Wir sind ein allgemeines Krankenhaus, Monsieur, keine Privatpraxis. Die Patienten haben keine speziell für sie zuständigen Ärzte. Sie werden nach dem Prinzip behandelt: wer zuerst kommt, mahlt zuerst.«

»Aber Sie haben doch Krankenblätter?«

»Selbstverständlich.«

»Also haben Sie die Aufzeichnungen von jemandem, der Virgile de la Pagerie behandelt hat. Und mit dieser Person wünsche ich zu sprechen.«

Sie atmete seufzend aus. »Wie war der Name des Patienten noch mal?«

Alex wiederholte ihn.

Er hörte die Tastatur eines Computers. Kurz darauf meldete sie sich wieder. »Wir haben keinen Patienten mit diesem Namen. Sind Sie sicher, daß er hier behandelt worden ist?«

»Ja. Versuchen Sie es unter Bloch. Oder Géronte. Virgile Bloch oder Géronte.«

Erneut das Klappern der Computertastatur. Als sie wieder ans Telephon kam, erklärte sie: »Wir hatten einen Virgile Bloch, Postfach 473, Sechstes Arrondissement, keine Telephonnummer. Zuletzt wurde er von Doktor Louis Sélibaby behandelt.«

»Kann ich den bitte sprechen?«

»Doktor Sélibaby besucht seine Angehörigen im Senegal. Was wollen Sie denn wissen?«

»Die Dosierung des Medikaments, das Doktor Sélibaby Monsieur Bloch verschrieben hat.«

»Ich bin nicht befugt, diese Information weiterzugeben.«

»Wo befindet sich Ihr Zentrum, Mademoiselle?«

»Rue Émile Zola, Malakoff.«

»Sie haben die Wahl. Ich habe Ihnen gesagt, wer ich bin. Entweder geben Sie mir die Information, um die ich gebeten habe, oder das Büro des Obersten Terroristenfahnders wird Sie wegen Mißachtung des Gerichts vorladen und Ihr Etablissement morgen früh schließen.«

Alex wurde zur diensthabenden Krankenschwester durchgestellt. Die Dosierung war wirklich einfach; Sprayinhalator, alle vier Stunden, um acht, zwölf, sechzehn und zwanzig Uhr, je zweimal Albuterol inhalieren.

»Wo hat er sein Rezept eingelöst?«

»In unserer Apotheke im Erdgeschoß.«

Alex legte auf. So war das also. Kein Hausarzt. Hatte unter anderem Namen und anderer Adresse Hilfe in einer Klinik in einem heruntergekommenen Vorort von Paris gesucht. Nicht einmal der Arzt, der ihn behandelt, und die Apotheke, in der er sich sein Medikament besorgt hatte, wußten, daß ein Mann namens de la Pagerie Asthmatiker war.

Er sah auf die Uhr. Immer noch Zeit, Stéphane vor der Vorstellung einen Besuch abzustatten. Er nahm ein Taxi zum Palais Garnier.

10

Philippa

DIE französische Sprache verfügt lediglich über zwanzig Wörter, die mit dem Buchstaben »W« beginnen, und die meisten davon sind von fremdsprachigen Begriffen abgeleitet: *wagon, walkyrie, watt, week-end, whisky* und so weiter. Und es gibt nur wenige, wenn überhaupt, französische Familiennamen, die mit W beginnen, abgesehen von Watteau, und der war Flame.

Philippa, französische Staatsbürgerin, aber englischer und irischer Abstammung, hatte den Mädchennamen ihrer Mutter geerbt – Watten –, als sie als Alex' Mündel registriert worden war.

Der Name hatte von Anfang an nichts als Schwierigkeiten mit sich gebracht. Im Französischen war er unaussprechbar. Wenn man auf einem Anrufbeantworter eine Nachricht hinterließ, mußte man ihn buchstabieren, und die Verkäufer in Kaufhäusern schauten etwas seltsam drein, wenn sie eine Rechnung ausstellen sollten. »Mademoiselle Watt-ein?«

Als sie nun eine bekannte Tänzerin wurde, beschloß Philippa, ihren Namen zu ändern.

»Was hältst du von Watts?«

»In New York gibt es eine Heather Watts, Chérie.«

»Was gefällt dir denn nicht an Philippa Grismolet?«

»Zu düster für das Ballett.«

»Komm schon, Alex! Wie wäre es mit Philippa Guerin? Oder Guillem? Oder Leclerc oder Tscherkassky?«

»Wie wär's mit Philippa Watten?«

»Scheiße.«

Es war der dritte Tag ihres Nichturlaubs. Eine Weile hatte sie sich in der Salonkabine der »Yacht Club« selber Unterricht gegeben, und jetzt versuchte sie zu entscheiden, ob sie zuerst baden oder Alex in der Maison anrufen sollte, um das Abendessen zu planen. Sie entschied, zuerst Alex anzurufen. Gerade langte sie nach dem Hörer, da läutete das Telephon, so daß sie zusammenzuckte.

Sie nahm ab und sagte: »Eben wollte ich dich anrufen. Ich hatte die Hand schon auf dem Hörer, und da – schriiiilll!«

Schweigen. Dann ertönte eine sehr englische Stimme: »Miß Watten?«

»Oui? Ich meine – yes?«

»Hier spricht Nigel Philby vom Royal Ballet in London.«

»Hi«, erwiderte sie reichlich unbeholfen, völlig unvorbereitet darauf, Englisch zu sprechen, eine Sprache, in der sie sich nicht mehr zu Hause fühlte.

»Ich habe versucht, Sie im Palais Garnier zu erreichen, aber dort hat man mir gesagt, sie hätten Ferien, und mir diese Nummer gegeben.«

»Oh. Wie geht es Ihnen?«

»Sehr gut, danke. Der Grund für meinen Anruf: Wir haben Nicolaj Blixen vom Königlich-Dänischen Ballett für die Herbstsaison engagiert. Ich plane eine Aufführung von August Bournonvilles *Napoli.* Nicky wird den Gennaro tanzen, und ich hätte gerne, daß Sie als Teresina seine Partnerin sind.« Schweigen. »Hallo?«

»Entschuldigen Sie bitte«, erklärte Philippa. »Ich versuche gerade, mir eine Antwort auf Englisch zurechtzulegen.«

»Würden Sie lieber französisch sprechen?«

»Ja, bitte.«

Sein Französisch war ziemlich korrekt, hatte jedoch den etwas plumpen, unverkennbar britischen Akzent, wie man ihn von Premierministern, die einen Staatsbesuch absolvieren, kennt.

Bournonville war ihr natürlich ein Begriff, und Blixen kannte sie seinem Ruf nach (»ein junger blonder Riese, der Sprünge wie eine Gazelle macht und alles vögelt, was sich bewegt«, sagte Stéphane immer), aber das Ballett *Napoli* kannte sie nicht.

Kurz schilderte er die Geschichte des jungen Fischers Gennaro, dessen große Liebe Teresina im Meer ertrinkt und zu einer Najade wird.

»Ihr Angebot ehrt mich sehr«, meinte Philippa, »aber wieso ich?«

»Ursprünglich war es Nickys Idee. Er hat Sie tanzen sehen und bewundert Ihre Bestimmtheit und Energie, die bei Bournonville so wichtig sind. Und ich habe letztes Frühjahr Ihre Schattenvariation in der *Bajadere* gesehen und bin ganz begeistert von der Aussicht, mit Ihnen zusammenzuarbeiten.« Er schwieg kurz. »Na schön. Was meinen Sie?«

»Was ich meine? Ich bin begeistert! Liebend gerne! Aber das hängt natürlich von Rudy ab.«

»Dann habe ich also Ihre Erlaubnis, mit Rudy zu sprechen?«

»Selbstverständlich!«

Er machte ihr noch ein paar Komplimente und beendete dann das Gespräch.

Sehr langsam legte sie den Hörer auf, holte tief Luft und stieß einen Schrei aus. Anschließend vollführte sie ein Dutzend Fouettés und schlug ein Rad, brach schließlich kichernd auf der Couch zusammen und strampelte wild um sich. Dann brach sie in Tränen aus. Nach etlichen herzhaften Schluchzern spürte sie eine kühle Hand auf ihrer Stirn. Sie packte sie mit beiden Händen und bedeckte sie mit Küssen.

»Was, um alles in der Welt, ist denn los?« fragte Alex.

Sie wirbelte auf der Couch herum und schlang die Arme um seine Taille: »Es ist passiert!«

Sie feierten. Während Philippa badete, ging Alex einkaufen. Zum Abendessen servierte er ihr pochierten Lachs mit frischer Dillmayonnaise, frischen Spargel mit Thymianbutter, Endiviensalat mit Brunnenkresse, eine noch warme Baguette aus der Pâtisserie Mariette und eine Flasche Sauvignon Blanc.

Als sie alles verspeist hatten, tätschelte Philippa ihren Bauch und verkündete: »Mein Letztes Abendmahl. Wenn Rudy ja sagt, heißt es von jetzt bis Weihnachten Tofu und Gelatine.«

Alex erwiderte: »Und wenn Rudy nicht ja sagt, werde ich meinen Einfluß geltend machen und die Regierung überreden, ihn für seine selbstlose Tanztherapie mit den Sträflingen auf Französisch-Guyana zum Ritter der Ehrenlegion zu machen.«

Philippa, die ihn gut genug kannte, spürte, mit dieser letzten Bemerkung hatte Alex die Fröhlichkeit etwas zu dick aufgetragen. Daher sagte sie: »Und was macht der Mord in der Reihe E?«

»Ich will uns nicht unsere kleine Feier verderben.«

»Alex, hier spricht Philippa.«

Er zögerte. »Nach den neuesten Entwicklungen sieht die Sache für deine Freundin Stéphane ziemlich schlecht aus. Ich war im Palais Garnier, um vor der Vorstellung mit ihr zu reden. Der Regisseur hat mir gesagt, sie sei heute morgen gefeuert worden. Kein Mensch scheint zu wissen, wo sie ist.«

Chez Suzanne

Suzanne watschelte aus ihrer Küche in die Bar und starrte quer durch den überfüllten kleinen Raum zu Varnas hinüber, der mit seinem Chou Farci fast fertig war. Im Lauf der Jahre, als sie beide älter geworden waren (und sie massiger), hatte Suzanne eine Schwäche für Varnas entwickelt. Des öfteren hatte sie ihn in ihr Bett eingeladen, und da er beharrlich abgelehnt hatte, versicherte sie sich seiner Aufmerksamkeit, indem sie ihn neckte und haarsträubende Dinge erfand: seine nicht zu bändigende Manneskraft, seine Begabung für Liebesspiele in der Telephonzelle, was sie aus absolut glaubwürdiger Quelle im Informantennetzwerk über die beeindruckende Größe seines Glieds gehört hätte. Diese scherzhaften Obszönitäten, die sie ihm mit heiserer Stimme ins Ohr flüsterte, wenn sie sich zu ihm an den Tisch setzte, verpflichteten keinen von beiden und machten ihre Schlüpfrigkeit, auch wenn sie eindeutig war, im wesentlichen harmlos. Als sie jedoch erfuhr, daß er mit einer anderen Frau unter einem Dach lebte (für sie spielte es keine Rolle, daß sie vier Stockwerke voneinander entfernt wohnten), legte sie einiges an Deutlichkeit zu.

Daß er ständig im Mittelpunkt ihrer Schäkereien stand, trug wesentlich zu seinem Ansehen bei den Stammkunden bei.

Er blieb an ein paar Tischen stehen, um den Leuten beim Kartenspielen über die Schulter zu schauen, und tauschte Höflichkeiten mit ein paar Schmalspurganoven aus, die, nebst anderen Dingen, peruanische Cocapaste – getarnt als das amerikanische Antiazidum Mylanta – und ganz offen Videos mit Schlammringkämpferinnen, nackte junge Frauen von den Philippinen, verhökerten.

Als er das Café verließ, lächelte Suzanne, warf ihm eine Kußhand zu und streckte den Finger hoch.

Er ging zur Métrostation Pigalle, nahm die Nr. 12 zur Madeleine und ging von dort aus in die Rue de Caumartin.

Théâtre Bakoledis

Dort traf er in der Pause zwischen Akt zwei und drei ein. Theatergäste strömten vom Gehsteig und aus dem Foyer in den Zuschauerraum zurück. Er ging um die Ecke und trat durch den Bühneneingang.

Drinnen saß ein alter Mann an einem Metalltisch. Hinter ihm erstreckte sich ein Gewirr nicht gestrichener Kästchen für Nachrichten und von Haken für Garderobenschlüssel. »Kein Zutritt während der Vorstellung«, murmelte er, ohne von seinem *Paris Turf* aufzublicken.

Bedächtig hielt Varnas dem Mann seinen Ausweis unter die Nase.

»Sie waren schon mal da«, grummelte der. »Um was geht's denn diesmal?«

»Ich möchte Untergeschoß sehen.«

»Unten ist die Schneiderei.«

»Ich möchte sie sehen.«

Der Mann schniefte. »Die Treppe rechts von Ihnen. Und seien Sie leise. Der Vorhang ist offen.«

Die Schneiderei war früher der für das Orchester reservierte Raum gewesen, ehe der Orchestergraben abgedeckt und vier zusätzliche Sitzreihen in den Zuschauerraum eingebaut worden waren: ein trostloser rechteckiger Raum unter der Bühne, grau gestrichen und von nackten Birnen erhellt. Jetzt befand sich dort eine Reihe Kleiderständer aus Metallrohren auf Rädern, an denen etwa dreißig Kostüme hingen. Auf der einen Seite standen eine Nähmaschine und ein großes Dampfbügeleisen auf einem Bügelbrett. Gegenüber, in der Mitte der Wand, die von der Bühne aus herunterreichte, befand sich die alte Schiebetür aus Metall, die zu dem ehemaligen Orchestergraben führte. Sie ließ sich offenbar auf einer an der Decke angebrachten Schiene nach links schieben, war jedoch mit einem Holzbalken, der zwischen sie und einen senkrechten Pfosten eingekeilt war, verrammelt.

Varnas lauschte. Er konnte das Schlurfen der Schauspieler über sich hören, ihre Stimmen drangen jedoch durch die Tür zum Orchestergraben. Er sah sich die Schiene an der Decke genauer an. Der Tür war an Rollen aufgehängt. Eines fiel ihm sofort auf: Wenn jemand in der Lage wäre, den Balken zu entfernen, dann war es unwahrscheinlich, daß er es fertigbrachte, die alte Tür leise genug zu öffnen, um eine Störung der Vorstellung zu vermeiden. Und falls es ihm gelang, die Tür zu öffnen, wüßte er immer noch nicht, wohin, da er nicht mit Sicherheit sagen konnte, ob die Hälfte des Orchestergrabens unter der Bühne von der abgedeckten Hälfte im Zuschauerraum abgetrennt worden war.

Erneut lauschte er. Eindeutig, die Stimmen der Schauspieler waren durch die Tür zu hören. Eine junge Frau deklamierte: »Mein Liebster, wie lange du weg warst!« Darauf folgte ein Geräusch wie von einem Regenguß, dann ein leiser Plumps, gefolgt von einem Beifallssturm. Schlußvorhang. Er hörte, wie der Vorhang sich noch einmal hob, sowie »Bravo!«-Rufe.

Ohne zu zögern, packte er den Balken an einem Ende und drückte ihn mit aller Kraft nach oben. Er rührte sich nicht. Varnas sah sich nach einem Werkzeug um, entdeckte das große Dampfbügeleisen, steckte es aus und schlug mit der Flachseite auf das Ende des Balkens. Er fiel herunter, aber dafür hielt er den Griff des Bügeleisens in der Hand. Nach einem vergeblichen Versuch, den Griff wieder am Bügeleisen zu befestigen, stellte er fest, daß sein Unterfangen wahrscheinlich aussichtslos war. Er legte die Einzelteile auf das Bügelbrett und widmete sich der Tür. Sie ließ sich erstaunlich leicht aufschieben.

Er schaltete seine Stablampe ein, ging in das, was vom Orchestergraben übrig war, und sah sofort auf Augenhöhe Schuhe, die Schuhe von Theatergästen, die beifallklatschend in der vordersten Reihe standen; Dutzende Schuhe unter einem kurzen roten Samtvorhang, der an einer Messingstange hing, die von links nach rechts verlief. Das war alles, was den Zuschauerraum von dem ehemaligen Orchestergraben trennte.

Er leuchtete mit der Lampe in das Halbdunkel. Schwach beleuchtete sie alte Notenständer aus Holz, die parallel zu dem dekorativen Vorhang aufgereiht waren. Er schwenkte die Lampe weiter nach rechts und hielt bei einem Notenständer inne, der ein wenig größer war als die anderen. Und da traf der schmale Lichtstrahl auf das, was er suchte. Die Kartusche von Delaps Inhalator war den Mittelgang hinunter- und unter dem Vorhang hindurchgerollt und bei einem Notenständer mit der Aufschrift »2. Violine« liegengeblieben.

Er steckte Kartusche und Lampe in die Tasche und verließ den Orchestergraben, schob die Tür zu, rammte den Balken wieder fest und wollte gerade gehen, als eine silberhaarige Frau eintrat, die einen Brokatkaftan und drei Brillen an falschen Goldkettchen trug. Sie schleppte ein paar Kostüme auf Kleiderbügeln. Und stank nach billigem Lavendelwasser.

Als sie Varnas sah, blieb sie nicht stehen, sondern ging rasch zu dem Kleiderständer, um sich von ihrer Last zu befreien. Ohne sich umzudrehen, erklärte sie: »Der Pförtner hat mir gesagt, daß Sie hier unten sind.« Sie formulierte die Worte überaus deutlich. »Was, um alles in der Welt, wollen Sie denn von einer alten Garderobiere? Haben Sie einen Knopf verloren, oder wollen Sie meine Lebensgeschichte hören?«

Varnas erklärte, keines von beidem, und gestand, im Verlauf einer Routineuntersuchung ihr Bügeleisen kaputtgemacht zu haben.

Sie hängte die restlichen Kostüme auf und ging zu dem Bügelbrett. Dort nahm sie den Griff, drückte auf einen Hebel und befestigte mühelos den Griff wieder am Bügeleisen. Jetzt wandte sie sich zum ersten Mal ihm zu, breitete die Arme aus und rief: »Tadah!«

Sie hatte ein breites theatralisches Gesicht mit vorspringenden Wangenknochen und großen dunklen Augen. »Sie sind einmal Schauspielerin, Madame?« meinte Varnas.

»Eigentlich zweimal«, erwiderte sie. »Und wenn Sie mich jetzt bitte entschuldigen wollen, ich muß Julies Rock für den zweiten Akt ändern. Gus sagt, er hängt an ihr wie ein Sack Scheiße.« Sie nahm ein Kostüm vom Kleiderständer, huschte an ihm vorbei zur Nähmaschine und zog dabei einen Schwall von Lavendelduftwolken hinter sich her.

Varnas hüstelte, bedankte sich bei ihr und wandte sich zum Gehen. »Oh, eine Sache noch, Madame.«

»Mademoiselle.« Sie setzte sich an die Nähmaschine.

»Mademoiselle, wie kommt es, daß Sie gestern nicht hier sind, als ich Schauspieler und Belegschaft befrage?«

»Im Marais gab es ein Sonderangebot für Voile, fünfzehn Francs der Quadratmeter. Nicht einmal die Palastwache zu Pferde hätte mich davon fernhalten können. Jedenfalls, wenn ich hier gewesen wäre, hätte ich Ihnen sowieso nur gesagt, daß ich Virgile de la Pagerie von Grund auf verabscheut habe und glaube, wer auch immer ihn erledigt hat, hat einen Orden verdient!«

Sie schob eine in Schildpatt gefaßte rosafarbene Brille auf die Nase und setzte mit einer ruckartigen Bewegung ihrer Knie die Nähmaschine klappernd in Gang.

11

Palais Garnier

ALEX steuerte den Käfer in die Rue La Fayette.

»Warum tun wir das?« fragte er Philippa.

»Weil ich mit Marcia reden muß.«

»Und wer ist Marcia?«

»Diejenige mit dem freien Zimmer für Stéphane.«

»Hätten wir nicht auch mit Marcia telephonieren können?«

»Bist du verrückt?« widersprach Philippa. »Eine Tänzerin im Palais Garnier telephonisch zu erreichen dauert länger als die Post. Außerdem möchte ich mit Marcia sprechen, ohne daß die halbe Truppe in der Halle rumlungert.«

In der Rue de Chabrol warteten sie auf Grün. »Eigentlich dürfte ich das gar nicht machen«, erklärte Alex. »Ich hätte sie zur Fahndung ausschreiben sollen.«

»Zur Fahndung? Alex, du kannst Stéphane nicht wie eine gewöhnliche Kriminelle behandeln.«

»Wieso nicht? Sie ist verschwunden. Sie ist auf der Flucht.«

»Sie ist nicht auf der Flucht. Sie leidet.«

Die Ampel schaltete auf Grün. »Wenn sie nicht auf der Flucht ist, warum ist sie dann heute morgen Hals über Kopf von unserem Kahn verschwunden?«

Philippa seufzte. »Mein lieber Alex. Weil sie nicht aufhören konnte, dich anzustarren. Und weil ihr etwas an mir liegt.«

»Über diese Erklärung wird der Kommissar entzückt sein.«

»Scheiß auf den Kommissar! Wenn Stéphane davonlaufen wollte, wäre sie heute vormittag nicht zum Unterricht erschienen. Park hier.«

Er hielt den Käfer auf dem Gehsteig der Place Diaghilev an und ließ den Motor laufen. Philippa sprang aus dem Auto und rannte zum Bühneneingang des Palais.

Den Verkehrspolizisten hatte er nicht bemerkt. Der weiße Stock tippte an die Windschutzscheibe. Alex kurbelte das Fenster herunter und zeigte ihm seinen Sûreté-Ausweis. Der Polizist musterte den zerschrammten Käfer mit dem roten Kotflügel.

»Werden die bei der Sûreté plötzlich sparsam?« murmelte er und gab Alex den Ausweis zurück. »Fünf Minuten, Chef, mehr nicht.« Als der Gendarm wegschlenderte, ertönte Alex' Piepser.

Da er annahm, vor dem Telephon in den Kulissen des Palais wartete eine ganze Schlange von Leuten darauf zu telephonieren, fuhr er um den Block und parkte auf dem Gehsteig vor der Telephonzelle bei der Métrostation Auber. Er schloß den Wagen ab und rief in der Maison an. Man richtete ihm aus, er solle Chefinspektor du Temple im Haut Languedoc anrufen. »Hippo hat etwas für Sie, wegen der Mordwaffe«, meinte der Beamte in der Telephonzentrale und gab ihm eine Nummer in Mazamet. Mazamet. Irgendwie kam ihm der Name der Stadt bekannt vor. Allerdings hatte er keine Ahnung, wieso.

Alex ließ das Ferngespräch auf die Rechnung der Maison setzen und erreichte ein Hotel Jourdon, wo er mit Zimmer 204 verbunden wurde. Hippo war am Apparat. Trotz seines Abschlußexamens in Physik und obwohl er sich der Fortschritte der modernen Telekommunikationstechnologie durchaus bewußt war, konnte Hippo sich nicht von der Vorstellung lösen, man müsse brüllen, um bei einem Ferngespräch verstanden zu werden. Alex hielt den Hörer von seinem Ohr weg, als Hippo schilderte, wie sehr er und Marcel es bedauert hätten, Alex und Philippa beim Canal nicht angetroffen zu haben, ein Bedauern, das ein wenig durch die Entdeckung eines wunderbaren Weins aus der Gegend gemildert worden war. »Ich bringe Ihnen eine Flasche mit«, erklärte er. Dann trug er ihm seine Theorie mit dem Schirmgewehr vor.

Alex ließ ihn ausreden. Wenn Hippo eine Waffe beschrieb, war dies immer eine Lektion in Geschichte, Mechanik und Sozioökonomie.

»Ein Asthmainhalator?« erwiderte Hippo nicht gerade begeistert, als Alex ihm die Mordwaffe in ihrem Fall beschrieb. »Das fällt nicht so ganz in mein Gebiet. Aber ehe ich auflege, Alex, muß ich Ihnen berichten, daß wir hier grauenhaft fremdenfeindliche Graffiti entdeckt haben.« Er beschrieb den eindeutigen Zweizeiler an der Mauer des Château Villars. »Angeblich das Werk der hiesigen Gruppe der Bergmafia, auch als Front Patriotique bekannt. Die scheinen im Haut Languedoc überall zu sein. Wir behalten sie im Auge.« Er senkte die Stimme. »Ich wünschte, Sie würden mich brauchen, Alex. Ich komme mir hier im Süden nutzlos vor. Morgen begleite ich Marcel zu der Stelle, wo einem der Kinder aus der Gegend angeblich die Heilige Jungfrau erschienen ist. Auch nicht ganz mein Gebiet.« Er hielt inne. »Na schön. Danke für den Rückruf. In ein paar Tagen bin ich wieder da. Grüßen Sie Varnas und Philippa.«

Alex ging zum Käfer zurück, der sich weigerte anzuspringen. Er holte den Wagenheber hervor, öffnete die Motorhaube und versetzte dem Vergaser einen Schlag; genau in diesem Augenblick tauchte der Verkehrspolizist auf, der seinen Rundgang um den Block beendete. Alex startete den Käfer, winkte dem weißen Stock zu und brauste zur Rückseite des Palais zurück, wo Philippa wartete.

Stéphane hatte das Gästezimmer bei Marcia nicht gemietet. Der Ballettmeister, ein einem Wurm nicht unähnlicher Speichellecker, der die meiste Dreckarbeit für Rudy erledigte, hatte ihr das Gehalt für zwei Wochen ausbezahlt. Als Stéphane tränenüberströmt gegangen war, hatte Marcia ihn sagen hören, daß die Folies Tänzerinnen einstellten.

»Dieser kleine Scheißkerl!« rief Philippa. »Eines Tages, pfft, direkt in die Eier!«

Sie fuhren zur »Yacht Club« zurück. Als Alex den Käfer auf den Quai de la Charente steuerte, tauchte im Scheinwerferlicht die Gestalt einer Blondine auf, die mittschiffs auf einem Poller saß.

Stéphane

Sie war erschöpft. Alex setzte sie in seinen Kapitänsstuhl und bot ihr einen Courvoisier an. Sie lehnte ab. Ehrlich gesagt, sie war schon ein wenig beschwipst. Am Vormittag hatte sie Délice und Honoré besucht und den Tag bei ihnen in ihrer Suite im Madison verbracht; sie hatte Calvados getrunken, um den Schmerz zu lindern. »Ich bin gefeuert worden«, erklärte sie ausdruckslos.

Philippa nahm sie in den Arm. »Das wissen wir, Chérie. Du kannst für immer hierbleiben.«

Stéphane schüttelte den Kopf. »Ich bin gekommen, weil ich mir die Erlaubnis holen wollte, Paris zu verlassen. Ich möchte zu meinen Eltern nach Antibes, bis ich weiß, was ich als nächstes mache.«

Philippa warf Alex einen Blick zu.

»Ich fürchte, das geht nicht«, erwiderte dieser. »Zumindest vorläufig nicht.«

»Wie lange ist vorläufig?«

»Das hängt von Ihnen ab. Wir haben jetzt Beweismaterial, das ... hm ... den Wahrheitsgehalt Ihrer Aussage in Frage stellt.« Alex dämpfte die unbeabsichtigte Überheblichkeit des

Satzes. »Wir sind der Ansicht, daß Sie Informationen zurückhalten.«

Stéphane runzelte die Stirn. »Was für Informationen?«

Alex holte sein Tonbandgerät, stellte es auf den Boden und kniete sich daneben, um es einzuschalten. »Ein paar Fragen an Stéphane Nikolaides. Wie lange haben Sie mit Virgile de la Pagerie zusammengelebt?«

»Von November letzten Jahres bis September dieses Jahres. Zehn Monate.«

»Welche von einem Arzt verschriebenen Medikamente, wenn überhaupt welche, hat er während dieser Zeit regelmäßig eingenommen?«

Erneut runzelte sie die Stirn. »Verschriebene Medikamente? Er hat überhaupt keine Medikamente eingenommen, weder verschriebene noch sonstwelche. Virgile war ein Gesundheitsapostel. Ich habe ihn nie auch nur ein Aspirin nehmen sehen.«

»Sie haben ausgesagt, Sie seien nie in seinem Badezimmer gewesen.«

»Das ist richtig.«

»Er hätte also etwas einnehmen können, ohne daß Sie etwas davon wußten.«

»Ich schätze, ja. Aber das hätte nicht zu ihm gepaßt. Er war ein Fanatiker, was seine Gesundheit betraf. Keine Tabletten, kein Cholesterin, kein Fett, kein Salz.«

»Hatte er irgendwelche Allergien?«

»Nein.«

»Chronische Beschwerden?«

Verwirrt erwiderte Stéphane: »Ich verstehe diese Fragen nicht. Er hat nie auch nur eine Erkältung gehabt. Nicht einmal einen eingerissenen Fingernagel. Das einzige, wogegen er sich geschützt hat, war die Sonne. Davon hat er Sommersprossen bekommen.«

»Stéphane, wollen Sie mir etwa weismachen, Sie hätten nicht gewußt, daß Virgile de la Pagerie an chronischem Athma litt und in all den Monaten, in denen Sie mit ihm zusammengelebt haben, tagtäglich alle vier Stunden ein spezielles Mittel dagegen eingenommen hat?«

Stéphane starrte Alex an. »Das nehme ich Ihnen nicht ab. Irgend so ein Bullentrick ist das. Leute mit Asthma laufen nicht jeden Tag vier oder fünf Kilometer den Strand entlang oder leben mit jemandem zusammen, der raucht.«

»Um wieviel Uhr sind Sie am Mittwoch nach Paris zurückgeflogen?«

Mit einem Ausdruck der Hilflosigkeit drehte sie sich zu Philippa um.

»Beantworte die Frage, Chérie«, riet diese ihr.

Stéphane kramte in ihrer Ballettasche, und nachdem sie die Hälfte des Inhalts ausgeleert hatte, kam ein Ticketumschlag der Iberia Airlines zum Vorschein. Sie schlug ihn auf und las laut vor: »Iberia, Flug 1207, Abflug Málaga 11 Uhr 50.«

»Zehn Minuten vor zwölf. Hat er sie in Málaga kurz allein gelassen, um vor dem Flug auf die Toilette zu gehen?«

»Er ist irgendwo hingegangen und hat Zeitungen von Madrid und Barcelona geholt.«

»Verstehe. War es ein Direktflug nach Paris?«

»Nein. Zuerst sind wir nach Barcelona geflogen.« Sie sah auf dem Ticket nach. »Dort sind wir um dreizehn Uhr fünf angekommen.«

»Ist das nicht ein Umweg?«

»Schon. Der direkteste Flug nach Paris geht über Madrid. Aber ihm war Barcelona lieber, wegen des Mittagessens im La Tortosa.«

»Ein Restaurant?«

»Ein katalanisches Restaurant in Mataro, ungefähr eine halbe Stunde vom Flughafen entfernt. Ihre Spezialität ist Meeresschildkröte und Tintenfisch in grüner Knoblauchsauce auf einem Bett aus Algen und mit gelbem Reis. Es war Angéliques Lieblingsrestaurant.«

Die Erwähnung Angéliques in diesem Zusammenhang überraschte Alex; er hatte es peinlich vermieden, sie in Zusammenhang mit der umgestalteten Wohnung zu erwähnen. »Und auch Ihr Lieblingsrestaurant?«

»Ich esse nie zu Mittag, Alex. Und Sie brauchen nicht um den heißen Brei rumzuschleichen. Mit dem Geist von Angélique habe ich keinerlei Probleme.«

»Gut. Wie lange hat dieser Abstecher zum La Tortosa gedauert?«

»Einschließlich der Taxifahrt hin und zurück über zwei Stunden. Kurz nach halb vier sind wir wieder am Flughafen gewesen.« Sie zog erneut das Ticket zu Rate. »Iberia Flug 4426, Abflug Barcelona Viertel nach vier, Ankunft Paris/Orly halb sechs.«

»Was ist geschehen, als sie wieder auf dem Flughafen Barcelona waren?«

»Ich bin auf die Toilette gegangen, und ...«, sie zögerte, »... er auch.«

»Ja. Er ist auf die Herrentoilette gegangen und hat seine letzte ungiftige Dosis genommen. Was ist dann passiert?«

»Wir sind zum Abflugschalter gegangen, durch dieses Röntgenstrahlending, wo sie überprüfen, ob man eine Bombe im Handgepäck hat.«

»Hat er seine Umhängetasche dem Beamten am Röntgenapparat gegeben?«

»Ja.«

»Beschreiben Sie das.«

»Na ja, er hat sie einem Mann gegeben, der sie zusammen mit meinem Kosmetikkoffer auf das Fließband gelegt hat. Dann sind wir durchgegangen. Bei irgendwas an Virgile hat es gepiepst.«

»Gepiepst? Ich habe gedacht, seine Anzüge hätten keine Taschen?«

»Stimmt. Der Beamte hat gesagt, es sei seine Gürtelschnalle.«

»War es das?«

»Ich schätze schon. Als Virgile den Gürtel abgenommen hat und zum zweiten Mal durchgegangen ist, hat es nicht gepiepst.«

»Beschreiben Sie den Beamten.«

»Es waren drei. Ein kleiner, höflicher, ältlicher Mann, der unsere Taschen auf das Fließband gelegt hat; dann so ein stämmiger, kahlköpfiger Typ mit Bart, der zugeschaut hat, wie man durchgegangen ist – er hat Virgile den Gürtel abgenommen –, und eine Frau, die den Röntgenschirm beobachtet hat: eine typische Flughafenbeamtin – blond, blauäugig, mit dem speziellen Lächeln: Wir wünschen Ihnen einen guten Flug.«

»Spanier?«

»Zumindest haben sie spanisch gesprochen.«

»War die Röntgenkontrolle das einzige Mal, wo er die Tasche von der Schulter genommen hat?«

»Nein. Auf dem Flug nach Paris hat er sie unter den Sitz vor sich gelegt. Und in der Limousine, mit der wir von Orly in die Stadt gefahren sind, hat sie auch auf dem Boden gestanden.«

»Hat der Chauffeur die Tasche angefaßt?«

»Nicht während ich im Wagen war.«

»Haben Sie die Tasche in der Hand gehabt?«

Sie hielt seinem Blick stand. »Nicht einen Augenblick lang.«

»Gott sei Dank. Denn irgendwann, nachdem er im Flughafen von Barcelona die Herrentoilette verlassen hatte und ehe er sich in Paris auf seinen Platz neben Philippa in der fünften Reihe des Théâtre Bakoledis setzte, hat jemand den Inhalator, den er immer verwendete, aus der Umhängetasche genommen und durch einen anderen ersetzt, in dem sich Natriumzyanid befand.«

Mit glänzenden Augen starrte Stéphane Alex an. Fast unmerklich schüttelte sie den Kopf und flüsterte: »Armer Virgile. Er hatte also doch einen Makel. Herrgott. Das ist so verdammt griechisch. Die Sünde der Hybris. Er hat nicht gewollt, daß irgend jemand weiß, er ist nicht vollkommen.«

»Irgend jemand hat es gewußt.«

»Ja.« Sie seufzte und strich sich über die Wange. »Oh. Beinahe hätte ich es vergessen. Délice und Honoré haben darum gebeten, Sie zu sprechen.«

12

Die Maison

AM nächsten Vormittag sorgte Alex dafür, daß man Stéphane wieder in de la Pageries Wohnung ziehen ließ. Dort konnte sie bis Ende des Monats bleiben oder so lange, bis man ihr gestattete, zu ihren Eltern nach Antibes zu fahren, je nachdem. Er rief Isabelle in der Recherchenabteilung an und bat sie, Verbindung mit dem Flughafen Barcelona aufzunehmen, um festzustellen, welche Beamten am Mittwoch, dem 4. September, um sechzehn Uhr am Metalldetektor für den Iberia-Flug 4426 Dienst gehabt hatten, und um eine Passagierliste und die Sitzverteilung für ebendiesen Flug an ebendiesem Tag anzufordern. Dann rief er bei der Spurensicherung an und bat, bei Delaps Gürtelschnalle einen Metallresonanztest durchzuführen.

Varnas rief im Büro an und erklärte, er würde etwas später kommen. Er war in der Wäscherei, um ein Hemd waschen zu lassen.

»Ein Hemd? Ich habe gedacht, Madame Roget wäscht deine Hemden.«

»Madame Roget spricht nicht mit mir, Alex.«

»Seit wann?«

»Seit Lavendelwasser.«

»Was?«

»Nicht fragen. Ich habe etwas für dich. Wir treffen uns Chez Suzanne um ein Uhr.«

»Was steht heute auf der Karte?«

»Bœuf en Daube Provençal.«

Der Direktor des Pariser Opernballetts zitierte Philippa ins Palais Garnier.

Ein Wagen der Sûreté, der losgeschickt worden war, um Délice und Honoré in die Maison zu bringen, mußte eine Stunde vor dem Hôtel Madison warten, weil Honoré Délices Haar zu kleinen Kornährenzöpfen flocht, jede durchzogen von Gold- und Silberfäden. Diese prachtvolle Frisur erforderte jeweils fünf Stunden Arbeit.

Kommissar Demonet, der bei seinem zweiwöchentlichen Training im Krocket- und Tennisclub von Neuilly war, fehlte bei dem Treffen. Alex bot Délice den mit Leder bezogenen Drehsessel des Kommissars an. Sie trug einen bauschigen purpurroten Baumwollrock und eine maßgeschneiderte orangefarbene Hemdbluse, jedoch keinen Schmuck und kein Make-up. Dennoch brachte sie es fertig, wie eine nubische Königin auszusehen, die bereit ist, Bittsteller zu empfangen.

Honoré, in einen weißen Leinenanzug gekleidet, zog es vor zu stehen. Respektvoll verharrte er so neben seiner Frau, die Hände auf dem Rücken verschränkt.

Da der Kommissar nicht anwesend war, fiel Alex die Aufgabe zu, ihnen im Namen der Sûreté sein Beileid auszusprechen und seine Dankbarkeit für die Bereitschaft der Blochs zur Zusammenarbeit zum Ausdruck zu bringen. Als er das hinter sich gebracht hatte, fragte er: »Sie haben um eine Unterredung mit mir gebeten. Wollen Sie eine Aussage machen, oder ziehen Sie es vor, Fragen zu beantworten?«

»Wir wünschen eine Aussage zu machen«, erklärte Honoré.

»Bitte, beginnen Sie.« Das Bürotonband war eingeschaltet. Honoré räusperte sich.

»Mein Name ist Honoré Bloch«, setzte er an. »Ich wurde 1932 in Perpignan in Südfrankreich geboren. Mein Vater, Antoine Raoul Bloch, war zum Zeitpunkt meiner Geburt zwanzig Jahre alt, meine Mutter, Nicole Lazare, siebzehn.

Mein Vater wurde 1939 eingezogen. In den Vogesen wurde er verwundet und gefangengenommen. Als Frankreich 1940 fiel, wurde er repatriiert und nach Perpignan zurückgeschickt, wo er und meine Mutter eine kleine Firma für kieferorthopädische Instrumente hatten.

Im Winter 1940/41 wurde meinem Vater klar, daß die Sicherheit der Juden im unbesetzten Frankreich unter dem Vichy-Regime zunehmend gefährdet war. Folglich verkaufte er im Alter von achtundzwanzig Jahren das Unternehmen an ein Konsortium nichtjüdischer Zahnärzte und arrangierte mit dem Erlös für meine Mutter und mich eine Überfahrt zuerst nach Dakar und anschließend nach Martinique. Er selber wollte später nachkommen.

Im Sommer 1941, er arbeitete damals als Fischhändler, wurde er von der Vichy-Polizei verhaftet und ohne Gerichtsverfahren im Lager Rivesaltes, außerhalb von Perpignan, inhaftiert. Im Verlauf des Winters wurde er nach Deutschland deportiert. Im Frühjahr 1942 starb er in einem Konzentrationslager.«

Honoré hielt inne und sah, nur einen Augenblick lang, Délice an. Dann räusperte er sich erneut und fuhr fort.

»Die Unterlagen zur Verhaftung und Gefangensetzung meines Vaters finden Sie in dem Safe im Arbeitszimmer unseres Sohnes. Die Dokumentation wurde von der Fédération des Anciens Combattants Française beglaubigt. In diesem Safe finden Sie zudem eine Kopie des Deportationsbefehls, mit dem mein Vater in den Tod geschickt wurde. Sie war nicht von einem deutschen Offizier, sondern von dem für das östliche Languedoc zuständigen stellvertretenden Direktor der Vichy-Polizei unterschrieben worden. Sein Name ist Charles Fannois.«

Kaum merklich veränderte Honoré seine Haltung und verschränkte seine Hände jetzt vor sich. »Charles Fannois ist einer der vier überlebenden Polizeibeamten der Vichy-Regierung, die sich heute noch in Frankreich auf freiem Fuß befinden.«

Vage erinnerte Alex sich daran, den Namen in der Zeitung gelesen zu haben.

»1978«, fuhr Honoré fort, »schlug ein Versuch, diese Männer wegen Verbrechen gegen die Menschlichkeit vor Gericht zu bringen, fehl, da ein Appellationsgericht ein Verbrechen gegen die Menschlichkeit als ›Praktizierung einer Politik der ideologischen Vorherrschaft‹ und nicht nur als eine Politik, die Personen lediglich aufgrund ihrer Rasse oder Religion verfolgt, definierte. Das Gericht vertrat die Ansicht, da die Vichy-Regierung keine Politik der ›ideologischen Vorherrschaft‹ verfolgt habe, könnten Anklagen gegen ehemalige Vichy-Beamte nicht aufrechterhalten werden.

Die Klage wurde abgewiesen. Fannois wurde auf freien Fuß gesetzt und suchte sich ein Versteck, in dem er sich nach wie vor aufhält. Seit sieben Jahren bemühte sich unser Sohn um die Aufhebung dieses Gerichtsentscheids, mit der dieser Kollaborateur und Mörder freigesprochen worden war.

Als schließlich Anfang der achtziger Jahre die alten Männer der Vichy-Bürokratie einer nach dem anderen starben, tauchten viele vorher ›verlorengegangene‹ oder zurückgehaltene Akten und Abschriften in städtischen Lagerhäusern in Vichy und Bordeaux wieder auf. Unser Sohn fand Beweise für einen Betrug seitens der Verteidiger Fannois'. Er hatte entdeckt, daß der Richter, der ursprünglich die Anklage erhoben hatte, auf geheimnisvolle Weise seines Amts enthoben und durch einen Richter ersetzt worden war, der zugunsten des Angeklagten entschied.

Mit den Beweisen für diesen Betrug glaubte unser Sohn, die Regierung in Paris dazu bewegen zu können, den Fall erneut aufzurollen und endlich den Mann zur Rechenschaft zu ziehen, der meinen Vater in den Tod geschickt hatte.

Daß unser Sohn zum Schweigen gebracht wurde, ehe er seine Aufgabe vollenden konnte, spricht, so glauben wir, für sich. Wir klagen daher Charles Fannois als mitschuldig am Mord Virgile de la Pageries an und fordern seine Verhaftung.«

Délice erhob sich und umarmte ihren Mann. Sie blieb stehen, den Arm um seine Taille gelegt.

Auch Alex stand auf. Blochs Zeugenaussage war völlig unerwartet gekommen. Zwar war sie glaubhaft, doch schien seine Annahme, der Mann, der 1941 den Deportationsbefehl für seinen Vater unterschrieben hatte, hätte ein Motiv gehabt, 1985 seinen Stiefsohn zu ermorden, etwas weit hergeholt und durchaus anfechtbar, was die Beweislage betraf. Warum sollte ein siebzig-und-noch-was Jahre alter ehemaliger Vichy-Beamter, der sich nahezu ein Jahrzehnt lang erfolgreich versteckt hatte, plötzlich eine Entdeckung und Verhaftung riskieren, indem er sich an der Ermordung eines prominenten Theaterkritikers beteiligte, nur weil dieser Kritiker eine Dokumentation zusammengestellt hatte, die eine Komplizenschaft des Vichy-Beamten bei der Deportation eines französischen Juden nach Nazideutschland vor vierundvierzig Jahren behauptete? Trotz aller Anstrengungen Serge Klarsfelds und anderer war bislang noch kein einziger Franzose wegen Kriegsverbrechen gegen Juden verurteilt worden. Durch die Entscheidung eines Appellationsgerichts, die vor allem im französischen Rechtssystem nur schwer anfechtbar ist, war die Klage gegen Fannois abgewiesen worden. Und selbst wenn sie revidiert würde, nahm man damit zwei Unwägbarkeiten in Kauf. Erstens könnte das Ganze noch einmal vierundvierzig Jahre dauern. Und zweitens, in welchem Zusammenhang stand das mit Delaps Umhängetasche? Oder dem Iberia-Flug 4426? In keinem. Es gab da keinerlei Verbindung.

»Monsieur Bloch, wissen Sie etwas über diesen Mann?« fragte Alex.

»Ja. Vor dem Krieg hat er an der Grundschule in Perpignan Zeichenunterricht erteilt.«

»Nein, nein. Ich meine, wissen Sie jetzt etwas über ihn? Möglicherweise, wo er sich versteckt hält?«

»Nein.«

»Haben Sie vor, Anzeige zu erstatten?«

»Ja.«

»Obwohl sein Aufenthaltsort nicht bekannt ist?«

»Ja.«

Alex schwieg eine Weile, dann setzte er erneut an: »Darf ich Sie etwas fragen – glauben Sie, Fannois hat den Namen Virgile Philadelphie gekannt?«

Délice fiel ihm ins Wort. »Warum nicht? Diese Mistkerle können den Saft aus einer Mangofrucht herauspressen, ohne die Schale zu verletzen!«

Alex fragte sich, ob Délices tropische Metaphern nicht mehr verbargen, als sie offenbarten. »Was für Mistkerle sind das, Madame?«

»Dieses Vichy-Pack!«

Er ließ es dabei bewenden und wandte sich wieder an Honoré: »Nun gut, Monsieur. Wenn Sie ihn vor Gericht bringen wollen, werden Sie auf unbestimmte Zeit in Paris bleiben müssen. Und Sie werden sich einen Anwalt nehmen müssen. Spezialisten der Sûreté werden die Dokumente prüfen, die Ihr Sohn zusammengestellt hat, und den Obersten Terroristenfahnder über das Beweismaterial gegen den Mann, den Sie als Verdächtigen benennen, informieren.«

Damit war die Besprechung beendet. Sie schüttelten sich die Hände und gingen in den Vorraum. Alex, der immer noch nach einem Zusammenhang suchte, beschloß, noch eine einzige Frage zu stellen – an Délice. Als sie und Honoré ihre Mäntel anzogen, fragte Alex: »Madame Bloch, wo hat Ihr Sohn seine Ausbildung erhalten?«

Sehr aufrecht, mit erhobenem Kinn stand sie da. »Einschreibung am Institut Henri Vizioz in Fort-de-France 1970 im Alter von sechzehn Jahren. Bakkalaureat, mit achtzehn École Supérieure in Rouen. Sorbonne mit einundzwanzig.«

»Und war er während dieser Zeit immer gesund?«

Sie ließ das Kinn leicht sinken. »Eigentlich ja. Abgesehen von einem eingewachsenen Weisheitszahn, als er fünfzehn war.«

»Seit wann hat er an Asthma gelitten?«

Ihre Augen verengten sich und sie trat einen Schritt vor. »Seit wann hat er an *was* gelitten?«

Augenblicklich bereute Alex seine Frage. Zu spät erinnerte er sich an die Reaktion seiner Mutter, als ein Schularzt, der die eingefallene Brust des Zwölfjährigen untersuchte, gemeint hatte, er hätte als Baby möglicherweise Rachitis gehabt. Seine normalerweise sanftmütige Mutter war hochgegangen wie eine Rakete. Fast hätte sie das gesamte Krankenhausmobiliar zertrümmert.

Délice war empört über den Gedanken, ihr Sohn sei nicht vollkommen gewesen. Honorés Versuch, sie zurückzuhalten, wehrte sie ab. »Er hat immer nur das Beste bekommen!« brüllte sie. »Er war ein pummeliger, niedlicher Engel, und seine Seele hat sich in seinem Schatten widergespiegelt! Seine Augen waren klar wie Quellwasser und sein Atem süß wie Mimosen!«

Alex verfolgte die Frage nicht weiter. Außerdem sah er keinen Sinn darin, ihr zusätzlichen Kummer zu bereiten, indem er beschrieb, auf welche Weise ihr Sohn gestorben war.

Nachdem die Blochs gegangen waren, holte er seinen Anorak und verließ die Maison über die Rue des Saussaies.

Es war klar, daß sowohl Honoré als auch Délice glaubten, ihr Sohn sei so eine Art heimlicher Held gewesen, getrieben von dem aufrichtigen Verlangen, den ungeheuerlichen Justizirrtum einer feigen Regierung richtigzustellen. In Alex' Augen schien eine solche Selbstlosigkeit jedoch nicht zum Wesen des ätzenden, allgemein unbeliebten Kritikers zu passen, dessen Hinscheiden in allen Künstlergarderoben vom Théâtre Antoine bis hin zum Variétés so einhellig gefeiert worden war.

Auf dem Weg zum Mittagessen mit Varnas machte er daher einen Umweg zu den Büros des ehemaligen Arbeitgebers de la Pageries, der *Revue Endimanchée.*

Eine junge Empfangsdame mit ernstem Gesicht in Jeans und Sweatshirt und mit einer metallgefaßten Zweistärkenbrille auf der Nase saß hinter etwas, das wie eine kugelsichere Scheibe aussah.

Alex zeigte ihr seinen Sûreté-Ausweis. Die Empfangsdame schien das nicht sonderlich zu beeindrucken. Er fragte: »Ist irgend jemand von der Zeitung Nachfolger von Virgile de la Pagerie als Theaterkritiker geworden?«

Sie nickte. »Suzette Singer.«

»Ist sie da?«

Die Empfangsdame drückte auf ein paar Telephontasten. Einen Augenblick später erklärte sie: »Durch die Tür hier, am Ende der Halle, letzter Käfig links.« Sie betätigte den Türöffner, und Alex trat ein.

Suzette Singer war ungefähr dreißig, hatte blaue Augen so rund wie Murmeln, einen Wust borstiger roter Haare und Sommersprossen. Sie trug einen schwarzen Rollkragenpullover, einen schwarzen Minirock, schwarze Leggings und halbhohe schwarze Turnschuhe. Und löffelte gerade ihr Mittagessen in Form eines Vanillejoghurts.

Nachdem Alex sich erkundigt hatte, erwiderte sie ziemlich laut: »Ich glaube, der hat sich einen Scheiß um die Juden gekümmert. Soviel ich weiß, hat er bei seinem Stiefvater Schulden gehabt.«

»Was für Schulden?«

»Geldschulden. Was auch immer. Virgile mochte es nicht, wenn er Schulden hatte.« Sie schlürfte den Joghurt. »Ehe er hier anfing, hat der alte Mann ihn unterstützt. Also hat er ihm was geschuldet. Die Masche mit der jüdischen Diaspora war seine Tarnung, um diesen Vichy-Bullen festzunageln und sich damit seinen Stiefvater vom Hals zu halten.«

Alex erschien es unvorstellbar, daß Honoré irgend jemanden bedrängte. Er meinte: »Wenn man Sie so hört, gewinnt man nicht den Eindruck, daß Virgile ein netter Kerl war.«

Sie schleckte den Rest des Joghurts aus dem Becher. »Netter Kerl! ›Netter Kerl‹ ist eine euphemistische höfliche Phrase bürgerlicher Arschlöcher, die sich gesellschaftskonform ausdrücken wollen. War Apollinaire ein ›netter Kerl‹? Céline?« Sie ließ den Joghurtbecher in den Papierkorb fallen, der bereits voller Joghurtbecher war. »Mir ist Virgile in Wirklichkeit elitär und im Grunde genommen antisemitisch vorgekommen. Zumindest hat er mir nie einen Kuß gegeben.«

Chez Suzanne

Beim Mittagessen sprudelte Varnas fast über. Er beschrieb Alex in allen Einzelheiten, wie er im Bakoledis Virgiles Kartusche gefunden hatte. Allerdings kam er, da sein Revers noch immer einen leichten Duft nach Lavendelwasser verströmte, nicht umhin, die kurze Szene mit der Schneiderin am vorangegangenen Abend sowie die ziemlich ausführliche Szene mit Madame Roget am heutigen Morgen zu beschreiben, bei der sie ihn, das Hemd in der Hand, des Verrats bezichtigt und ihn beschuldigt hatte, mit Kurtisanen Umgang zu pflegen. In gewisser Weise ehrfürchtig rief Varnas aus: »Ich glaube, ihr liegt wirklich an mir!«

Nach der Episode mit der Wäsche hatte er die Kartusche zur Spurensicherung gebracht; der Test war sofort positiv ausgefallen. Die Leute von der Spurensicherung hatten den nach wie vor tödlichen Gegenstand in eine Knetmasse verpackt und ins Tiefkühlfach gesteckt.

Jetzt zog Varnas einen Zettel hervor, auf dem notiert war: Z 31731, Lief. JUL 86. »Das ist Seriennummer von Kartusche, Alex. Traurig zu sagen, aber Seriennummer führt nicht zu Apotheke, in der sie verkauft wird. Seriennummer ist Nummer für

Großhändler. Ich nehme Verbindung mit Société Pharmaceutique d'Oise auf, die mich an Großhändler für ganzes Département Seine-et-Marne verweist. In weniger als zwei Minuten gibt Großhändler mir Ausdruck von zweiundfünfzig Apotheken, alle in Paris, die im Juli diese Seriennummer bekommen.«

»Haben irgendwelche anderen Apotheken, nicht in Paris, sie bekommen?«

»Nein.«

»Dann hast du trotzdem noch einen teuflisch langen Wäschezettel. Wie kann ein Mensch sagen, welche Apotheke diesen Inhalator statt eines anderen verkauft hat, der genauso aussieht?«

»Dieser ist vergiftet«, erklärte Varnas vergnügt.

»Varnas! Was ist, wenn der Inhalator sauber war, als er gekauft wurde, und die tödliche Änderung anderswo durchgeführt wurde?«

»Mein Lieber, irgendwo müssen wir anfangen. Asthmainhalator wird nicht wie Zahnpasta oder Aspirin verkauft. Dazu berechtigte Apotheken verkaufen ihn nur auf Rezept. Ich suche nach illegalen Apotheken.« Er trommelte auf den Tisch. »Hör zu, Alexei. Wenn meine Quellen zwanzig illegale Apotheken in Paris nennen können, von denen acht unter den zweiundfünfzig sind, die Seriennummer erhalten, reduzieren wir Wäschezettel bereits auf acht. Wir sind fast im Geschäft.« Er lächelte, als das Bœuf en Daube gebracht wurde.

Suzanne bediente sie. Sie strich um Varnas herum und schnupperte. Schließlich flüsterte sie: »Was für ein Berglöwe hat dich denn angepißt, Chérie?«

Philippa

Sie saß im leeren Büro des Direktors und hörte die Klasse, die um zehn Uhr im großen Saal ein Stockwerk höher Unterricht hatte.

Der Wurm war heute dran, und seine Stimme quietschte wie Kreide: »Arabesque, Plié, Arabesque, Tendu …«

Von ihrem Platz aus zählte Philippa die Schritte mit. Gleichzeitig rechnete sie, sehr langsam, im Kopf nach. Da Mathematik nicht ihre Stärke war, dauerte es eine Weile, bis sie das Ergebnis hatte, aber schließlich kam eine erstaunliche Zahl heraus. Ihr wurde klar, seit ihrem ersten Tag in der Ballettschule der Oper vor dreizehn Jahren hatte sie mehr als eintausendeinhundert Unterrichtsstunden absolviert.

Nach wie vor war sie der Meinung, die Schule hatte sie nur genommen, weil Alex ihr Betreuer gewesen war. In dem hellen, weißgestrichenen Studio hatte Alex, der mit flammendrotem Bart und ebensolchen Haaren einen ungeheuer prächtigen Eindruck gemacht hatte, die trickreich herausgeputzten Ballettmamas, die alle aufgereiht an der Wand gesessen und versucht hatten, adrett und proper auszusehen, klein und unbedeutend wirken lassen. Angela hätte Philippa nie ins Ballett mitgenommen und noch viel weniger auf den Wunsch des Kindes gehört, Tänzerin zu werden.

Wäre Alex nicht gewesen, Angela hätte Philippa schließlich wieder in die öden Ebenen von Lincolnshire nach Wold Manor zurückgebracht, dem methodistischen Heim für bedürftige Kinder, das ungefähr so weit weg von allem war, was auch nur entfernt nach Ballett aussah, wie man sich nur vorstellen konnte.

In Old Woldy hatte das Geheimnis des Überlebens darin bestanden, nicht aufzufallen. Die größte Dummheit war es gewesen, irgendwie etwas Besonderes zu sein. Lag man unter dem Durchschnitt, war eine Bestrafung durch die Obrigkeit unvermeidlich. Glänzte man durch hervorragende Leistungen, folgte die prompte Bestrafung durch die Kameraden. Zu groß, zu klein, zu dick, zu dünn, zu hell- oder zu dunkelhaarig, zu irgendwas, immer erwartete einen irgendeine Strafe.

Für Philippa, die Enkelin einer Marquise, war die Kindheit ein Polizeistaat gewesen, den zu überstehen von jedem erwartet wurde; ein dunkler Wald voller Schlangen, ein Dickicht mit ekelhaften Gerüchen, wo Angst die ständige Begleiterin und Wachsamkeit die einzige Waffe gewesen war; das hatte nicht so ganz Angelas glücklicher Kindheit mit Ponykutschen und herrlichen tropischen Blumen entsprochen.

Philippa war ihrer Großmutter nur einmal begegnet, bei einem von Angelas zum Scheitern verurteilten Versuchen, von nun an eine vollkommene Mutter zu sein. In einem mittelmäßigen Restaurant hatten sie sich zum Lunch getroffen, weit weg von neugierigen Augen und Watten House. Lord Watten, der seine Tochter bereits enterbt hatte, hätte nie auch nur im Traum daran gedacht mitzukommen. Lady Watten, ängstlich darauf bedacht, das Richtige zu tun, war, eine dunkle Sonnenbrille auf der Nase, mit dem Landrover allein nach Lincoln gefahren.

Philippa erinnerte sich nur daran, daß man ihr erlaubt hatte, zwei Stück Kuchen zu essen, und ihre Mutter und die Großmutter die ganze Zeit in harschem Ton miteinander gestritten hatten.

Anschließend hatte es wieder geheißen: zurück nach Old Woldy, wo Philippa ihre animalischen Fähigkeiten vervollkommnete: Sie lernte, sich zu ihrem eigenen Schutz ihrer Umgebung farblich anzugleichen, lernte, im Balkenwerk zu verschwinden, sich nahezu unsichtbar zu machen, außer wenn es notwendig war, sich mit Händen und Füßen gegen brutale Mädchen und Buben mit schmutzigen Fingern zu verteidigen.

Sie erinnerte sich an ihre letzte Rauferei hier im Palais Garnier; das war während ihres ersten Jahrs als Ballettschülerin gewesen. Mittlerweile hatte sie gelernt, daß es durchaus in Ordnung war, besonders gut zu sein. So begeistert war sie von dieser Aussicht gewesen und so ausgehungert nach Lob, daß sie alle anderen in ihrer Klasse überflügelt hatte. Schließlich hatte ein Junge, ein ehrgeiziger Rotschopf, der hinter ihr an der Ballettstange gestanden hatte, die Nase voll gehabt. Während der Battements hatte er Philippa einen kräftigen Tritt in den Hintern versetzt. Ohne zu zögern, hatte sie sich umgedreht und ihn mit einem einzigen Hieb außer Gefecht gesetzt. Bestraft worden war sie nicht. Der Junge war später ausgeschieden und unterrichtete jetzt Gesellschaftstanz in Lille.

Sie warf einen Blick auf die Bürouhr. Der Direktor war schon eine halbe Stunde zu spät dran. Im Vorraum hörte sie Schritte. Olivia, die Ballettmeisterin, kam ins Büro und schloß die Tür.

Olivia, eine ehemalige Solotänzerin mit einem unverbrauchten Gesicht, sah wie fünfzehn aus, war vermutlich jedoch siebenunddreißig. Sie kannte jeden einzelnen Schritt jedes einzelnen Balletts im Repertoire und glaubte fest, die Sonne gehe zwischen Rudys Beinen auf und unter.

Sie lehnte sich an den Schreibtisch des Direktors, überkreuzte die Füße und betrachtete Philippa aus scheuen braunen Augen.

»Philippa«, sagte sie und lächelte gleichmütig.

Jetzt wird sie mir gleich sagen, wie wundervoll ich bin, vermutete Philippa, als Olivia sie mit scheinbar aufrichtiger Bewunderung anstarrte. Das heißt, ich fahre nicht nach London.

»Philippa«, wiederholte Olivia. »Du bist die geborene Tänzerin. Du hast alles, was man dazu braucht: die Intensität, die Kraft, die Schönheit, die Figur, die Technik, ja, sogar das Feuer. Aber, Philippa, er möchte, daß du dich auf natürliche Weise weiterentwickelst. Daß du keine der Entwicklungsphasen überspringst, die so wichtig sind, um aus einer geborenen Tänzerin eine große Tänzerin zu machen.

Du bist noch nicht reif für Odette/Odile, Chérie, oder für die Prinzessin Aurora oder Giselle. Er glaubt auch nicht, daß du schon soweit bist, die Teresina in diesem Scheißstück von Bournonville am Royal zu tanzen, vor allem nicht mit Nicolaj Blixen als Partner.« Sie lächelte.

Philippa zuckte die Schultern. »Dann lautet die Antwort also: nein.«

»Nein, nein, nein! Die Antwort lautet nicht nein! Er überläßt es ganz dir. Er hat Nigel Philby gesagt, er würde dich freigeben, vorausgesetzt, das Royal zahlt die Krankenversicherung weiter, die die Pariser Oper für dich abgeschlossen hat, und du kommst rechtzeitig zurück, um den Tautropfen im *Nußknacker* zu tanzen.«

2. TEIL

Fannois

13

Die Maison

DER Kommissar, durch einen Dunstschleier des im Meerschaumhelm der Jungfrau von Orleans vor sich hin simmernden balkanischen und türkischen Tabaks kaum zu erkennen, starrte das Studioporträt des jungen Charles Fannois in seiner maßgeschneiderten Uniform der Vichy-Polizei aus dem Jahr 1941 an. Er wedelte eine Rauchwolke weg und verglich das Bild mit dem Funkphoto von Agence Press aus dem Jahre 1978, das den alternden ehemaligen Vichy-Beamten zeigte, der vor dem Gericht, wo die Anklage gegen ihn gerade fallengelassen worden war, überschwenglich einer Menschenmenge zuwinkte.

»Woher wollen Sie wissen, daß er noch am Leben ist?« fragte Demonet.

»Ich weiß es nicht.«

»Und wenn er noch lebt, woher wollen Sie dann wissen, daß er sich in Frankreich aufhält?«

»Ich weiß es nicht ... bis wir ihn finden. Dafür haben Monsieur und Madame Bloch Verständnis.«

»Verstehen sie auch, daß die Dokumente aus Delaps Safe, die sie ans Comcentre geschickt haben, absolut kein Beweis dafür sind, daß er ein Komplize ist?«

Alex zögerte. »Monsieur und Madame Bloch sind überzeugt, daß genügend Informationen vorliegen, um eine Untersuchung zu rechtferigen, und daß die Untersuchung, unterstützt vom Computer, den erforderlichen Beweis liefern wird.«

»Da ist der Wunsch der Vater des Gedankens. Was haben Sie sonst noch?«

»Heute vormittag habe ich einen Bericht vom wissenschaftlichen Labor erhalten, daß die künstliche Stimme auf dem Band des Obersten Terroristenfahnders doch nicht aus einer Schalldose stammt. Das Oszillogramm hat Amplitudenschwankungen der Schallwellen gezeigt, die nicht zu einer Übertragung per Schalldose passen.«

Der Kommissar gewährte Alex ein kleines Gähnen. »Wunderbar. Jemand, der einen Roboter imitiert. Der Großneffe meiner Frau kann einen Roboter nachmachen. Was sonst noch?«

»Iberia Airlines und der Aufsichtsbeamte für das Bodenpersonal am Flughafen Barcelona haben den Empfang meiner Anfrage bezüglich des Flugs 4426 am 4. September bestätigt.« Er machte eine kurze Pause. »Varnas läßt einen möglicherweise verdächtigen Apotheker überwachen. Isabelle arbeitet an einem Dossier über Auguste Pezon-Schwartz. Und Delaps Gürtelschnalle enthält genügend unlegierten Stahl, um daraus ein kleines Auto zu bauen. Das ist so ungefähr alles, was wir im Augenblick haben.«

Der Kommissar lehnte sich in seinem Stuhl zurück und betrachtete eingehend seine Nagelhaut. »Das Geräusch, das ich da höre: ist das ein Dynamo oder das Surren von Spinnrädern?«

Alex war nicht in der Stimmung. Langsam stand er auf. »Heute ist nicht so ganz Ihr Tag, Herr Kommissar. Ich hoffe, Ihr Krocketspiel ist nicht abgesagt worden.«

Er ging in sein Büro zurück. Die Dokumente aus Delaps Safe waren wieder auf seinem Schreibtisch gelandet. Das Comcentre hatte sie katalogisiert, nachdem die Informationen in den Hauptspeicher der Dicken Louie eingegeben worden waren.

Die Dicke Louie hatte bereits den toxikologischen Bericht vom gerichtsmedizinischen Institut, die Zeugenaussagen von Gus und seinem Bühnenbildner Pierre-Yves Gastin, des Kritikers vom *Télégraph*, von Stéphane Nikolaides und von Honoré Bloch geschluckt. Bislang waren keine Anzeichen von Verstopfung zu erkennen.

Alex setzte sich an seinen Schreibtisch und schlug die oberste Akte auf. Sie enthielt den Deportationsbefehl Nr. 12 073, datiert vom 4. November 1941 in Rivesaltes (Perpignan), mit dem die Gefangenen ABEL, I., BERKOW, W., BLOCH, A., FRANK, J., und ZWIN, L., auf Anweisung des Direktors gemäß dem novellierten Strafgesetzbuch XIX, Abschnitt ..., Absatz ..., Paragraph ..., Vichy 1941, der Transporteinheit B zugeteilt worden waren. Unterzeichnet war das Dokument von C. Fannois, dem für das östliche Languedoc zuständigen stellvertretenden Polizeidirektor.

Alex betrachtete eingehend die ausgeprägte Unterschrift. In Frankreich, einem Land, in dem Briefe, auch geschäftliche, oft mit der Hand geschrieben werden, hält man viel von Kalligraphie. Ein geübter Handschriftenanalytiker oder Graphologe kann sich damit seinen Lebensunterhalt verdienen. Es gibt sogar eine Graphologische Gesellschaft.

Erneut musterte Alex die Unterschrift. Er zog die oberste Schreibtischschublade auf, wählte eine feine Feder aus und versuchte, die miteinander korrespondierenden Schnörkel der Unterschrift in sein Notizbuch zu übertragen.

Varnas

Varnas' Beziehung zu Madame Roget hing, sollte sie überleben, von seinem Gespür für Nuancierungen ab, diejenige zu seinen Informanten in der Pariser Unterwelt beruhte auf Zurückhaltung und Fingerspitzengefühl.

Varnas nutzte das Informantennetzwerk, das unsichtbar und unvorhersehbar war, auf ähnliche Weise wie ein Seemann das Wetter: Ist der Wind günstig, segelt er los; wenn nicht, bleibt er im Hafen. In Wirklichkeit ist die Analogie nicht ganz korrekt. Während das Wetter oft böswillig erscheinen mag, hat es doch nichts Persönliches an sich, noch beruht es auf Wechselseitigkeit.

Wohl wissend, daß falsch eingesetzte Informationen zu Vergeltungsmaßnahmen und Demütigungen, ja zum Versiegen einer Quelle und sogar zum Zusammenbruch des Netzwerks führen konnten, ging er daher bei seiner Suche nach einem Informanten in der Angelegenheit illegale Apotheken mit größtem Taktgefühl vor.

Seine Regeln für die Anwerbung eines Informanten waren sehr einfach. Regel eins: Um einen Informanten nutzbringend einsetzen zu können, sollte dieser entweder pleite sein oder eine Gefälligkeit erwarten. Diese Voraussetzung erfüllten viele. Regel zwei: Der Kandidat sollte ein persönliches Interesse daran haben, Auskünfte zu liefern, weil er sich damit einen Wunsch nach Erfolg erfüllen oder ein Rachebedürfnis befriedigen konnte, ohne ein allzu großes Risiko einzugehen. Diese Regel schränkte die Liste in gewisser Weise ein. Regel drei: Der Kandidat mußte verschwiegen und sich der langfristigen Konsequenzen seines Verhaltens bewußt sein. Diese Regel begrenzte die Zahl derer, die in Frage kamen, erheblich. In der Tat fand Varnas in diesem Fall nur eine einzige Person auf seiner Liste, die alle Voraussetzungen erfüllte.

Es war ein Mann in einem gewissen Alter, der sich seinen ansehnlichen Lebensunterhalt damit verdiente, daß er eine gut ausgerüstete geheime Lieferantentruppe unterhielt, die illegal importierte Waren, einschließlich einiger Drogen, von Behelfsflugplätzen, Autobahnraststätten und Nebengeleisen der Bahn mit Transportmotorrädern zu beweglichen Adressen in der Stadt brachten.

Sein Alter und seine Erfahrung qualifizierten ihn nach Regel drei. Regel zwei erfüllte er, als Varnas erfuhr, ein gewisser nicht ganz gesetzestreuer Apotheker hatte den Treibstoff für seinen Motorradpark gepanscht. Und auch die erste Regel traf auf ihn zu. Zwar war er alles andere als pleite, aber er hatte einen Enkel, der einer der Verdächtigen bei einem Raubüberfall auf einen Photoladen war. Varnas erklärte dem Vorsitzenden des Jugendgerichts die Umstände und erreichte, daß der Junge nach Zahlung von 1500 Francs der Obhut seines Großvaters übergeben wurde. Jetzt konnte er das Geschäft einfädeln.

Durch Quervergleiche der Liste der zweiundfünfzig Apotheken in Paris, die im Juli den Sprühinhalator mit der bewußten Seriennummer erhalten hatten, mit den Mitteilungen seines Informanten gelang es Varnas, die Anzahl nicht ganz legaler Unternehmen, die den Inhalator bekommen hatten, auf vier zu reduzieren.

Eines befand sich im Achten, ein weiteres im Neunten, eines im Siebzehnten und eines im Achtzehnten Arrondissement.

Das Ganze ließ sich nicht gerade erfolgversprechend an. Der Apotheker im Achten war im Juli eines natürlichen Todes gestorben. Sein Laden war jetzt ein Videoverleih.

Die Besitzerin der Apotheke im Achtzehnten, eine Natur- und Kräuterheilkundlerin, saß im Gefängnis, weil sie getrocknete Blätter von Narcissus jonquilla, eines von mehreren giftigen Kräutern der Gattung Amaryllis, zur Behandlung von Darmstörungen verkauft hatte. Die Polizei hatte ihren Laden wie auch den im Achten geschlossen, ehe die Inhalatorlieferung eingetroffen war, ein Detail, das auf dem Ausdruck des Großhändlers gefehlt hatte.

Blieben also noch zwei Apotheken, die im Neunten und die im Siebzehnten Arrondissement. Varnas setzte bei Chez Suzanne das Gerücht in Umlauf, die Polizei sei an der Befragung dieser beiden Apotheker im Zusammenhang mit einer kürzlich bekannt gewordenen tödlichen Vergiftung interessiert. Beide Apotheken wurden überwacht, um die jeweilige Reaktion zu beobachten.

Am nächsten Tag verließ kurz nach neun Uhr vormittags der Apotheker aus dem Neunten Arrondissement, ein Korse mit Verbindungen zum Milieu, seinen Laden und fuhr zusammen mit einem anderen Mann geradewegs zur Zentrale der Sûreté in der Rue des Saussaies. Der Mann, der ihn begleitete, ein allseits bekannter Winkeladvokat der Unterwelt, drohte, die Regierung zu verklagen, falls der Name seines Mandanten in Zusammenhang mit dieser Angelegenheit öffentlich genannt würde. Sein Mandant, erklärte er, sei ein verantwortungsbewußter Geschäftsmann, dem seine Apotheke sowie das Haus, in dem sie sich befand, gehörten. Er wolle und könne es sich nicht leisten, in irgendwelche Aktivitäten verwickelt zu werden, die seinen guten Ruf gefährdeten, seinen Lebensunterhalt, das Wohlergehen seiner Familie et cetera.

Alex und Varnas wußten, daß die Apotheke und das Haus, in dem sie sich befand, einem Syndikat gehörten, das alle Schrottplätze im Pariser Nordwesten kontrollierte. Was den guten Ruf des Mannes anging, so hatte er für den Verkauf von verschreibungspflichtigen Amphetaminen ohne den Segen eines Arztes eine Vorstrafenliste, die länger war als sein Arm. Dennoch schickten sie ihn nach zwanzig Minuten mit der Auflage wieder nach Hause, sich bis auf weiteres jeden Tag bei dem für ihn zuständigen Polizeikommissariat zu melden.

Von dem Apotheker im Siebzehnten hörte man nichts. Es handelte sich um einen schon älteren russischen Emigranten namens Boris Alexandrowitsch Popow, bekannt unter dem Spitznamen Doktor Schiwago (»Alex, wann siehst du zum letztenmal Kneifer an schwarzem Band?«). Doktor Schiwago, irgendwo in den

Sechzigern, war ein ehemaliger Arzt, einstmals berühmt für die Verabreichung von bestimmten Vitamin-, Steroid-, Hormon- und Glykosidinjektionen an Sportler, um deren Kraft und Leistung zu verbessern. Unglücklicherweise war ein Kurzstreckenläufer an den unmittelbar diesen Präparaten zuzuschreibenden Nebenwirkungen gestorben, und der Arzt hatte seine Zulassung verloren. Ein Jahr einer fünfjährigen Gefängnisstrafe hatte er abgesessen und war dann unter Auflagen Drogist und Apotheker geworden. 1980 wurden diese Auflagen dann ausgesetzt. Seitdem war er unauffällig geblieben.

Seine Apotheke, die kleine Pharmacie Berzélius, befand sich in der Nähe der Fabriken in der Avenue de Clichy. Sein Zuhause war ein gemietetes Zimmer in der Rue de Vaugirard im Fünfzehnten Arrondissement – seit den zwanziger Jahren eine von russischen Exilanten bevorzugte Gegend –, das er zusammen mit einer Russin bewohnte.

Am ersten Abend folgte Varnas zusammen mit einem Inspektorenanwärter Doktor Schiwago von seiner Apotheke zu der nahe gelegenen Métrostation Brochant. Er fuhr mit der Nr. 13 zum Montparnasse, eine umständliche Reise mit zehn Haltestellen. Dort nahm er die Nr. 12 und stieg schließlich an der Station Convention aus, einen Block von seiner Pension entfernt. Beunruhigt wirkte er keineswegs. Er blickte nicht besorgt um sich, sondern saß seelenruhig da und las eine russische Ausgabe von Nabokovs *Einzelheiten eines Sonnenuntergangs*.

Am nächsten Morgen unternahm er die gleiche Reise in umgekehrter Richtung und kam ein paar Minuten vor neun Uhr bei seiner Apotheke an. Unterwegs blieb er nie stehen, er machte keine Abstecher, führte keine Telephongespräche und gab auch sonst in keiner Weise zu erkennen, daß er vermutete, überwacht zu werden.

Varnas meinte: »Entweder ist er raffiniert, oder er ist unschuldig. Beides ist schlecht. Wir warten. Wenn er klug ist, ändert er seine tägliche Routine nicht.«

Man entschied, ihn schmoren zu lassen. Ein auffälliger, allerdings nicht als solcher gekennzeichneter Polizeiwagen mit Antennen wurde an der Kreuzung Rue Berzélius und Avenue de Clichy, vierzig Meter von der Apotheke entfernt, geparkt.

Die »Yacht Club«

Seit Nigel Philbys Anruf unterhielten Philippa und Alex sich zu Hause nur noch auf englisch. Alex sprach ein einigermaßen fließendes amerikanisches Englisch, das er als Teenager bei einem Schüleraustausch in den Vereinigten Staaten gelernt hatte. Philippa jedoch hatte seit dreizehn Jahren diese Sprache nicht mehr regelmäßig gesprochen, und ihr Englisch war alles andere als fließend. Schlimmer noch, als sie es jetzt versuchte, fielen die Worte mit dem entsetzlichen Gossenakzent, den sie sich in Old Woldy angewöhnt hatte, wie Steine aus ihrem Mund.

Sie ließ die *h* aus; und statt »total« sagte sie »too-ähl«, und »boo-ähl« statt »bottle«. Eine Katastrophe drohte. Kurz davor, Gaststar des Royal zu sein, in einem Land, in dem der Akzent die Zugehörigkeit zu einer Klasse bezeichnet, hörte sie sich an wie Eliza Doolittle, ehe Rex Harrison auf den Plan getreten war.

Für einen intensiven Sprachkurs blieb keine Zeit, aber schließlich gab es ja Kassetten von Peggy Ashcroft, Claire Bloom, Maggie Smith, John Gielgud und Jeremy Irons. Unglücklicherweise ließ Philippa sich immer von der Geschichte mitreißen, statt auf die Aussprache zu achten. »Alex, ich höre die Melodie, aber ich kann sie nicht singen.«

An dem Abend, ehe sie nach London fliegen sollte – ihre Koffer waren bereits gepackt und am Fuß der Kajütstreppe gestapelt –, versuchten sie und Alex, sich bei einer Flasche Champagner vor dem Fernseher zu entspannen. Etliche Male probierten sie sämtliche Programme durch und entschieden sich schließlich für einen alten Musicalfilm, der noch vor Philippas

Geburt gedreht worden war und in dem Bing Crosby, Donald O'Connor, Mitzi Gaynor und die französische Tänzerin Zizi Jeanmaire auftraten. Die Geschichte war völlig hirnlos, aber Philippa hatte schon immer O'Connors Tanzen bewundert. Ungefähr in der Mitte des Films war sie fasziniert von der Art, wie Jeanmaire mit dem Englischen umging. Auch sie ließ alle *h* aus (»i's not ir ät si moment«), verwendete das französische glottale *r* und sagte »bicoos« statt »because« und »*bii*giniing« statt »beg*in*ning«. Sie vergewaltigte die Sprache. Aber mit ihrem Akzent und indem sie gelegentlich französische Wörter an Stelle der englischen gebrauchte, die sie nicht aussprechen konnte, kriegte sie das Ganze recht gut hin, ohne Untertitel und nicht ohne Charme. Philippa kam zu dem Schluß, sie könnte das auch so machen. Wenn sie das »O-là-là!« (das Jeanmaire häufig einsetzte) und andere kecke Gallizismen vermied, könnte sie gerade überzeugend genug wirken, daß die Engländer sie nicht für eine minderwertige Person hielten.

Orly

Auf diesen Rollentausch war Alex, der es gewohnt war, Philippa eine Zeitlang in Paris allein zu lassen, wenn er beruflich unterwegs war, völlig unvorbereitet. Er suchte Zuflucht in dem Versuch, eine besorgte Vaterfigur zu verkörpern.

Ständig schlich er um sie herum. Er vergewisserte sich, daß sie genügend englische Pfund, Shilling und Pence hatte und stattete sie mit einem Akkreditiv für die Barclay's Bank aus. Er rüstete sie mit Telephonnummern für den Notfall und dem Namen sowie der Adresse eines Kollegen bei Scotland Yard aus.

Stéphane, die sie zum Flughafen begleitete, beobachtete diese Vorstellung mit einer Mischung aus Amüsiertheit und Neid. Alex überprüfte dreimal Philippas Ticket und Boarding-card. Im letzten Augenblick kaufte er ihr noch Chichester's *Guide to London* und vergewisserte sich, daß sie wußte, wie sie von ihrem Hotel – dem Jane Austen, einer sehr auf Sicherheit bedachten Unterkunft für berufstätige junge Damen, in der in jedem Stockwerk neben dem Lift eine wachsame Haushälterin in schwarzem Köperkittel postiert war – nach Covent Garden gelangte.

Als schließlich ihr Flug aufgerufen wurde, umarmte Philippa Stéphane, wandte sich mit einer Träne im Auge zu Alex und flüsterte in ihrem neuen, französisch ausgesprochenen Englisch zu: »Ju ar mai feivoriit pein in si ass.« Sie küßte ihn auf den Mund, und weg war sie.

Stéphane beobachtete Alex, der zusah, wie der Airbus abhob, sich in nordwestlicher Richtung in die Kurve legte und ihren Blicken entschwand.

14

Die Maison

SCHON zu einem früheren Zeitpunkt waren, mit Zustimmung des Kommissars und des Obersten Terroristenfahnders, Photographien von und Informationen über Charles Fannois, Aufenthaltsort unbekannt, an die Sûreté-Direktoren in Bordeaux, Toulouse und Marseille geschickt worden – per Luftkurier, um Vertraulichkeit zu gewährleisten. Daß seit der Zeit nach dem Krieg zwischen dem Verdächtigen und Leuten, die die Interessen der ehemaligen Vichy-Regierung vertraten, sowie möglicherweise dem Front Patriotique Verbindungen bestanden, war bekannt. Nachdrücklich wurde darauf hingewiesen, daß jegliches Vorgehen verdeckt zu erfolgen habe.

Alex setzte Stéphane bei de la Pageries Wohnung in der Rue de Tournon ab und fuhr zur Maison zurück. Als er in sein Büro im ersten Stock trat, brachte ihm ein Inspektor der Recherchenabteilung das lang erwartete Dossier Isabelles über Auguste Pezon-Schwartz.

Alex legte den Aktenordner auf Varnas' Schreibtisch. Zwar teilte er die Bedenken seines Partners hinsichtlich Gus nicht, vor allem jetzt, da die Untersuchung gegen Fannois in Gang gekommen war, war aber dennoch ein ganz klein wenig neugierig.

Er ging zum Trinkwasserspender in der Halle und warf dabei einen Blick auf seine Uhr. Mittlerweile mußte Philippa in Heathrow gelandet sein. Innerhalb der nächsten Stunde würde sie im Hotel Jane Austen eintreffen. Um sich irgendwie die Zeit zu vertreiben, bis er in London anrufen könnte, ging er in sein Büro zurück, setzte sich an Varnas' Schreibtisch und schlug Gus' Akte auf.

Der erste Abschnitt befaßte sich mit der Herkunft des Regisseurs und seinen Ausflügen ins Theater schon in jugendlichem Alter. Er bestätigte lediglich, was Alex aus Gus' Zeugenaussage bereits wußte.

Den nächsten Abschnitt, in dem Isabelle die Beziehung zwischen Gus und de la Pagerie zu erhellen versuchte, ebenso wie sie probiert hatte, die Verbindung zwischen Delap und dem Front Patriotique zu zeigen, überging er. Beim Weiterlesen wurde Alex jedoch klar, daß das Bindeglied hier weit greifbarer war.

Isabelle hatte herausgefunden, daß in vier von den sechs Stücken, die Gus zwischen 1978 und 1984 aufgeführt und inszeniert hatte, die Verlobte des Kritikers, Angélique Églantine, aufgetreten war.

In seiner Zeugenaussage hatte Gus Angélique mit keinem Wort erwähnt. Alex überlegte, ob dies als bedeutsam gewertet werden konnte. Vor allem, als Isabelle jetzt aufzeigte, daß die Schauspielerin die Fehde zwischen dem Regisseur und dem Kritiker ausgelöst hatte.

Zum Zerwürfnis war es gekommen, weil sie sich nicht einig waren, wem sie ihren Erfolg zu verdanken hatte. Gus hatte sich selber das Verdienst zugeschrieben, ihre Interpretationen der großen Dramatiker geprägt und ihre Schauspielkunst entwickelt zu haben. Delap hatte über diese Mutmaßung nur gespottet und darauf bestanden, ihr Genie sei Veranlagung und gegen Eingriffe von Regisseuren gefeit; ihr Erfolg sei letztendlich dem Publikum und dem urteilsfähigen Auge des Kritikers zuzuschreiben.

Bei der Besprechung von Gus' Inszenierung der *Léocadia* Anouilhs in Dijon 1980 hatte Delap die Inszenierung verrissen, Mademoiselle Églantines äußerst lebendige Darstellung in einer ansonsten »banalen Konfektionsinszenierung« jedoch hoch gelobt.

Mit der Pariser Neuinszenierung von Giraudoux' *Intermezzo* zwei Jahre später hatte Gus einen Erfolg gelandet; das Stück wurde dreihundertmal aufgeführt. Delap hatte am Bühnenbild und an der Inszenierung herumgemäkelt, Angélique jedoch eine große Zukunft vorhergesagt. Isabelles Ansicht nach hatte die Svengali-Trilby-Beziehung sich damals schon angebahnt. Während der Laufzeit von *Intermezzo* waren Angélique und de la Pagerie zusammengezogen.

1983 hatte der Kritiker seine ihm mittlerweile Anverlobte nach Saint-Jean-de-Luz begleitet, um die Premiere von Gus' Wiederaufnahme des *Besuchs der alten Dame* von Dürrenmatt zu besprechen. Überschwenglich hatte der Kritiker ihr Auftreten als Claire Zachanassian – die reichste und mächtigste Frau Europas, abgrundhäßlich, mit hennarot gefärbten Haaren, einem bösartigen Charakter und dreißig Jahre älter als die Schauspielerin – gerühmt. Er hatte erklärt, er sei jetzt überzeugt, Mademoiselle Églantine könne mit Erfolg jede Rolle in jedem Fach, und zwar in jedem Stil, klassisch oder modern, Komödie oder Tragödie, spielen und hätte es nie nötig, den billigen Verlockungen eines kommerziellen Starkults zu erliegen.

»In der Tradition der großen europäischen Charakterdarsteller des 19. Jahrhunderts«, hatte er geschrieben, »eignet Angélique Églantine das erhabene Genie, daß sie von einer Rolle zur anderen praktisch nicht wiederzuerkennen ist.«

Gleichzeitig hatte der Kritiker seine Angriffe auf den Regisseur fortgesetzt. Er hatte Gus als »die Königin der Wiederaufnahme, einen viertklassigen Verkehrspolizisten, der keinerlei Ahnung von den grundlegenden Voraussetzungen des Ensemblespiels hat, einen Regisseur von unfehlbarer Vorhersehbarkeit« bezeichnet. Dem hatte er noch hinzugefügt: »In diesem Augenblick ist Jean Genet ein besserer Regisseur als Pezon-Schwartz, aber Jean Genet ist tot.«

Zum Bühnenbild, das von anderen Kritikern gelobt worden war, hatte de la Pagerie geschrieben: »Der Bühnenbildner Pierre-Yves Gastin ist zur Toilettenschüssel Chagall geworden. Seine Arbeit beim *Besuch* läßt jedoch darauf schließen, daß er zu irgendeinem Zeitpunkt in seiner verwöhnten Jugend durch die Stiche von Rockwell Kent oder möglicherweise durch den sowjetischen sozialistischen Realismus traumatisiert wurde. Jedenfalls, der Sarg, der Madame Zachanassian ins Dorf Güllen begleitet, sieht in Pezon-Schwartz' Wiederaufnahme von Dürrenmatts Klassiker wie der *Orientexpreß* mit Handgriffen aus.«

Isabelle hatte auch eine Randnotiz zu Pierre-Yves Gastin eingefügt.

»Pierre-Yves ist nicht nur Gus' Bühnenbildner, sondern auch sein Herzblatt und sein wichtigster Finanzier. Pierre-Yves ist reich. Sein Großvater, ein Schweizer Bankier, hinterließ ein Treuhandvermögen, dessen einziger Nutznießer bis zu seinem Tod 1979 Pierre-Yves' Vater war. Damals wurde der Trust aufgelöst und zum größten Teil unter den Enkelkindern aufgeteilt. Pierre-Yves und seine Schwester erbten jeder eine halbe Milliarde Francs – nach Abzug der Steuern.

Falls Sie sich wundern, warum dieser Schweizer Halbmilliardär es nötig hat, als Bühnenbildner in Paris zu arbeiten, lautet die Antwort, daß Gus ihn ›entdeckt‹ hat, als er umsonst die Schaufenster für Chanel dekorierte, und ihn vor einem Leben des ziellosen Dilettierens rettete. Angeblich ist er äußerst talentiert, braucht jedoch Gus zur Motivation.«

Alex übersprang die Liste von Pierre-Yves' Auszeichnungen und konzentrierte sich auf einen eher spekulativen Hinweis, den Isabelle aus der Theaterpresse ausgegraben hatte und der die Auflösung von Delaps und Angéliques Verlobung teilweise nicht bewiesenen körperlichen Mißhandlungen, hauptsächlich jedoch einer von ihr getroffenen Entscheidung zuschrieb. Gegen seinen ausdrücklichen Wunsch hatte sie die Titelrolle in einem autobiographischen Stück, das das Leben Rachels schilderte, der großen französischen Schauspielerin des 19. Jahrhunderts, übernommen. Nach Delaps Vorstellungen hätte sie die *Hedda Gabler* in einer neuen, umgangssprachlichen Übersetzung eines jungen tschechischen Dramatikers, den er bewunderte, spielen sollen.

Gus hatte *Rachel* inszeniert – eine Katastrophe, wie sich herausstellen sollte. Nach fünf Aufführungen war das Stück abgesetzt worden. Und zum ersten Mal hatte de la Pagerie Angélique vernichtend kritisiert.

Er gab zu, er hätte sich von ihrer Spontaneität und Vielseitigkeit blenden lassen. Doch nun sei er widerwillig zu dem Schluß gelangt, all dies sei nur Schall und Rauch, ihr Talent entspreche in etwa dem eines Gauklers, eines Jongleurs oder eines Akrobaten. Nun schrieb er: »Leider ist da letztendlich nichts. Der Verfasser des Artikels beobachtete mit Bestürzung ihren leichtfertigen Versuch, die stimmliche und körperliche Eindringlichkeit jener großartigsten klassischen Schauspielerin Frankreichs wiedererstehen zu lassen. Schon zu Beginn des zweiten Akts war auf peinliche Weise klar, kein Hauch von Intellektualität, keine theatralische Veranlagung oder Seelenverwandtschaft lag dieser oberflächlichen Interpretation einer vielschichtigen Künstlerin zugrunde. Mademoiselle Églantine ist eine kunstfertige Imitatorin, eine Mimin, eine Künstlerin, die mit Taschenspielertricks arbeitet. Schauspielerin ist sie jedoch keine. Sie gehört nicht ins Theater, sondern in einen Zirkus, ein Varieté oder vielleicht ins Fernsehen.«

Isabelle schloß: »Gus' Antwort auf diesen Angriff war ein Lamento darüber, daß es in der französischen Rechtsprechung kein Forum gäbe, vor dem ein Künstler den von der Hand eines gewissenlosen Kritikers erlittenen Schaden an Leib und Seele einklagen könne. Er bedauerte, daß das Duellieren gesetzlich verboten worden war. Darauf antwortete de la Pagerie mit einer einzigen Zeile in der nächsten Ausgabe der *Revue Endimanchée:* ›Blätterteigkügelchen auf fünf Schritt Entfernung?‹

Die Theaterwelt betrachtete Delaps vernichtende Kritik an *Rachel* als häßlichen persönlichen Angriff eines nicht zum Zug gekommenen Pygmalion.

Rachel kostete Gus oder vielmehr Pierre-Yves drei Millionen Francs. Angélique, die an Anorexie litt, zog sich in ein kleines Landhaus im Dorf Seigneurs-sous-Tarn im Aveyron zurück. Ein halbes Jahr später starb sie dort, wie es hieß, an Unterernährung und Austrocknung. Gus und Pierre-Yves gaben am Sonntag, dem 9. Juni, in Pierre-Yves' Wohnung einen Empfang zum Gedenken an Angélique. Am nächsten Tag begann Gus mit den Proben zu *Eurydice.*

Abgesehen von seiner beruflichen Verbindung mit Mademoiselle Églantine und seiner finanziellen Abhängigkeit von Pierre-Yves Gastin ändern die in diesem Dossier enthaltenen Informationen das, was wir bereits über Gus wissen, nicht wesentlich: Er haßte de la Pagerie und hätte ihn nur zu gerne schon vor Jahren erwürgt, wenn er den Mut dazu gehabt hätte.

Was das Motiv betrifft, so schätze ich, könnte man sagen, sie alle hätten ein Motiv gehabt. Gus und sein Bühnenbildner müssen jedoch mittlerweile gewußt haben, daß destruktive, sogar gehässige Kritik zum Spiel gehört, in der Kunst wie auch im Geschäft; mit Sicherheit im Theater, das eine Mischung aus beiden ist.

Auf wen setzen Sie beim Halbfinale im Rugby?«

Alex kam zu dem Schluß, daß angesicht von Gus' Fassade eines scherzhaft-heiteren Optimismus und wahlloser Schäkereien das Nichterwähnen Angéliques in seiner Zeugenaussage wahrscheinlich weniger eine bedeutsame Unterlassung als vielmehr eine Abneigung darstellte, einen Fehler – oder Schmerz – einzugestehen.

Alex klappte das Dossier zu, ließ es auf Varnas' Schreibtisch liegen und rief im Jane Austen in London an. Miß Watten war eingetroffen, jedoch sofort zum Theater gefahren. Alex hinterließ die Nachricht, sie solle ihn entweder in der Maison oder auf der »Yacht Club« anrufen, wann immer es ihr paßte.

15

Place Adolphe-Chérioux

ALS am Freitag der Arbeitstag zu Ende war, zog Varnas den nicht gekennzeichneten Polizeiwagen in der Nähe der Pharmacie Berzélius (die am Samstag geschlossen hatte) ab und plazierte einen Motorroller (weibliche Polizistin) in der Rue de Vaugirard gegenüber Doktor Schiwagos Pension.

In Lauf der Nacht rief die Beschatterin ihn dreimal an (Varnas gestattete keine Mitteilungen über Funk; die Frequenzen waren zu leicht abzuhören). Sie hatte nichts zu berichten. Um acht Uhr morgens ließ er sie von einer anderen Polizistin ablösen, ebenfalls auf einem Motorroller, die als Verkäuferin von Fruchteis getarnt war.

Am Samstag war es warm und windstill. Das Objekt wurde beobachtet, wie es, begleitet von einer Frau, um neun Uhr fünfundvierzig aus seiner Pension kam und drei Blocks weiter zum Café Lambert ging. Dort frühstückten er und die Frau hartgekochte Eier und Tee. Um zehn Uhr dreißig kehrten sie in die Pension zurück.

Um elf Uhr zwanzig tauchten das Objekt und die Frau wieder auf; sie hatten sich umgezogen und waren jetzt mit Klappstühlen und einem Picknickkorb ausgerüstet. Diese Gegenstände trugen sie zu dem kleinen Park an der Place Adolphe-Chérioux, wo sie die Klappstühle in der Sonne aufstellten und ein leichtes Mittagessen, bestehend aus Sardinen, Schwarzbrot und Bier, verzehrten.

Den größten Teil des Nachmittags verbrachten sie dort; er las, sie sonnte sich hinter einem Reflektor aus Aluminiumfolie.

»Um vierzehn Uhr zwei winkte das Objekt mich zu sich und kaufte ein Zitronen- und ein Erdbeereis.

Um fünfzehn Uhr vierunddreißig ging er allein zur Pension zurück. Ein paar Minuten später kehrte er mit einer weißen Decke zurück, die er über die Beine der Frau breitete.

Um sechzehn Uhr dreißig klappten sie ihre Stühle zusammen und gingen in ihre Unterkunft zurück.

Ansonsten ist nichts zu berichten.«

Varnas fragte die Beschatterin, ob das Objekt argwöhne, überwacht zu werden; ob die Tatsache, daß es ein Eis bei ihr gekauft hatte, ein Hinweis darauf sein könnte. Sie schien leicht beleidigt über diese Mutmaßung.

»Er hat mich nicht bemerkt, ehe ich angefangen habe, Eis an die Leute im Park zu verkaufen. Ich bin ständig mit dem Motorroller unterwegs gewesen, hin zur Place Adolphe-Chérioux und wieder weg, die Avenue rauf und runter, und habe mit meiner Glocke gebimmelt. Keinen Augenblick bin ich stillgestanden. Er hat fast die ganze Zeit die Nase in sein Buch gesteckt, und sie hatte sich Watte auf die Augen gelegt. Ist eine einfache Beschattung gewesen. Er hat bestimmt keinen Verdacht geschöpft.«

»Sehr gut«, meinte Varnas. »Aber lassen Sie sich durch Untätigkeit von Objekt oder russische Höflichkeit und Anzeichen von Ergebenheit nicht ablenken. Berichten Sie bitte alles.«

Sie hatte für dreihundertfünfzig Francs Eis verkauft. Varnas erklärte, sie dürfe die Hälfte des Geldes behalten.

Théâtre Bakoledis

Am selben Nachmittag, nur etwas früher, hatte Varnas Erkundigungen eingezogen und erfahren, daß nach der Samstagnachmittagsvorstellung eine Probe für die Zweitbesetzung von *Eurydice* stattfinden sollte. Da seiner Ansicht nach die Probe eine gute Gelegenheit wäre, sich bei Gus, der ihm immer noch durch den Kopf spukte, in Erinnerung zu bringen, beschloß er hinzugehen.

Er wurde enttäuscht. Als die letzten Besucher der Nachmittagsvorstellung das Foyer verließen, teilte man ihm mit, daß der Inspizient, nicht Gus, die Probe leite. Anschließend rief der Betriebsdirektor Varnas ins Kartenbüro.

»Ich habe etwas für Sie«, erklärte er und hielt ihm eine zerknitterte, mit einem Gummiband verschnürte kleine Papiertüte hin. Varnas nahm die Tüte, entfernte das Gummiband und spähte hinein. Und da sah er das letzte noch fehlende Stück des Inhalators: den roten Plastikzerstäuber.

»Wo haben Sie das gefunden?«

»Im Fundbüro.«

»Wo ist Fundbüro?«

»Im unteren Foyer, zwischen der Putzkammer und dem Männerpissoir. Hat wahrscheinlich seit der Premiere dort gelegen.«

»Tatsächlich?«

»Wahrscheinlich hat ein Besucher es abgegeben.«

Hippo

An ebendiesem warmen Septembernachmittag kehrte Hippo aus seinem Urlaub nach Paris zurück; eigentlich nicht nach Paris, sondern in den Vorort Aubervilliers, wo er in einer ehemaligen Diskothek wohnte.

Weder Alex noch Varnas konnten sich erinnern, daß der Chef der Ballistikabteilung je in einer normalen Wohnung gelebt hätte. Keine durchschnittliche Wohnung in Paris war groß genug, um die riesigen, ständig sich vermehrenden Regale und Schränke für die E.S.A.W. unterzubringen, noch solide genug gebaut, um dort eine dreitausend Kilogramm schwere gußeiserne türkische Belagerungskanone aufzustellen.

Zu Hippos früheren Domizilen hatten eine ehemalige Kaserne, ein ehemaliges Feuerwehrhaus und eine ehemalige Turnhalle gehört; jede Unterkunft befand sich weiter vom Pariser Zentrum entfernt als die vorherige. Jetzt war er der alleinige glückliche Bewohner einer ehemaligen Diskothek (in der Platz für siebenhundertfünfzig Leute gewesen war) mit ihrem verblichenen Glanz, der Stereoanlage mit acht Lautsprechern und etlichen Plattenspielern, den kirschfarbenen Wänden und der von Sternen übersäten Decke sowie genügend antiken Waffen, um die Streitkräfte von Andorra und Monaco auszurüsten; all dies einen Steinwurf von Fort d'Aubervilliers und mit der Métro nur ein paar Minuten von der Gare de l'Est entfernt, in den Augen der meisten Pariser jedoch so weit weg wie Elba.

Der Palais de Justice hatte einen Lastwagen geschickt, um Hippo vom Bahnhof abzuholen. Außer seinem Gepäck und der Kiste mit dem Côte du Cabardès hatte er noch eine Arkebusenluntenschloßmuskete aus dem 16. Jahrhundert mitgebracht. Dieses Ungeheuer mit glattem Lauf, das von einem Mechaniker liebevoll restauriert worden war, so daß es sich wieder in seinem ursprünglichen Zustand befand, war nahezu zwei Meter lang und so schwer, daß es ohne einen gegabelten Metallstock, der in den Boden gerammt werden mußte, um die Mündung zu stützen, nicht abgefeuert werden konnte.

Jetzt räumte Hippo, sicher zu Hause gelandet, mit Hilfe des Lastwagenfahrers und seines Beifahrers eine Fläche neben der ehemaligen Bar frei, um die Muskete neben dem Helm, der Rüstung und der Waffe eines Pikeniers aufzustellen. Als alles untergebracht war, richtete er einen Punktstrahler darauf, der, etwas anachronistisch, die antiken Waffen in ein Meer aus warmem rosafarbenen Nachtklublicht tauchte. Die Lastwagenfahrer wechselten Blicke.

Nachdem sie gegangen waren, deckte Hippo den Tisch fürs Abendessen, ein schweres rustikales Möbel, das seiner Mutter gehört hatte. Jetzt stand es auf dem erhöhten Musikerpodium unter einer Reihe willkürlich angeordneter akustischer Paneele, die pastellfarben lackiert waren.

Eigentlich hatte er ein Abendessen für vier geplant gehabt; da Philippa jedoch mittlerweile abgereist war, wären nur er, Alex und Varnas anwesend. Zweck der Einladung war es, seine Freunde den Côte du Cabardès kosten zu lassen, sich über den Mordfall auf den neuesten Stand zu bringen und Alex und Varnas zu erklären, warum sein Reisegefährte Marcel sich dafür entschieden hatte, in dem Dorf Le Pré zu bleiben, wo dem Mädchen angeblich die Heilige Jungfrau erschienen war.

Eine halbe Stunde, bevor seine Gäste eintrafen, füllte Hippo zwei Flaschen Cabardès in Kristallkaraffen und schob ein Streichquintett von Boccherini in die Stereoanlage. Dann ging er in die Küche und begann mit der Vorbereitung von Porreesuppe, Linguini mit Fleischsauce, eines gemischten Salats und einer Birnentarte – keine sonderlich beängstigende Aufgabe. Die Suppe – in einer Dose – stammte aus dem Supermarkt, die Fleischsauce – in einer Flasche – vom Italiener um die Ecke, der Salat und die fertige Sauce aus dem Feinkostladen nebenan und die Birnentarte von Mariette, der eine Métrostation entfernten Pâtisserie in Alex' Viertel. All das hatte Hippo am Tag zuvor vom Zug aus mit einem einzigen Anruf bei seiner Putzfrau bestellt. Dieser wahre Engel an Geduld, der glaubte, Hippo sei der heilige Petrus, hatte in kaum einer Stunde alles besorgt und in seinem eingebauten Kühlschrank verstaut. Die größte Anstrengung für ihn bestand jetzt darin, den Parmesan zu reiben und das Brot aufzuschneiden.

»Üppig!« meinte Alex, als er den Wein kostete.

»Sehr hervorragend!« erklärte Varnas.

Hippo schaute erfreut drein.

Während des Essens, das für eine einfache Küche erstaunlich gut war, fragte Hippo Alex und Varnas nach einigen eher nebensächlichen Einzelheiten des Falls. Was für Referenzen hatte der stellvertretende amtliche Leichenbeschauer vorzuweisen, der die ursprüngliche Diagnose Herzstillstand gestellt hatte? Warum hatte Gus die Premierenfeier so überstürzt verlassen? Warum hatte Delap seine Verlobung mit Angélique Églantine gelöst, oder hatte sie sich von ihm getrennt? Bezog sich Délices Ausruf: »Diese Mistkerle sind überall!« auf alte Anhänger des Vichy-Regimes oder auf den Front Patriotique? Dann wollte er wissen, ob das Büro des Obersten Terroristenfahnders in letzter Zeit in Verbindung mit der Abteilung für Terroranschläge in Marseille gestanden hätte, um zu erfahren, wie weit der Front Patriotique gehen würde, um die politische Meinung zu beeinflussen.

Dies war das Stichwort für die Birnentarte, den Kaffee und den Armagnac und für die Erklärung, warum Marcel in Le Pré geblieben war.

Nach dem Kaffee setzte Hippo an: »Alex und Varnas, ich habe Waffen-, Auto-, Schiffs- und Flugzeugnarren, Liebhaber von gutem Essen und Wein und Sportfans ertragen, jedoch – bis vor kurzem – noch nie die Besessenheit eines Fans religiöser Wunder.

Marcel kennt jede Einzelheit, jede Winzigkeit aller je verzeichneten himmlischen Eingriffe in die Geschichte; und neulich hat er mir bis zwei Uhr morgens detailliert seine wissenschaftlichen Untersuchungen zu dem Erscheinen der Heiligen Jungfrau in Le Pré geschildert.

Er hat auf die Ähnlichkeiten zwischen Le Pré, 1985, und dem Wunder von La Salette, 1846, hingewiesen: In beiden Fällen waren die Kinder, Mélanie Calvat in La Salette und Marie-Rose Fournier in Le Pré, Schäferinnen, die mit sieben ihren Katechismus auswendig konnten, Schwierigkeiten mit ihrer Stiefmutter hatten und eine schwere Zeit durchmachten, was zeitlich mit der Erscheinung der Heiligen Jungfrau zusammenfiel. La Salette hat die Kirche anerkannt, Le Pré hingegen nicht. Wie ihr sicher wißt, interessieren übersinnliche Ereignisse mich normalerweise nicht. Aber ich fühle mich verpflichtet, euch zu sagen, in diesem Fall hat Marcel mich überzeugt. Der Grund, warum die Kirche Le Pré nicht anerkennt, ist schlicht, daß es schlecht für das Geschäft ist.

Bei unseren Vorbereitungen zu dem Besuch in Le Pré hat Marcel ein Exemplar des Landvermessungsberichts aufgestöbert, den die örtliche katholische Diözese in Auftrag gegeben hatte, um das plötzliche wunderbare Hervorsprudeln eines Bergquells auf der Weide Fourniers logisch zu erklären. In dem Bericht heißt es kategorisch, die Quelle sei reiner Zufall, der mit der seismischen Instabilität, für die die Gegend bekannt sei, zusammenhänge.

Wie ihr seht, hat die Kirche Le Pré abgeschrieben. Trotzdem strömen die Pilger dorthin. Die Dorfwiesen sind zu Parkplätzen für Ausflugsbusse und Wohnwagen umfunktioniert worden. Zu Tausenden tauchen Pilger auf, die sich nach einem unmittelbaren religiösen Erlebnis sehnen. Das Heiligtum schien reif dafür, daß ein Unternehmer sich um das Ganze kümmert; der Front Patriotique hat es also übernommen und in einen fundamentalistischen Freizeitpark verwandelt. Nichts ist umsonst. Sie verlangen eine Parkgebühr. Für den Besuch des meist in Nebel gehüllten Heiligtums selber, einer häßlichen Pergola aus Steinen und Holzscheiten, in der die Quelle sprudelt und eine abscheuliche illuminierte Glasfaserstatue der Jungfrau aufgestellt ist, verlangen sie Eintritt. Sie verkaufen T-Shirts, auf denen Marie-Rose zusammen mit ihrem Hund abgebildet ist. Sie verkaufen in Einliterflaschen abgefülltes Wasser aus der Quelle. Sie verkaufen Plastiktütchen mit Erde von der Wiese. Und sie verkaufen eine fremdenfeindliche politische Botschaft. Was die Heilige Jungfrau zu Marie-Rose gesagt hat, haben sie einfach abgeändert. Hatte es ursprünglich geheißen: ›Die Leute von Le Pré müssen Buße tun, den Rosenkranz beten und eine neue Kirche aus Stein errichten‹, so lautet das Ganze jetzt: ›Die Leute von Le Pré müssen Buße tun, den Rosenkranz beten, doch zuerst müssen sie die Kräfte des Satans vernichten, deren Anführer Zionisten, Moslems, Afrikaner und Päderasten sind.‹ Eine neue Kirche ist nicht gebaut worden. Die Kapelle ist mit einem Vorhängeschloß gesichert, Gottesdienste finden keine mehr statt, und der Kaplan sowie das Mädchen scheinen verschwunden zu sein. Deshalb ist Marcel in Le Pré geblieben.«

Während dieses Berichts, der sie nicht unmittelbar betraf, schlürften Alex und Varnas ihren Armagnac und nickten in angemessenen Abständen, um zu verstehen zu geben, daß sie zuhörten, so wie sie es wohl auch gemacht hätten, wenn ein Freund ihnen seine Versicherungspolice erklärt oder seine Briefmarkensammlung gezeigt hätte.

Intuitiv, wie es seine Art war, fragte Hippo jetzt: »Warum ich euch das erzähle? Weil für Sie, Alex, die Geschichte mehr ist als eine bloße Anekdote.

Am Tag, ehe Marcel mich nach Carcassonne gefahren hat, um dort den Zug zu nehmen, sind wir einer Frau begegnet, die gerade in Mazamet angekommen war. Leute, die Le Pré einen Besuch abstatten wollen, müssen sich in Mazamet eine Unterkunft suchen, weil es im Dorf keine Übernachtungsmöglichkeiten gibt. Die Frau ist die Tante des Mädchens.« Er warf Alex einen Blick zu. »Sie heißt Thérèse Chalant. Kommt Ihnen das irgendwie bekannt vor?«

»Nein.«

»Sie ist die Frau eines Gastwirts, dessen Restaurant sich in Castelnaudary am Canal du Midi befindet. Sie hat behauptet, Sie zu kennen.«

Jetzt erinnerte sich Alex, der kurzfristig leicht verwirrt gewesen war, warum ihm der Name Mazamet bekannt vorgekommen war, als Hippo ihn angerufen hatte.

»Stimmt«, meinte er. »Ich habe ihr meine Dosen, die ich auf der ›Sirocco‹ gehortet hatte, gegeben.«

»Offenbar haben Sie sie ziemlich beeindruckt«, fuhr Hippo fort. »Ihrer Überzeugung nach ist Marie-Rose entführt worden, Alex. Und sie sagt, Sie seien der einzige Polizist, den sie kennt.«

Alex seufzte. Es war ein langer Tag gewesen. Philippa war weg. Den Front Patriotique hatte er ganz vergessen. Daß ein phantasievolles Kind, das sich einbildete, im Haut Languedoc die Jungfrau Maria gesehen zu haben, möglicherweise entführt worden war, hatte wenig mit seinen derzeitigen Untersuchungen zu tun. Trotzdem, Entführung war ein Verbrechen, das die Polizei landesweit anging. »Warum haben die Leute vor Ort keine Nachforschungen angestellt?«

»Marcel und ich glauben, sie sind eingeschüchtert worden.«

»Wann hat Thérèse den Verdacht geschöpft, daß ihre Nichte entführt worden ist?«

»Als sie einen Brief von Marie-Roses Vater erhalten hat, in dem dieser sich beklagte, das Kind sei widerspenstig. Er hat Thérèse gebeten, nach Le Pré zu kommen, um das Kind zur Zusammenarbeit zu überreden.«

»Zusammenarbeit inwiefern?«

»Indem sie die Rolle einer vom Himmel auserwählten Vermittlerin spielt. Und sich täglich im Heiligtum zeigt. Bittsteller empfängt, Kranke heilt und so weiter. Der Brief hat Thérèse beunruhigt, weil sie weiß, Pierre Fournier kann weder lesen noch schreiben, außerdem war das Kind noch nie widerspenstig.«

Alex stand auf. »Das ist noch kein Beweis für eine Entführung. Trotzdem ... vielleicht hat Delap recht gehabt. Wenn wir nichts unternehmen, könnte es passieren, daß wir alle bald Kennzeichen tragen müssen. Varnas.«

»Alexei?«

»Mach das Büro des Obersten Terroristenfahnders auf die Situation in Le Pré aufmerksam. Erwähne die Möglichkeit einer Entführung.«

»Ja, mein Lieber.«

Er wandte sich an Hippo. »Hat Thérèse in Mazamet eine Adresse?«

Hippo schrieb sie ihm auf einen Zettel. Und er gab jedem von ihnen eine Flasche Côte du Cabardès mit auf den Heimweg.

Die »Yacht Club«

Da Philippa sich nicht gemeldet hatte, rief Alex noch einmal im Jane Austen an. Miß Watten hatte die für sie bestimmten Nachrichten erhalten, hielt sich augenblicklich jedoch nicht in ihrem Zimmer auf.

Er legte auf, ging in die Kombüse und wickelte die Weinflasche aus. Ehe er sie in das Weingestell legte, sah er sich das Etikett genauer an. Auf den ersten Blick wirkte es ganz normal.

Château Villars
(ein kleines Aquarell, das das Château zeigt)
CÔTE DU CABARDÈS
Appellation Cabardès Contrôlée
Besitzer: Priorat zum heiligen Erlöser
Schloßabfüllung
L. Hébert, 11411 Carcassonne, Weinhändler

Dann warf er einen Blick auf das kleine Etikett direkt unter dem Flaschenhals, das eine Unterschrift trug. Und bei dem Anblick sträubten sich ihm die Nackenhaare. Sorgsam stellte er die Flasche auf die Theke und ging in die Salonkabine, um sein Notizbuch zu holen. Wieder in der Kombüse, schaltete er das

Licht über dem Spülbecken an und verglich die beiden Unterschriften.

Auf dem Etikett:

1982

In seinem Notizbuch:

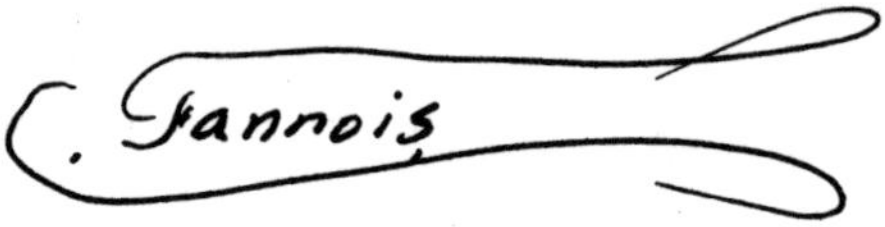

16

Marcel

AM Tag, nachdem er Hippo zum Bahnhof gebracht hatte, kam Marcel plötzlich auf die Idee, nach Carcassonne zurückzufahren und um eine Audienz beim Bischof von Aude nachzusuchen. Er fuhr von Mazamet hinunter und zur Basilika Saint-Nazaire in der von einer Mauer umgebenen alten Stadt hinauf.

Zwar kannte er die politischen Ansichten des Bischofs nicht, aber er war sicher, der geistliche Führer der Diözese, in der Le Pré liegt, würde Vorkommnisse, wie sie über das winzige katholische Dorf ruchbar geworden waren, in dem seit Wochen keine Messe gelesen, keine Beichte abgenommen, keine heilige Kommunion ausgeteilt worden war, nicht dulden.

Unter dem einzigen Jackett, das er in den Urlaub mitgenommen hatte – einer Art blaugrüner, mit orangefarbenen Punkten gesprenkelter Sportjacke aus Tweed –, trug Marcel seinen Geistlichenkragen und die dazugehörige Hemdbrust. Der ältliche apostolische Kämmerer, der ihn in dem getäfelten Vorzimmer empfing, hielt Marcels Ausweis, der seine Zugehörigkeit zur Societas Jesu bezeugte, einen Zentimeter vor seine Dreistärkenbrille und bewegte beim Lesen leicht die Lippen. Als ihm klar wurde, wen er da vor sich hatte, bemühte der listige alte Monsignore sich angestrengt, seine Beunruhigung zu verbergen. In konservativen kirchlichen Kreisen ist die Anwesenheit eines Jesuiten lediglich um ein Winziges erträglicher als die eines kommunistischen Aufrührers. Die Sportjacke bestätigte die schlimmsten Befürchtungen des Kämmerers nur noch.

Mit spitzen Fingern gab er Marcel seine Papiere zurück und erklärte mit einem tiefen, gedehnten Brummen, das sich wie ein undichtes Kontrafagott anhörte, der Bischof nähme gerade an Diözesanexerzitien teil, eine Audienz käme also nicht in Frage. Er fügte noch hinzu, der Kaplan in Le Pré sei seines Amts enthoben worden, weil er das Urteil Seiner Gnaden, die angebliche Marienerscheinung sei einer Bestätigung durch den menschlichen Glauben nicht würdig, vorsätzlich mißachtet habe. Zu gegebener Zeit werde man ihn ersetzen. Was die Übernahme das Ortes durch gewissenlose Leute betreffe, so falle sie, wenn sie denn der Wahrheit entspreche, weder in die Zuständigkeit noch das Interesse des apostolischen Direktoriums.

Marcel hätte diese entschiedene Nichtanerkennung des Wunders durch Seine Gnaden ohne weiteres umstoßen können, wenn er das *De servorum Dei beatificatione* von Papst Benedikt XIV. – auf lateinisch – deklamiert hätte, hielt sich jedoch zurück. Widerstrebend war er zu dem Schluß gekommen, Hippo hatte recht. Dies war eine Angelegenheit für die Polizei, nicht für den Klerus. In der Zwischenzeit wollte er jedoch Genugtuung. Komme, was wolle, er würde in Le Pré die Messe lesen.

Er fuhr nach Mazamet zurück. Als er am späten Nachmittag dort ankam, ging er schnurstracks ins Pfarrhaus der Église Saint-Sauveur, wo Thérèse zur Zeit wohnte. Zusammen mit dem Prälaten, der ihr Cousin war, packte er hundert Kommunionsoblaten ein und erstand drei Liter Meßwein. All das verstaute er im Kofferraum des Renault. Dann fuhr er zum Hôtel Jourdon, wo er und Hippo gewohnt hatten, nahm im Hotelrestaurant ein leichtes Abendessen zu sich und zog dann Wollhose und -pullover an. Nachdem er seine Rechnung beglichen hatte, ging er zum

Renault zurück, den er abgeschlossen auf dem Hotelparkplatz stehengelassen hatte. Dort wartete, auf der Motorhaube sitzend, schon Thérèse. Sie trug ein Wollkopftuch und Wanderstiefel und hatte eine Papiertüte bei sich. Gerade ging die Sonne unter. Ein fahler zunehmender Mond hing tief am östlichen Himmel.

Als er näherkam, kletterte sie vom Auto. »Guten Abend, Pater«, begrüßte sie ihn leise. »Ich habe Fleischpasteten, eine Thermosflasche Kaffee und Cognac dabei. Das werden wir brauchen, wenn wir die Nacht durchhalten wollen.«

Marcel runzelte die Stirn. »Wir? Was wollen Sie damit sagen?«

Schüchtern lächelte Thérèse. »Pater Marcel. Die Leute von Le Pré kennen Sie nicht. Ohne mich werden Sie sie nicht dazu überreden, ihre Häuser zu verlassen und zur Messe zu gehen. Ohne mich kommen Sie nicht einmal in die Kirche hinein, und noch viel weniger finden Sie die Kerzen, die Kerzenleuchter, den Kelch, den Kommunionsteller und die Meßgewänder, die im ganzen Dorf versteckt sind. Außerdem liegt in der Kapelle der Staub zentimeterdick. Dazu kommen noch Vogelnester und Mäuse. Außerdem herrscht nach acht Uhr Ausgangssperre, und es gibt keinen Strom mehr. Wer, glauben Sie, kennt die Kapelle gut genug, um sie bei Mondschein sauberzumachen?«

»Die heilige Thérèse?«

Sie wurde rot. »Nein, Pater. Die Damen der Altargilde.«

Le Pré

Manche nannten es das zweite Wunder.

In jener Nacht, als sich die Nachricht, daß am kommenden Morgen eine Messe gelesen würde, gezielt im Dorf verbreitet hatte, begann es gegen zehn Uhr zu schneien. Zur Furcht der Leute, sich offen der Bergmafia zu widersetzen, indem sie die heilige Messe feierten, kam jetzt noch das Risiko im Mondlicht deutlich sichtbarer Fußspuren im Schnee hinzu, die von einem Dutzend Häuser die einzige Straße durch das Dorf hinauf zu der Kapelle führten, die Spuren der Damen der Altargilde und jener treuen Gemeindemitglieder, die die liturgischen Geräte versteckt hatten und sie jetzt zurückbrachten.

Jemand sagte: »Aber das gibt es doch nicht, daß der Mond scheint und es gleichzeitig schneit. Entweder verschwindet der Mond hinter einer Wolke, oder es hört auf zu schneien. Was sollen wir in der Zwischenzeit machen? Uns beeilen. Ehe der Jeep kommt, der die Einhaltung der Ausgangssperre überwacht.«

Als gegen Mitternacht die Damen der Altargilde sicher in der Kirche und die Leute, die die Sachen gebracht hatten, im Bett waren, begann es noch heftiger zu schneien. Um ein Uhr war keine einzige Spur mehr zu sehen. Trotzdem schien der Mond. Und die stoppeligen Wiesen um das Dorf herum wurden fahlblau, wie Dessertschalen, in die ein Schneesturm weißer Christrosen fiel. Noch nie hatte es so früh geschneit. Und der Jeep war nicht aufgetaucht.

Der für die Überwachung des Heiligtums zuständige junge stellvertretende Direktor, tief in Schlaf und einen immer wiederkehrenden erotischen Traum versunken, in dem die großbusige Tochter der Postmeisterin sich gerade über seinen anschwellenden Penis beugen wollte, fuhr erschrocken hoch. Das Telephon läutete.

Noch halb im Schlaf, packte er das Ding, auf das sein ganzes Denken gerade so wundervoll konzentriert war, und versuchte, es ans Ohr zu halten. »Hallo!« brüllte er, dann: »autsch!«

Das Telephon klingelte immer noch. Allmählich nahm er das Bettgestell, die Decke und die Flügelfenster wahr, durch die graues Morgenlicht sickerte. Er griff nach dem Telephonhörer. Sein Boß war dran.

»Hallo, hallo!« brüllte er. »Überall liegen dreiundzwanzig Zentimeter Entenscheiße. Mach dich auf die Socken!«

Der stellvertretende Direktor sah aus dem Fenster. Schnee. Du lieber Gott. Schnee war ein Notfall, auf den die Organisation sich noch nicht vorbereitet hatte, weder was die Ausrüstung, noch was das Personal oder die Planung betraf. Schnee am hektischsten Tag der Woche. Die Straße durchs Dorf, die Zufahrt zum Verwaltungsgebäude, die Wege um das Heiligtum herum und die vier Parkwiesen mußten bis neun Uhr geräumt sein.

Er schlüpfte in eine lange Unterhose, zog zwei Paar Socken sowie seine braune Uniform an, Doc Martens, seinen Patronengurt mit Schulterstücken und Halfter und setzte seine weiße Kappe mit der aufgenähten französischen Trikolore und den Initialen FP auf. Über dem Waschbecken im Bad, das er sich mit dem für das Heiligtum zuständigen Elektriker teilte, putzte er sich die Zähne und überprüfte im Spiegel den Flaum auf seinen Wangen. Rasieren würde er sich später.

Sein Rang berechtigte ihn dazu, einen umgebauten Jeep aus dem Zweiten Weltkrieg zu fahren. Er trottete die Treppe hinunter und vor die Kaserne, schaufelte den Schnee vom Vordersitz des Jeeps, sprang hinein, zog den Choke, trat ein paarmal aufs Gaspedal und betätigte den Anlasser. Der Motor stotterte kurz, dann starb er ab. Minuten später hackte er Eis aus dem Benzinfilter.

Diese Szene wiederholte sich an jenem Morgen im ganzen Dorf, überall dort, wo ein Fahrzeug des FP im Freien geparkt war.

Um halb acht, als seine Männer dabei waren, an Türen zu hämmern und Traktoren und Lastwagen zu konfiszieren, die zum Schneeräumen eingesetzt werden konnten, begann die Glocke der Kapelle zu läuten. Da Gerüchte über Sabotage und das plötzliche Auftauchen eines abtrünnigen Priesters schon die Runde gemacht hatten, blieb das Läuten der Glocke nicht ohne nachhaltigen Eindruck auf den jungen stellvertretenden Direktor. Er wußte, daß der FP keine revanchistische Kampfansage gegen die Politisierung des Heiligtums und des Wunders von Le

Pré hinnehmen würde. Folglich drehte er sich jetzt zu seinen Männern um; mit jenem vorgetäuscht großspurigen Draufgängertum, das aus der Angst vor einem Kampf resultiert, hieß er sie im Laufschritt ins Hauptquartier in der Gemeindegarage zurückkehren. Im Gleichschritt rannten sie los, brüllten dabei und boxten in die Luft.

Laut den Steuerlisten bestand die Bevölkerung von Le Pré aus etwa vierundachtzig Seelen, manches Jahr mehr, in anderen weniger; in letzter Zeit war die Zahl jedoch eher rückläufig, da viele junge Leute in die Stadt zogen, um dort Arbeit zu suchen.

In der Dorfkapelle standen zwölf Kirchenbänke, je sechs auf jeder Seite; in jede paßten sechs Leute, so daß die Kapelle Platz für zweiundsiebzig Personen bot. Mit dieser Raumaufteilung im Kopf war der alte Kaplan, Père Labatt, immer in der Lage gewesen, mit einem Blick festzustellen, wie viele Gläubige zu irgendeinem beliebigen Zeitpunkt anwesend waren. Nicht immer waren die Bänke voll besetzt, nicht einmal an Weihnachten oder Ostern, noch brauchte man je die etwa ein Dutzend Klappstühle, die an der rückwärtigen Wand lehnten. Bis jetzt.

Thérèse, die die zwei Ministranten in ihren roten Soutanen und weißen Chorhemden gerade rechtzeitig zur Messe in der Kirche abgeliefert hatte, schätzte die Gemeinde zu Beginn des Gottesdienstes auf einundneunzig – vierundneunzig, wenn man Pater Marcel und die Ministranten mitrechnete. Nach der Kommunion war jedoch nur noch eine Oblate übrig; das bedeutete, tatsächlich waren es sechsundneunzig gewesen (mit Pater Marcel und den Ministranten neunundneunzig). Thérèse erklärte sich diese Rekordzahl damit, daß auch Gläubige aus benachbarten Dörfern gekommen waren, einschließlich dreier Nonnen, die mit einem Motorschlitten vorgefahren waren.

Als sich jetzt der Gottesdienst seinem Ende näherte und Pater Marcel sich zur Gemeinde umdrehte, um den Segen zu sprechen, wurden die Türen der Kapelle aufgestoßen, und eine Kolonne junger paramilitärischer Schlägertypen in braunen Uniformen und weißen Kappen stürmte herein; sie schwangen rhythmisch die Arme, und ihre Stiefel donnerten über den Hartholzboden. Als sie den Mittelgang zur Hälfte hinuntergetrampelt waren, brüllte ihr Anführer: »Halt!« Mit den Füßen aufstampfend, blieben sie stehen und nahmen Habachtstellung ein; jeder hielt einen schweren Schlagstock in der Hand. Sieben waren es, einschließlich des Anführers. Wie Thérèse, die in der zweiten Bank saß, feststellte, stammte keiner von ihnen aus dem Dorf, und keiner von ihnen war älter als achtzehn. In der Tat prangten auf der Stirn des Anführers, eines hellhäutigen Jungen mit klobigem Gesicht und einem Daunenflaum auf den Wangen, frische Pubertätspickel ungefähr parallel zum Lederband seiner Kappe.

Der Anführer ging durch den Mittelgang ein paar Schritte auf Marcel zu und schrie: »Alle in diesem Gebäude sind verhaftet, da sie an einer ungesetzlichen religiösen Versammlung teilgenommen haben!«

Schweigen.

Langsam schritt Marcel zum Rand der Kanzel und die paar Stufen zum Boden hinunter und blieb von Angesicht zu Angesicht vor dem jungen Anführer stehen – nur sozusagen von Angesicht zu Angesicht, denn Marcel überragte ihn, und die Augen des Jungen befanden sich auf der Höhe von Marcels Brust, die jetzt in Père Labatts mit Stickereien verziertes altes Meßgewand gehüllt war, das die Damen der Altargilde für den Gottesdienst hervorgekramt hatten. Marcel starrte auf den Jungen hinunter. Sehr ruhig, sehr gelassen sagte er: »Nimm ... deine ... Kappe ... ab.«

Das Gesicht des Jungen wurde purpurrot. Er trat einen Schritt zurück und hieb mit dem Ende seines Stockes auf die linke Handfläche. Doch bevor er diese Geste ausgeführt hatte, drehten sich alle Köpfe in der Gemeinde leicht nach links. Der Grund war, daß sie alle ein Geräusch hörten, ein Geräusch von weither, ein Geräusch, das jedem vertraut war, der die französisch synchronisierte Version von *M*A*S*H* gesehen hatte: das blubbernde Geräusch der Rotorblätter eines Hubschraubers, die in einiger Entfernung die Luft aufwirbeln.

Möglicherweise hatte Marcel das Geräusch als erster gehört, denn er lächelte und breitete die Arme aus. »Und es erschien ein großes Zeichen am Himmel«, deklamierte er. »Eine Frau, in die Strahlen der Sonne gewandet und den Mond zu ihren Füßen, und auf dem Kopf trug sie eine Krone aus zwölf Sternen!«

Das sirrende Blubbern ertönte nun vervielfältigt und lauter. Zwei, vielleicht drei Helikopter befanden sich im Anflug.

Der durch diese unerwartete himmlische Einmischung aus der Fassung gebrachte junge Führer drehte sich um und floh aus der Kapelle. Sein Trupp folgte ihm. Einige Gemeindemitglieder, die ihre Neugierde befriedigen wollten, wandten sich ebenfalls dem Ausgang zu. Marcels würdevolle Anwesenheit bewog sie jedoch alle, in ihre Kirchenbänke zurückzukehren.

Das mittlerweile allgegenwärtige und ohrenbetäubende Blubbern erfüllte den Raum.

Marcel hob die rechte Hand. Die Gemeinde kniete nieder.

»In nomine« ... BLUBB ... »patris« ... BLUBB ... »filii« ... BLUBB! Rrrrrrrr... »et spiritus« ... BRRBRRBRRRRR ... »sancti. Amen.«

Marseille

Mit einem Jahr Verspätung hatte die Flugabteilung der dem Justizministerium in Marseille unterstellten Polizei drei siebensitzige, leistungsstarke Helikopter mit Einturbinenantrieb, Typ Aérospatiale »Alouette«, sowie einen sechzehnsitzigen Hubschrauber Aérospatiale »Puma«, mit dem schwere Lasten hochgehievt werden konnten, in Empfang genommen. Die Flugabteilung brannte darauf, die neuen Maschinen ausschwärmen zu lassen, um Flugverhalten und Treibstoffverbrauch im Vergleich zu dem fünfzehn Jahre alten Hubschrauberpark, den sie ersetzen sollten, zu testen. Doch abgesehen von ein paar Verwundetentransporten nach Verkehrsunfällen und einem einzigen Aufklärungsflug zur Überprüfung der Mannschaft eines korsischen Schleppnetzfischers war es im August und September ruhig geblieben.

Doch an jenem Sonntagmorgen ging um sechs Uhr ein Alarmruf von Terroreinheit Nr. 1 ein. Solche Alarmrufe hatte es schon vorher gegeben. Trotzdem wurden Auftanken und Vorglühen angeordnet.

Die Nachricht von Varnas hinsichtlich der Situation in Le Pré, die spätnachts vom Büro des Obersten Terroristenfahnders aus übertragen worden war, hatte unentschlossen auf dem Computermonitor der Terroreinheit Nr. 1 geflackert; hatte geflackert und gezittert wie ein Vogeljunges, das Angst vorm Fliegen hat, bis wenige Sekunden später eine Anweisung der Sûreté eingetroffen war, die als mutmaßlichen Aufenthaltsort von Charles Fannois, auch bekannt als »Frère Christophe«, das Priorat zum heiligen Erlöser, Château Villars, angab. Fannois wurde gesucht, weil er in Zusammenhang mit einem Mord in Paris verhört werden sollte. Da laut den in beiden Alarmrufen angegebenen Längen- und Breitengraden Château Villars und Le Pré lediglich zwölf Kilometer voneinander entfernt lagen und da man in letzter Zeit auf die Gegend um das Château als möglichen Standort eines illegalen rechtsgerichteten Satellitenfernsehsenders, der sich selber als Inspirationsnetzwerk des Pays d'Oc bezeichnete, aufmerksam geworden war, wurde das Zeichen zum Start gegeben, und endlich hob das Luftgeschwader der Polizei ab.

Die drei »Alouettes«, jede mit einem taktischen und einem für strategische Waffen zuständigen Kommando sowie einem Videokameramann an Bord, brachen um sieben Uhr fünfzehn Richtung Le Pré auf; geschätzte Ankunftszeit: acht Uhr vierzig.

Die große »Puma«, mit zwei Kommandoeinheiten, einem Kamerateam und zwei Piloten besetzt, hob um zwanzig nach sieben ab; geschätzte Ankunftszeit beim Château Villars: acht Uhr fünfzig.

Château Villars

Völlig unerwartet für die Abonnenten des Inspirationsnetzwerks Pays d'Oc brach die Orgelmusik, die anheimelnd Bruder Bénédicts Sonntagmorgenhomilie (»Der jüdische Homosexuelle als Antichrist«) untermalte, unvermittelt ab.

Zu dem Zeitpunkt war die Kamera auf das rötliche Gesicht Bruder Bénédicts gerichtet. Man sah, wie er leicht die Stirn runzelte und die blinzelnden blauen Augen langsam zu der rechts von ihm aufgebauten Kamera schweifen ließ. Dann sagte er etwas, das wie »heilige Scheiße!« klang, und der Bildschirm wurde schwarz.

Eine Mitteilung – TECHNISCHE STÖRUNG, BITTE HABEN SIE GEDULD – wurde eingeblendet, untermalt von einem Tonband, auf dem Johnny Halliday die französische Version von Barry Manilows *Ich schreibe die Lieder (die die ganze Welt zum Singen bringen)* zum besten gab. Dann wurde der Bildschirm erneut dunkel, und das war's dann für das Inspirationsnetzwerk des Pays d'Oc.

Die taktischen sowie die für strategische Waffen zuständigen Kommandos waren gelandet und schwärmten aus, während die »Puma« nach wie vor ein paar Zentimeter über dem Innenhof der Abtei schwebte. Der in der alten Weinkooperative hinter der Prioratskapelle untergebrachte illegale Fernsehsender war binnen Minuten umstellt. Dieser Einsatz wurde ebenso wie der zwölf Kilometer nördlich in Le Pré in allen Einzelheiten von Videokameras aufgezeichnet und an jenem Abend in allen wichtigen Programmen ausgestrahlt.

Die Zuschauer sahen die »Befreiung von Le Pré«. Es war wie die Befreiung von Paris 1944, nur kürzer. Dorfbewohner jubelten und weinten und schwenkten kleine Trikolorefähnchen, als die Schläger des Front Patriotique trotz des heftigen Schneegestöbers, das die Straßen nahezu unbefahrbar gemacht hatte, zusammengetrieben wurden.

Man sah den von zwei jungen Ministranten flankierten Priester, der für die Leute von Le Pré die verbotene Messe gelesen hatte. Die Kamera schwenkte auf den kleineren der beiden Jungen, ein Kind mit borstigen Haaren und rosigen Wangen, das ein herzförmiges Gesicht und haselnußbraune Augen hatte; feierlich starrte es in die Kamera, wagte ein Lächeln, winkte und umarmte dann einen großen Schäferhund.

Anschließend zeigte der Film die Einnahme von Château Villars. Die Zuschauer wurden Zeugen der Kapitulation der Leute, die im Weinberg und in der Kellerei arbeiteten, sowie der Verhaftung einer Reihe von Mönchen und ihrem Prior.

Am Ende der Übertragung in TF 1 verlas der Sprecher ein Bulletin aus Marseille:

»Beobachter äußern übereinstimmend die Ansicht, daß das Vorgehen gegen den Front Patriotique in Le Pré völlig gerechtfertigt gewesen sei. Aus der Regierung nahestehenden Kreisen verlautet jedoch, sowohl das Büro des Obersten Terroristenfahnders wie auch die Sûreté Nationale in Paris hätten möglicherweise voreilig, je sogar unangemessen gehandelt, als sie das Eingreifen im Château Villars anordneten.

Zwar vertritt man die Meinung, daß eine Verbindung zwischen dem sogenannten Inspirationsnetzwerk sowie dem Priorat zum heiligen Erlöser und dem die Überlegenheit der weißen Rasse predigenden, radikalen evangelischen Flügel des Front Patriotique besteht, aber das vorrangige Ziel des Angriffs auf das Château war es nicht, den Fernsehsender einzunehmen oder die Belegschaft des Priorats zu verhaften. Vielmehr ging es darum, einen Mann festzunehmen, der im Zusammenhang mit dem Mord an dem Pariser Theaterkritiker Virgile de la Pagerie verhört werden soll. Bei dem Verdächtigen, Charles Fannois, alias

Frère Christophe, handelt es sich um einen ehemaligen Beamten der Vichy-Regierung, von dem angenommen wird, er halte sich seit seinem Freispruch vom Vorwurf einer Kollaboration mit den Nazis im Jahre 1978 in dem Priorat versteckt. Mittlerweile hat es den Anschein, als sei entweder die Sûreté falsch informiert worden, was den Aufenthaltsort des Verdächtigen betraf, oder als sei dieser so rechtzeitig vor dem Angriff gewarnt worden, daß es ihm gelang, sich einer Gefangennahme zu entziehen.

Ein Sprecher des Priorats, der dort ansässige bekannte Produzent von Cabardès-Weinen, leugnete jegliche Verbindung sowohl mit dem Inspirationsnetzwerk als auch mit dem Front Patriotique und bestritt, daß Charles Fannois je in dem Priorat Schutz gesucht hätte. Er fügte hinzu, ›Frère Christophe‹ sei kein Name, sondern nichts weiter als das kommerzielle Logo für ihren beliebten roten Tischwein.

Wie die Sûreté bestätigte, befand sich Charles Fannois nicht unter den heute Festgenommenen.«

(Großformatiges Schwarzweißphoto von Charles Fannois aus dem Jahr 1978)

(Stimme im Off:)

»Zuschauer, die über Informationen hinsichtlich des Aufenthaltsorts dieses Mannes verfügen, werden dringend gebeten, sich unter folgender Nummer zu melden ...«

17

Richter Jean-Paul Ariel Céstac

DER Richter las den Bericht des Mikrographologen zu Ende, laut dem die Unterschriften *C.Fannois* und *Frère Christophe* eindeutig von ein und derselben Hand stammten. Dann ließ er den Bericht auf seinen Schreibtisch fallen und begann, zur nicht unbeträchtlichen Verärgerung Kommissar Demonets, aus dem Stegreif einen kleinen Vortrag zu halten.

»Einerseits«, meinte er lässig, »einerseits könnten wir die Einstellung vertreten, Marseille habe einfach überreagiert. Sie wollten unbedingt die neuen Hubschrauber testen, die einsatzbereit waren. Also haben sie fünf Kommandoeinheiten und vier Helikopter losgeschickt, obwohl zwei entschlossene Inspektoren der Terrorabteilung vermutlich genügt hätten. Andererseits sind die Ergebnisse eindeutig, und wir wissen jetzt, daß wir uns darauf verlassen können: die ›Alouettes‹ und die ›Pumas‹ funktionieren tadellos.«

Während dieser improvisierten Anmerkungen hatte der Richter dem Kommissar und Alex sein Profil zugewandt. Der haarlose Schädel, die vornehme Stirn, die Bourbonennase und das gespaltene Kinn bedurften nur noch eines Kranzes aus Weinlaub, um den Obersten Terroristenfahnder einen Platz in dem Pantheon gefeierter Profile, die auf den Brüstungen und Giebelfeldern von Paris verewigt waren, zu sichern.

Jetzt schwang er auf seinem Stuhl hinter dem Schreibtisch herum und sah sie, mit einem geheimnisvollen Gesichtsausdruck, direkt an.

»Einerseits«, wiederholte er, »haben wir eine sehr schlechte Presse bekommen. Andererseits, und das ist das Ausschlaggebende, haben sie sich dafür entschieden, die Formulierung ›der Regierung nahestehende Kreise‹ zu verwenden, was meiner Erfahrung nach bedeutet, dies spiegelt die Ansicht des Élysée-Palasts wider.« Er zögerte. »Haben Sie einen Anruf erhalten?«

Der Kommissar schüttelte den Kopf und sah zu Alex.

»Nein, Monsieur«, antwortete dieser.

Der Richter trommelte auf seine Schreibtischplatte. »Meiner Ansicht nach ist es wahrscheinlich, daß die Regierung nicht auf unseren unangekündigten Schlag gegen Fannois vorbereitet war. Ebenso wahrscheinlich hat es irgendwo eine undichte Stelle gegeben.«

Die Maison

Alex und der Kommissar gingen in die Rue des Saussaies zurück. Der diensthabende Beamte reichte dem Kommissar ein Memo, in dem er aufgefordert wurde, sich so schnell wie möglich mit dem Innenministerium in Verbindung zu setzen. Der Kommissar machte es sich in seinem Bürosessel bequem und las das Memo sorgfältig durch.

Alex blieb stehen. »Glauben Sie, es besteht die Möglichkeit, daß die Regierung Fannois deckt?«

»Nein. Aber Sie dürfen die Einstellung der Regierung zu Vichy nicht außer acht lassen. Sie lautet, Gott möge Vichy bitte verschwinden lassen. Der Einsatz bei Château Villars hat gegen diese Einstellung verstoßen. Die Regierung ist der Auffassung, weder die Republik Frankreich noch das französische Volk sollten für Taten verantwortlich gemacht werden, die ein unrechtmäßiger Staat vor einem halben Jahrhundert begangen hat, und gibt sich jede nur erdenkliche Mühe, alles zu vermeiden, was die Erinnerung an diesen Teil unserer Geschichte wiederaufleben läßt. Nicht nur das; im Palais Bourbon wie auch im Palais Luxembourg gibt es nach wie vor einige graue Eminenzen, die glauben, wenn General de Gaulle das Schwert war, dann war Marschall Pétain der Schild.«

Alex wartete ab. Der Kommissar schien jedoch mit seinen Ausführungen fertig. »Also, wie lauten meine Anweisungen, Kommissar?«

»Die Regierung mir zu überlassen. Und sich wieder an die Arbeit zu machen.« Daraufhin wandte er ihm den Rücken zu und nahm den Telephonhörer ab.

Alex ging. Auf dem Korridor konnte er hören, wie die liebenswürdige Stimme des Kommissars den Minister überredete, am kommenden Wochenende eine Partie Golf mit ihm zu spielen.

Für Alex waren die indirekten Konsequenzen des Angriffs auf Château Villars nicht weiter von Bedeutung. Etwas anderes beunruhigte ihn zutiefst: die Tatsache, daß die grundlegende Voraussetzung für eine Festnahme seines Verdächtigen verspielt war. Für immer. Sobald dieser unbezahlbare Aspekt einer Jagd, der Überraschungseffekt, dahin ist, befindet die Beute sich im Vorteil, und man muß sich auf das bloße Jagen beschränken. Hase und Hund. Räuber und Gendarm. Es gibt kein beschämenderes Zeichen für ein heilloses Durcheinander bei Ermittlungen, als wenn »Zuschauer, die über Informationen hinsichtlich des Aufenthaltsorts dieses Mannes verfügen, dringlich gebeten werden, sich unter folgender Nummer zu melden ...«.

Er stieg die Treppe zu seinem Büro hinauf. Auf seinem Schreibtisch lagen zwei Nachrichten für ihn.

Die eine, von Varnas, war handschriftlich auf seinen »Während-du-weg-warst«-Notizblock geschrieben, ein Geschenk von Madame Roget, als sie noch miteinander gesprochen hatten: »Fingerabdrücke auf Inhalatorzerstäuber von Theaterfundbüro alle von Delap, außer einzelner Daumen und Zeigefinger, nicht in den Akten. Fingerabdruckexperte speichert nicht identifizierten Abdruck in AFIS-Datenbank ein. Ich bin zu Hause (vier Uhr nachmittags).«

Die andere Nachricht, ein fein säuberlicher Computerausdruck, stammte von Isabelle aus der Recherchenabteilung.

»Für Alex. – Allem Anschein nach hat das Priorat zum heiligen Erlöser sich nichts zuschulden kommen lassen. Die Familie Villars, der das Gelände des Priorats gehört, überließ dieses im Lauf der Jahre dem Kloster für einen symbolischen Zehnten in Form von fünf Hektolitern Wein jährlich. Im Prinzip arbeiteten daher Kloster wie auch Kellerei seit mehr als einem Jahrhundert miet- und steuerfrei.

Der örtliche Regionalrat, zumeist Landbesitzer, die mit der äußersten Rechten sympathisieren, drohte, den steuerfreien Status des Klosters anzufechten, wenn es dem Front Patriotique nicht gewisse Vorrechte einräume (Anheuern von Arbeitern aus dem Weinberg, Installierung des Inspirationsnetzwerks und so weiter). Die Person in Château Villars, mit der ich gesprochen habe, erklärte, der FP tyrannisiere sie seit einem Jahr. Um jedoch auf den Punkt Ihrer Untersuchung zu kommen: Das ›Frère-Christophe‹-Logo auf dem Etikett Ihres roten Cabardès wurde von der künstlerischen Abteilung einer Werbefirma namens Binoche, Boulmerka, Delage und Olivier, Adresse: 3, Boulevard des Minimes, 31000 Toulouse, entworfen.«

Varnas

Jeden Tag um siebzehn Uhr sammelte Madame Roget den Abfall ihrer Mieter in 8, Rue Georges-Berger ein. Die Wohnungen im Haus waren so angelegt, daß jede Vorratskammer über den Schacht eines mittels eines Seils zu betätigenden einfachen Speiseaufzugs direkt mit dem Untergeschoß verbunden war. Um siebzehn Uhr bezog Madame Roget neben einer kunstvollen Anordnung von Klingelzügen Stellung und läutete in jeder Wohnung, um den Abfall in Empfang zu nehmen. Lediglich Varnas' Wohnung im fünften Stock war nicht an dieses System angeschlossen. Da er jedoch nur selten zu Hause kochte, stellte dies keine allzu große Unannehmlichkeit dar. Allerdings bereitete er sich an den Montagen – es war dies der einzige Tag in der Woche, an dem Chez Suzanne geschlossen hatte – gelegentlich selber eine Mahlzeit zu, so daß sich doch ein wenig Abfall ansammelte, den er irgendwie loswerden mußte.

An diesem speziellen Montag stopfte er die paar Abfälle in eine Plastiktüte und stieg die sechs Treppen ins Untergeschoß hinunter. Er rechnete damit, dort Madame Roget beim Läuten der Glocken und dem geschickten Bedienen der Seile des Speiseaufzugs anzutreffen.

Als er jedoch bei der Treppe zum Untergeschoß ankam, bemerkte er, daß das Licht nicht brannte und Madame Roget nirgends zu sehen war. Höchst ungewöhnlich. Zwar traf es zu, daß sie einander den Großteil der Woche aus dem Weg gegangen waren, aber er war sicher, diese geringfügige gefühlsmäßige Belastung hatte ihre Aufsichtspflichten nicht beeinträchtigt. Vom Treppenabsatz aus rief er laut: »Madame?« Keine Antwort. Vielleicht war eine Sicherung durchgebrannt oder der Strom ausgefallen. Er betätigte den Lichtschalter im Treppenschacht. Sofort ging das Licht an.

Noch einmal rief er: »Madame Roget!« Wieder keine Antwort. Vielleicht war sie krank. Doch ehe er dazu kam, entsprechend dieser Überlegung zu handeln, hörte er aus der Richtung des Aufzugsschachts entfernt Frauenstimmen. Es war schon weit nach siebzehn Uhr. Mieter aus vier Stockwerken, an Madame Rogets Pünktlichkeit gewöhnt, unterhielten sich via Aufzugsschacht über diese unerklärliche Abweichung vom Zeitplan.

Varnas hastete die Stufen zum Untergeschoß hinunter, deponierte sein kleines Päckchen in einer der großen Mülltonnen und übernahm, ehe die Neugierde der Mieter sich in Feindseligkeit verkehrte, in Vertretung seiner Freundin das Kommando über den Speiseaufzug.

Die Erledigung dieser Aufgabe nahm fast vierzig Minuten in Anspruch, da er jedem einzelnen Stockwerk seine Geschichte erzählen mußte, Madame Roget sei auf dem Heimweg von der Trauerfeier für eine Freundin in der Kirche Notre Dame du Bon-Conseil aufgehalten worden – an diese Kirche konnte Varnas sich aus der Zeit, in der er im Achtzehnten Arrondissement gewohnt hatte, vage erinnern.

Zum Schluß schleppte er zwölf Abfallsäcke zu zwei großen Mülltonnen, die er anschließend auf die Straße rollte, wo sie frühmorgens geleert wurden. Dann ging er ins Untergeschoß zurück, verriegelte die Außentür, sicherte den Aufzugsschacht und untersuchte seine Hände. Winzige Splitter der alten Manilaseile des Speiseaufzugs hatten sich in seine Hände gebohrt, mikroskopisch kleine Hanfborsten, die er mit den Fingernägeln nicht herausziehen konnte. Zu spät bemerkte er Gummihandschuhe, die ganz in der Nähe hingen.

Mit geöffneten Handflächen stieg er die Stufen zum Erdgeschoß hinauf, löschte das Licht und ging durch das mit Marmor ausgelegte Foyer. Auf halbem Weg zu der geschwungenen Treppe kam er auf die Idee, daß er, trotz ihres derzeit etwas gestörten Verhältnisses, selber nachsehen könnte, ob Madame Roget sich nicht wohl fühlte. Er machte also kehrt und ging zur Loge der Hausbesitzerin. Dort angelangt, griff er gerade nach dem Klingelzug, als langsam die Tür aufschwang. Er starrte auf den leeren Türrahmen.

»Madame?«

Hinter der offenstehenden Tür ertönte leise eine Stimme: »Bitte, treten Sie ein.«

Er ging hinein. Sie schloß die Tür und stand in einem geblümten Steppmorgenrock über einem langen weißen Baumwollnachthemd vor ihm. Ihre Füße waren nackt, und ihr dichtes schwarzes Haar, das sie normalerweise nach hinten zu einem Knoten bürstete, fiel lose über ihre Schultern. Es reichte ihr fast bis zur Taille und schimmerte im trüben Licht der Diele. Ihre Augen waren geschwollen.

Klein sah sie aus und verletzlich. Und hübsch. Augenblicklich spürte Varnas eine ihm äußerst fremde Reaktion. Er sehnte sich danach, sie zu umarmen; eine Hand in die Krümmung ihres Rückens und die andere auf das glänzende Haar über der Rundung ihres Halses zu legen. Statt dessen sagte er: »Sind Sie krank, Madame?«

»Nein«, erwiderte sie. Dann: »Vielleicht. Ich weiß es nicht.« Sie starrte ihn an und griff plötzlich nach seiner Hand. Varnas zuckte zusammen.

»Was ist?«

»Tut mir leid. Splitter. Von Seil an Speiseaufzug.«

Sie untersuchte seine Hand. »Großer Gott!« Sie umfaßte sein Handgelenk, führte ihn in ihr Nähzimmer, wo sie ihn auf einen Stuhl neben dem Nähtischchen plazierte, während sie selber sich auf den gegenüberliegenden setzte. Sie griff in ihr Nähkörbchen, holte eine kleine Pinzette hervor und nahm seine Hand in ihre. Doch dann schloß sie unvermittelt die Augen und schnappte nach Luft. Sie ließ seine Hand sinken und wandte sich ab. Irgendwie schien sie Schwierigkeiten beim Atmen zu haben.

»Madame?«

»Ich brauche meine Brille«, erklärte sie und ging aus dem Zimmer.

Einen Augenblick später kehrte sie mit einer in Metall gefaßten kleinen Lesebrille zurück. Während sie sich wieder auf ihren Stuhl setzte, lächelte sie ihn verwirrt an und setzte die Brille auf. »Die brauche ich, wenn ich etwas genau sehen will«, meinte sie.

Das war für Varnas etwas ganz Neues. Seit drei Jahren kannte er Madame Roget jetzt; er stand neben ihr in der Kirche, wo kleingedruckte Gebets- und Gesangbücher unerläßlich waren, er beobachtete sie beim Stricken und wenn sie Blumen in Vasen anordnete, all das ohne Brille. Er fragte sich, ob ein bißchen Eitelkeit sie bis jetzt dazu veranlaßt hatte, ihn die Brille nicht sehen zu lassen. Oder kannte sie die Gebete und Lieder auswendig? Oder war es möglich, daß sie in seinen Augen ohne jegliche Beeinträchtigung hatte dastehen wollen? Bis jetzt?

Als sie jedoch erneut seine Hand nahm und mit ernsten grauen Augen durch die winzigen Gläser auf ihrer Nasenspitze spähte, als Varnas sah, wie ihr schweres Haar den Tisch streifte, hatte er das Gefühl, sie noch nie so wunderschön gesehen zu haben.

Sorgsam entfernte sie die Splitter, einen nach dem anderen, erst aus der rechten, dann aus der linken Hand, und ließ jeden einzelnen der Reihe nach in einen Papierkorb fallen. Als sie fertig war, ihm keinen Dienst mehr erweisen konnte, nahm sie die Brille ab, legte die Hände flach auf den Tisch und senkte den Kopf.

Leise sagte sie: »Ich möchte etwas für Sie tun; mich um Sie kümmern. Und ich möchte, daß Sie sich um mich kümmern.« Von der Last dieses Geständnisses befreit, begann sie zu weinen.

Sanft legte Varnas seine Hände auf ihre. Wie elektrisiert zuckte sie zusammen. Sie griff nach seinen Händen, bedeckte sie mit Küssen. Und weinte hemmungslos. Dann langte sie über den Tisch, umfaßte sein Gesicht, packte ihn bei den Ohren. Varnas stand auf, ging um den Tisch herum und zog sie in die Höhe. Federleicht erschien sie ihm. Sie stand auf und drängte sich an ihn, wich zitternd zurück und preßte sich erneut an ihn, schlang die Arme fest um seinen Hals. Als sie so dastanden, in dieser wundersamen ersten Umarmung, läutete das Telephon.

Beide erstarrten. Sie ließ die Stirn auf seine Brust sinken, packte ihn bei den Schultern und schüttelte ihn. Dann rieb sie ihre Augen und Wangen an seinem Hemd, küßte ihn aufs Kinn und ging in die Diele, wo nach wie vor das Telephon klingelte.

»Hallo?« meldete sie sich mit zittriger Stimme. »Ja. Einen Augenblick.« Sie streckte Varnas den Hörer hin.

Er nahm ihn. »Hallo? Ja, Alex. Toulouse? Wann? Heute abend?« Während er sprach, starrte sie ihn so flehentlich, so zärtlich und arglos an, daß er sich kaum auf das konzentrieren konnte, was Alex sagte. Irgend etwas über einen Graphiker in Toulouse, bei dem es sich möglicherweise um Fannois handelte.

»Heute abend kann ich nicht, Alex«, hörte Varnas sich sagen. »Madame Roget ist krank.«

Sie nahm seine freie Hand, streifte sie mit den Lippen und legte sie auf die Stelle unter ihrem Herzen.

»Morgen? Ja, morgen, das geht. Morgen früh, acht Uhr fünfzig, Orly West, Air Inter. Ich bin da, Alex. Ja, ich sage es ihr. Gute Nacht.« Er legte auf.

Sie kam auf ihn zu und preßte ihre Wange an seine. Er legte eine Hand in die Krümmung ihres Rückens und die andere auf das glänzende Haar über der Rundung ihres Halses.

Sie flüsterte: »Ich liebe Sie, Inspektor.«

»Oh, Madame!« sagte er.

18

Toulouse

EIN gesprächiger Sergeant mittleren Alters, den die ortsansässige Sûreté geschickt hatte und der nach Knoblauch und Gauloises roch, holte sie vom Flughafen ab. Von Blagnac aus nahm er sie auf eine geruhsame Besichtigungstour durch Toulouse mit, die Hauptstadt des Départements Haute-Garonne. Er zeigte ihnen das Stadion, die Universität für Sozialwissenschaften, den Sitz der Départementsverwaltung, die Kathedrale Notre Dame des Graces, den Bahnhof und schließlich den Canal du Midi, der auf den ersten Kilometern Richtung Osten parallel zum Boulevard des Minimes verlief. Die Nummer 3 war ein kleines, modernes Bürogebäude aus weiß getünchten Ziegeln und Glas und lag in einem ruhigen Häuserblock zwischen zwei Brücken über den Canal.

Mit dem Lift fuhren sie in den zweiten Stock und landeten in einem Empfangsbereich, der von einer imposanten, mit schwarzer Acrylfarbe lackierten nackten Wand beherrscht wurde, in die Kleinbuchstaben aus rostfreiem Stahl eingelassen waren: binoche, boulmerka, delage und olivier.

Davor saß auf einem in der Mitte eines paraboloiden Empfangsschalters aus Mahagoni ausgesparten Platz eine ungemein hübsche Afrikanerin in einem Kleid aus Kentestoff und lackierte sich die Fingernägel orangefarben. Sie war mit einem winzigen geschwungenen Mikrophon samt Hörer ausgestattet, das farblich auf den Stoff abgestimmt zu sein schien. Erst als Alex sich und Varnas vorstellte, blickte sie auf, und auch dann nur flüchtig. Sie murmelte etwas in das Mikro, lackierte einen Nagel fertig und erklärte dann mit honigsüßem senegalesischen Akzent: »Monsieur Boulmerka wird Sie empfangen. Bitte, nehmen Sie doch Platz.«

Einen Augenblick später kam ein weiteres hübsches Mädchen, diesmal eine Blondine mit Minirock, und begleitete sie in das Büro des künstlerischen Direktors Habib Boulmerka.

Der in einen Leinenanzug gekleidete Monsieur Boulmerka, ein etwa vierzigjähriger Algerier, der nicht lächelte, blickte von einem Schaukästchen mit Farbdias auf. Während das Mädchen den Raum verließ, kam er auf sie zu und schüttelte ihnen die Hand, ohne ein Wort zu sagen. Er bat sie nicht, Platz zu nehmen, sondern starrte zuerst Alex, dann Varnas und dann wieder Alex an. »Kann ich bitte irgendeine Art Ausweis sehen?«

Sie holten ihre Brieftaschen mit den Ausweisen hervor. Boulmerka nahm sie, studierte beide eingehend und gab sie ihnen zurück. Dann deutete er auf zwei körpergerechte Stühle. »Bitte, setzen Sie sich, meine Herren.«

Er stützte sich auf die Ecke seines Schreibtischs und runzelte leicht die Stirn. »Infolge der ausführlichen Berichterstattung im Fernsehen hat man uns hier mit einiger Aufmerksamkeit bedacht. Ich habe mit etlichen Reportern gesprochen. Doch gestern ist ein Mann hier aufgetaucht, der sich nach Charles Fannois erkundigt und erklärt hat, er sei Inspektor Garimet von der Sûreté.« Alex und Varnas warteten ab. »Ich hatte keinen Grund, ihm das nicht zu glauben. Er war gut angezogen, ungefähr in Ihrem Alter, Herr Chefinspektor, höflich, professionell. Hat wie ein Polizeibeamter ausgesehen. Das war vielleicht töricht von mir, aber ich habe ihn nicht nach einem Ausweis gefragt.«

»Wie, haben Sie gesagt, war sein Name?« hakte Alex nach.

»Garimet.«

Alex fragte, ob er das Telephon benutzen dürfe. Er rief Isabelle in Paris an und bat sie, den Namen im landesweiten Telephonverzeichnis zu überprüfen.

Es dauerte keine Minute, da meldete sie sich wieder. »Kein Garimet«, erklärte sie. »Ehrlich gesagt, ich glaube, das ist gar kein Name. Warten Sie.« Er hörte ein paar Tasten klappern. »Alex?«

»Ich höre.«

»Garimet ist ein Anagramm – für Maigret.«

»Danke.« Er legte auf.

Vermutlich, so dachte Alex, war der Mann ein Reporter gewesen, der nichts Gutes im Sinn gehabt hatte. Niemand sonst hätte sich die Mühe gemacht, für diesen Zweck ein Anagramm aus dem Namen von Georges Simenons weltberühmtem Detektiv zu bilden.

»Was haben Sie denn diesem Inspektor Garimet erzählt?« fragte er Boulmerka.

»Genau das gleiche, was ich jetzt auch Ihnen erzählen werde, Herr Chefinspektor. Daß der Mann, der vor langer Zeit das Logo für den Château Villars entworfen hat, Christophe André hieß. 1979 ist er unaufgefordert hier bei uns aufgetaucht. Zuerst hatte ich Bedenken, ihn einzustellen, wegen seines Alters. Er war Ende Sechzig. Aber als ich dann seine Mappe gesehen habe, konnte ich einfach nicht nein sagen.

Er war ein hervorragender Graphiker. Verstand etwas von Struktur. Verstand etwas von Papier. Er konnte sogar Papier herstellen – aus Flachs und Baumwolle. Aber abgesehen von seiner Arbeit konnte ich nur wenig über ihn herausbekommen. Erst später. Er hat sich immer etwas abgesondert. Gewohnt hat er in einer kleinen Wohnung in Lalande. Ich weiß nicht, ob er verheiratet war oder Freunde hatte. Vielleicht hatte er nicht einmal Bekannte. Irgendwie hatte er etwas Gehetztes an sich.«

»›Gehetzt‹ oder ›gejagt‹?«

»Wahrscheinlich beides. Er war immer sehr ruhig, als lausche er auf etwas. Dann hat er eines Tages, völlig unerwartet, über den Krieg gesprochen. Er hat mir erzählt, er sei Kriegsveteran, und daher stehe ihm eine kostenlose ärztliche Versorgung zu. Zwei Monate später ist er ins Militärkrankenhaus in Pournonville.«

»Aus welchem Grund?«

»Er hat erklärt, er werde vom Mossad, dem israelischen Geheimdienst, überwacht. Seiner Ansicht nach wäre er im Krankenhaus sicherer.«

Alex warf Varnas einen Blick zu; er spürte, wie der Fall Fannois ihnen allmählich entglitt.

»Tatsächlich«, fuhr Boulmerka fort, »hat man festgestellt, er hatte leichten Diabetes. Sie haben ihn behandelt und dann in die psychiatrische Abteilung verlegt.«

»Und dort ist er noch?«

»In der psychiatrischen Abteilung? Ja.«

»Seit 1983?«

»Ja. Zum letztenmal habe ich ihn vor etwa einem Jahr besucht. Er hielt sich gerade im Ladebereich eines der Lagerhäuser der Klinik auf, dort, wo die Mülltonnen für schmutzige Verbände und andere Sachen stehen, die weggeworfen werden. Er war eifrig damit beschäftigt, Gesichter auf die Bildschirme ausrangierter Fernseher zu malen, hat gelächelt und erklärt, er bereite seine erste Einzelausstellung vor.«

»Vielleicht ist alles erfunden«, meinte Varnas, als sie mit dem Lift hinunterfuhren.

Es waren dies die ersten Worte, die Varnas gesagt hatte, seit sie in Toulouse angekommen waren. Alex musterte das Gesicht seines Freundes.

»Du siehst irgendwie komisch aus. Ist alles in Ordnung?«

»Mir geht es gut. Zeit, nach Hause zu fahren.«

»Noch ein Zwischenstopp.«

Der Sergeant fuhr sie zum Militärkrankenhaus. Während Alex in die riesige verschachtelte Anhäufung von asylgrauem Stuck ging, brachte der Sergeant Varnas zu einem nahe gelegenen Supermarkt. In der Abteilung für Eßwaren und regionale Spezialitäten erstand er Entenpastete, ein tiefgefrorenes Cassoulet und eine Flasche roten Cabardès, die er sich heute abend in Paris mit Madame zu teilen gedachte, um den erfolgreichen Abschluß ihres ersten Tages, seit sie zueinandergefunden hatten, zu feiern. Da er sich der zarten Gefühle Madames nur allzu bewußt war und sich zudem selber verletzlich vorkam, hatte Varnas Alex nichts davon erzählt.

Alex ging die Besucherliste durch und stellte zu seiner Zufriedenheit fest, der Inspektor mit dem Pseudonym Garimet war der Auskunft von Binoche, Boulmerka & Co. nicht nachgegangen und hatte der Klinik keinen Besuch abgestattet. Zumindest hatte er sich nicht eingetragen.

Nachdem er eine Weile in einem trostlosen Korridor, unerklärlicherweise mit Flaggen der Vereinten Nationen geschmückt, gewartet hatte, wurde Alex ins Büro des Leiters der Psychiatrie geführt.

Der Chefpsychiater, ein Fregattenkapitän, bestätigte, was Alex bereits vermutete: Die Verfolgung Charles Fannois' war eine vergebliche, törichte Suche infolge von Irrtümern und falschen Annahmen gewesen. Was er von dem Arzt erfuhr, erklärte auch, warum de la Pageries Nachforschungen, die dieser sehr gründlich betrieben hatte, Fannois nicht zum Vorschein gebracht hatten.

Während seiner Therapie hatte Fannois enthüllt, daß die Regierung ihn nach seinem Freispruch 1978 in ein Zeugenschutzprogramm aufgenommen hätte (daher der falsche Name), und zwar als Gegenleistung für seine Zeugenaussage, die eine Überführung bestimmter Angestellter der staatlichen Eisenbahn wegen der Rolle, die sie im Zweiten Weltkrieg bei Schiebergeschäften gespielt hatten, ermöglichte. Allem Anschein nach hatte die Bahn nicht nur Juden, sondern auch wertvolle Waren wie Mehl, Cognac, Zigaretten, Kaffee und Zucker vom Schwarzmarkt nach Deutschland transportiert. Alex rechnete damit, die gleiche Geschichte noch einmal zu hören, möglicherweise nach der Golfpartie des Kommissars mit dem Innenminister.

Délice und Honoré Bloch würden die Wendung, die die Ereignisse genommen hatten, zwar bestimmt alles andere als amüsant finden, aber Alex wußte jetzt, vielleicht weil ihm mittlerweile leicht schwindlig war, daß er und Varnas um Haaresbreite einen höchst vergnüglichen Augenblick verpaßt hatten. Das Schauspiel, wie die Sûreté, die Polizei der Regierung, einen Verbrecher wegen seiner Zeugenaussage gegen die Eisenbahngesellschaft ebendieser Regierung verfolgt, schien eher ein Stoff von Feydeau oder Offenbach zu sein, als aus dem *Polizeihandbuch für Strategie und Taktik* zu stammen. Dem vollen Durchspielen des Librettos war man nur dadurch entgangen, daß die Regierung, wenn auch erst kürzlich, Fannois aus dem Zeugenschutzprogramm gestrichen hatte, weil er in ein Heim eingewiesen worden war.

Trotz seines abrupten Endes hatte das Zwischenspiel mit Fannois doch etwas gebracht. Es hatte Marie-Rose Fournier und Vercingétorix in Le Pré mit ihrer Tante in Castelnaudary in Zusammenhang gebracht. Was es sonst noch an den Tag bringen sollte, würde sich eher früher als später erweisen.

19

Gare de Lyon

UM sechzehn Uhr fünfzig landete das Air-Inter-Flugzeug aus Toulouse in Orly. Ein Fahrer der Sûreté erwartete sie in einem der neuen Citroëns. Trotz des dichten Verkehrs auf der A6 brachte er Alex und Varnas binnen zwölf Minuten nach Gentilly. Als sie unter dem Boulevard Périphérique hindurch ins Vierzehnte Arrondissement fuhren, schrillte das Mobiltelephon auf dem Vordersitz. Der Fahrer meldete sich und reichte den Apparat sogleich an Varnas weiter.

Der Anruf kam vom Motorroller Nr. 2 (weibliche Polizistin). Sie hatte die Beschattung von Doktor Schiwagos Wohnung übernommen und berichtete jetzt, der Apotheker hätte seinen Laden mittags geschlossen und sei in die Rue de Vaugirard zurückgekehrt.

»Ist er krank?«

»Nein, Inspektor. Objekt ist um zwei Uhr nachmittags zu Hause eingetroffen. Bis vier Uhr fünfzig keinerlei Aktivitäten, dann haben er und seine Gefährtin die Wohnung zu Fuß verlassen. Abgesehen von der Handtasche der Frau haben sie kein Gepäck bei sich, scheinen jedoch mehrere Kleiderschichten übereinander zu tragen. Heute ist es nicht kalt, aber er hat einen schweren Wollmantel an. Sie trägt eine Pelzjacke über einem Kleid aus irgendeinem metallisch glänzenden Stoff und sehr hochhackige Schuhe. Ich habe den Motorroller bei der Métrostation Convention stehenlassen und bin ihnen über Montparnasse und Odéon zum Austerlitz gefolgt. Fast eine halbe Stunde hat das gedauert. Eben haben sie den Boulevard überquert und gehen jetzt in den Jardin des Plantes im Fünften Arrondissement.«

»Sind Sie allein, Mademoiselle?«

»Positiv.«

»Sehr gut. Bleiben Sie in Leitung und berichten Sie weiter. Und lassen Sie sie nicht aus Augen. In zehn Minuten bin ich dort.«

Varnas gab dem Fahrer entsprechende Anweisungen. Zu Alex gewandt, erklärte er: »Doktor Schiwago macht seinen Schachzug.«

»Und der ist?«

»Er geht mit Freundin in Jardin des Plantes. Jardin des Plantes, auf linkem Ufer, ist vielleicht sechshundert Meter von Gare de Lyon auf rechtem Ufer entfernt, über Austerlitzbrücke. Gare de Lyon in Paris ist Ausgangspunkt für alle Züge und TGV, Hochgeschwindigkeitszug, nach Südosten. Doktor S. und Frau haben beide alles an, was sie besitzen. Meine Vermutung ist, sie planen verlängerte Ferien.«

Während der Citroën eine andere Route einschlug und durch das Vierzehnte ins Fünfte Arrondissement fuhr, kommentierte die Beschatterin laufend das Verhalten des Objekts. »Sie sind vor einem großen Baum stehengeblieben und lesen das Messingschild.«

»Wo sind Sie?« fragte Varnas.

»Hinter einer Statue von Baron Cuvier. Sie sind ungefähr dreißig Meter von mir entfernt. Oh, jetzt gehen sie weiter.« Diesem Bericht folgte eine kurze Pause.

»Mademoiselle?«

»Ich bin da. Sie sind vor dem Eingang zu dem Gebäude stehengeblieben, in dem die Ausstellung ist. Unterhalten sich. Ich tue so, als würde ich das Schild lesen, das sie sich vorhin so genau angesehen haben.«

Einen Augenblick später kam der Citroën mit quietschenden Reifen vor dem Eingang zum Jardin des Plantes zum Stehen. Es war jetzt siebzehn Uhr achtundzwanzig und dämmerte allmählich. Varnas gab Alex die Plastiktüte mit seinen Einkäufen aus dem Supermarkt in Toulouse.

»Doktor Schiwago gehört mir, Alex. Ich kümmere mich um ihn.« Alex nahm dies kommentarlos zur Kenntnis. Sich, was die Zuständigkeit betraf, nicht in die Quere zu kommen war für ihre Beziehung von grundlegender Bedeutung. »Aber ehe du zu Maison zurückfährst, liefere bitte meine Einkäufe bei Madame Roget ab, mit meinen besten Empfehlungen, und sag ihr, ich komme bald nach Hause.«

»Dann hat sie also ihre Krankheit überstanden?«

Varnas nickte, nahm das Mobiltelephon und kletterte aus dem Wagen.

Die Beschatterin berichtete: »Objekt hat gerade seiner Gefährtin einen Abschiedskuß gegeben. Sie scheinen sich zu trennen. Sie geht zur Botanischen Ausstellung und humpelt etwas. Die hockhackigen Schuhe drücken sie. Er hat die entgegengesetzte Richtung eingeschlagen, über eine der Promenaden, die zum Nordausgang führen. Wem soll ich folgen?«

»Folgen Sie ihr. Nein, wenn ich recht überlege, folgen Sie keinem. Ich bin am Eingang zum Jardin, Mademoiselle, gegenüber Métrostation Austerlitz. Kommen Sie dorthin.«

»Inspektor, möglicherweise verlieren wir sie!«

»Wir verlieren sie nicht, Mademoiselle. Sie haben kein Interesse an Jardin des Plantes. Sie müssen Zug erreichen.«

»Wie bitte?«

»Nicht so wichtig. Trennung ist Ablenkungsmanöver, falls sie überwacht werden. Er geht wahrscheinlich zu Ecke von Jardin, wo eine Labyrinth genannte Abteilung mit Pflanzen ist. Wenn er arglosen Beschatter in Labyrinth locken kann, hat er Chance, ihn abzuhängen. Seine Freundin geht wahrscheinlich zu Botanischer Ausstellung, um sich hinzusetzen oder Pipi zu machen. Sie wird schließlich Ausgang Rue Buffon benutzen und zu Austerlitzbrücke und Gare de Lyon und goldenen Jahren des Ruhestands entgegengehen. Sie treffen mich hier, Mademoiselle. Genauer überlegt, es ist nicht notwendig, sich mit mir zu treffen. Sie sind für heute entschuldigt.«

»Entschuldigt!«

»Ja. Sie haben hervorragende Arbeit geleistet, und ich werde nicht vergessen, dies in meinem Bericht zu erwähnen.«

»Inspektor! Ich war von Anfang an an dem Fall beteiligt. Ich möchte bei der Verhaftung dabeisein!«

»Hier erfolgt keine Verhaftung, Mademoiselle.«

»Keine Verhaftung?«

»Nein. Tun Sie, was ich Ihnen sage, bitte. Ich brauche Sie jetzt nicht. Gehen Sie nach Hause.«

»Inspektor!«

»Varnas. Ende.«

»Inspek...«

Er schaltete das Telephon aus und verstaute es im Etui. Sie würde über ihre Enttäuschung hinwegkommen. Er hatte bereits beschlossen, sie für die Ausbildung als Inspektorenanwärterin vorzuschlagen.

In der nächsten halben Stunde pendelte Varnas zwischen dem Eingang zum Jardin des Plantes, von dem aus er einen ungehinderten Blick auf die Austerlitzbrücke hatte, über die der Apotheker gehen müßte, und der Kreuzung des Boulevard mit der Rue Buffon, von wo aus er die Botanische Ausstellung und die Freundin des Apothekers im Auge behalten konnte.

Es war bereits dunkel, als ein Taxi die Rue Buffon Richtung Brücke hinauffuhr; der linke Blinker blitzte hellorange auf. Es wendete und hielt am Bordstein gegenüber der Botanischen Ausstellung. Fast wie auf ein Stichwort hin humpelte die Frau in der Pelzjacke vom Gebäude zum Auto. Nachdem sie eingestiegen war, fuhr das Taxi sofort in einer Richtung los, die von der Brücke und der Gare de Lyon wegführte.

Einen Augenblick lang war Varnas beunruhigt. Mit einem derart raschen Einbruch der Dunkelheit hatte er nicht gerechnet. Noch hatte er die Möglichkeit in Betracht gezogen, der Apotheker und seine Freundin könnten dem Jardin des Plantes in der Absicht einen Besuch abgestattet haben, jemanden, der sie möglicherweise beschattete, zu der irrigen Annahme zu verleiten, ihr Ziel sei die Gare de Lyon, während es in Wirklichkeit irgendein beliebiger anderer Bahnhof in Paris oder einer der Flughäfen wäre. In diesem Augenblick höchst unwillkommener Klarsicht hörte Varnas, wie jemand hinter ihm herrannte.

Das Mädchen, ein wenig außer Atem, war nicht nach Hause gegangen wie angeordnet. Sie erklärte: »Inspektor, die Frau hat ein Taxi genommen!« Varnas seufzte. »Gerade eben hat sie das Objekt in der Rue Geoffroy Saint Hilaire zusteigen lassen!«

»Oh. Nun ja, vielleicht ist das ganz gut«, sagte er und wünschte, es wäre wahr. »Wenn wir Glück haben, fahren sie um Jardin des Plantes und zurück zu Gare de Lyon. Mademoiselle, ich bin erfreut zu sehen, Sie haben genügend Charakter, um Befehlen nicht zu gehorchen, wenn angebracht. Wie ist Ihr Name?«

»Joëlle.«

»Sehr erfreut. Ich möchte, daß Sie über Austerlitzbrücke laufen, so schnell Sie können. Versuchen Sie, wenn Sie zu Gare de Lyon kommen, Objekt aufzuspüren, das Bahnhof wahrscheinlich vor Ihnen erreicht. Wenn Sie es nicht finden, versuchen Sie, sich Informationen auf Tafel für Züge, die ungefähr um sieben Uhr von Paris abfahren, zu merken. Nehmen Sie Mobiltelephon wieder in Betrieb, wenn Sie Information haben.«

»Wo werden Sie sein?«

»Hinter Ihnen, und ich werde so schnell laufen, wie ich kann. Und jetzt los!«

Sie spurtete los. Klein und schlank, rannte sie wie der Wind. Es war jetzt achtzehn Uhr neunundzwanzig.

In der Dunkelheit waren die einzelnen Autos nichts weiter als verschwommene Formen, die hinter unzähligen antennengleichen Lichtstrahlen dahinglitten. Varnas war außerstande zu sagen, ob das Taxi, das er vorhin bemerkt hatte, die Austerlitzbrücke überquert hatte oder nicht. Als er schwerfällig über die Brücke lief und dabei versuchte, sein Telephon einzuschalten, ohne es fallen zu lassen, blieb ihm nichts weiter übrig als zu hoffen.

Um achtzehn Uhr fünfunddreißig kam er außer Atem in der Rue de Bercy an. Das Telephon klingelte.

»Ich kann sie nicht sehen«, erklärte sie. »Auf der Tafel sind viele Züge angegeben, die zwischen halb sieben und Viertel nach sieben losfahren, meist Nahverkehrszüge. Der Zug nach Troyes ist gerade weg. Aber da ist noch einer nach Dijon, um neunzehn Uhr zwei, und ein TGV nach Genf um neunzehn Uhr dreizehn.«

»Auf welchem Gleis fährt Zug nach Genf ab?«

»Gleis vier, Plattform eins.«

»Joëlle, gehen Sie augenblicklich zu Gleis vier. Verhalten Sie sich unauffällig. Wenn Sie sie sehen, vergewissern Sie sich nur, ob sie einsteigen. Tun Sie nichts, was Aufmerksamkeit auf Sie lenken könnte. Ich bin fast da.«

Von der Rue de Bercy aus lief Varnas in den Bahnhof. Als er um den Zeitungskiosk am Eingang herum zum großen Wartesaal stolperte, stieß er beinahe mit dem Apotheker und seiner Dame zusammen. Sie nahmen ihn gar nicht zur Kenntnis und kreuzten, jetzt heftig schwitzend, hastig seinen Weg. Hastig, weil sie neue, leichte Hausschuhe trug. Die Schuhe mit den Pfennigabsätzen hatte sie in einer Plastiktüte des Schuhgeschäfts verstaut.

Varnas rief Joëlle an. »Ich begegne ihnen im Wartesaal. Sie werden in einem Schuhladen aufgehalten, aber jetzt laufen sie zur Sperre. Bestätigen.«

»Hier ist Joëlle.«

»Halten Sie sich außer Sichtweite, aber bleiben Sie auf Empfang, falls ich Sie brauche. Und vielen Dank für Ihre Hilfe. Sie werden eines Tages gute Polizistin sein.«

»Danke, Inspektor.«

Varnas folgte seiner Beute durch den Wartesaal und über eine Rampe zu Plattform eins hinunter, wo die Leuchtreklamen nicht so grell blitzten und die widerhallenden Geräusche des Wartesaals gedämpfter, dumpfer klangen und sich auf die Durchsage von Ankunfts- und Abfahrtszeiten sowie Gleisnummern beschränkten. Dies alles vermischte sich schließlich mit dem exotischen Geruch nach warmem Schmieröl und den verlockenden Düften aus dem Kaffeebuffet auf Rädern.

Er folgte ihnen zu Ausgang vier. Vor einem filigranartigen schmiedeeisernen Durchgang mit dem schwarzweißen Schild: TGV. PARIS–GENF (VIA LYON). ABFAHRT 19.13, blieben sie stehen. Joëlle war nirgends zu sehen.

Schon zu einem früheren Zeitpunkt hatte Varnas beschlossen, den Apotheker nicht in Paris zu verhaften, da die Möglichkeit bestand, daß später Komplizen zu ihm stießen. Wenn in seinen Fluchtplan Mitverschwörer einbezogen waren, stellte dies eine Gelegenheit dar, diese festzunehmen, wie sie sich nie wieder böte. Und die Route paßte perfekt. Der Zug hielt in Lyon, ehe er über die Grenze nach Genf weiterfuhr. Die Verhaftung – oder die Verhaftungen – würde in Lyon erfolgen.

Varnas wartete, bis die Platzkarten sowie die Reisepässe überprüft waren. Er beobachtete, wie das Objekt und seine Gefährtin durch den Zoll und den Schalter der Einwanderungsbehörde gingen und in den vorletzten Waggon stiegen. Anschließend begab er sich zur Polizei der SNCF. Bis in Lyon die Sûreté in den Zug käme, wäre die Bahnpolizei für die beiden Passagiere zuständig. Er bat um eine Liste der Fahrgäste; in diesem Zug mußten alle Reisenden einen Platz reservieren, auch die, welche in Lyon zustiegen.

Als der Hochgeschwindigkeitszug auf die Sekunde pünktlich aus dem Bahnhof fuhr, rief Varnas in der Maison an und gab Anweisungen zur Weiterleitung an die Sûreté in Lyon durch. Dann faxte er die Passagierliste an die Recherchenabteilung, um sie mit den Namen bekannter Krimineller sowie mit allen Namen, die irgendwie mit dem anstehenden Fall zusammenhingen, vergleichen zu lassen. Um zweiundzwanzig Uhr dreißig würde der TGV in Lyon eintreffen.

Er rief Joëlle an. Zusammen stiegen sie auf dem Boulevard Diderot in ein Taxi. Zwanzig Minuten später setzte er sie neben ihrem Motorroller bei der Métrostation Convention ab und fuhr in die Rue Georges-Berger weiter, zu seinem Festmahl mit Madame.

Alex

Als er im Büro eintraf, war der Kommissar bereits weg. Er sah nach, was für Anrufe für ihn hereingekommen waren.

1. Anruf von Philippa Watten. »Keine Nachricht«, hatte der Diensthabende auf das Memo geschrieben. Vier ganze Tage war sie jetzt weg, und keine Nachricht. Nicht einmal die Aufforderung zurückzurufen. Na ja, entweder lief bei den Proben alles hervorragend; in diesem Fall würde eine einzige in der Telephonzentrale hinterlassene Nachricht nicht ausreichen. Oder die Proben gingen völlig daneben; in dem Fall fragte man besser nicht näher nach. Wenigstens hatte sie angerufen.

2. Sein Zahnarzt, der ihn daran erinnerte, daß der letzte Termin ein halbes Jahr zurücklag.

3. Eine Anfrage von der Direktorin des Kleinen Kindertheaters in Douarnenez (seiner Heimatstadt in der Bretagne), ob

er wohl bei ihrer alljährlichen Wohltätigkeitsveranstaltung im Juni *Tubby, die Tuba* spielen könnte.

Er stieg die Treppe zu seiner Zelle hinauf. Auf seinem Schreibtisch lagen dicke Umschläge, einer vom Aufsichtsbeamten des Bodenpersonals am Flughafen in Barcelona, der andere von Iberia Airlines in Madrid.

Die Aufgabe, ausgerechnet jetzt, nach diesem grauenhaften Tag, die Unterlagen durchzusehen, schien ihm unüberwindbar. Philippa ging ihm nicht aus dem Kopf. Und das Büro war offenbar nicht geheizt. Und er hatte Hunger. Er verließ also die Maison und nahm bei der Oper die Nr. 7.

Als er eingestiegen war und sich hingesetzt hatte, überlegte er, ob er Philippa zur Rede stellen sollte. Seit ihrer Abreise hatte er ein Dutzendmal im Jane Austen angerufen und genügend Nachrichten hinterlassen, um damit ein kleines Zimmer zu tapezieren. Mit Sicherheit war es jetzt an der Zeit, darauf zu bestehen, daß sie ihr Schweigen erklärte. Aber wie? Doch als die Métro aus der Station Stalingrad fuhr, sah er allmählich ein, daß er sich in die wenig beneidenswerte Rolle eines Vaters verrannte, der es nicht lassen kann, sich in den ersten selbständigen Ausflug seines Kindes ins Ausland einzumischen. Ganz schön dumm von ihm, die Anzeichen dafür nicht früher erkannt zu haben.

Er rief sich seine Mutter in Erinnerung, die ihn jeden Tag in einem Ferienlager in den Vogesen angerufen hatte, wo er als knapp Zehnjähriger unter der Schmach gelitten hatte, daß in seinem Schuh ein Hundertfrancschein steckte, den er nur im Notfall wechseln durfte.

Aber natürlich lagen in diesem Fall die Dinge ganz anders. Philippa war nicht sein Kind, nicht einmal mehr sein Mündel. Sie war sein ... zweites Ich. Die Anrufe im Jane Austen hatten eher dazu gedient, ihn selber zu beruhigen, als sicherzugehen, daß sie genügend aß und sich immer warm anzog. Zeit zurückzustecken.

Bei der Porte de la Villette stieg er aus und kaufte sein Abendessen ein: ein Lachsfilet, das er zu pochieren und in einer Buttersauce mit Dill und Zitrone zu verspeisen gedachte, neue Kartoffeln, die er dünsten wollte, sowie Endiviensalat und Brunnenkresse.

Eine halbe Stunde später kam er bei der »Yacht Club« an und sah in dem lackierten Teakholzbriefkasten neben der Bordleiter nach. Eine Stromrechnung und sechs Postkarten von Philippa, alle am vorherigen Tag gleichzeitig aufgegeben. Sie waren von eins bis sechs durchnumeriert. Er stellte die Einkaufstüte auf einem Kasten im Cockpit ab und setzte sich, mit dem Rücken an das Schott der Kajüte gelehnt, sortierte die Karten der Reihe nach und begann sie im allmählich schwindenden Licht mit einer Mischung aus Vorfreude und Besorgtheit zu lesen.

(1) Samstag
Chéri: Oh, quelle crise! Bei der Ankunft in Heathrow Pressephotos mit Nigel Philby und Nicolaj Blixen. Dann im Rolls-Royce zum Hotel von Miß Austen (ein Nonnenkloster mit Aufzügen), anschließend gleich weiter ins Ivy (ein todschickes Restaurant), wo Nicky zwei ganze Tournedos verspeist hat, eines für jeden Schenkel. Ein wahrer Löwe ist der! Alles Liebe – P

(2) Sonntag
Chéri: Bei Miß Austen sind alle telephonischen Nachrichten für mich ins falsche Fach gesteckt worden. Der Filmstar Jeanne Moreau war kurz hier, und ich habe alle Nachrichten bekommen, die für sie bestimmt waren. Vielleicht haben die uns verwechselt, weil wir beide Französinnen sind. Mit einer Tänzerin in der Truppe habe ich mich angefreundet. Sie heißt Cressida Pullinger, tanzt die Julia in MacMillans R & J und hat eine Wohnung in, ich glaube: Chelsea. Vielleicht ziehe ich bei ihr ein und spare mir so dreihundert Pfund die Woche. Alles Liebe – P

(3) Montag (vormittags)

Chéri: Das hier schreibe ich in den Kulissen, während ich warte, daß Wassili Orlow damit fertig wird, Nigel anzumeckern, weil der ihm seine neunhundertste Pirouette in der Luft gestrichen hat. Wassili (ein Russe und sehr temperamentvoll) ist Spezialist für Pirouettensprünge, nicht gerade ideal für Bournonville. Er tanzt den Meerkönig Golfo und soll mit mir ein Techtelmechtel anfangen, wenn Gennaro (Nicky) mich am Meer verloren hat und ich mich in eine geile Najade verwandle. Warum Nigel den angeheuert hat, ist ein Geheimnis, außer sein Gemächt hat es ihm angetan, das beeindruckend sein soll. Liebe Grüße – P

(4) Mittags

Chéri: das Mittagessen besteht aus einer lauwarmen Eierflaumsuppe von einer chinesischen Imbißbude. Offenbar habe ich keine einzige von den Karten weggeschickt. Irgendwie habe ich die hirnrissige Vorstellung, wenn ich sie geschrieben habe, brauche ich sie nicht mehr in den Briefkasten zu werfen. Außerdem kenne ich mich mit dem Porto nicht aus. Und hab' so viel zu tun! Proben von zehn bis eins und von zwei bis fünf, dann Unterricht. Und Publicity, einschließlich eines Auftritts im Fernsehen, zusammen mit Nicky, und Kostümproben. Die von Wassili hat drei Stunden gedauert. Er besteht nur aus Tang und Muscheln. Meine hat fünfzehn Sekunden gedauert. Ursprünglich wollte Nigel, daß ich die Najade nackt tanze! Kannst du dir das vorstellen? Französische Tänzerin entblößt sich in Covent Garden! Natürlich habe ich mich geweigert. Jetzt habe ich einen grünen Bodystocking und einen Netzrock an. Ich rechne damit, Lungenentzündung zu bekommen. Liebe Grüße – P

(5) Montag (nachmittags)

Alex … beinahe hätte ich die Karte Nummer zwei weggeschmissen, aber dann habe ich mir gedacht, nein, sag lieber die

Wahrheit. Ich habe gelogen, von wegen, ich hätte Jeanne Moreaus Nachrichten gekriegt. Sogar daß Jeanne Moreau bei Miß Austen gewesen ist, war eine Lüge. Jeanne Moreau hätte sich im Leben nicht weiter als einen Block vom Claridge's entfernt sehen lassen, wenn sie in London gewesen wäre. War sie aber nicht. Plötzlich bekomme ich einen Lachanfall, wegen alldem, was hier so passiert, und es passiert eine Menge*! – P*

(6) Montag (abends)

Hätte ich fast vergessen. In fünf Tagen ist Premiere, am einundzwanzigsten. Ich habe in Brown's Hotel ein Doppelzimmer für dich und Nana reserviert. Im Kartenbüro der Royal Opera, Covent Garden, liegen zwei Karten bereit. Ihr werdet neben Angela und der Marquise sitzen. Sie haben mich und Nicky in der U-Bahn gesehen und brennen darauf, ihn kennenzulernen.

Ich auch, dachte Alex mißmutig, als er die Karten in die Einkaufstüte steckte und unter Deck ging.

Er schürte den Ofen in der Kombüse an und begann mit der Vorbereitung des Abendessens. Ihm fiel auf, daß er die Sachen auf den Tisch knallte. Abgesehen davon, daß es ein ziemlicher Unsinn war, Lachs herumzuschmeißen, bedurfte es keiner besonderen Vorstellungskraft, um zu merken, daß die Postkarten ein Gefühl in ihm ausgelöst hatten, das er bislang nie verspürt hatte. Sie amüsierte sich prächtig – ohne ihn. Sie saß nicht neben dem Telephon und wartete auf einen Anruf von ihm, wie es eigentlich sein sollte. Und er hätte dies auch ohne weiteres zugegeben, wenn jemand ihn danach gefragt hätte. Soweit die offizielle Wahrheit. Die inoffizielle war, er kam sich ausgeschlossen vor. In Brown's Hotel ein Doppelzimmer mit seiner Mutter zu teilen!

Seine Mutter! Alex war sich nicht sicher, ob irgend jemand Nana gesagt hatte, daß Philippa in London am Royal war.

Er legte den Lachs in die Pochierpfanne, setzte die Kartoffeln auf und rief in Douarnenez an. Ein Dutzend Mal ließ er es läuten. Niemand nahm ab. Dann dämmerte ihm, es war Dienstag; an dem Abend ging seine Mutter mit ihren Freundinnen zum Boulespielen.

Nana war noch nie geflogen. Ehrlich gesagt, Nana war noch nie im Ausland gewesen, schon gar nicht in England. Was England betraf, so reichte ihr Mißtrauen den Engländern gegenüber bis zur Schlacht von Trafalgar zurück. Darüber hinaus war sie Bretonin, eine Keltin, die Philippas englische Hälfte immer geflissentlich übersehen, ihre irische Hälfte hingegen bereitwillig akzeptiert hatte. Nana im Royal? Nana in London, neben Lady Watten und der Marquise von Hardcastle?

Alex rief Nanas Nachbarn, den Inspektor für Fischereiwesen, an und hinterließ die Nachricht, sie möge doch bitte zurückrufen.

Das Abendessen war eine Enttäuschung. Er hatte vergessen, die Buttersauce anzurühren, und die Brunnenkresse war welk geworden. Er stopfte sich also mit Kartoffeln und Endiviensalat voll und trank dazu eine halbe Flasche Corbières. Als er gerade das Geschirr abwusch, rief Nana an.

Sie hörte sich seine Erklärungen an. Als er damit fertig war, sagte sie: »Ich freue mich sehr für Philippa.« Schweigen. »Du nicht, Alexandre?«

»Natürlich.«

»Sonderlich begeistert klingt das nicht. Ist alles in Ordnung?«

Herrgott noch mal! Siebenunddreißig war er jetzt, aber seiner Mutter konnte er immer noch nichts vormachen. »Mir geht es bestens, Maman. Ich bin nur etwas überarbeitet.«

»Ist ja verständlich, daß sie dir fehlt, Alexandre. Du fehlst mir auch immer noch, nach all den Jahren.«

Alex atmete tief durch und fragte: »Also, kommst du nun mit nach London?«

»Nein, Chéri. Am 21. ist Sonnenwende und der Gottesdienst in Saint-Jude, um sich vom Sonnenlicht zu verabschieden. Da gehe ich immer hin. Weißt du noch, wer der heilige Judas ist, Alexandre?«

»Nein.«

»Der Schutzpatron für hoffnungslose Fälle. Ich bin sicher, Varnas weiß das.«

»Bestimmt.«

»Bestell Philippa liebe Grüße von mir. Ich werde ihr ein Telegramm schicken. Gute Nacht, Chéri.«

Er legte auf und wusch fertig ab. Und beschloß, Varnas zu bitten, mit ihm nach London zu fahren.

Alex packte seine Tuba aus und begann, den Fagottpart eines alten Oktetts von Alex Wilder zu spielen, das er sich ausgeliehen hatte. Aber entweder hatte er nicht genügend Atem, oder aber seine Finger waren dafür nicht geeignet, jedenfalls hörte er nach ein paar Seiten auf und räumte die Tuba weg.

Er zog sich aus, verstaute seine Sachen im Schrank und trottete zum Bug, um zu duschen. Als er am Waschbecken vorbeiging, erblickte er sich im Spiegel. Einen Augenblick lang musterte er sein Spiegelbild und überlegte, ob er sich den Bart abrasieren sollte.

Hervorragend, Alex. Das würde mit Sicherheit Nanas Verdacht bestätigen. Sitzengelassene Frauen lassen sich oft die Haare abschneiden; Männer lassen sich einen Bart wachsen oder rasieren ihn ab.

Er ging zur Dusche und drehte gerade das heiße Wasser auf, als er das Telephon läuten hörte. Da er sicher war, es sei Philippa, rannte er nackt in die Salonkabine, schnappte sich unterwegs schnell ein Bier aus dem Kühlschrank in der Kombüse und setzte sich neben das Telephon, voller Vorfreude auf ihre warme, leicht spöttische Stimme.

Es war nicht Philippa. Es war Stéphane. Sie hatte gerade im Folies-Bergère vorgetanzt und war auf der Stelle angeheuert worden. »Eine Woche nach Philippas Premiere fange ich an«, berichtete sie. »Kommen Sie doch morgen abend vorbei und helfen Sie mir beim Feiern. Ich habe Lammkoteletts, frischen Spargel und eine Flasche Merlot.«

In seiner Magengrube schrillte leise, aber nicht unangenehm eine Alarmglocke. Er stellte sich ihre grünen Augen, die nie blinzelten, und die etwas derben Lippen vor. »Gerne«, meinte er. »Aber es könnte ein bißchen spät werden.«

»Wie spät ist ein bißchen spät?«

»So um sieben, acht.«

»Das ist gerade richtig. Aber wenn ich bis neun nicht gefüttert werde, verwandle ich mich in Stein.«

»Kann ich etwas mitbringen?«

»Ihre hinreißende Person und noch eine Flasche Merlot.«

Als Alex später in seiner Koje lag, spielte er mit dem schurkischen Gedanken, Stéphane zu Philippas Premiere nach London einzuladen und mit ihr das Doppelzimmer in Brown's Hotel zu teilen.

20

Die Maison

KOMMISSAR Demonet las schweigend die Meldung auf der Titelseite von *Le Matin.*

Laut Mitteilung der Sûreté wurde gestern abend der in Paris ansässige Apotheker Boris Alexandrowitsch Popow, 62, alias Doktor Schiwago, in Lyon verhaftet. Der in der Sowjetunion geborene Popow wird verdächtigt, in den Mord an dem Theaterkritiker Virgile de la Pagerie verwickelt zu sein. Zusammen mit ihm wurde seine Lebensgefährtin Nina Leonidowna, 56, eine ehemalige Turnerin aus Kiew, verhaftet. Beide werden zum Verhör nach Paris gebracht.

Der Kommissar sah Varnas an. »Waren in dem Zug irgendwelche Freunde von ihm?«

»Negativ, Kommissar.«

»Und Ihre Annahme, er sei schuldig, beruht ausschließlich auf der Tatsache, daß er geglaubt hat, beschattet zu werden, und sich abzusetzen versucht hat?«

»Vertrauen Sie mir, Kommissar.«

»Mir bleibt gar nichts anderes übrig.«

Man verabreichte Nina Leonidowna, die seit ihrer Verhaftung in der vorangegangenen Nacht mehr oder weniger ununterbrochen geweint hatte, ein mildes Beruhigungsmittel und übergab sie auf der Krankenstation der Maison der Obhut einer Aufseherin. Der Apotheker wurde in eine Arrestzelle gebracht, wo er Brot und eine Schüssel hervorragender Fischsuppe aus der mit einem Baldachin geschmückten Imbißstube auf Rädern »À la Cart«, die vor der Maison parkte, serviert bekam. Anschließend wurde er von Varnas auf russisch verhört.

Die beiden saßen einander an einem zerkratzten Tisch mit zerfurchter Platte gegenüber, der abgesehen von Varnas' Tonbandgerät und seinem Notizblock leer war. Der Apotheker schien durch seine derzeitige Lage nicht sonderlich aus der Fassung gebracht, möglicherweise sogar erleichtert. Trotzdem blinzelte er auffällig häufig, und wenn er sein Gegenüber ansah, dann geschah dies eher zufällig.

»Am Dienstag, dem 20. August, erhielt ich in der Apotheke einen Brief«, begann er. »Er steckte in einem UNESCO-Umschlag, am Tag zuvor in Paris im Siebten Arrondissement aufgegeben. Darin wurden mir dreißigtausend Francs für eine ›heikle Arbeit mit einem pharmakologischen Gift‹ angeboten.

Falls ich interessiert wäre, sollte ich mich am Donnerstag, dem 22., um acht Uhr fünfzig in die Telephonzelle im Erdgeschoß der Métrostation Brochant, zwei Häuserblocks von meiner Apotheke entfernt, begeben. In dem Brief hieß es außerdem, ich würde laufend überwacht. Sie wollten zwischen acht Uhr fünfzig und acht Uhr fünfundfünfzig anrufen und nach Sampson fragen. Falls ich bis acht Uhr fünfundfünfzig nicht antwortete, wäre der Fall erledigt. Der Brief war nicht unterschrieben, jedoch mit dem Stempel des Front Patriotique versehen.

Am 22. ging ich um acht Uhr dreißig zur Métrostation Brochant und reihte mich in die Schlange vor der Telephonzelle ein. In den nächsten achtzehn Minuten telephonierten drei Personen. Um acht Uhr achtundvierzig war ich an der Reihe. Ich wählte die

Nummer des Wetteransagedienstes und tat so, als unterhielte ich mich mit meinem Steuerberater. Um acht Uhr fünfzig gab eine wütende Frau, die hinter mir wartete, schließlich auf und marschierte davon. Jetzt konnte ich den Hörer auflegen. Keine zehn Sekunden später klingelte es.

Ich nahm ab und sagte: ›Hier Sampson‹. Die Stimme, die mir antwortete, hatte eindeutig einen südfranzösischen Akzent.«

Varnas unterbrach ihn. »Eine volltönende Stimme, wie von Schauspieler?«

»Nein. Ziemlich dünn, genaugenommen. Vielleicht von einem älteren Herrn.«

Gus also nicht, schloß Varnas. Vielleicht jemand, der wie Fannois zu klingen versucht hatte. »Fahren Sie fort.«

»Er kam sofort zur Sache und fragte mich, ob ich mich mit Sprayinhalatoren für Asthmatiker auskenne. Das war der Fall. Ob ich etwas Entsprechendes auf Lager hätte? Hatte ich. Dann erklärte er, der Zerstäuber müsse kirschrot sein.

Ich fragte, was er damit sagen wolle.

›Der äußere Behälter, das Plastikteil mit dem Mundstück, muß kirschrot, irgendeine Art von Rot sein.‹

Ich erklärte ihm, soweit ich wisse, seien alle Sprayinhalatoren kirschrot. Andere Fabrikate seien daran zu erkennen, daß sie eine andere Farbe hätten.

Damit schien er zufrieden. Dann änderte sich der Ton. Er wollte wissen, ob man die Zerstäuberpatrone anstechen und dem Medikament eine Substanz von außen beimischen könne, ohne den Mechanismus zu zerstören.

Ich stellte mich dumm. Erklärte ihm, das wüßte ich nicht. Das Medikament in der Patrone stehe unter Druck. Jedes Aufbrechen des Behälters würde das Treibgas und damit das Medikament freisetzen. Während dieses Gesprächs kam ich auf die Idee, mir ein Verfahren vorzustellen, bei dem eine Flüssigkeit über eine sehr feine Injektionsnadel – die feinste, vielleicht eine Nr. 30 –

durch das Ventil der Patrone in das Medikament eingeführt werden könnte. Ich sagte jedoch nichts.

Eine Weile schwieg er. Schließlich erklärte er: ›Wir suchen eine Person, die mit einem solchen Ventilinhalator umgehen kann, eine Person, die die von Ihnen beschriebenen Schwierigkeiten meistert und das verschriebene Medikament mit einer angemessenen Dosis Zyanid versetzt. Sind Sie diese Person?‹

Schon seit einiger Zeit suchte ich nach einer Möglichkeit, meiner Nina eine Rente auszusetzen. Dies schien eine solche Gelegenheit zu sein. Dennoch war ich selber überrascht über meine Antwort, vor allem als mir klar wurde, daß ich mich bereits entschlossen hatte, ein Verbrechen zu begehen, als ich den Telephonanruf entgegengenommen hatte. Jetzt war ich wieder überrascht, als ich gelassen sagte: ›Für das, was Sie verlangen, sind dreißigtausend nicht genug, Monsieur.‹

Er antwortete: ›Darüber können wir uns unterhalten, wenn wir wissen, daß Sie das erledigen können. Schaffen Sie das?‹

›Ich kann es versuchen.‹

›Das genügt nicht. Wir müssen *wissen*, daß Sie dazu in der Lage sind. Wie erfahren wir das?‹

Daran hatte ich bereits gedacht. Es war ein Donnerstag. Ich sagte: ›Geben Sie mir übers Wochenende Zeit. Ich werde versuchen, eine geringe Menge purpurroter Farbe in eine Ventilpatrone einzuführen. Falls mir das gelingt, können Sie sich davon selber überzeugen. Wenn Sie den Inhalator erhalten, brauchen Sie lediglich auf den Dosierungsknopf zu drücken und den Spray auf ein Stück Gaze zu sprühen, das ich beilege. Wenn Sie zufrieden sind, können wir weiter verhandeln.‹

Er stimmte zu und beschrieb nun die Einzelheiten, wo und wann ich das Gewünschte abliefern sollte.

Nicht weit von meiner Apotheke entfernt befindet sich der Cimetière des Batignolles. In der Südwestecke des Friedhofs, in der dritten Reihe von der Rue Saint-Just aus, steht ein Grabstein aus braunem Marmor, der das Grab eines gewissen Carlo Lombardo (1882–1938) bezeichnet. Über dem Namen befindet sich hinter einer Glasscheibe mit Eisenrahmen ein Photo des Verstorbenen. Hinter dem Photorahmen, den man auf einer Schiene hinein- und herausschieben kann, ist ein etwa sechs mal zwölf Zentimeter großer Hohlraum.

Ich sollte den Probeinhalator in die Originalschachtel packen und in wasserdichtes Plastik einschlagen. Dann sollte ich am Montag, dem 26. August, alleine zum Friedhof gehen, zwischen acht Uhr dreißig und neun Uhr das Päckchen hinter Lombardos Photo deponieren und anschließend in die Berzélius-Apotheke zurückkehren. Er erklärte, die Organisation würde mich während dieser ganzen Prozedur überwachen, und jede Abweichung von diesen Anweisungen würde den Handel beenden.

Dieses ganze Getue mit dem Friedhof kam mir ein wenig theatralisch und laienhaft vor. In Paris gibt es Tausende Schließfächer, wo jeden Tag etwas hinterlegt und abgeholt wird. Ich äußerte jedoch Verständnis für ihr Vorgehen und fragte, wann ich das Ergebnis des Tests erführe. Er sagte, am darauffolgenden Tag, dem Dienstag. Sie würden erneut um acht Uhr fünfzig Verbindung mit mir aufnehmen, diesmal über den Münzfernsprecher in der Métrostation Porte de Clichy.

Als ich aufgelegt hatte, sah ich auf die Uhr. Nur sieben Minuten hatte ich telephoniert, sieben Minuten, die, das spürte ich, mein Leben verändern würden. Als ich zur Apotheke zurückging, hatte ich einen Augenblick lang eine melancholische Sehnsucht nach dem jungen Internisten Boris Alexandrowitsch, der sich der Aufgabe verschrieben hatte, die Leiden der Armen, die dies verdienten, zu lindern. Dieses Gefühl machte sich in Form eines leichten Schmerzes unterhalb des Brustbeins bemerkbar. Doch ich atmete tief durch, und der Schmerz verschwand. Ich stellte mir meine Nina in einem sonnendurchfluteten Raum mit einem ungehinderten Blick auf die Jungfrau vor.

Die Einführung der Farbe in die Patrone war alles andere als ein Kinderspiel. Zuerst ging eine Menge des Medikaments verloren, und ich war über und über mit Farbe bespritzt. Das Ganze wurde zu einer Frage der richtigen zeitlichen Abstimmung: Kurz auf das Zerstäuberventil drücken. Dabei wird ein Teil des Medikaments entfernt. Dann schnell die Injektionsnadel einführen, an der ich mit Sekundenkleber eine Gummimanschette befestigt hatte. Das Zurückziehen der Nadel erfordert viel Fingerspitzengefühl. Mund- und Nasenschutz, Handschuhe, Kittel und eine Schutzbrille sind bei einer solchen Tätigkeit unabdingbar.

Am Montagmorgen deponierte ich den Probeinhalator entsprechend den Anweisungen. Am nächsten Tag um acht Uhr fünfzig erfuhr ich, daß ich den Test bestanden hätte, und zwar glänzend. Daraufhin verlangte ich sechzigtausend Francs sowie die Reservierung eines Eisenbahnabteils für zwei Personen in einem TGV nach Genf, und zwar zu einem von mir bestimmten Zeitpunkt.

Diese Forderung wurde nicht allzu begeistert aufgenommen. Nach einigem Verhandeln einigten wir uns schließlich auf fünfzigtausend und eine offene Reservierung für zwei Sitzplätze anstatt eines Abteils.

Es war jetzt Dienstag, der 27. August. Ich wußte, das Zyanid müßte löslich sein. Ich kam zu dem Schluß, daß dies am einfachsten zu erreichen wäre, wenn ich drei Milliliter Natriumzyanidlösung herstellte. Am Montag, dem 2. September, vor neun Uhr, sollte ich den Inhalator mit dem Zusatzstoff bei Signor Lombardo hinterlegen. Ich bestand auf einer Bezahlung im voraus. Dies führte zur Androhung schwerwiegender Folgen für mich, Nina, meine Wohnung, meine Apotheke und so weiter, sollte ich irgendeine krumme Tour versuchen (›der Front Patriotique verfügt über unbegrenzte Möglichkeiten zu Strafaktionen‹). Schließlich willigten sie ein. Am Donnerstag, dem 29., würden das Geld, in gebrauchten Scheinen, sowie die Fahrkarten an einem Ort, den diesmal ich bestimmte, bereitliegen, und zwar in einer Reisetasche am Gepäckschalter im Untergeschoß der Gare de l'Est. Den Gepäckschein wollten sie mir rechtzeitig in die

Apotheke schicken, damit ich die Tasche am Samstag, dem 31., abholen könnte.

Alles lief nach Plan. Am darauffolgenden Montag hinterlegte ich den manipulierten Inhalator auf dem Friedhof. Drei Tage später erfuhr ich aus der Zeitung vom Tod des Kritikers.

Unglücklicherweise waren Sitzplätze im TGV nach Genf nicht sofort zu bekommen. Den Rest kennen Sie.«

Mit glänzenden Augen, die durch seinen Zwicker etwas größer erschienen, sah Doktor Schiwago sich jetzt in dem Raum um. »Ich habe Ihnen die Wahrheit gesagt«, erklärte er, »und jetzt will ich Ihnen noch einmal die Wahrheit sagen. Nina Leonidowna hat mit dieser Eskapade nichts zu tun. Sie hat nichts davon gewußt. Ich hatte ihr vor einiger Zeit erzählt, ich sei der Nutznießer eines bescheidenen Erbes von einem Onkel in Amerika. Außerdem hatte ich ihr erzählt, daß gewisse skrupellose Elemente im Konsulat der UdSSR mich möglicherweise erpressen wollten und uns überwachen ließen. Sie hat schreckliche Angst vor den Sowjets und hat unsere plötzliche Abreise nach Genf ohne Gepäck durchaus nicht als ungewöhnlich empfunden.« Die Augen des Apothekers schweiften zum Tisch und begegneten kurz denen von Varnas. »Sie ist unschuldig, Herr Inspektor. Bitte, glauben sie mir.«

»Sie wird reichlich Gelegenheit erhalten, dies zu beweisen, Boris Alexandrowitsch. Erklären Sie mir inzwischen, wie es kommt, daß Mann mit südfranzösischem Akzent, der behauptet, Front Patriotique zu vertreten, unter allen Apothekern in Paris ausgerechnet Sie aussucht?«

Er zuckte die Schultern. »Ich bin bekannt. Ich habe einen gewissen Ruf. Ich bin Arzt, auf Kräuter spezialisierter Pharmakologe, Anodynist und Thalassotherapeut.«

»Thalassotherapeut?«

»Anwendung von Algen und einer Therapie mit warmem Salzwasser. Sehr erholsam.«

»Und Anodynist?«

»Spezialist für Schmerzlinderung.«

Varnas war sich einigermaßen sicher, Doktor Schiwago verteilte seine Schmerzmittel sowohl zu Entspannungszwecken als auch aus medizinischen Gründen. Aber darum ging es jetzt nicht.

Nun setzte Varnas sein Tabula-rasa-Gesicht auf, ein ausdrucksloses Gesicht, ein Gesicht, von dem man unmöglich etwas ablesen konnte. Aber hinter dieser Maske konnte er noch in den unbedeutendsten Reaktionen seines Gegenübers eine Bedeutung erkennen. Er erklärte: »Und jetzt bitte ich Sie, Boris Alexandrowitsch, folgende Namen zuzuordnen.«

Der Apotheker nickte heftig, starrte auf die Tischplatte und machte ein überaus ernsthaftes Gesicht.

Varnas setzte an: »Virgile de la Pagerie.«

Der Apotheker neigte den Kopf leicht zur Seite. »Kritiker, verstorben.«

»Charles Fannois.«

Er verzog den Mund ein wenig und schüttelte den Kopf. »Von dem habe ich nur gehört und gelesen.«

»Pierre-Yves Gastin.«

Keine Reaktion. Die Augen, die nicht blinzelten, fixierten den Tisch, die Miene war ausdruckslos. »Nein. Dieser Name ist mir nicht bekannt.«

»Auguste Pezon-Schwartz.«

Leichtes Stirnrunzeln, Augen zur Decke gerichtet. »Theatermensch, glaube ich. Intendant und Regisseur.«

Varnas überprüfte das Tonband. Interessant. Der einzige Name, der eine außergewöhnliche Reaktion ausgelöst hatte – nämlich keine –, war der des Bühnenbildners Pierre-Yves Gastin gewesen. Viel war das nicht. Nichts, woran man sich wirklich halten konnte. Aber genug, um einen Ausdruck vom Post- und Telegraphenamt anzufordern, welche Anrufe zu den fraglichen Zeitpunkten in den beiden Telephonzellen eingegangen waren. Genug, um sich anzusehen, welche Summen von Gastins Bankkonto/Bankkonten abgehoben worden waren, die Isabelle zur

Zeit noch überprüfte. Und genug, um Joëlle mit ihrem Motorroller (Nr. 2) zu Pierre-Yves' prachtvoller Residenz im Sechzehnten Arrondissement abzuordnen. In diesem vornehmen Viertel könnte sie Gelati oder kleine zugekorkte Gläschen mit Herbes de Provence verkaufen. Varnas schaltete das Tonband ab.

Ein Stockwerk höher beendete Alex seine Überprüfung der Unterlagen, die ihm der Aufsichtsbeamte des Bodenpersonals am Flughafen Barcelona und die Iberia Airlines zugeschickt hatten. Es war zum Verrücktwerden, keiner der beiden Berichte stützte seine Theorie, der manipulierte Inhalator sei nach sechzehn Uhr in Delaps Schultertasche gesteckt worden, und zwar entweder bei der Röntgenkontrolle am Flughafen oder während des Weiterflugs von Barcelona nach Paris. Allmählich begann Alex seine Fähigkeit, logische Schlüsse zu ziehen und ab und zu das Richtige zu erahnen, anzuzweifeln. Dennoch ließ er den Inspektorenanwärter Biramoule kommen und wies ihn an, die Unterlagen zum Büro des Kommissars zu bringen, damit dieser sie durchsehen konnte.

Varnas kam herein und legte das Band mit Doktor Schiwagos Aussage auf seinen Schreibtisch. »Sehr eingehende Schilderung von Schwierigkeiten bei Einführung von drei Millilitern Natriumzyanid in Ventilinhalator, gefolgt von barockem Schauspiel der Übergabe an Kontaktmann via Cimetière des Batignolles. Kontaktmann identifiziert er nicht, sagt nur, er vertritt Front Patriotique.« Varnas setzte sich hin. »Zumindest haben wir erste Verhaftung, Alex.«

Varnas wollte gerade beschreiben, wie Doktor Schiwago auf den Namen Pierre-Yves Gastin nicht reagiert hatte, als Inspektorenanwärter Biramoule wieder auftauchte.

»Ein Herr, der Sie sprechen will.«

»Wer?«

»Auguste Pezon-Schwartz.«

»Schicken Sie ihn rein«, sagte Alex.

Biramoule trat zur Seite, und langsam tauchte Gus auf, gestützt von einem kleingewachsenen, muskulösen Mann mit kahlgeschorenem Kopf, einem Schnauzbart, einem enganliegenden T-Shirt und aufgepumpten Brustmuskeln. Gus sah gar nicht gut aus. Sein Gesicht war bläßlich, das chromfarbene Haar borstig und zerzaust. Schon nach der einen Treppe schnaufte er heftig.

Varnas bot ihm einen Stuhl an.

Er lehnte ab. »Ich bleibe nur eine Minute.« Er wandte sich zu seinem Begleiter um. »Arnaud, du kannst draußen warten.« Arnaud nickte und verließ das Büro. Gus erklärte: »Arnaud ist mein neues Kindermädchen. Er ist ausgebildeter Pfleger und hat ein Abschlußdiplom des Institut Culinaire.« Daraufhin stieß Gus einen tiefen Seufzer aus, lehnte sich an die Wand und strich sich mit der Hand über die Stirn. »Ich brauche Ihre Hilfe«, sagte er leise. »Pierre-Yves ist verschwunden.« Das Gewicht dieser Aussage wurde plötzlich zuviel für ihn. Tränen stiegen ihm in die Augen.

»Ich bin verzweifelt«, erklärte er. »Vor einigen Tagen ist Pierre-Yves nach Lausanne gefahren, um Familienangelegenheiten zu regeln. Heute morgen habe ich seine Schwester angerufen. Sie hat ihn nicht zu Gesicht bekommen. Ich weiß nicht, was ich tun soll. Können Sie mir helfen?«

Varnas meinte: »Wir können Polizei in Lausanne verständigen. Wir können sogar, da Pierre-Yves gegen Auflage verstoßen hat, in Paris zu bleiben, Steckbrief durchgeben, um ihn zu verhaften.«

»Kann man das ... hm ... diskret erledigen? Ich meine, ohne großen Wirbel zu machen?«

»Hauptsache ist, ihn zu finden, Monsieur Gus.«

»Natürlich. Sie werden ihm doch nichts tun, oder?«

»Nein.«

Gus wischte sich die Augen und nickte. »Gut. Zumindest ist er dann in Sicherheit.« Der Pfleger tauchte wieder auf und nahm

Gus am Arm. Dieser versteifte sich plötzlich, starrte Alex und Varnas an und brüllte los: »Daran ist nur dieses Arschloch schuld!«

»Welches Arschloch?« wollte Alex wissen.

»Dieser verdammte Delap! Und dieser Bobo Botswana traue ich auch nicht über den Weg!«

»Wem?«

»Seiner bizarren Mama, die mit dem Sabaprofil, den unheimlichen blauen, zarathustrischen Augen und ihrem Voodoozauber! Ich weiß, daß dieses Miststück Nadeln in Angélique gesteckt hat! Wenn sie jetzt Nadeln in Pierre-Yves gepiekst hat, zünde ich ihr die verdammten Dreadlocks an!«

»Warum sollte sie Nadeln in Pierre-Yves stecken?«

»Aus Spaß!« brüllte Gus und begann zu schluchzen. »Ich schwör's, wenn ihm irgend etwas geschieht, dann ...« Er hielt inne. »Ich meine, er ist der netteste Mensch auf der Welt! Er ist ein natürlicher Aktivposten! Er hilft den Leuten! Er hilft mir! Er hilft jungen Künstlern am Beginn ihrer Laufbahn! Er unterstützt Schauspieler, die am Arsch sind! Mein Gott, er hat sogar Angélique bei sich aufgenommen, als Delap sie rausgeschmissen hat!«

»Sie rausgeschmissen hat?«

»Ihre Sachen rausgeschmissen hat. Ihre Kleider und ihre Textbücher. Alles, was ihr gehörte, hat er auf die Straße geworfen. Ich habe gedacht, das wissen alle. Tagelang hat ihr Zeug auf den Bäumen und Telephondrähten in der Rue de Tournon gehangen. Warum? Weil er ein Arschloch war! Wenn Sie mich fragen, er hat sie umgebracht!«

»Hatten Sie deswegen den Wunsch, ihn umzubringen?« fragte Alex.

»Ich hab' ihn schon vorher umbringen wollen! Das habe ich Ihnen doch gesagt!«

Varnas stand auf. »Das stimmt, Alexei.« Er wandte sich zu Gus. »Monsieur Gus, spricht Pierre-Yves je von Doktor Schiwago?«

Gus blinzelte. »Ich glaube nicht, daß er den gesehen hat. Er haßt Omar Sharif.«

»Doktor Schiwago ist Pseudonym für Apotheker in Siebzehnten Arrondissement namens Boris Alexandrowitsch Popow. Er steht unter Arrest, weil er vergifteten Inhalator vorbereitet, der de la Pagerie tötet.«

Gus starrte ihn an. Sein Mund stand leicht offen. Nach ein paar Sekunden klappte er ihn zu und drehte sich zu seinem Pfleger um. »Hast du je gehört, wie Yvie irgend jemanden mit diesem Namen erwähnt hat?«

»Nein, Monsieur Auguste.«

Varnas fügte hinzu: »Wir haben Hinweise, daß Boris Alexandrowitsch Popow möglicherweise Pierre-Yves kennt.«

Plötzlich schien Gus zu seiner gewohnten Respektlosigkeit zurückzufinden. »Na ja, eine Menge Leute kennen Pierre-Yves, mein Lieber. Seine Großzügigkeit ist legendär, er ist hübsch, und er fährt einen Ferrari.« Er versetzte seinem Pfleger einen Rippenstoß. »Gehen wir.« Sie gingen hinaus. In der Tür drehte er sich jedoch um. Seine kurzfristige Erholung hatte sich verflüchtigt, und erneut blickte er sie unterwürfig und flehentlich an. »Dann kann ich darauf zählen, daß Sie ihn finden?«

»Wir tun unser Bestes, Monsieur Gus«, erwiderte Varnas.

Varnas hatte bemerkt, daß Gus ihn bei der Erwähnung des Namens Popow mit offenem Mund angestarrt hatte. »Glaubst du, es gibt da Zusammenhang, Alex?«

Alex, nach wie vor verärgert über die Ergebnislosigkeit seiner Nachfrage bei Iberia und in Barcelona, antwortete nicht. Varnas wiederholte die Frage: »Glaubst du, Gus' Reaktion auf Namen Popow bedeutet etwas?«

»Kann sein«, knurrte Alex.

»Stellen wir Gus' Wohnung unter Bewachung?«

»Nein.«

»Oder zapfen wir ein Telephon an?«

»Warum? Um die nächtlichen Derbheiten von *Eurydice* mitanzuhören?«

Varnas warf seinem Partner einen Blick zu. Eigentlich war er in der Absicht nach oben gekommen, Alex von seiner neuen Beziehung zu Madame Roget zu berichten. Doch jetzt merkte er, daß der Zeitpunkt nicht günstig war. »Ich gehe in Recherchenabteilung«, erklärte er.

Er ging hinunter und hinterließ eine Nachricht für Isabelle, in der er sie bat, sämtliche Barauszahlungen von allen Pariser Bankkonten auf Pierre-Yves' Namen zwischen dem 27. August und dem 1. September festzustellen. Dies war nichts weiter als eine zusätzliche Vorsichtsmaßnahme. Varnas war nahezu sicher, daß die meisten Vermögenswerte von Pierre-Yves sich auf Schweizer Banken befanden und daher nicht überprüft werden konnten.

In der Zwischenzeit gab Alex einen Fahndungsbefehl der niedrigsten Dringlichkeitsstufe für Pierre-Yves raus. Er fügte die Anmerkung hinzu: »Objekt gilt nicht als gefährlich.«

Er schloß das Büro ab und ging zu einem Weingeschäft in der Avenue de Marigny. Dort erstand er zwei Flaschen Merlot und nahm ein Taxi in die Rue de Tournon, wo er absichtlich gegen die Anweisung im Verfahrenshandbuch verstoßen wollte, laut der Beamten der Sûreté ausdrücklich untersagt war, mit Personen, von denen man annahm, sie zählten zum Kreis der Verdächtigen, gesellschaftlichen Umgang zu pflegen.

Stéphane

Als der Lift den zweiten Stock passierte, hörte er eine Melodie aus *La Bohème*. Im vierten Stock erklang der Walzer der Musette, als er auf den Klingelknopf drückte.

Stéphane in einem Minikleid aus grüner Seide mit Spaghettiträgern, mit nackten Beinen und Sandalen, begrüßte ihn mit einem Sommerlächeln. Sie nahm den Merlot, hängte Alex'

Anorak auf und zog ihn selber hinter sich her zu dem Cocktailtisch im Salon, auf den sie einen Eiskübel mit zwei Pikkoloflaschen Moët-Chandon gestellt hatte.

»Willkommen«, begrüßte sie ihn und hauchte ihm einen Kuß auf die Hemdbrust. Sie duftete nach Flieder.

In Alex' Taxi hatte es nach Abgasen gestunken. Er schnüffelte an seinem Handgelenk. »War ein lästiger Tag«, meinte er. »Und in Ihrer Nähe fühle ich mich verdreckt und flegelhaft. Kann ich mir zumindest die Hände waschen?«

»Für mein Empfinden riechen Sie köstlich«, widersprach sie, »aber die Hände waschen können Sie in dem kleinen Raum hinter Ihnen mit dem gelben Lampenschirm und frischen Handtüchern.«

Alex ging hinein. Sie öffnete die Pikkoloflaschen, schenkte den Champagner in Kelche und stellte Weizencracker sowie Camembert und geräucherte Austern auf den Tisch. Als er zurückkam, hatte sie sich in einer Ecke des Sofas drapiert.

Ballettänzerinnen sind eine Spezies für sich. Körperlich von vornherein nahezu vollkommen, gewöhnen ihre Muskeln sich an die Ausführung bestimmter Bewegungen, die die Muskeln eines normalen Sterblichen, von seltenen Ausnahmen abgesehen, entweder gar nicht oder nur mangelhaft beherrschen. Im Lauf der Jahre verstärkt dieses permanente Training, sofern richtig eingesetzt, ihre ohnehin beeindruckende Schönheit beträchtlich.

Ab einem Alter von fünf oder sechs Jahren werden der wohlgestalteten künftigen Tänzerin die richtige Haltung, Ausgewogenheit und Austarierung der Bewegungen, Geschmeidigkeit, Raumbewußtsein und vor allem Körperführung anerzogen. Nachdem sie sich jahrelang in den Spiegeln des Übungsraums beobachtet hat, ist sie sich schließlich ihres Aussehens ungeheuer bewußt, ob sie nun das Rosenadagio tanzt oder sich in die Schlange vor der Kasse im Supermarkt einreiht.

Den meisten Tänzerinnen wird dieses Muskelgedächtnis, dieses antrainierte körperliche Verhalten (der gewölbte Fuß, der gedehnte Knöchel, die ausgestreckten Zehenspitzen) zur zweiten Natur. In die Art, wie sie stehen oder sich hinsetzen, spielt kaum ein verführerisches Element hinein. Jahrelang haben sie im Unterricht so dagestanden oder gesessen und auf ihren Auftritt gewartet. Ihr Körper ist ihr Instrument. Und er hat etwas mit Schönheit zu tun, nicht mit Sex.

Stéphane war die Ausnahme von der Regel. Zumindest war Alex im Augenblick von dieser Vorstellung besessen. Philippa hatte ihm erzählt, daß Stéphane, als sie einmal um siebzehn Uhr in einem geliehenen Karl-Lagerfeld-Kleid den Boulevard des Capucines überquerte, einen Auffahrunfall ausgelöst hatte, in den drei Autos verwickelt waren.

Man schrieb dies, je nach Betrachtungsweise, dem wiegenden Gang, den D-Körbchen oder der Tatsache zu, daß sie blond, strahlend schön und Griechin war. Alex, für den das Betrachten von Pin-up-Photos eine ferne Erinnerung an die Pubertät war, stellte dennoch fest, er hatte diesem Abend mit einer gewissen Erwartung entgegengesehen. Doch jetzt, als er hier und mit ihr allein war, fühlte er sich befangen und schuldbewußt.

Er setzte sich ans andere Ende des Sofas und brachte einen ziemlich förmlichen Toast auf ihr neues Engagement aus.

Sie saß da, das eine Bein unter sich gezogen, das andere lässig über der Sofakante baumelnd. Nach dem Toast veränderte sie die Beinstellung und stupste Alex mit dem Fuß an. »Entspannen Sie sich«, erklärte sie, »das hier ist kein Vorstellungsgespräch, Sie haben den Job bereits.«

Er erklärte: »Ich glaube, ich bin aus dem falschen Grund hier.«

Stéphane schenkte ihm ihren strahlendsten Blick aus den grünen Augen, die nie blinzelten. »Sie sind hier, weil Philippa sich mit Nicky Blixen eingelassen hat.«

Er stellte sein Glas ab und wandte sich zu ihr. »Dafür habe ich keinen Beweis.«

»Alex. Nicky Blixen hat noch jedes Mädchen, das je seine Partnerin war, gevögelt. Sonst kann er nicht tanzen. Das ist verbürgt. Außerdem ist er unwiderstehlich. Er sieht aus wie ein Engel, macht Sprünge wie Baryschnikow und ist wie King-Kong gebaut«, ihre Lider flatterten, »soweit ich gehört habe.«

Alex spürte, wie er rot wurde. »In Ordnung! Darum bin ich hier! Ich bin hier, weil ich stocksauer bin ... und das ist ein schlechter Grund!«

Stéphane lächelte. »Was für ein Recht haben Sie, stocksauer zu sein? Haben Sie je mit Philippa geschlafen?«

»Nein.«

»Warum nicht?«

Er gab keine Antwort.

»Weil sie Ihr kleines Mädchen ist?«

»Das ist ein Teil des Problems.«

»Und der andere Teil?«

Alex schaute zum andern Ende der Couch. »Sie nehmen mich ziemlich hart ran.«

»Ja. Was ist der andere Teil?«

»Ich bin viel älter als Philippa. Ich kann mir nicht vorstellen, daß sie sich wünscht ...«

»Und ob sie sich das wünscht! Glauben Sie mir. Und erwarten Sie etwa von ihr, daß sie in der Zwischenzeit unberührt bleibt, bis ihr Prinz zu dem Schluß kommt, daß sie nicht länger sein kleines Mädchen ist?«

»Das bestimmt nicht.«

»Gut. Denn sie erwartet das auch nicht von Ihnen.« Sie hielt inne. »Verrückt. Abgesehen von Nicky Blixen haben Sie es, ehrlich gesagt, noch aus einem anderen Grund Philippa zu verdanken, daß Sie heute abend hier sind.«

»Nämlich?«

»Sie hat Sie nie verführt. Wäre ich an Philippas Stelle gewesen und hätten Sie mich adoptiert, ich hätte Sie eingewickelt, noch ehe ich fünfzehn gewesen wäre. Mittlerweile hätten wir sechs anbetungswürdige flachshaarige Engel, und Sie wären nicht hier bei Stéphane.« Sie lächelte. »Möchten Sie eine geräucherte Auster?«

Sie tranken den Champagner aus und zogen in die Küche um, wo Stéphane mit Töpfen und Pfannen zu hantieren begann. Auf der Anrichte lag ein bei dem Kapitel »Steaks und Koteletts« aufgeschlagenes Kochbuch. Alex wurde rasch klar, daß Stéphane in der Küche nicht zu Hause war. Sie konnte einen Abschöpflöffel nicht von einem Sieb unterscheiden.

Also bereitete er das Essen zu. Er briet die Koteletts in Olivenöl mit Knoblauch und Rosmarin. Salat war keiner da, also richtete er eine Rohkostplatte mit Blumenkohl, geraspelten Möhren und Schalotten her, die er mit einer Kräutermayonnaise und einer Senfsauce servierte. Im letzten Augenblick blanchierte er den Spargel. Währenddessen thronte sie mit übereinandergeschlagenen Beinen auf einem der Hocker an der Frühstücksbar. Von Zeit zu Zeit schnappte sie sich eine Papierserviette und fächelte sich Luft zu.

Alex servierte das Essen. Nach dem ersten Bissen brummte sie. »Das ist unglaublich. Sind Sie morgen zum Frühstück, Mittag- und Abendessen noch frei?« Sie blickte auf und sah ihn zum erstenmal lächeln.

»Darauf habe ich gewartet.«

Sie speisten in aller Ruhe und unterhielten sich.

Stéphane hatte sich eben erst einen Fernseher, einen Videorecorder und ein paar Kassetten ausgeliehen. »Ich bin regelrecht ausgehungert nach Fernsehen und Video. Virgile wollte so etwas nicht in der Wohnung haben.«

Sie plauderten über Filme, die sie mochten, über Musik, Theater und Tanzen, über die Familie und Freunde und diskutierten den Unterschied zwischen Treue und Loyalität. Alex war nicht sicher, ob das wirklich zwei verschiedene Dinge sind. Stéphane beharrte darauf: »Treue, das setzt ein Gelöbnis voraus, das einen an ein Versprechen bindet. Loyalität nicht. Ehemänner und Ehefrauen schwören sich Treue, und eben deswegen halten sie sich nicht daran oder sind frustriert. Freunde und Liebende können ohne jegliche Einschränkungen loyal sein.«

Alex war nicht überzeugt. Aber das spielte keine Rolle. Zu diesem Zeitpunkt konnte er wählen, ob er treu oder loyal sein wollte oder nicht, und zwar ungestraft.

Zusammen spülten sie das Geschirr vor und stellten alles in die Spülmaschine. Die Pfannen stellte Stéphane ins Spülbecken, dann trocknete sie sich mit einem Geschirrtuch die Hände ab und wandte sich zu Alex. »Und jetzt kommt das Dessert«, erklärte sie.

Mit jemandem zu schlafen, den man kaum kennt, birgt Gefahren in sich: die Gefahr, dem anderen weh zu tun, ihn nicht zu befriedigen oder schlicht zu versagen. Bis heute abend war Stéphane für Alex praktisch eine Unbekannte gewesen. Körperlich war sie ein Traum. Die Phantasievorstellung eines jeden Automechanikers, das herausfordernd posierende Mädchen auf dem Plakat neben dem Sortiment Steckschlüssel, das Mädchen, mit dem man schlafen und dann sterben will. Er hatte noch nie mit einer Frau geschlafen, die so aussah wie sie. Er war sich nicht sicher, ob er der Aufgabe gewachsen war.

Eines stand fest, vom Ästhetischen her war Stéphane alles andere als das Klischee eines Pin-up-Girls. Zunächst hatte ihre promiskuitive Art ihn irritiert, doch in diesem Augenblick litt er unter einem schweren Anfall von Angst vor der ersten Nacht.

Alex duschte rasch und schlang ein Badetuch um sich, das er erst im letzten Augenblick fallen ließ, als er neben sie ins Bett schlüpfte. Er schaltete die Lampe aus. Augenblicklich spürte er ihre nackten Brüste auf sich, als sie sich über ihn rollte und das Licht wieder anknipste. Sie kuschelte sich an ihn. »Alex, ich möchte dich sehen. Und ich will, daß du mich siehst. Wir müssen einander kennenlernen, und im Dunkeln geht das nicht.«

Sie hatte ihre Haare gelöst, und mit dem entspannten Gesicht und dem breiten Mund ohne Lippenstift schien sie noch schöner, sanfter, verletzlich fast. Die Liebesgöttin hatte sich in Nichts aufgelöst. Alex spürte ein Pochen im Hals und einen wohltuenden Aufruhr im Bauch. Die Angst verschwand, und an ihre Stelle trat eine so sinnliche, so angenehm drängende Sehnsucht, es war kaum mehr zu ertragen.

Wundersamerweise hatte das Ganze nichts Verlegen-Peinliches an sich. Zwischen Küssen verglichen sie ihre Hände und Füße, Hand- und Fußgelenke, Schultern und Knie. Nach einer Stunde, vielleicht auch länger, der behutsamen Erkundung und Berührung küßte er die marmorglatte Haut auf der Innenseite ihres Schenkels. Sie flüsterte: »Alex, hör zu ... wenn du das tust, komme ich vor dir.«

»Ich will dich erregen.«

Sie streichelte ihm übers Haar. »Chéri, ich bin erregt, seit du an der Tür geläutet hast.«

Nach vielleicht noch einer Stunde geschmeidigen Spielens hob sie ein Knie und zog ihn langsam in sich. Das kaum Erträgliche wurde nun unerträglich.

Später, als er tief in ihr drinnen war, umfaßte sie mit zittrigen Händen sein Gesicht. Sie starrten einander an, wagten nicht, sich zu bewegen. Schließlich, als sie es nicht mehr aushielt, die Erfüllung noch länger hinauszuzögern, schloß sie die Augen, flüsterte »Alex« und drängte sich ihm entgegen. Er explodierte. Sein Körper zog sich zusammen. Sie schrie einmal auf, umschlang seine Hüften, preßte sich an ihn, schrie erneut, dann schlang sie die Arme um ihn und weinte vor Freude.

Sie schliefen. Irgendwann, so gegen vier Uhr, liebten sie sich noch einmal. Danach erkundete Stéphane eingehend seinen Bart, seine Nase, seine Lippen, Zähne und Ohren. Sie küßte ihn auf die Lider und murmelte: »Ich habe mir selber versprochen, das nicht zu sagen. Aber wenn ich es nicht sage, wirst du es nie erfahren.«

Alex wurde klar, wie falsch er sie eingeschätzt hatte. Dennoch zog er mit den Fingern ihre Lippen nach. »Sag es nicht.«

Mit einer Ernsthaftigkeit, die er noch nie bei ihr gesehen hatte, betrachtete sie ihn. »Einverstanden. Statt dessen nehme ich jetzt ein Bad, putze mir die Zähne und versuche, dich in eine halbwegs vernünftige Perspektive zu rücken. Tust du mir einen Gefallen?«

»Wenn ich kann.«

»Machst du mir ein Frühstück, ehe du gehst?«

Er duschte, zog sich an, bereitete Käseomelette zu und brühte Kaffee auf. Unter diesen Umständen, vermutete er, wäre es verhängnisvoll, Stéphane zur Premiere einzuladen. Das *vermutete* er. Sicher war er sich nicht – es gab nichts mehr, dessen er sich sicher war. Er war so hin und her gerissen, daß er seine Gefühle nicht mehr auseinanderhalten konnte. Ein Wunder, daß er irgendwie die Omelettes zustande brachte.

Als sie nach ihrem Bad strahlend wieder auftauchte, in rosenfarbenen Strumpfhosen und einem langen purpurfarbenen Pullover, verkündete sie unaufgefordert, daß Philippa einen Platz in Covent Garden für sie reserviert hatte. Die Nacht würde sie in Chelsea bei Philippa und Cressida verbringen. Sie kam zum Herd und preßte ihre Wange an seine Brust. »Aber wenn ich eine rote Perücke, eine falsche Nase und eine dunkle Sonnenbrille aufhabe, Alex, dann weiß Philippa in dem Augenblick, in dem sie mich sieht, daß ich in dich verliebt bin.«

Alex spürte eine leichte Gänsehaut; ob vor Freude oder aus Schuldgefühl, konnte er nicht sagen.

Nebeneinander saßen sie an der Frühstücksbar; Stéphane hatte ihre Füße auf seine gestellt. Als sie die Omelettes zur Hälfte verspeist hatten, ertönte Alex' Piepser. Sie zuckte zusammen. »Großer Gott! Das hätte ich beinahe vergessen! Du bist ja ein Polizist im Dienst! Hätte das Ding da auch letzte Nacht losschrillen können?«

Alex grinste. »Ich hatte die Batterien herausgenommen.« Er rief in der Maison an und wurde sofort zu Varnas durchgestellt.

»Hoffe, ich wecke dich nicht, Alex. Ich erhalte gerade Anruf von Abteilung für Fingerabdrücke. AFIS, Automatisiertes Fingerabdruckidentifikationssystem, bringt Abdrücke zum Vorschein, die mit Daumen und Zeigefinger auf Inhalatorzerstäuber aus Fundbüro in Théâtre Bakoledis übereinstimmen.«

»Zu wem gehören sie?«

»Gestern nacht verhaftet, als er unter Drogeneinfluß in Einbahnstraße nahe Schweizer Grenze in falsche Richtung fährt. Hat Ausweis auf Namen Jules Garimet – falscher Sûreté-Inspektor, den wir in Toulouse beinahe treffen und der nach Fannois fragt.«

»Wer ist er wirklich?«

»Führerschein hat Name und Photographie von Pierre-Yves Gastin.«

»War er allein?«

»Ja.«

»Ich komme sofort.«

Er legte auf und drehte sich zu Stéphane um. Sie drückte ihm einen Kuß auf den Handrücken. »Ich muß etwas beichten«, erklärte sie. »Es stimmt nicht, daß ich ein Engagement bei den Folies habe. Aber ich habe einen Vorwand gebraucht, damit du vorbeikommst und mit mir feierst.« Sie setzte ihr Sommerlächeln auf. »Auf Wiedersehen in London.«

21

Die Maison

ALEX traf Isabelle am Eingang zum Empfangsbereich. Leise fragte sie ihn: »Ist das wahr – auf dem Inhalator sind die Fingerabdrücke von Pierre-Yves Gastin?«

»Wie haben Sie das so schnell erfahren?«

»Das ist mein Job. Könnte das erklären, weshalb er und Gus bei der Premierenfeier so überstürzt aufgebrochen sind?«

»Möglicherweise.«

»Sie leisten gute Arbeit, Alex.«

Varnas telephonierte gerade, als Alex das Büro betrat. Er deutete auf einen Pappbecher mit Kaffee, den er auf Alex' Schreibtisch gestellt hatte.

Nachdem er ziemlich lange nichts gesagt hatte, erklärte Varnas: »Sehr gut, vielen Dank«, und legte auf. Er schlürfte seinen Kaffee. »Sie bringen Pierre-Yves zu Polizeibüro in Lons-le-Saunier in Jura. Später am Vormittag fliegen sie ihn mit Hubschrauber nach Lyon, nach Mittagessen zu uns. Mittlerweile hat Joëlle vor zehn Minuten bemerkt, wie Frau Pierre-Yves Wohnung in Rue Marbeau aufschließt.«

»Eine Frau?«

»Joëlle sagt, es ist Putzfrau.«

»Das sehen wir uns selber an.«

Während sie die Treppe hinuntertrotteten, musterte Varnas seinen Partner. »Nimmst du ein bißchen ab, Alexei?«

»Kann sein.«

Rue Marbeau

Die Putzfrau war rumänische Staatsangehörige mit einer gültigen Arbeitserlaubnis. Der Schlüssel, den sie benutzte, hatte einen Aluminiumanhänger, in den das Logo von Ménage Hausmann-Auber gestanzt war; der Name »Gastin« sowie die Adresse waren mit schwarzer Wäschetinte handschriftlich hinzugefügt. Als Alex und Varnas eintrafen, hatte Joëlle sich von ihrem Arbeitgeber ihre Identität bereits bestätigen lassen; es war dieselbe Firma, die auch im Theater saubermachte. Im Augenblick fuhrwerkte sie verächtlich mit Federwisch und Staubsauger im Hauptsalon herum.

Die Räume im Erdgeschoß der Villa waren mit Antiquitäten aus der Zeit Ludwigs XV. – oder Kopien – ausgestattet: elegant, ohne jedoch erlesen zu wirken. Eher wie in einem Hotel als in einem Château. Oben sah es jedoch ganz anders aus.

An den ersten Treppenabsatz schloß sich Pierre-Yves' Arbeitszimmer an, das sich über das gesamte Stockwerk erstreckte. Entlang den weißen Wänden waren dreidimensionale Modelle von Bühnenbildentwürfen für *Eurydice, Léocadia, Intermezzo, Der Besuch der alten Dame, Die Jungfrau von Orléans* und etliche andere Theaterstücke und Opern aufgereiht. Als Alex das Licht einschaltete, wurden die Modelle, die aus durchscheinendem Material bestanden, auf atemberaubende Weise beleuchtet, wie im Theater. Die Illusion war erstaunlich.

In der Mitte des Raums stand auf einem großen weißen Zeichentisch ein noch unvollendetes Werk: die hoch aufragende graue Ruine einer mittelalterlichen Kirche oder Burg auf einer öden, von Findlingen übersäten Lichtung, die in der Perspektive leicht schräg zum Zuschauerraum hin abfiel. Im Vordergrund des Modells, aufgehängt an in Proszeniumshöhe verlaufenden Drähten, fielen schmale Bahnen eines grauen, durchscheinenden leichten Baumwoll- oder Leinenstoffs bis zum Bühnenboden hinab.

Auf dem Arbeitstisch lagen ein aufgeschlagenes, in schwarzes Leder gebundenes Skizzenbuch mit Entwürfen mittelalterlicher Kostüme in verschiedenen Schattierungen von Hellgelb, Schwarz und Karmesinrot sowie Forschungsunterlagen zum Hundertjährigen Krieg – 1337–1453 –, ein mittelalterlicher Stadtplan von Reims, ein Photo der Ruine des aus dem 14. Jahrhundert stammenden Château de Saissac und eine Straßenkarte des Dorfes Saissac im Aude.

Während Varnas die Modelle untersuchte, schlenderte Alex zum anderen Ende des Raums, wo er einen Vorhang aus blaßgelber Seide bemerkt hatte. Er spähte dahinter und sah ein altertümliches barockes Messingbett, an dessen Fußende eine Kommode aus Kastanienholz stand. An der Decke war ein Spiegel angebracht. Auf der einen Seite des Bettes führte eine Tür in ein Badezimmer. Alex erkundete den großen gekachelten Raum mit Marmor- und Goldinstallationen und bemalten Holzschränken, deren Griffe aus weißem Porzellan waren. Er öffnete einen hohen Schrank aus Ahorn. Auf den oberen Borden lagen Leintücher und Kissenbezüge, Handtücher und Gummihandschuhe; auf den unteren war eine Ansammlung von Toilettenartikeln und Medikamenten untergebracht, einschließlich einer Plastikdose, auf deren Etikett »C17 H21 Nr. 4« stand. Er öffnete den Schnappverschluß und schnüffelte an dem als »lokal anzuwendendes Anaestheticum« bezeichneten weißen, kristallinen Alkaloid. Ein Arztname fehlte auf dem Etikett, aber es war mit einem Aufdruck versehen, auf dem Name, Adresse und Telephonnummer der Berzélius-Apotheke angegeben waren. Ohne zu kosten, wußte Alex, daß das Pulver Kokain war.

Er steckte die Dose ein und schloß sich wieder Varnas an. Sie verließen das Arbeitszimmer und stiegen die Treppe zum Obergeschoß hinauf.

Hier befanden sich zwei aneinandergrenzende Räume mit weißen Wänden. Zusammen nahmen sie das gesamte Stockwerk ein. Der erste wirkte asketisch, östlich: Tatamimatten, ein niedriger Tisch mit darum herum verteilten Kissen und ein japanisches Bett.

Nebenan, durch einen kurzen Gang und ein Bad davon getrennt, war eine Art Allzweckzimmer – Turnhalle, Bibliothek, Tanzstudio und Ankleidezimmer in einem. Hier waren Gewichte und Flaschenzüge untergebracht, ein Heimfahrrad, eine Ballettstange mit dahinter angebrachtem Spiegel, eine Nähmaschine, eine Tonanlage, ein Theatergarderobentisch mit Spiegeln und Lampen, Tonbänder in verschiedenen Sprachen und Dialekten, einige anscheinend gründlich studierte Theatertexte (*La Pucelle* von Hanataux, *Die Jungfrau von Orléans* von François Bauré) und Regale mit den Werken von Racine, Molière, Corneille, Voltaire, Maupassant und anderen. Außerdem Bücher über Stoffe und das Entwerfen von Kostümen, über Magie, Mimik, Makeup, Bühnenillusionen und Fechtkunst sowie ein Dutzend Bände, in denen religiöse Wunder beschrieben waren, darunter *Das dritte Geheimnis von Fatima, Die Geschichte von La Salette, Das Wunder in der Rue du Bac* und ein Buch mit dem Titel *Marieverschijningen in Medjugorge.*

Hier hatte vermutlich Angélique gewohnt, nachdem Delap sie hinausgeworfen hatte. Aber Delap konnte unmöglich diese ungeheure Anhäufung von Sachen aus den Fenstern seiner Wohnung in die Rue de Tournon geworfen haben. Vielleicht hatte Gus die ganze Geschichte erfunden.

Sie gingen wieder nach unten. Alex rief bei dem Unternehmen Ménage Hausmann-Auber an und bat, bis auf weiteres die Putzfrau nicht mehr zu schicken. Anschließend ließen sie Joëlle als Wachposten zurück.

Die Maison

Ein paar Minuten nach zwei wurde Pierre-Yves, mit Handschellen an einen Polizisten gekettet, in der Zentrale der Sûreté abgeliefert. Abgesehen von der Tatsache, daß er über der linken Augenbraue einen Verband und auf dem Kinn ein Pflaster hatte, ähnelte Pierre-Yves irgendwie einem bayerischen Landedelmann. Er trug einen exzellent geschnittenen blauen Samtblazer, ein orangefarbenes Hemd mit offenstehendem Kragen und eine weiße Flanellhose, was ihm eine Aura von Wohlstand verlieh, die im Gegensatz zu seinem kühlen blonden Aussehen stand. Laut Aussage des Beamten hatte er bei seiner Verhaftung Widerstand geleistet. Das schien unwahrscheinlich. Pierre-Yves' Kleidung saß tadellos, und der Beamte, der ihn festgenommen hatte, war zweimal so groß wie er.

Alex unterschrieb eine Bestätigung, daß er seiner Obhut übergeben worden war. Während Varnas ihn nach unten in eine Arrestzelle brachte, bewirtete man den Polizeibeamten mit Kaffee und schickte ihn anschließend nach Lyon zurück.

Trotz der Umstände saß Pierre-Yves seelenruhig auf dem Holzstuhl, den man für ihn herbeigeschafft hatte, und strahlte eine derart aristokratische Abgehobenheit und Selbstsicherheit aus, daß Alex über seinen Wunsch, ihn zu ohrfeigen, leicht verwirrt war.

Er sagte: »Sie werden beschuldigt, Paris ohne Erlaubnis verlassen, sich als Polizeibeamter ausgegeben und Widerstand gegen die Staatsgewalt geleistet zu haben; sie werden weiter des Fahrens unter Drogeneinfluß, des Besitzes von Drogen sowie der Verschwörung zur Begehung eines Mordes beschuldigt.«

Pierre-Yves zuckte die Schultern. »Ich weise sämtliche Anschuldigungen zurück.«

»Monsieur Gastin, auf der Mordwaffe befinden sich Ihre Fingerabdrücke.«

»Das ist lachhaft. Am Abend nach der Feier habe ich Gus nach Hause gefahren und bin ins Theater zurück, um die Beleuchtung neu einzustellen. Akt zwei war zu düster. Ich bin im Theater nach hinten gegangen, um die Scheinwerferanordnung zu verändern, und bin im Mittelgang über dieses Ding gestolpert. Ich hatte keine Ahnung, was es ist. Da ich angenommen habe, es gehöre einem Theaterbesucher, habe ich es ins Fundbüro gebracht. Deswegen können Sie mich nicht verhaften.«

Varnas meinte: »Sie sitzen auf dem gleichen Stuhl wie Ihr Freund Boris Alexandrowitsch Popow, als wir ihn verhören, und erzählen uns diese Geschichte.«

Diese Bemerkung überhörte Pierre-Yves.

»Kennen Sie Popow?« fragte Alex.

»Nein.«

»Ihm gehört die Pharmacie Berzélius, aus der Sie Ihr Freudenpulver beziehen.«

Pierre-Yves senkte die Lider. Seine Wimpern waren so lang, daß sie einen Schatten auf seine Wangenknochen warfen. »Ich beabsichtige nicht, mit Ihnen zu sprechen«, erklärte er. »Meine Rechtsanwältin wird das tun.«

»Ihre Anwältin kann Sie beraten, aber nicht an Ihrer Stelle reden. Haben Sie Verbindung mit ihr aufgenommen?«

»Ja.«

»Wann dürfen wir mit ihr rechnen?«

»Wenn sie hier eintrifft.«

»Und das könnte wann sein?«

»Ich weiß es nicht. Sie bringt meinen Ferrari von Lons-le-Saunier hierher. So eine lange Strecke ist sie noch nie gefahren – über vierhundert Kilometer. Könnte ein, zwei Tage dauern.«

Pierre-Yves hatte seine Schwester, eine auf Körperschaft- und Steuerrecht spezialisierte Juristin aus Lausanne, hinzugezogen. Da sie vor französischen Gerichten nicht zugelassen war, hatte sie sich einverstanden erklärt, als seine Beraterin zu fungieren.

Vorläufig ließ Kommissar Demonet einen vom Gericht bestimmten Rechtsbeistand bestellen, der Pierre-Yves vertreten sollte. Dieser Mann, ein durchschnittlicher konservativer Pariser

Anwalt, der für seine Neigung zu Kompromissen bekannt war, traf um sechzehn Uhr in der Maison ein. Er setzte sich neben Pierre-Yves und erklärte, ohne diesem auch nur zuzunicken: »Mein Mandant wird zum jetzigen Zeitpunkt keine Aussage machen. Ich will die Örtlichkeit inspizieren, die Sie für ihn zur Verfügung gestellt haben, während er darauf wartet, daß die Gerechtigkeit zum Zug kommt.«

Nachdem er einen flüchtigen Blick in Pierre-Yves' spartanische Zelle geworfen hatte, unterhielt er sich liebenswürdig mit Alex und bat um etwas Zeit, um sich mit den gegen seinen Mandanten erhobenen Anschuldigungen vertraut zu machen, ehe er einen eingehenderen Kommentar dazu abgab. Dann wünschte er ihnen einen angenehmen Nachmittag und ging.

Alex und Varnas zogen sich in ihr Büro zurück. Alex drehte seinen Stuhl herum und setzte sich rittlings darauf.

»Das alles dürfte gar nicht so einfach werden«, meinte er. »Das Fahren unter Drogeneinfluß, der Verstoß gegen die Anordnung, Paris nicht zu verlassen, das Vortäuschen, ein Bulle zu sein, der Widerstand gegen die Staatsgewalt – falls dies wirklich zutrifft – und der Besitz von Drogen, all das ist nachweisbar. Aber die Anklage wegen Mordes, die sich einzig und allein auf zwei kaum sichtbare Fingerabdrücke stützt, ist alles andere als schlüssig, und das wird auch der Anwalt gleich merken.« Alex warf Varnas einen Blick zu, der mit Hut am Schreibtisch saß. »Was meinst du?«

Varnas zögerte einen Augenblick, dann erklärte er: »Ich habe etwas zu sagen, Alex.«

Alex, der sich sehr wohl an seine urplötzlich schlechte Laune am Tag zuvor erinnerte, machte sich auf eine Gardinenpredigt gefaßt.

Varnas rückte seinen Hut gerade und verkündete: »Ich möchte, daß du es als erster weißt. Ich habe vor zu heiraten und möchte dich als Trauzeugen.«

Alex' Kinn klappte herunter. »Heiraten? Du?«

»Ja.«

Unvermittelt grinste Alex. »Du? Heiraten? Der große Herold der Ehelosigkeit? Der Prediger der Selbständigkeit? Der Weltmeister der Ungebundenheit, der mich jedesmal, wenn ein hübsches Gesicht meine Aufmerksamkeit auf sich zieht, drängt, so schnell wie möglich nach Hause zu gehen?«

»Ich bewahre dich für Philippa«, erwiderte Varnas. »Und lach nicht.«

Alex hörte auf zu grinsen. »Du meinst das ernst.«

»Ja.«

»Dann entschuldige bitte.«

»Ist okay.«

»Und herzlichen Glückwunsch.«

»Danke.«

»Darf ich fragen ...?«

»Gewiß. Madame Roget.«

»Madame Roget. Kommt das nicht ein bißchen plötzlich?«

»Eigentlich nicht. Wir sind jetzt seit einiger Zeit gute Freunde. Wir merken nicht, wie gute Freunde, bis Lavendelwasseraffäre passiert. Zum erstenmal zeigt Madame ihre Gefühle. Kürzlich erleben wir bemerkenswerte Versöhnung, bei der ich ebenfalls meine Gefühle zeige. Es ist erstes Mal für mich, Alex. Besser spät als nie.«

Alex stand auf und ging um seinen Schreibtisch herum. Varnas erhob sich ebenfalls und ging ihm entgegen.

»Du alter Gauner«, sagte Alex leise und umarmte seinen Freund. »Es wird mir eine Ehre sein, als dein Trauzeuge zu fungieren.« Varnas, einen halben Meter kleiner als sein Kollege, hielt seinen Hut fest, bis Alex ihn losließ.

Er nickte. »Gut. Dann ist das geklärt. Vielleicht kann Philippa Trauzeugin sein.«

»Das heißt Brautjungfer. Ich bin sicher, mit Freuden, falls sie rechtzeitig zurückkommt. Wann ist die Hochzeit?«

»Morgen.«

»Morgen?«

»Oder am Tag danach. So bald wie möglich.«

»Wieso diese Eile?«

»Die Eile, Alex, ist, weil diese bemerkenswerte Versöhnung noch nicht vollzogen.«

»O nein!«

»O doch. Und Madame gestattet dies nicht, ehe sie Gottes Okay erhält – in Kirche. Genauer gesagt, Feier ist auf Montag, 23. September, zehn Uhr angesetzt.« Er warf einen Blick auf seine Taschenuhr. »Das sind drei Tage und siebzehn Stunden von jetzt an gerechnet.«

»Ich werde dasein. Und Philippa sofort ein Telegramm schicken.« Alex spürte, wie eine warme Woge von Zuneigung und neuer Tugendhaftigkeit ihn überrollte. Er erklärte: »Möchtest du am Samstag mit mir zu Philippas Premiere nach London fahren? Sie hat für uns ein Zimmer in Brown's Hotel reserviert.«

»Das ist sehr lieb von Philippa, Alex. Aber ich verspreche Madame, ich helfe ihr am Samstag Brautkleid aussuchen. Und ich muß Smoking ausleihen.« Er unterbrach sich. »Außerdem kannst du mir großen Gefallen tun, Alex.«

»Jeden.«

»Geh zu Chez Suzanne und sag es ihr. Nach so vielen Jahren habe ich nicht den Mut dazu.«

Chez Suzanne

Ohne Varnas war Alex noch nie in der Cafébar gewesen. Da die meisten Stammkunden ihn nicht kannten, hatte sein Erscheinen einige unbehagliche Blicke zur Folge. Ungeachtet dessen nickte er allen freundlich zu, vermied es jedoch sorgsam, Varnas' Spezialtisch neben dem Vorhang des Cafés in Beschlag zu nehmen.

Die Hände in die Hüften gestemmt, watschelte Suzanne auf ihn zu. »Sie speisen alleine, Herr Chefinspektor?«

»Guten Abend, Suzanne. Ja, ich bin allein.«

Sie musterte ihn von oben bis unten. »Hm ... welchem Umstand habe ich die Ehre dieses ... hm ... Soloauftritts zu verdanken?«

Alex kam zu dem Schluß, Suzanne hätte Puffmutter bleiben sollen. Abgesehen von ihrem etwas zu üppig geratenen Lebendgewicht und ihren silbern und golden funkelnden Zahnbrücken, war sie die vollkommene französische Doppelgängerin von Mae West: der Gang, die Hände auf den wiegenden Hüften, der einschmeichelnde Tonfall. Er lächelte und erklärte: »Ich bin wegen Ihrer erlesenen Donnerstagabendspezialität hergekommen, den Noisettes d'Agneau.«

»Tatsächlich? Ich fühle mich geschmeichelt, dies von einem solchen Bild von Mann zu hören.« Ihr Gesichtsausdruck verfinsterte sich. »Also, wo ist er?«

»Varnas?«

»Wer denn sonst?«

»Er ist zu Hause, Suzanne.«

Skeptisch beäugte sie ihn. »Ich habe ihn seit einer Woche nicht mehr gesehen. Sind Sie sicher, daß er keinen Unfall hatte?«

Alex sah ihr in die Augen. »Schlimmer als das. Er hat mich gebeten, es Ihnen zu sagen.«

Sie atmete aus. »Herrgott im Himmel, er heiratet die Hausbesitzerin.«

»Ja.«

Ihre Augen glänzten. Doch einen Augenblick später hatte sie sich gefangen und spielte wieder ihre Mae-West-Rolle. »Na schön«, meinte sie, »dann muß ich mir eben einen Ersatz suchen. Doch zuerst einmal, was möchten Sie trinken?«

Alex bestellte die Spezialität, die Noisettes, die hervorragend schmeckten. Dazu trank er eine halbe Karaffe Hauswein, genehmigte sich zum Nachtisch eine Crème brûlée und anschließend einen Cognac. Sie ließ es nicht zu, daß er bezahlte. Und später wurde behauptet, zum erstenmal, solange irgend jemand sich zurückerinnern konnte, hätte Suzanne eine Runde für alle Gäste spendiert, ehe sie den Laden dichtmachte.

Die »Yacht Club«

Um halb zehn kam er bei seinem Schleppkahn an, überprüfte die Vertäuung, die Fender, das Stromkabel, das an Land führte, und ging nach unten.

Er rief beim Post- und Telegraphenamt an und schickte ein Telegramm an Philippa, c/o Royal Ballet, Covent Garden: »Varnas heiratet Montag 10 Uhr, Église Saint-Charles de Monceau, Clothilde Roget. Will dich als Brautjungfer. U.A.w.g.«

Kaum hatte er den Hörer aufgelegt, als das Telephon läutete. Er spielte mit dem Gedanken, das Gespräch dem Anrufbeantworter zu überlassen, um sich aussuchen zu können, ob er zurückrufen wollte. Da er jedoch annahm, es könnte Varnas oder die Maison sein, nahm er schließlich doch ab. Es war Délice. Und sie brüllte ihn regelrecht an.

»Herr Chefinspektor! Sie werden sofort hierherkommen! Stéphane hat eine Entdeckung gemacht!«

»Stéphane?« Er hatte nicht damit gerechnet, sie so bald wiederzusehen. »Was für eine Art von Entdeckung?«

»Eine ganz außergewöhnliche! Verschwenden Sie keine Zeit! Kommen Sie! Wir sind in Suite 3D, Hôtel Madison, Boulevard Saint-Germain!«

22

Hôtel Madison

ALEX spielte mit dem Gedanken, Délice zurückzurufen und ihr zu sagen, sie solle sich etwas zurückhalten. Er war es nicht gewohnt, derart herumkommandiert zu werden. Aber in ihrer Stimme war noch etwas anderes als dieser herrische Ton gewesen. Und angesichts des Debakels mit Fannois schuldete er ihr vielleicht einen Gefallen.

Er fuhr mit dem Lift in den dritten Stock, fand 3D und drückte auf die Türklingel. Aus irgendeinem unerklärlichen Grund erklangen die ersten vier Töne der *Herbstblätter*.

Délice, überwältigend in einem Hausanzug aus Goldlamé, öffnete. »Kommen Sie herein, mein Lieber«, forderte sie ihn freundlich auf. Sie nahm ihn beim Arm und führte ihn ins Zimmer. Der Fernseher lief, aber der Ton war abgestellt. Honoré saß auf der Couch und hatte den Arm um Stéphane gelegt. Das war nicht die verführerische, anschmiegsame Stéphane der letzten Nacht. Sie sah aus, als hätte sie ein Gespenst gesehen. Ganz blaß war sie und wirkte abgespannt. Heute trug sie schlicht Jeans und eine weiße Bluse und wirkte kleiner, als er sie in Erinnerung hatte.

Sie tranken Rumpunsch. Alex lehnte ab und entschied sich für ein Bier. Hinter der Couch sah er das aufgetürmte Geschirr eines offenbar üppigen Abendessens, das wohl eben erst verspeist worden war.

Honoré war aufgestanden, um das Bier für Alex zu holen, und stand jetzt neben dem Fernseher. Stéphane reagierte auf Alex' Anwesenheit, indem sie sich anders hinsetzte. Sie türmte ihr Haar auf, steckte es mit einem Bernsteinkamm fest und versuchte zu lächeln.

»Hast du etwas von Philippa gehört?«

»Nein. Du?«

»Kein Wort.«

»Na ja, wahrscheinlich ist sie sehr beschäftigt.«

Sie zog die Augenbrauen leicht hoch. »Da wette ich drauf.«

Alex räusperte sich. »Also. Was ist das für eine außergewöhnliche Entdeckung?«

Stéphane kramte in ihrer Tasche nach Zigaretten, zündete sich eine an, inhalierte, sah Alex direkt an und begann: »Wie ich dir erzählt habe, gab es in Virgiles Wohnung keinen Fernseher. Da ich in letzter Zeit nicht gerade überbeschäftigt war, habe ich mir einen Fernseher und einen Videorecorder gemietet. Und dazu ein paar Videokassetten, einschließlich einiger Bänder mit einer Varietésendung, die ich mir früher ganz gern angesehen habe. Sie heißt *Vaudevillesque*.«

Alex konnte sich an die Show erinnern. Sie wurde schon seit einiger Zeit nicht mehr ausgestrahlt.

»Heute habe ich mir den ganzen Vormittag alte Filme angeschaut. Später habe ich dann eine von den *Vaudevillesque*-Kassetten reingeschoben. Ende der siebziger Jahre, mit Jerry Lewis, Bernardo Bertolucci, Cantinflas, einer amerikanischen Sängerin namens Julia Migenes und Angélique Églantine.«

»De la Pageries Verlobter?«

»Ebendieser.«

»In einem Unterhaltungsprogramm? Ich habe gedacht, sie sei eine ernsthafte Bühnenschauspielerin gewesen.«

»Das war, bevor sie eine ernsthafte Bühnenschauspielerin wurde.«

Alex wartete ab. »Ist das die außergewöhnliche Entdeckung?«

Stéphane durchbohrte ihn nahezu mit einem ungeduldigen Blick. »Ich hatte sie nie zuvor gesehen. Als ich heute den Film angeschaut habe, da habe ich meinen Augen nicht getraut. Deswegen habe ich Délice und Honoré angerufen und das Band mitgebracht, damit sie es sich ansehen konnten. Und jetzt möchte ich, daß du es dir anschaust.«

Honoré schaltete den Videorecorder ein. Délice drehte den Ton wieder laut, und Alex sah zu, wie Bernardo Bertolucci Anna Magnani imitierte, die Tennessee Williams auf englisch zum Besten gibt. Als er fertig war, folgte Applaus, dann Musik, dann ein Werbespot, noch einmal Musik und schließlich ein Conférencier, der Angélique Églantine vorstellte.

Angélique, blond, blauäugig, mit einem Puppengesicht, spielte in einem turbulenten Sketch eine bescheuerte, schusselige, hoffnungslos ungeschickte Stewardeß, die den aussichtslosen Versuch unternimmt, ihren Passagieren die Sicherheitsausrüstung des Flugzeugs vorzuführen: Sitzgurt, Sauerstoffmaske, aufblasbare Schwimmweste, Notausgänge und die Tüte, falls einem schlecht wird. Der häufig von Gelächter unterbrochene Sketch dauerte ungefähr vier Minuten und endete mit begeistertem Applaus. Honoré schaltete den Apparat aus.

Stéphane wandte sich zu Alex. »Nun?«

»Nun was? Ich hab' das sehr komisch gefunden.«

»Das ist dasselbe Mädchen!«

Alex sah sie verständnislos an. »Dasselbe Mädchen?«

»Alex! Das Mädchen, das Angélique in diesem Sketch spielt, ist dieselbe, die unser Gepäck an dem Röntgenschirm in Barcelona kontrolliert hat!«

23

Die Maison

FRÜH am nächsten Morgen standen Alex und Varnas vor Kommissar Demonet. Auf seinem Schreibtisch lagen die Unterlagen, die die Iberia und der Flughafen Barcelona Alex zugeschickt hatten. Der Kommissar hatte seine finsterste Miene aufgesetzt.

»Die Sitzverteilung auf dem Iberia-Flug 4426 am Mittwoch, dem 4. September, läßt darauf schließen, daß die einzigen Passagiere, die während des Flugs an Delaps Umhängetasche hätten herankommen können, diejenigen waren, die direkt vor ihm und Mademoiselle Nikolaides saßen. Die Leute vor ihm waren der spanische Landwirtschaftsminister, seine Frau und sein Pressesekretär; sie waren auf dem Weg nach Paris, um von dort aus mit der Sabena nach Brüssel zu einem Treffen des Ministerrats der EU weiterzureisen.« Er machte eine Pause, um dem Gesagten zusätzliches Gewicht zu verleihen. »Wir können die Iberia also streichen?« Ohne eine Antwort abzuwarten, schob er das Dokument beiseite und wandte sich den anderen Unterlagen zu, die auf seinem Schreibtisch lagen, dem Bericht des Aufsichtsbeamten für das Bodenpersonal am Flughafen Barcelona.

»Hier haben wir die Namen, das Alter, die Dienstzeit, den Lebenslauf sowie Photographien der Angestellten, die am 4. September an dem Metalldetektor Dienst hatten. Es handelt sich um Luis Ximinez, neunundfünfzig, der das Gepäck auf das Fließband legte, Jaime Gutierrez, neununddreißig, am Durchgangsmonitor, sowie die Frau, Lupe Santiago, sechsundzwanzig, am Röntgenmonitor. Lupe Santiago hat schwarze Haare und trägt eine Brille.«

Der Kommissar wandte Alex seine ungeteilte Aufmerksamkeit zu. »Und jetzt wollen Sie mir erzählen, entgegen dem Bericht des Aufsichtsbeamten hätte Lupe Santiago, sechsundzwanzig, schwarzhaarig und bebrillt, an jenem Tag den Monitor nicht überwacht. Sie erklären, dies hätte die französische Schauspielerin Angélique Églantine getan, eine Person, die laut meinen normalerweise zuverlässigen Quellen nach wie vor tot ist!« Er warf die Photos auf den Tisch.

»Alex und Varnas! Wenn auch nur eine Andeutung dieser absurden These aus dem Büro hier dringt, kann ich mich noch vor Ende der Woche nach einer neuen Stelle umsehen! Und Sie ebenfalls! Noch so ein Debakel wie mit Fannois, und der Innenminister überträgt den Fall den Jungpfadfindern!«

Alex erwiderte schlicht: »Hat der Innenminister Ihnen schon erzählt, daß man Fannois in ein Zeugenschutzprogramm der Regierung aufgenommen hatte?«

Der Kommissar starrte ihn an. »Was?«

»Ich bin sicher, irgendwann einmal erzählt er es Ihnen. In der Zwischenzeit, Kommissar, wollen wir Fannois aus diesem Gespräch ausklammern.« Weitere Einzelheiten lieferte Alex nicht. Ihm genügte, daß er dem Angriff des Kommissars vorübergehend die Spitze genommen hatte.

»Es ist nicht zu leugnen, daß man allgemein davon ausgeht, Angélique Églantine sei tot«, erklärte Alex. »Ich glaube, hier in Paris hat letzten Sommer sogar eine Gedenkveranstaltung für sie stattgefunden. Aber nehmen wir einmal an, nur einen Augenblick lang, sie sei nicht tot und hätte es geschafft, eine Angestellte im Flughafen Barcelona zu spielen. Falls dies der Fall gewesen wäre, würde man dann nicht annehmen, daß de la Pagerie sie erkannt hätte?«

Der Kommisar zuckte die Schultern.

»Ich habe die Frage für wichtig genug gehalten, um sie Délice und Honoré zu stellen. Sie haben erklärt, falls Angéliques Aussehen in dem Fernsehsketch dem am Flughafen entsprochen hätte, dann hätte Virgile sie mit Sicherheit nicht erkannt. Sie selber haben sie in dem Sketch nicht wiedererkannt, und dabei wäre sie beinahe ihre Schwiegertochter geworden. Sie sagten, wenn der Conférencier sie nicht namentlich vorgestellt hätte, hätten sie nicht gewußt, wer das war.«

»Alex, das beweist überhaupt nichts! Délices und Honorés Bemerkungen beweisen lediglich dann etwas, wenn Angélique tatsächlich am Flughafen war, und dies behauptet einzig und allein Stéphane!«

»Ich weiß. Also habe ich Stéphane gefragt, ob sie sich sicher sei, daß es dieselbe Person war, da ihre ursprüngliche Beschreibung der Frau so oberflächlich gewesen war. Sie hatte sie als ›typische Flughafenbeamtin – blond, blauäugig, mit diesem ganz speziellen Lächeln: Wir wünschen Ihnen einen guten Flug‹ bezeichnet. Stéphane hat zugegeben, daß sie sich früher keine Gesichter hätte merken können. Aber nach Jahren auf der Bühne des Opernballetts behauptet sie, sich in allen Einzelheiten an jedes Make-up erinnern zu können. Sie besteht darauf, Angélique habe das gleiche Zitronenspray Lionne für ihr Haar benutzt, den gleichen Puder Sahara Nummer 3 mit einem Hauch von Rouge, den gleichen himmelblauen Lidschatten von Nuage, die gleiche schwarze Wimperntusche und den gleichen karmesinroten Lippenstift Sauvage Nummer 2. Sie ist sich völlig sicher!«

Heftig schüttelte der Kommissar den Kopf. »Nein! Nein! Nein! Diese hirnverbrannte Theorie beruht lediglich auf der Behauptung einer Frau von zweifelhafter Moral und überstrapazierter Glaubwürdigkeit, die ihrerseits während des ganzen Flugs von Marbella nach Paris ungehinderten Zugang zur Umhängetasche des Opfers hatte und die mich mit ihrem Erfindungsreichtum erst noch überzeugen muß! Sie werden keine Untersuchung in dieser Richtung durchführen, Alex! Sie ist hiermit beendet! Mit dem *heutigen* Vormittag! Hier in *diesem* Raum! Der Versuch, einen Irren eines Verbrechens zu beschuldigen, war schlimm genug! Eine Leiche wäre noch schlimmer!«

»Was machen Kommissars Tangostunden?« fragte Varnas, als sie vorm À la Cart auf Kaffee und Gebäck warteten.

»Tangostunden? Ich habe gedacht, Krocket?«

»Egal was. Wir ignorieren ihn vorläufig, Alex. Glaubst du Mademoiselle Stéphane?«

»Ja. Obwohl ich mir vorstellen könnte, daß sie sich hinsichtlich Angéliques Auftritt auf dem Flughafen möglicherweise geirrt hat.«

»Wie kann sie sich geirrt haben? Entweder sieht sie blonde Stewardeß an Eingang oder nicht. Und das müssen wir herausfinden!«

Sie nahmen ihren Café-complet mit ins Büro hinauf und sahen sich erneut den Bericht des Aufsichtsbeamten für das Bodenpersonal an. Er war äußerst vollständig. Tatsächlich sagte er ihnen sogar mehr, als sie zu wissen brauchten. Außer den Beschreibungen und Photos der fraglichen Angestellten enthielt der Bericht zusätzlich eine vierzigseitige Broschüre mit Vorschriften, die die Ausbildung von Angestellten, ihre Aufmachung, ihr Verhalten und ihre Leistung betrafen. Ein Abschnitt befaßte sich mit Gründen für eine Entlassung. Manipulieren von Gepäckstücken stand an erster Stelle. Am Rand war handschriftlich vermerkt, in zwanzig Jahren hätte es in Barcelona keinen Fall von Gepäckmanipulation gegeben. Mit anderen Worten: der Bericht war professionell, gründlich und zeugte, so fand Alex, im ganzen von übertriebener Kontrolle. Dennoch blieben einige Fragen offen. Was wäre, wenn Lupe Santiago am 4. September um fünfzehn Uhr neunundfünfzig die Toilette hatte aufsuchen müssen? Hätte eine völlig Fremde ihren Platz am Röntgenmonitor einnehmen können, ohne daß die Besatzung am Eingang sich dazu geäußert oder der Aufsichtsbeamte etwas davon gewußt hätte?

Sie beschlossen, es noch einmal bei dem Aufsichtsbeamten zu versuchen – telephonisch. Da keiner von ihnen Spanisch sprach, baten sie eine ernsthafte junge Programmiererin aus dem Comcentre namens Nora de Jesus, ihnen dabei zu helfen.

Sie lehnte den Kaffee und das Gebäck ab und wählte Barcelona an. Alex setzte sich an seinen Computer und gab die Fragen ein, auf die er eine Antwort von Barcelona erwartete.

Der Aufsichtsbeamte des Bodenpersonals hielt sich gerade im Ausland auf. Man stellte Nora zum Stellvertreter des Aufsichtsbeamten durch.

Der Stellvertreter erklärte, er wisse über die Anfrage der Sûreté Bescheid. Er hatte sogar die Unterlagen großteils selber zusammengestellt. Nora bedankte sich dafür und fragte, ob er ihnen vielleicht noch einige zusätzliche Informationen geben könne.

»Ich werde es versuchen.«

Sie fragte: »Was geschieht, wenn einer Ihrer Angestellten während des Dienstes krank wird oder eine kurze Pause braucht?«

»Wir haben ein Verfahren für die vorübergehende Bereitstellung einer Ersatzperson.«

»Kann ein Angestellter kurzfristig ohne Wissen des Aufsichtsbeamten ersetzt werden?«

»Nein. Na ja ... ja, wenn dieser Ersatzangestellte von einem ALT gerufen wird.«

»ALT?« Sie warf Alex einen Blick zu.

»Aufsichtsbeamter für Leistungskontrolle am Terminal. Es handelt sich dabei um eine Einheit von Kontrollbeamten, die jederzeit unangemeldet bei allen Dienststellen auftauchen können, um die Leistung der Angestellten und die Monitorausstattung zu überprüfen.«

In wenigen Worten erklärte Nora Alex, was ein ALT ist. Er gab die nächste Frage ein.

»Erhält der Aufsichtsbeamte Berichte über diese unangemeldeten Besuche?«

»Nur wenn der Angestellte gerügt wird oder ein Gerät nicht ordnungsgemäß arbeitet.«

»Mit anderen Worten: Wenn am Mittwoch, dem 4. September, um sechzehn Uhr am Metalldetektor für den Flug Iberia 4426 ein ALT aufgetaucht wäre, Lupe Santiago ihren Dienst jedoch ordnungsgemäß versehen hätte, wäre dies dem Aufsichtsbeamten nicht gemeldet worden?«

»Das ist richtig.«

Alex hörte auf zu tippen. Nora sagte: »Haben Sie vielen Dank, Señor. Noch etwas. Wir haben einen Hinweis darauf, daß am 4. September vor dem Start des Fluges 4426 möglicherweise eine unbefugte Person Lupe Santiago vorübergehend abgelöst hat.«

»Das ist unmöglich.«

»Wieso?«

»Weil alle Angestellten am Terminal beschichtete Ausweise mit Photo und einer Nummer tragen. Weil unsere Sicherheitsvorschriften sehr streng sind. Weil die Leute an den Eingängen die meisten ALTs kennen.«

»Aber nicht alle?«

Der stellvertretende Aufsichtsbeamte seufzte. »Señorita. Wenn ich Lupe Santiago heute frage, sobald sie zum Dienst erscheint, und sie sich nach zwei Wochen noch erinnert, sind Sie dann zufrieden?«

»Ja.« Nora gab ihm die Faxnummer der Sûreté und legte auf.

Varnas zog seinen Mantel an. »Ich weiß nicht, Alex. Französische Schauspielerin, vermutlich tot, keine Erfahrung mit Flugunternehmen, kein technisches Wissen, geht zu Röntgenkontrolle und überzeugt in fließenden Spanisch Belegschaft an Eingang, daß sie Sonderbeamtin ist?«

»Warum nicht? Und was willst du damit sagen, keine Erfahrung mit Flugunternehmen? Sie hat diese Reise Dutzende Male zusammen mit Delap gemacht. Und wozu bräuchte sie technisches Wissen? Sie brauchte nur die Gelegenheit, zu beobachten und das Beobachtete zu lernen. Und was das Spanisch angeht, vergiß nicht all die Monate in Marbella und die Besuche im Restaurant La Tortosa. Varnas, hör zu. Wenn sie im *Besuch der alten Dame* die Claire Zachanassian spielen konnte, dann schafft sie auch eine ALT in Barcelona.«

»Mag sein.« Varnas wandte sich zu Nora, tippte an seinen Hut und zog sich zurück.

Alex bedankte sich bei Nora und betonte, wie wichtig es sei, den Anruf in Barcelona vertraulich zu behandeln.

Nora, die sich vorkam, als hätte sie die höheren Weihen erhalten, nickte ernsthaft und ging.

Einen Augenblick lang blieb Alex ruhig sitzen und versuchte seine Gedanken zu sammeln. Irgend etwas spukte ihm durch den Hinterkopf und versuchte, seine Aufmerksamkeit auf sich zu ziehen. Er wartete ab. Schließlich fiel es ihm ein. Das Dorf, in dem Angélique gestorben war. Er hatte den Namen in Isabelles Dossier über Gus gesehen.

Er durchstöberte seine Schreibtischschubladen, und da er sich erinnerte, das Dossier auf Varnas' Schreibtisch gelegt zu haben, durchwühlte er auch dessen Schubladen. Ohne Erfolg. Er rief die Recherchenabteilung an. Isabelle erklärte: »Wir übertragen Ihnen das auf Ihren Computer, Alex.«

Philippa stand in London an der Schwelle zum Starruhm, und Varnas heiratete; Alex hatte plötzlich die Vorstellung, er bleibe bei dem ganzen Geschehen irgendwie auf der Strecke. Er warf seinen Computer an und gab das Paßwort ein. Gus' Dossier ergoß sich wie ein kleiner Wasserfall über den Bildschirm.

Er fand, wonach er suchte. Das Dorf hieß Seigneur-sous-Tarn und lag im Département Aveyron. Er schaltete den Computer aus und holte seinen alten Atlas vom Regal. Den Fluß Tarn fand er zwar, das Dorf jedoch war auf der Karte von Südfrankreich nicht zu finden.

Auf dem Weg zum Mittagessen machte er bei der Reiseabteilung halt und holte sich ein Exemplar der Michelin-Straßenkarte – in großem Maßstab – für das Aveyron. Seigneur-sous-Tarn war ein winziger Fleck an einer Seitenstraße, die keine Nummer hatte, ungefähr fünfzig Kilometer nordöstlich von Castres. Er steckte die Straßenkarte in seinen Anorak und ging in eine Brasserie auf dem Boulevard Saint-Honoré, wo er eine Stunde lang mit sandigen Muscheln und einem Salat aus weißen Bohnen herumspielte.

Während des Essens machte er sich am Rand der Karte einige Notizen.

Aveyron, Dépt. Nr. 12, Präfektur Rodez.
Gegend mit Milchwirtschaft. Käse. Warum Seigneur-sous-Tarn? Unzugänglich?
Kann man binnen eines halben Jahres an Anorexie sterben?
Totenschein?
Trauerfeier? Beerdigung?
Gus?

Er verzehrte die Hälfte der Muscheln und einen Großteil der Bohnen, kaute zum Nachtisch auf einer Mandarine herum und wanderte gemächlich auf einem Umweg über den Boulevard Madeleine und die Rue de Surène zur Maison zurück.

Auf seinem Weg ins Gebäude hielt der diensthabende Polizist ihn an. »In der Datenverarbeitung liegt ein Fax für Sie, Chef.«

Alex versteckte die Straßenkarte wieder in seinem Anorak, zog den Reißverschluß zu und ging langsam die Treppe zur Datenverarbeitung hinunter. Er bestätigte den Erhalt des Fax und ging nach nebenan ins Comcentre. Dort fand er Noras Kabine aus Milchglas, legte das Fax vor sie auf den Tisch und reichte ihr einen Stift.

Wortlos schrieb sie die Übersetzung:

Monitorüberwachung Lupe Santiago meldet für 4. Sept. keine ALT-Inspektion. Crew am Eingang bestätigt dies. Tut mir leid.

Alex flüsterte: »Scheiße.« Er bedankte sich noch einmal bei Nora und stieg wieder die Treppe in sein Büro hinauf.

Irgend jemand log. Entweder Stéphane, weil sie den Inhalator selber ausgetauscht hatte, oder Lupe Santiago und ihre Kollegen, weil sie vor irgend etwas Angst haben, oder der stellvertretende Aufsichtsbeamte, der es fertigbrachte, mit einer schlichten Leugnung per Fax die Angelegenheit für abgeschlossen zu erklären und sein Flughafenpersonal unbescholten dastehen zu lassen.

Alex konnte nicht glauben, daß Stéphane sich an einer Verschwörung zum Mord beteiligen würde, selbst wenn sie ein Motiv hätte. Außerdem traute er ihr nicht zu, eine Angélique am Eingang einfach zu erfinden. Allerdings bedeuteten diese Einschätzungen überhaupt nichts. Der Kommissar wäre gnadenlos, sollte irgendeine Einzelheit der Untersuchung sich nicht durch harte Tatsachen bestätigen lassen, vor allem weil er ihm untersagt hatte, diese Untersuchung überhaupt durchzuführen. Varnas hatte recht. »Entweder sie sieht Stewardeß am Eingang oder nicht.«

Entweder war Angélique am Leben oder nicht.

Alex breitete die Michelin-Straßenkarte auf seinem Schreibtisch aus und ging seine Randnotizen noch einmal durch. Am liebsten hätte er das ganze Verfahren abgekürzt und einfach Gus angerufen. Nein. Keine Anrufe bei Gus, solange Stéphanes Behauptung nicht bestätigt oder widerlegt war.

Er sah sich die Straßenkarte genauer an; in der Gegend um Seigneur-sous-Tarn lagen etliche andere Städte und Dörfer.

Nach ein paar Minuten faßte er einen Entschluß. Er rief noch einmal in der Recherchenabteilung an. Isabelle war beim Mittagessen, also sprach er mit ihrer Assistentin.

»Stellen Sie den amtlichen Leichenbeschauer für das Département Aveyron fest«, bat er. »Ich brauche eine Kopie des Totenscheins von Angélique Églantine, gestorben in Seigneur-sous-Tarn am 6. April 1985. Notieren Sie alle auffälligen Begleitumstände. Beginnen Sie mit der Stadt Rodez. Das ist die Präfektur. Und sagen Sie Isabelle, dies sei eine nicht autorisierte Anfrage.«

Eine Stunde später bat Isabelle Alex, in ihr Büro zu kommen.

»Ich wette sogar Geld darauf, daß Stéphane Nikolaides die Wahrheit sagt, was Angélique Églantine betrifft«, erklärte sie.

Alex war wie elektrisiert. »Was ist mit dem Totenschein?«

»Der Totenschein ist echt, jedoch nicht von dem amtlichen Leichenbeschauer fürs Aveyron unterzeichnet.«

»Warum nicht?«

»Bei Angéliques Tod war, so heißt es, ›niemand Zeuge‹. Das kommt in ländlichen Gegenden, wo der Leichenbeschauer weit weg wohnt, recht häufig vor. Der Arzt am Ort oder der Hausarzt meldet den Tod dem Leichenbeschauer, der sich, wenn er glaubt, alles habe seine Richtigkeit, für ›nicht zuständig‹ erklären kann; das erlaubt es dem jeweiligen Arzt, den Totenschein selber auszustellen und den Leichenbestatter zu benachrichtigen. Nur wenn der Leichnam verbrannt werden soll, ist es dem amtlichen Leichenbeschauer nicht gestattet, sich für nicht zuständig zu erklären. Da jedoch in diesem Fall keine Einäscherung gewünscht wurde, hatte alles seine Ordnung.«

»Also?«

»Also hat der für die Gegend zuständige Arzt, der in Réquista achtzehn Kilometer nördlich wohnt, den Totenschein unterschrieben. Normalerweise hätte er anschließend den Begräbnisunternehmer benachrichtigt, damit dieser den Leichnam einbalsamiert und beerdigt. Angélique hatte jedoch Anweisungen hinterlassen, sie wolle gemäß dem orthodoxen jüdischen Bestattungsritus ohne Einbalsamierung am selben oder darauffolgenden Tag in der Dämmerung begraben werden. Angesichts dessen hat der Arzt den Leichnam einfach dem ortsansässigen Leichenbestatter übergeben, der gleichzeitig Bürgermeister von Seigneur-sous-Tarn ist, und ist nach Hause gegangen.

Die Frau im Büro des amtlichen Leichenbeschauers in Rodez, mit der ich gesprochen habe, meinte, daran sei nichts Außergewöhnliches. Sie erklärte, die Leute dort seien alle alles gleichzeitig: Bauern, Mechaniker, Schreiner und alles mögliche, was sie eben sein müssen, und sie würden seit Jahrhunderten ihre Toten selber bestatten. Außerdem hätten, soweit sie informiert sei, der Bürgermeister und sein Sohn Angélique am nächsten Morgen auf dem Dorffriedhof begraben.«

»Ich habe gar nicht gewußt, daß Angélique Jüdin war.«

»War sie auch nicht. Wir haben eine Kopie ihrer Geburtsurkunde aus der Paßabteilung. Sie war katholisch.«

»Und hat sich für eine Beerdigung nach orthodoxem jüdischen Brauch entschieden, um die ... hm ... Umstände einer Einäscherung oder Einbalsamierung zu vermeiden.«

»Richtig.«

»Wo wurde der Leichnam in den vierundzwanzig Stunden nach ihrem Tod aufbewahrt?«

»Das weiß ich nicht.«

»Sie sagen, sie hätte Anweisungen hinterlassen. Bei wem?«

Isabelle zuckte die Schultern.

»Wer war bei der Beerdigung anwesend?«

Erneut zuckte Isabelle die Achseln. »Warum fragen Sie nicht den Bürgermeister von Seigneur-sous-Tarn? Oder den Arzt in Réquista? Oder beide? Deren Antworten könnten dieser unautorisierten Nachfrage einen Anstrich gottverdammter Legitimität verleihen.«

Seigneur-sous-Tarn

Alex packte eine Reisetasche und nahm die Propellermaschine, die am frühen Nachmittag nach Rodez-Marcillac flog. Am Flugplatz mietete er einen Renault 106 und fuhr vierzig Kilometer in südlicher Richtung nach Réquista im Tarntal. Es roch nach Klee und Kuhdung.

Der Arzt hieß André Pujol. Seine Praxis hatte er in seinem Haus, einem vollkommen quadratischen zweistöckigen Gebäude aus grauem Stuck und roten Ziegeln, das am Dorfrand auf einem vollkommen quadratischen, eingezäunten, mit Bohnen, Salat, Kürbissen, Tomaten, Wein und Geranien bepflanzten Gartengrundstück stand. Der Doktor war ein kleingewachsener Mann, vermutlich Ende Siebzig, und trug eine randlose Brille, eine ausgebeulte Hose aus handgesponnenem Stoff und eine braune Strickweste über einem braunen Wollhemd. Er jätete gerade Unkraut in einem Salatbeet, als Alex ankam. Offenbar war er ziemlich kurzsichtig, und als Alex ihm die Hand schüttelte, bemerkte er, daß sie ein wenig zitterte.

Als Arzt hatte der Mann seine besten Jahre eindeutig hinter sich; dennoch erfüllte er zu einer Zeit, in der die meisten jungen Mediziner mit abgeschlossenem Studium sich den lukrativeren Spezialgebieten in der Stadt zuwandten, nach wie vor die Anforderungen an einen praktischen Arzt auf dem Land.

Alex wollte den alten Mann nicht in Verlegenheit bringen. Er zeigte ihm die Faxkopie des Totenscheins, der seine Unterschrift trug, nicht, um die Befähigung des Arztes in Zweifel zu ziehen, sondern um seinem Gedächtnis auf die Sprünge zu helfen und, so hoffte Alex, ein Gespräch in Gang zu bringen. Der alte Mann nickte jedoch nur und gab ihm den Schein zurück. Um ihn zum Reden zu bringen, fragte Alex ihn, ob seiner Meinung nach irgendeine Möglichkeit bestand, daß die junge Frau mit faulen Tricks gearbeitet hatte.

Der alte Mann zog kaum merklich die weißen Augenbrauen

zusammen. »In Seigneur-sous-Tarn?« antwortete er in verschnupftem Falsett. »Werter Monsieur, seit 1815 – das war, glaube ich, das Jahr – ist in Seigneur kein Verbrechen mehr geschehen. Damals hat ein Royalist wegen irgendeiner falschen Bemerkung, an die ich mich nicht mehr erinnere, einen Bonapartisten erschossen. Faule Tricks – nein, nein. Die Tote wies keinerlei Spuren auf, die auf derlei hingedeutet hätten. Sie war völlig ausgezehrt und ist an Unterernährung gestorben. Hätte irgendein Verdacht bestanden, daß etwas nicht in Ordnung ist, hätte der amtliche Leichenbeschauer persönlich die Untersuchung vorgenommen.«

»War jemand bei ihr, als sie gestorben ist?«

»Ich kann mich an eine Frau erinnern. Den Namen habe ich nicht mitbekommen.«

»War diese Frau die Person, die Mademoiselle Églantines Wunsch zum Ausdruck gebracht hat, sie wolle entsprechend dem orthodoxen jüdischen Ritus beerdigt werden?«

»Kann sein. Es war nicht ganz klar, ob das möglich wäre. Kein Mensch hat offenbar gewußt, ob der Friedhof von Seigneur eine geweihte christliche Bestattungsstätte ist. Anscheinend war das nicht der Fall, denn später hat man mir erzählt, die Gebühr für die Beerdigung sei bezahlt und ein Sarg bereitgestellt worden.«

»Ist der Leichnam für die Beerdigung vorbereitet worden?«

»Einbalsamiert hat man sie nicht, falls Sie das meinen.«

»Ich meine, wurde sie angekleidet oder irgendwie eingehüllt?«

Der Arzt schien verwirrt. »Das weiß ich mit Sicherheit nicht, Monsieur. Mit der Übergabe der Verstorbenen in die Obhut des Bürgermeisters hatte ich meine Pflicht erfüllt.« Der Arzt schaute zu seinen Salatköpfen. Anscheinend hatte er das Interesse an dem Thema verloren, oder aber es war ihm entfallen. Jedenfalls kramte er eine große Taschenuhr hervor und blinzelte Alex an. »Vielleicht entschuldigen Sie mich jetzt. Ich muß mich noch waschen, ehe ich die Praxis öffne.« Nachdem er dies gesagt hatte, blieb er wie angewurzelt stehen.

Alex bedankte sich, und sie schüttelten sich die Hand. Alex spürte, wie die trüben Augen des alten Mannes ihm folgten, als er zu dem Peugeot zurückging. Nachdem er einen kurzen Blick auf die Straßenkarte geworfen hatte, fuhr er los.

Ein paar Kilometer südlich von Réquista, unmittelbar nachdem er den Tarn überquert hatte, gelangte er zu einer unbeschilderten Landstraße, die sich durch Ackerland und Vorberge schlängelte. Gerade als er sich sicher war, die falsche Straße genommen zu haben, erspähte er einen alten Wegweiser aus Stein. Kaum leserlich war mit der Hand darauf eingeritzt: SEIGN-S-TARN, 14 Kilometer.

Am anderen Ende eines engen Tals sah er das Dorf, lange bevor die sich dahinwindende Straße es erreichte. Wenn man die Augen zusammenkniff, konnte man sich, je nach Interesse und Vorstellungskraft, eine graue Raupe, die einen entfernten Hügel hinaufkroch, oder aber eine Reihe von Lastwagen, die auf einer Bergstraße in einen Stau geraten waren, vorstellen.

Am Dorfeingang standen zwei rechteckige graue Häuser einander gegenüber, je eines auf jeder Seite der Straße, die gerade breit genug für ein Fahrzeug war und nach kaum hundert Metern wiederum mit zwei einander gegenüberstehenden Häusern endete, die sich in keiner Weise von denen am Dorfeingang unterschieden, außer daß an der Rückseite Kuhställe angebaut waren. Bestellte Felder und Weiden mit grasenden Kühen umgaben das Dorf. Es war die aus dem Mittelalter stammende Anordnung, als die Bauernfamilie tagsüber auf den Feldern gearbeitet hatte und zum Schutz vor Wölfen und Räubern abends ins Dorf zurückgekehrt war. Von malerischen Landhäusern keine Spur. Noch heutzutage hätte es als Verschwendung gegolten, auf einem Stück bestellbaren Landes ein Haus zu errichten. Doch eine Ausnahme gab es. Auf der Kuppe eines niedrigen Hügels, etwa einen halben Kilometer vom Dorf entfernt, stand eine kleine Villa aus Sandstein mit einem Mansardendach, einem Kamin und drei Glastüren, die auf eine niedrige Veranda führten. Das war nicht das

Rathaus oder das Haus des Bürgermeisters. Entweder handelte es sich um das Gut einer Landmaus, die es zu einigem Wohlstand gebracht hatte, oder es war die sichtbare Folge des Wegzugs einer Landmaus, die die Nase voll hatte vom Leben auf dem Land und den alten Besitz an eine Stadtmaus verkauft hatte.

Alex wagte sich ins Dorf und fuhr im Schneckentempo durch die unvorstellbar schmale Straße, die durch einige auf dem verwitterten Gehsteig abgestellte Autos noch enger wurde. Auf halbem Weg gelangte er zu einer Café-Tabac-Bar, hinter der ein Schild mit einem großen P stand, dem Zeichen für Parkplatz. Er bog in eine Straße mit Kopfsteinpflaster, die zu einem kleinen rechteckigen Innenhof führte. Dort parkte er den Peugeot, ließ die Reisetasche im Wagen und ging zu dem Café-Tabac zurück.

Drei alte Männer, über ihren Pastis gebeugt, stritten sich über Milchpreise. Als Alex eintrat, verstummte das Gespräch. Höflich nickte er den Männern zu, als ein Junge hinter der Bar auftauchte.

»'jour, 'sieur«, sagte das Kind und wartete ab. Alex bestellte ein Bier und fragte, ob die Herren sich ihm nicht anschließen wollten. Die alten Männer sahen einander an. Schließlich erklärte einer, dessen lederhäutiges Gesicht eine purpurrote Nase zierte: »Ich sage selten nein.«

Der Pastis wurde serviert. Alex prostete ihnen zu. Nachdem sie ordentlich ausgeschnauft und ein-, zweimal gehustet hatte, fragte Purpurnase: »Also, was wollen Sie uns verkaufen?«

»Nichts, Monsieur. Ich suche den Bürgermeister.«

»Aha. Und welcher Bürgermeister darf's denn sein? Der Bürgermeister für staatliche Landzuweisung und den Kauf von Grundstücken? Oder der für Bauvorschriften und -auflagen? Der Bürgermeister für Tiermedizin und Milchpreise? Oder der für Ackerbau? Oder der Bürgermeister für die Heilige Schrift, das Einbalsamieren, für Steuern und gerichtliche Verfügungen?«

»Steuern und gerichtliche Verfügungen.«

»Aha. Dann sind Sie also von der Regierung. Gut! Ich hab' gewußt, irgendwann würden die ihn drankriegen. Kommen Sie.«

Alex beglich die Rechnung. Purpurnase leerte mit einem Schluck sein Glas Pastis und führte Alex auf die Straße. Angesichts seines Alter, seines Gewichts, seines mutmaßlichen Alkoholpegels und der schweren Gummistiefel war er überraschend beweglich. Alex folgte ihm über die Straße und einen zwischen zwei Häusern mit Kuhställen verlaufenden Kiespfad entlang. Sie kamen zum Fuß eines grasbewachsenen Abhangs, dessen Kuppe, auf der eine Handvoll Schafe weidete, eingezäunt war. Auf der anderen Seite des Zauns erstreckten sich bestellte Felder in einem Muster paralleler Furchen, die sich hoben und senkten, so weit das Auge reichte, eine grün-weiße Meereslandschaft, ein wogender Ozean von Rüben, Kartoffeln, Kohlköpfen und Lauchstangen, der zum Horizont hin schmaler wurde. Purpurnase deutete auf etwas nicht weit Entferntes. Auf dem Metallsitz eines stehenden Traktors saß in sich zusammengesackt eine Gestalt, die sich vom Himmel abhob.

»Das wird Ihr Bürgermeister für Steuern und gerichtliche Verfügungen sein, Monsieur. Sie brauchen nur den Rüben zu folgen.« Er zwinkerte, streckte einen Daumen hoch und ging wieder zum Café-Tabac zurück.

Alex kletterte über den Zaun, erspähte die Rübenfurche, folgte ihr bis auf die Kuppe des Hügels und näherte sich dem Traktor. Der Bürgermeister, der einen zerknitterten Cordanzug und eine Wollmütze trug, schlief. Selbst hier unter freiem Himmel und an der frischen Luft erschnupperte Alex außer dem Geruch nach Dung, Lehm, Pflanzen und reinstem Sauerstoff den unverkennbaren Duft von Armagnac. Der Bürgermeister schlief einen Rausch aus.

Etliche Male sagte Alex: »Herr Bürgermeister.« Dann schüttelte er ihn – ohne Erfolg. Schließlich vergewisserte er sich, daß der Motor auf Leerlauf geschaltet war, drehte den Zündschlüssel und drückte auf den Anlasser. Ratternd erwachte der Dieselmotor zum Leben. Der Bürgermeister, dessen Fuß auf dem Gaspedal ruhte, schreckte auf, hob den Fuß und verlor beinahe das Gleichgewicht. Wäre Alex nicht gewesen, er wäre im Dreck gelandet.

Nach einem Augenblick der Verwirrung konnte der Bürgermeister wieder einigermaßen klar sehen. Er bemerkte, daß jemand neben ihm stand, und bemühte sich krampfhaft, seine abhanden gekommene Würde wiederzuerlangen. Als erstes schaltete er den Motor ab. »Was, zum Teufel, geht hier vor?« brüllte er. »Wer, zum Teufel, sind Sie?«

Alex hielt ihm seinen Ausweis hin. Der Bürgermeister griff in seine Innentasche und förderte eine verstaubte Lesebrille zutage, deren linker Bügel fehlte. Er musterte den Ausweis eingehend. »Scheiße!« bemerkte er und nahm die Brille ab. »Hätten Sie nicht wenigstens einen Termin ausmachen können?«

»Tut mir leid«, erwiderte Alex. »Ich komme von Ihrem Kollegen André Pujol in Réquista. Er hat gesagt, Sie seien ein äußerst umgänglicher Mensch.«

»Oh, tatsächlich? Was will denn die Sûreté vom Bürgermeister dieses Feld- und Wiesenkaffs mitten im Nirgendwo?«

»Sie haben hier am 6. April dieses Jahres eine jüdische Frau begraben. Pujol hat den Totenschein unterschrieben.«

»Na und?«

»Haben Sie die Frau begraben?«

»Natürlich.«

»Der Sûreté liegen Hinweise darauf vor, daß Sie dies nicht gemacht haben.«

Der Bürgermeister starrte Alex an. »Ich bin hier der Bestattungsunternehmer«, knurrte er. »Die Beerdigung ist in meinem Auftragsbuch verzeichnet! Ich habe eine Kopie der Rechnung! Und ich kann Ihnen das Grab zeigen!«

»Alles zu seiner Zeit. Zunächst einmal ein paar Fragen. Wo in Seigneur-sous-Tarn hat Mademoiselle Églantine gewohnt?«

»In der Villa.« Er deutete mit dem Kopf in Richtung des Hauses auf der anderen Seite des Tals. Von ihrem Standpunkt aus war es deutlich zu sehen.

»Wem gehört die Villa?«

»Meiner Frau.«

»Dann hatte Mademoiselle Églantine die Villa von Ihrer Frau gemietet?«

»Sie hatte sie gemietet, ja.«

»Hat Mademoiselle die Miete selber bezahlt?«

»Die Miete wurde jeden Monat durch einen gegengezeichneten, beim Crédit Lyonnais in Toulouse einzulösenden Scheck beglichen.«

»Welche Zweigstelle?«

»Weiß ich nicht. Meine Frau bewahrt den ganzen Scheiß auf.«

»Hat jemand bei Mademoiselle Églantine in der Villa gewohnt?«

»Eine Frau. Véronique.«

»Eine Einheimische?«

»Nein. Irgendwo aus dem Norden. Sie war ihre Gesellschafterin. Was hat das alles mit mir zu tun?«

»Sehr viel. Und jetzt versuchen Sie, sich genau zu erinnern, Herr Bürgermeister. Wer hat in dem Zeitraum zwischen der Unterzeichnung des Totenscheins durch Doktor Pujol und der Beerdigung am nächsten Tag den Leichnam bewacht?«

»Ich? Wer denn sonst. Ich bin der Leichenbestatter.«

»Und wo befindet sich Ihr Beerdigungsunternehmen?«

»Im Rathaus – in meinem Haus.«

»Dann haben Sie also, nachdem der Doktor nach Réquista aufgebrochen war, die Leiche ins Rathaus gebracht?«

»Warum, zum Teufel, hätte ich das tun sollen? Ich habe angeordnet, den Leichnam über Nacht in der Villa zu lassen. Was hätte denn das für einen Sinn gehabt, ihn ins Rathaus zu bringen, wo doch die Villa achthundert Meter näher beim Friedhof ist als das Rathaus?«

»Haben Sie den Leichnam für die Bestattung hergerichtet?«

»Ich habe mich darum gekümmert. Die Frau, Véronique, hat der Verstorbenen ein Leichengewand angezogen. Gemeinsam haben wir sie in den Sarg gelegt. Ich habe den Sarg selber zugemacht und vernagelt. Was wollen Sie sonst noch wissen?«

»Ich vermute, Sie als der Leichenbestatter haben den Sarg besorgt?«

»Nein. Die Dame hat gewußt, daß sie stirbt. Der Sarg war schon da. War mir auch recht. Das alles ist so schnell gegangen, ich hätte gar nicht genügend Zeit gehabt, in Toulouse einen zu bestellen.«

»Wann war die Trauerfeier?«

»Es hat keine Trauerfeier stattgefunden. Nur eine Beerdigung. Am nächsten Morgen. Nur ich, mein Sohn, ein Totengräber und so ein komischer Kerl aus Paris waren dabei. Der hat sich für die ganze Strecke von Rodez hierher ein Taxi genommen. Über sechzig Kilometer mit dem Taxi! Und zurück noch einmal sechzig Kilometer!«

»War Véronique bei der Beerdigung dabei?«

»Sie hat gesagt, das könne sie nicht ertragen. Sobald wir den Sarg aus der Villa geschafft hatten, hat sie das Dorf verlassen.«

»Wie hat der komische Kerl aus Paris denn ausgesehen?«

»Groß, dick, weibisch. Hat geweint wie ein Baby, als wir sie in die Grube runtergelassen haben. Sonst noch was?«

»Ich möchte, daß der Leichnam exhumiert wird.«

Der Bürgermeister gab ein glucksendes Lachen von sich. Herablassend starrte er Alex an. »Da hat meine Frau größere Chancen, ein Filmstar zu werden – und Sie haben meine Frau nicht gesehen –, als daß Sie in diesem Département eine Genehmigung zur Exhumierung einer Leiche bekommen. Seit dreißig Jahren hat es hier keine Exhumierung mehr gegeben. Dafür braucht man eine Genehmigung vom Justizminister, vom Standesbeamten und vom amtlichen Leichenbeschauer des Aveyron, und die wird jeweils nur nach einer eingehenden Untersuchung erteilt.«

»Und das alles würde ein schlechtes Licht auf Sie werfen, Monsieur«, erwiderte Alex. »Ich bin bereit, den Behörden alle Tatsachen vorzutragen, die sie brauchen, um die Berechtigung meines Ersuchens anzuerkennen. Das Ergebnis wäre eine Untersuchung – die Sie und Pujol beträfe. Der Leichenbeschauer, der die Zuständigkeit abgelehnt hat, weil man ihm versichert hat, alles sei in Ordnung, wird den Fall unter diesem speziellen Gesichtspunkt erneut aufrollen. Und dies könnte äußerst schwerwiegende Folgen für Sie haben. Also, alles, was ich sehen muß, läßt sich binnen einer halben Stunde und mit zwei Schaufeln erledigen, und dann werden keine Fragen gestellt, keine Berichte geschrieben, dann braucht man keine Genehmigungen, und es findet keine eingehende Untersuchung statt.«

Der Bürgermeister starrte über das Tal zur Villa hinüber. Er war mit seiner Grundsteuer im Verzug. Seine Veterinärslizenz wurde überprüft. Nach kurzem Überlegen beugte er sich vor und ließ den Traktor an.

Das Grab lag im hintersten Winkel des Friedhofs außerhalb des Dorfes. Es war mit einer offenbar provisorischen Markierung gekennzeichnet, die lediglich aus kunstreich geschnitztem, bemaltem und lackiertem Holz bestand und die Form eines Theaterproszeniums mit einem kleinen Davidsstern an der Spitze hatte, der, etwas darunter, von den Masken für Tragödie und Komödie flankiert war. Darunter stand:

Angélique Virginie Églantine
1957–1985

»Nach und nach verliert die Perle ihren Glanz,
und lange, bevor sie stirbt,
ist sie tot.
– Giraudoux

Da sie alle drei schaufelten – der Bürgermeister, sein riesenhafter Sohn und Alex –, trafen sie nach zwanzig Minuten auf den Sargdeckel. Der Sohn des Bürgermeisters hatte einen primitiven Flaschenzug an einem trapezförmigen Rahmen am oberen Ende des Grabes befestigt. Mit Hilfe von Seilen, die sie unter dem Sarg durchzogen und über einen mit einer Kette an dem Flaschenzug befestigten Ring hochzogen, gelang es ihnen, den Sarg hochzuhieven und auf den Rasen zu schwingen.

Der Sarg war dunkelblau und mit Handgriffen versehen. Am breiteren Ende entdeckte Alex eine kleine weiße Schablone: »Der Besuch der alten Dame, Akt eins, Szene eins.«

Der Bürgermeisterssohn schob die flache Klinge einer Nagelzange unter den Sargdeckel und lüpfte ihn. Quietschend öffnete er sich. Sie hoben den Sargdeckel ab.

Die in ein üppiges Gewand aus schwarzem Samt mit Ärmeln und Kragen aus Goldspitze gekleidete Verblichene war eine kahle, gesichtslose Schaufensterpuppe. Zu beiden Seiten von ihr war der Sarg mit annähernd dreißig Kilogramm Ziegelsteinen ausgekleidet, ungefähr das Gewicht einer magersüchtigen Frau mittlerer Größe, die an Unterernährung gestorben ist.

3. TEIL

Angélique

24

Die Maison

EIN paar Minuten, bevor er noch am selben Abend nach Paris zurückflog, rief Alex von Rodez aus Varnas an. Er bat ihn, unbedingt eine Besprechung mit dem Kommissar zu arrangieren und Pierre-Yves' Anwalt zu bitten, sich bereitzuhalten.

»Es gibt gute Neuigkeiten, während du weg bist«, erklärte Varnas. »Isabelle findet Bankauszüge, die Abhebungen von zwanzigtausend Francs von Pierre-Yves' Konto bei Banque de France und zehntausend von Konto bei Banque Populaire beweisen. Abhebungen erfolgen zwei Tage, bevor Doktor Schiwago Inhalator liefert. Wahrscheinlich kommen weitere zehntausend von Crédit Suisse. Ich berufe Besprechung ein, Alex, falls ich Kommissar finden kann.«

Der Kommissar, im Abendanzug, hatte sich gezwungen gesehen, während des Aperitifs eine Dinnerparty im jordanischen Konsulat zu verlassen. Er war daher nicht gerade bester Laune, als Alex fast eine Stunde zu spät in der Maison eintraf. Nachdem jedoch Alex die Ergebnisse seiner Ermittlungen vorgetragen hatte, verfiel er in Schweigen und studierte Doktor Pujols Arztbericht.

»Kein Puls, kein Blutdruck, keine Atmung feststellbar, keine Lebenszeichen und Einsetzen der Leichenstarre.« Über seinen Schreibtisch hinweg starrte er Alex an. »Kann jemand so etwas vortäuschen?«

»Offensichtlich. Ihre letzte Rolle war eine Schauspielerin aus dem 19. Jahrhundert, Rachel. Von dieser heißt es, sie habe es fertiggebracht, in Sterbeszenen ihr Herz stillstehen zu lassen. Jedenfalls gibt es jede Menge beglaubigter Fälle einer irrtümlichen Todesdiagnose; derlei passiert sogar Leichenbeschauern. Die Wahrscheinlichkeit, daß Angélique jetzt irgendwo unter den Lebenden weilt, entlastet auf alle Fälle Stéphane Nikolaides und plaziert, trotz des Berichts aus Barcelona, Angélique für den 4. September am Metalldetektor. Wir haben jetzt Pierre-Yves' Fingerabdrücke auf dem Inhalator, Bankauszüge, die ihn mit dem Apotheker in Verbindung bringen, sowie Hinweise darauf, daß Angélique versucht hat, sich selber von vornherein als Verdächtige auszuschließen, indem sie ihren Tod vorgetäuscht hat.«

Demonet gewährte Alex und Varnas die Andeutung eines Lächelns. »Meine Anerkennung, auch wenn ich sie euch beiden nur ungern zolle«, erklärte er. »Bitten Sie den Anwalt hereinzukommen.«

Der Kommissar machte den vom Gericht bestellten Juristen mit den neuesten Entwicklungen vertraut. »Vielleicht möchten Sie angesichts dieser Umstände Ihren Mandanten dazu überreden, sein Plädieren auf ›nicht schuldig‹ noch einmal zu überdenken.«

Der Anwalt, die Liebenswürdigkeit in Person, erwiderte, diese Behauptungen müßten ihm schriftlich in Form eines Dossiers vorgelegt werden, ehe er sie richtig einschätzen könne. Das würde eine gewisse Zeit in Anspruch nehmen. Im Augenblick könne er unmöglich sagen, was er seinem Mandanten empfehlen werde. Er schlug vor, sich am Tag darauf um vierzehn Uhr erneut zusammenzusetzen.

Die Besprechung wurde vertagt. Alex und Varnas trafen sich draußen in der Halle. Morgen war Samstag. Alex hatte mittags einen Flug nach London gebucht. »Flieg ruhig«, erklärte Varnas. »Ich springe für dich ein.«

Alex zögerte. »Du mußt ein Hochzeitskleid kaufen, einen Anzug leihen und an deine Hochzeit denken. Ich schaff' das schon.«

Nachdem er in sein Büro zurückgekehrt war, versuchte er, seinen Flug umzubuchen. Das Flugzeug um sechs Uhr war das letzte, das er nehmen konnte, um es gerade noch zu Philippas Premiere zu schaffen. Es war ausgebucht. Er wurde auf die Warteliste gesetzt.

Er beendete das Gespräch und wählte, ohne aufzulegen, Stéphanes Nummer, um ihr die gute Nachricht mitzuteilen, daß sie wieder eine freie Frau sei. Niemand hob ab. Er war überrascht, wie sehr er sich darauf gefreut hatte, ihr das zu sagen.

Anschließend schloß er seinen Schreibtisch ab, schnappte sich seine Reisetasche, die immer noch gepackt war, und verließ das Büro. In der Halle hörte er das Telephon klingeln und rannte zurück. Es war Hippo.

Hippo verkündete, daß seine Disco von indischen Mehlmotten verseucht sei. Sie hatten im Vogelfutter genistet, das er in der ehemaligen Damentoilette gelagert hatte. Nicht nur hatte er zwanzig Kilogramm Sonnenblumenkerne wegwerfen, sondern darüber hinaus auch noch den Kammerjäger bestellen müssen, der morgen käme, um das Haus auszuräuchern, von dem er selber sich zwölf Stunden fernzuhalten hätte. Da Alex nach London fliegen wolle, fragte Hippo, ob er morgen wohl an Bord der »Yacht Club« übernachten könne.

»Kann sein, daß ich doch nicht nach London fahre«, erklärte Alex, »aber Sie sind herzlich willkommen. Ich hinterleg' in der Pâtisserie Mariette einen Schlüssel.«

Er nahm seine Reisetasche und fuhr mit dem Taxi nach Hause.

Die »Yacht Club«

Im Briefkasten neben der Bordleiter war keine Post. Wie üblich inspizierte Alex die Vertäuung und stieg dann nach unten.

Beim Auspacken der Reisetasche entdeckte er eine Ausgabe der *Dépêche du Midi,* die er, das hatte er ganz vergessen, am Flugplatz Rodez-Marcillac gekauft hatte. Sie landete im Papierkorb neben dem Kartentisch.

Er verstaute seinen Waschbeutel, duschte, kletterte in seine Koje und schlief, ohne sich auch nur ein einziges Mal umzudrehen, zehn Stunden durch.

Pierre-Yves

Der Anwalt verbrachte den ganzen Vormittag mit dem Versuch, seinen Mandanten zur Zusammenarbeit zu überreden, aber Pierre-Yves weigerte sich, auf seine Verteidigungsstrategie einzugehen. Er beharrte nach wie vor auf seiner Unschuld, auch dann noch, als er mit den Barabhebungen konfrontiert wurde, die ihn mit Boris Popow in Verbindung brachten. Und als der Anwalt ihn über Mademoiselle Églantines wundersame Wiederauferstehung unterrichtete und ihm Stéphanes Aussage vortrug, zog Pierre-Yves sich in ein verächtliches aristokratisches Schweigen zurück.

Geduldig erklärte der Anwalt ihm seine Strategie noch einmal: »Ich will, daß Sie das verstehen: Die Beweise gegen Mademoiselle Églantine sind zu Ihrem Vorteil. Jetzt kann ich zeigen, daß Sie lediglich die Waffe besorgt haben, sie jedoch das Verbrechen begangen hat.«

Pierre-Yves antwortete nicht.

Der Anwalt spielte seine letzte Karte aus. »Im Augenblick befinden Sie sich in einer günstigen Situation. In ein paar Tagen könnte das anders aussehen. Jetzt kann ich ein geringes Strafmaß für Sie erreichen, möglicherweise sogar Straffreiheit, wenn Sie sich bereit erklären, als Zeuge der Anklage zu fungieren.«

Pierre-Yves musterte die Manschetten seiner Sträflingskluft. »All dies ist *überaus* langweilig«, murmelte er.

»Nicht so langweilig wie das Leben im Gefängnis.«

Pierre-Yves seufzte: »Was hätte ich zu tun, wenn ich als Zeuge der Anklage auftrete?«

»Sie erzählen denen, was Angélique getan hat ... und Sie erzählen ihnen, wo sie sich aufhält.«

Jener Samstag war so warm und windstill wie ein Frühlingstag. Als Alex in die Maison kam, war Pierre-Yves' Schwester immer noch nicht eingetroffen.

Der Beratungsausschuß trat um vierzehn Uhr zusammen. Von Straffreiheit wollte Alex nichts hören. Er war zuversichtlich, der Verdächtigen habhaft zu werden, auch ohne zu einem Trick Zuflucht zu nehmen, den er als Rechtsverdrehung betrachtete, um Gerechtigkeit auszuhandeln – nicht um sie zu erreichen.

Allerdings waren weder der Kommissar noch das Büro des Obersten Terroristenfahnders, noch der Innenminister taub für das Argument Nützlichkeit, wenn es Zeit- und damit Geldersparnis bedeutete. Folglich einigte man sich auf einen Handel. Straffreiheit wurde Pierre-Yves zwar nicht versprochen, aber im Gegenzug für seine Aussage sollte der Staatsanwalt statt lebenslänglich nur fünfzehn Jahre fordern, mit der Möglichkeit, den Rest der Strafe nach acht Jahren zur Bewährung auszusetzen. Bis die Einzelheiten dieses Übereinkommens mit dem Untersuchungsrichter ausgehandelt wären, wurde die Untersuchung unterbrochen.

Das plötzliche Auftauchen Angélique Églantines als Hauptverdächtiger war nicht nur auf schwindelerregende Weise unvorhergesehen, es versetzte Alex auch in eine nicht gerade vorteilhafte Lage. Er hatte sie kein einziges Mal gesehen und wußte nichts über sie, außer daß sie Schauspielerin war. Was er über sie erfahren würde, bekäme er häppchenweise in Form von Zeugenaussagen serviert, und ein jeder würde sie so beschreiben, wie es ihm oder ihr gerade paßte. Folglich ergäbe sich ein verschwommenes Bild, wie eine Photomontage: Augen der Person A, Nase der Person B, Mund der Person C und ein Körper wie ein Clown, bei dem ein Fuß kürzer ist als der andere. Es gab kein Modell von Angélique, mit dem man sie vergleichen könnte. Nicht einmal Isabelle und die Recherchenabteilung konnten mit irgend etwas aufwarten. Wer war diese Person, und was für ein Motiv hatte sie gehabt?

Um sechzehn Uhr wurde die Sitzung fortgesetzt. Anwesend waren Pierre-Yves, sein Anwalt, Alex und Kommissar Demonet. Trotz der gegen ihn vorliegenden Beweise behielt Pierre-Yves sein hochnäsiges Verhalten bei.

Von Anfang an weigerte er sich, den Ratschlägen seines Anwalts zu folgen. »Einzig und allein ich habe den Entschluß gefaßt, Virgile de la Pagerie zu ermorden«, stellte er fest. Sein Anwalt starrte an die Decke.

»Was ist mit Mademoiselle Églantine?« fragte Alex.

»Nein. Die Idee stammt von mir.«

»Und Gus?«

»Stellen Sie sich nicht dumm«, erwiderte Pierre-Yves. »Gus hat nichts damit zu tun. Er ist ein armer Junge mit gewissen Neigungen. Nein. Den Entschluß habe ich gefaßt, und Angèle hat einfach mitgespielt, weil es ihr Spaß gemacht hat. Ich hatte beschlossen, wenn wir das Ganze überhaupt durchzögen, dann sollten wir uns dabei amüsieren.

Anfangs habe ich mit der Idee gespielt, Angélique im La Tortosa einzusetzen – einem Restaurant in der Nähe von Barcelona, wo Delap und sie normalerweise auf der Rückreise nach Paris haltgemacht haben. Angèle hat eine katalanische Bedienung in ihrem Repertoire, mit der sie jeden an der Nase herumführen kann.«

Der Kommissar warf Alex einen Blick zu. »Was bedeutet das?«

»Ganz einfach«, antwortete Pierre-Yves. »Der Besitzer vom La Tortosa ist ein Mistkerl. Niemand will für ihn arbeiten, und er kann sein Personal nicht halten. Angélique stirbt im April. Vier Monate später wird Jacinta Tarragon, die fließend Katalanisch wie auch Spanisch spricht, als Kellnerin eingestellt. So simpel ist das.«

»Aber der Besitzer von La Tortosa kennt doch Angélique, oder?«

»Gewiß. Aber Jacinta kennt er nicht. Hören Sie, wir reden hier nicht von Cathérine Deneuve. Wir reden nicht von einem in der Öffentlichkeit bekannten Gesicht. Wir reden über eine großartige Schauspielerin, die sich gänzlich in eine andere Person verwandeln kann. Haben Sie von dem Stück *Intermezzo* gehört?«

Alex nickte.

»In *Intermezzo* hat Angèle Isabel gespielt, ein naives Mädchen mit reiner Seele und dem Gesicht einer Heiligen. Sie war der Star. Nach der Premiere, bei der sie zwölfmal vor den Vorhang gerufen wurde, hat Gus eine Feier bei Narcisse veranstaltet. Angélique war nicht da. Alle haben gerätselt, wo sie wohl steckt. Sie war da. Sie hatte sich als Jacinta hergerichtet und an den Tischen bedient, hat tatsächlich den Schauspielern serviert. Kein Mensch hat sie erkannt. Niemand. Nicht einmal Gus.

Ich habe mich trotzdem gegen La Tortosa entschieden. Denn ich habe einfach nicht das richtige, langsam wirkende, geruch- und geschmacklose Gift gefunden, das ich gebraucht hätte, um den Tintenfisch in grüner Sauce zu präparieren.«

Der Anwalt fiel ihm ins Wort. »Entschuldigen Sie«, erklärte er, »ich möchte mich mit meinem Mandanten besprechen.« Er flüsterte Pierre-Yves ins Ohr: »Seien Sie kein Narr. Unsere Verteidigung baut darauf auf, daß sie den Mord begangen hat und Sie lediglich ein Komplize waren. Wenn sie weiterhin die Verantwortung für jede Entscheidung, die zu dem Verbrechen geführt hat, übernehmen, weiterhin ›ich‹ statt ›wir‹ sagen, bricht unsere Verteidigung in sich zusammen. Ich möchte, daß Sie ab jetzt betonen, ohne sie wäre das Verbrechen nicht durchführbar gewesen.«

Pierre-Yves musterte seinen Verteidiger, lächelte leicht und wandte sich zu Alex: »Der Mord wäre ohne mich nicht möglich gewesen«, sagte er. »Aber Angélique ist auf die Idee mit dem Inhalator gekommen.«

»Dann hat sie also über sein Asthma Bescheid gewußt?«

Pierre-Yves bedachte Alex mit einem Blick geduldiger Geringschätzung. »Nein, gewußt hat sie es nicht. Lediglich erraten. Er hatte Hämorrhoiden und Asthma, und sie hat Glück gehabt und auf Asthma getippt. *Natürlich hat sie es gewußt!* Fast zwei Jahre lang hat sie ihn gepflegt!«

»Hat sie auch das mit ›Virgile Philadelphie‹ gewußt?«

»Selbstverständlich. Delap hat nichts vor ihr geheimgehalten.«

»Nicht einmal Fannois?«

»Fannois ganz besonders nicht. Fannois war unser Alibi.«

»Inwiefern?«

»Delap hatte sieben Jahre lang Material über Fannois gesammelt. Als er sich in Angélique verliebt hat, da hatte er gerade den von Fannois unterzeichneten Deportationsbefehl für seinen Großvater entdeckt und stand kurz davor, die betrügerischen Appellationsrichter mit ihren Verbindungen zu den alten Vichy-Leuten und zum Front Patriotique auffliegen zu lassen. Angèle hat gesagt, Delap habe tatsächlich geglaubt, sein Leben wäre in Gefahr, wenn er die Informationen über Fannois veröffentlichen würde, und er wollte sichergehen, daß, falls ihm irgend etwas zustieße, die Frau, die er zu heiraten beabsichtigte, mit dem Beweismaterial vertraut wäre. Insofern war Fannois unser Alibi.«

»Und was ist mit Délice und Honoré?«

»Was soll mit denen sein?«

»Haben die gewußt, daß das Leben ihres Sohnes unter Umständen gefährdet war?«

»Ja. Genau darauf haben wir uns ja verlassen. Angèle hat gewußt, die Polizei würde im Bürosafe das Beweismaterial gegen Fannois finden. Sie hat gewußt, Délice und Honoré würden es bestätigen und wahrscheinlich Anzeige erstatten. Allerdings hat sie nicht gewußt, ob Délice und Honoré gewußt haben, daß sie das wußte. Folglich, um sie über jeden Verdacht zu erheben, schien es mir klug, wenn sie sich aufs Land zurückzöge, Anorexie bekäme und stürbe.«

»Das war also Ihre Idee?«

»Natürlich.« Der Anwalt seufzte. »Und es hätte auch funktioniert, wenn Fannois, der sich sieben Jahre lang versteckt gehalten hatte, für immer verschwunden geblieben wäre. Aber die Razzia im Châtau Villars hat das durchkreuzt.«

Alex warf dem Kommissar einen Blick zu.

»Als ich gehört habe, Fannois arbeite als Graphiker für eine Werbeagentur in Toulouse, war ich fest entschlossen, vor der Polizei dort zu sein und ihn auf die eine oder andere Weise unschädlich zu machen. Als ich jedoch erfahren habe, daß er seit 1983 in einer Irrenanstalt ist, bin ich nach Lausanne gefahren.«

»Gehen Sie ein wenig weiter zurück«, forderte Alex ihn auf. »Sie haben gesagt, de la Pagerie und Angélique seien verliebt gewesen.«

Ein kaum merkliches finsteres Lächeln spielte um Pierre-Yves' Lippen. »Ich habe gesagt, de la Pagerie war verliebt. Es ist beim *Intermezzo* passiert. Delap hatte den Punkt erreicht, an dem er entschieden hat, *er* sei für ihren Erfolg verantwortlich. Können Sie sich diese Überheblichkeit vorstellen? Doch was für ihn eine erhabene Feier von Liebe und narzißtischer Befriedigung war, das stellte für sie nichts weiter als eine Schauspielübung dar.

Ehrlich gesagt, ich kann es mir nicht vorstellen, in Angélique verliebt zu sein. Sie konnte mit Liebe nicht umgehen. Sie konnte

Liebe *spielen.* Glänzend. Was auch immer er wollte, sie verkörperte es: Vertraute, Krankenschwester, Mutter, Hure, Muse, Jungfrau. Sie könnten also fragen, wen er nun tatsächlich gebumst hat. Hat er die getreue Krankenschwester gefickt, die ihm den Rücken und die Schultern massiert und sich um ihn gekümmert hat, wenn er einen Anfall hatte? Oder hat er die lebenslustige Nutte gebumst, die wie eine Schlange gefickt, aber nie einen Orgasmus gehabt hat? Oder war es die erstaunte Naive, die ihren ersten hatte und vor Freude darüber jauchzte? Sie können es sich aussuchen. Geben Sie ihr nur eine Minute, um sich zu verwandeln.

Sie hat einmal zu mir gesagt: ›Ich weiß nicht, welches Ich von mir er liebt. Und wenn ich es wüßte, würde ich es nicht jeden Tag spielen wollen, noch viel weniger jede Nacht.‹«

Alex fragte: »Wer hat die Verlobung gelöst?«

»Eine unwiderstehliche Kraft, die auf ein unbewegliches Hindernis trifft. Methode, die auf Spontaneität prallt. Er war ein programmierter Intellektueller, ein Planer, ein Stratege, den ihre Impulsivität ungeheuer angezogen hat. Anfangs. Aber er konnte sich nicht mit ihr messen. Sie war ein Phantom, so glitschig wie Kürbissamen.

Sie haben über Schauspielerei gestritten. Er hat geglaubt, Schauspielern käme von innen, aus der Lebenserfahrung des Schauspielers, aus der Wirklichkeit. Sie hat darüber nur gelacht, hat behauptet, Schauspielerei sei Täuschung, mehr nicht. Die Wirklichkeit hat sie nicht interessiert, nur die überhöhte Realität der Darstellung. Das war auch Gus' Mantra, und das hat Delap wütend gemacht.

Er hat schließlich mit ihr gebrochen, als sie nichts davon hören wollte, die Hedda Gabler in einer dekonstruktivistischen Übersetzung von so einem irren Jacques-Derrida-Fan aus Prag zu spielen.«

Alex fiel ihm ins Wort: »Augenblick mal. Ganz so glitschig kann sie nicht gewesen sein. Immerhin haben sie zwei Jahre zusammengelebt. Sie hatten vor zu heiraten. Er hat die Wohnung für sie völlig umgestaltet. Sogar ein Kinderzimmer war da.«

»Nun ja.«

»Was: nun ja?«

»Im ersten Jahr, als *Intermezzo* noch auf dem Programm gestanden hat, da hat Angèle die Isabel achtmal in der Woche auf der Bühne und die übrige Zeit in seiner Wohnung gespielt. Sie hat die Verzauberte und Anbetungswürdige gegeben. Nach Absetzung des Stücks jedoch und als sie sich auf die Claire im *Besuch* vorbereitet hat, ist das Ganze auseinandergedriftet. Außerdem hat sie mehr Zeit in meiner als in seiner Wohnung verbracht.«

»Was wollen Sie damit sagen?«

»Ihr Arbeitszimmer ist bei mir zu Hause. Dort bereitet sie sich vor. Sie mußte ihren Körper umerziehen, um die Claire zu spielen. Sie mußte sich entscheiden, welche Stimme, welchen Gang, welche Haltung, was für eine Nase und was für einen Mund, welches Make-up, was für Kleider und Schmuck sie tragen wollte. Jeden Tag hat sie acht bis zehn Stunden gearbeitet. Und das konnte sie in seiner Wohnung nicht.«

»Ich habe gedacht, sie ist bei Ihnen eingezogen, nachdem Delap sie rausgeschmissen hatte.«

»Wer hat Ihnen denn das erzählt?«

»Gus.«

Pierre-Yves lächelte. »Armer Gussie.«

»Wann ist sie bei Ihnen eingezogen?«

»Vor fünf Jahren.«

Alex blinzelte. »Sie leben seit fünf Jahren zusammen? War ... war da je irgendwas ...«

»Irgendwas zwischen uns? Sie machen wohl Witze! Ganz gewiß nicht. Aber ich habe sie verstanden. Und ich habe keine Forderungen gestellt.«

»Es hat Ihnen also nichts ausgemacht, als sie mit de la Pagerie zusammengelebt hat?«

»Warum sollte es? Ich wußte, daß das eine vorübergehende Geschichte war. Außerdem ist sie nicht wirklich ausgezogen. Seine Bude war für sie eine Zweitwohnung in der Nähe des Jardin du Luxembourg. Sie hat den Park gemocht. Bilden Sie sich ja nicht ein, ich hätte ihn aus wütender Eifersucht oder derlei umbringen wollen.«

Der Anwalt zuckte zusammen. »Monsieur Gastin ...«

Pierre-Yves ignorierte ihn. Alex fragte: »Warum wollten Sie ihn denn ermorden?«

»Monsieur Gastin, Sie brauchen diese Frage nicht zu beantworten«, brüllte der Anwalt.

»Halten Sie den Mund!« Pierre-Yves wandte sich wieder zu Alex. Er legte eine Hand an die Wange, wie ein Kind, das über eine Rechenaufgabe nachgrübelt. »Warum ich ihn ermorden wollte? Hauptsächlich wegen des Geldes. Ich habe vor dem finanziellen Ruin gestanden, weil ich Stücke gefördert habe, die dieser Mensch, und nur er, regelmäßig verrissen hat. Und weil er mich die Toilettenschüssel Chagall genannt hat. Und weil ich gewußt habe, solange Delap lebte, würde Gus' Theater nie die Kurve kriegen.«

»Und was war Angéliques Motiv?«

»Sie hatte kein Motiv.« Der Anwalt klappte das Dossier vor sich zu und schloß die Augen. »Sie hat ihre Rolle in dem Stück als die schauspielerische Herausforderung ihres Lebens betrachtet: den Arzt in Seigneur-sous-Tarn zu täuschen, in Barcelona kaum einen Meter vor der Nase des berüchtigtsten Kritikers ganz Frankreichs, mit dem sie ein Verhältnis gehabt hatte, eine Vorstellung zu liefern und ihn zum Narren zu halten. Sie war intuitiv, mutig, das Risiko reizte sie, und die Konsequenzen waren ihr völlig gleichgültig.«

»Sie hätte an den Flugzeugsketch denken sollen.«

»Was?«

»Nicht so wichtig. Sie sagen, Gus hätte nichts damit zu tun gehabt?«

»Absolut nichts.«

»Ich möchte aber trotzdem wissen, warum Sie und Gus die Premierenfeier so früh verlassen haben.«

»Ich habe Ihnen doch gesagt, ich habe Gus nach Hause gefahren und bin dann ins Theater zurück.«

»Um dort den Inhalator zu suchen und nicht, um die Beleuchtung zu verändern.«

Pierre-Yves zuckte die Schultern.

»War es Ihr Plan, de la Pagerie im Theater sterben zu lassen?«

»Ja. Als er sich jedoch verspätet und Gus den Vorhang nicht hochgezogen hat, da habe ich gedacht, möglicherweise hat er seine Dosis schon genommen. Offenbar war das nicht der Fall. In Wirklichkeit ist alles gelaufen wie geplant, außer daß ich geglaubt habe, ich hätte genügend Zeit, den Inhalator wieder in seine Umhängetasche zu stecken. Ich hatte nicht damit gerechnet, daß er ihn fallen läßt.«

»Wo waren die Putzfrauen, als sie ins Theater zurückgekommen sind?«

»In den Garderoben hinter der Bühne. Sie hatten noch nicht angefangen.«

»Wirklich ein Jammer. Wenn Sie den Inhalator liegenlassen und die ihn gefunden hätten, dann hätten Sie es vielleicht nach Lausanne geschafft.«

Erneut zuckte Pierre-Yves die Schultern. »Nächstes Mal.«

Alex überprüfte das Tonband. Trotz der Einwände des Anwalts, daß Pierre-Yves sich selber belaste, hatte Alex den Eindruck, er hätte bei weitem nicht die ganze Wahrheit erzählt. Sein Motiv für einen Mord schien nicht stichhaltig, und Angélique hatte keines. Und warum belastete er eigentlich immer wieder sich selber? Warum beanspruchte er die Schuld für sich? Oder das Verdienst?

Alex warf einen Blick auf die Uhr. Achtzehn Uhr. Er würde Philippas Premiere verpassen. Aber wenn der Abschluß des Falls der Preis war, den er dafür zahlen mußte, dann war er das wert. Er wandte sich zum Kommissar. »Noch irgendwelche Fragen?«

»Im Augenblick nicht.«

Alex drehte sich wieder zu Pierre-Yves um. »In Ordnung also, Monsieur, wo ist sie?«

»Ich habe keine Ahnung.«

Der Anwalt beugte sich vor und flüsterte erneut etwas ins Ohr seines Mandanten. Pierre-Yves wandte sich zu dem Anwalt und fauchte ihn an: »Stellen Sie sich nicht so dumm! Wie soll ich ihm sagen, wo sie sich aufhält, wenn ich es nicht weiß?«

Alex erinnerte Pierre-Yves daran, falls er diese ungeheuer wichtige Information zurückhalte, würde er wegen Mißachtung des Gerichts verurteilt und könnte damit seinen Strafnachlaß verwirken.

Pierre-Yves lächelte schwach. »Tut mir leid. Immerhin, Sie haben's probiert. Sie werden sie nie finden.«

Die »Yacht Club«

Als Alex an jenem vergleichsweise milden Septemberabend um kurz nach sieben den Quai de la Charente hinaufging, bemerkte er, daß die Lichter am Masttop und auf den Spreizen angeschaltet waren und auf dem Vorderdeck des Schleppkahns zwei Männer mit Gläsern in der Hand saßen. Einer der beiden war ein in Schwarz gekleideter Priester. Als Alex näherkam, sah er, daß der andere Hippo war. Das hatte er ganz vergessen, Hippo wollte ja bei ihm übernachten.

»Ich habe gedacht, Sie sind in London!« rief Hippo. »Habe mir die Freiheit genommen, Marcel zum Abendessen einzuladen! Alex, Marcel! Marcel, Alex! Das ist der Mann, den wir am Canal nicht getroffen haben! Marcel war bei seinem Bischof! Haben Sie schon gegessen, Alex? Wir haben eine Tonne Steak mitgebracht! Genug für alle!«

Hippos leutselige Stimmung stand in eindeutigem Gegensatz zu Alex' Laune. Als er hinunterging, um sich etwas zu trinken zu holen, warf er einen Blick auf die Schiffsuhr. Noch eine halbe Stunde, dann ging der Vorhang in Covent Garden hoch. Er schenkte sich ein ordentliches Glas Whiskey ein, kletterte wieder den Niedergang hinauf und schürte den Holzkohlengrill an, der in die Heckreling eingelassen war. Da es mittlerweile dunkel war und allmählich kühl wurde, lud er seine Gäste ein, mit nach unten zu kommen; er versuchte, an ihrer angeregten Unterhaltung teilzunehmen, zumindest bis das Feuer soweit war, um die Steaks zu grillen.

Alex bemerkte, daß die Ausgabe der *Dépêche du Midi,* die er weggeworfen hatte, aufgeschlagen auf dem Kartentisch lag. Marcel erzählte von jemandem namens Cathérine Labouré.

Obwohl Alex versuchte, interessiert zu erscheinen, schweiften seine Gedanken ab, und er ertappte sich dabei, wie er auf die Schiffsuhr starrte: neunzehn Uhr vierzig, neunzehn Uhr fünfundvierzig. Noch fünfzehn Minuten. Dann läutete, wie auf Bestellung, um genau zehn Minuten vor acht das Telephon. Beinahe hätte Alex seinen Drink verschüttet. Er nahm ab.

»Wo steckst du?« fragte Philippa.

Er erklärte es ihr.

»Noch nie habe ich ein Debüt gehabt, nicht einmal, als ich noch im Corps war, bei dem du nicht im Zuschauerraum gesessen hast. Ich habe schreckliche Angst.«

»Du sollst ja auch schreckliche Angst haben. Ich würde mir Sorgen machen, wenn du keine hättest.«

»Diesmal ist es anders. Schreckliche Angst zu haben, wenn du nicht hier bist, ist etwas anderes, als wenn du dabei bist.«

»Hast du Stéphane getroffen?«

»Ja.«

»Ist deine Mutter da?«

»Nein. Die Marquise ist da, aber keine Angela. Alex?«

»Was?«

»Sag mir, daß du mich lieb hast.«

»Ich hab' dich lieb. Und ich hab' völliges Vertrauen zu dir. Du wirst großartig sein.«

»Nein, nein. Sag: ›Philippa, ich hab' dich lieb.‹«

»Philippa, ich hab' dich lieb.«

Sie atmete aus. »In Ordnung.« Einen Augenblick lang schwieg sie. Dann: »Sag Varnas, ich komm am Montag zu seiner Hochzeit. Aber Montagabend muß ich wieder hier sein. Es stehen noch drei Vorstellungen auf dem Programm.« Plötzlich kicherte sie. »Varnas und Madame Roget! Was für eine Glückseligkeit! Ich kann es kaum erwarten!«

Durchs Telephon hörte Alex Orchestermusik. Sie erklärte: »Ich muß jetzt gehen. Wünsch mir Glück.«

»Viel Glück, Chérie.«

»Danke. Jetzt geht es mir besser.« Sie hauchte einen Kuß ins Telephon. »Bis Montag dann.«

Er ging wieder zu Hippo und Marcel zurück und versuchte sich in Heiterkeit.

Marcel erwähnte die gestrige Ausgabe der *Dépêche du Midi* und stellte Vermutungen über irgendeinen Zufall an. Alex kletterte die Treppe hinauf, um nach dem Holzkohlengrill zu sehen. Vom Cockpit her hörte er, wie Marcel sagte: »Rue du Bac.«

Er legte den Rost auf die glühenden Kohlen und versuchte, sich zu erinnern, wo er erst kürzlich diese Worte gehört oder gelesen hatte. Dann ging er wieder hinunter, um die Steaks in Öl zu legen und zu pfeffern.

Er fragte: »Was ist mit der Rue du Bac?«

»Das Kloster in der Rue du Bac in Paris war der Ort, wo einer Nonne namens Cathérine Labouré 1830 die Heilige Jungfrau erschienen ist. Es war das erste Wunder dieser Art, das von der Kirche anerkannt worden ist, und hat zum Erlaß des Dogmas von der Unbefleckten Empfängnis unter Pius XI. im Jahre 1854 geführt«, erwiderte Marcel.

»Oh«, meinte Alex. Und da erinnerte er sich, wo er »Rue du Bac« gesehen hatte. Es war in einem der Titel von Angéliques Büchern über religiöse Wunder vorgekommen – *Das dritte Geheimnis von Fatima, Die Geschichte von La Salette, Das Wunder in der Rue du Bac* sowie ein weiteres Buch in einer fremden Sprache.

»Wir waren über diesen Zufall überrascht, weiter nichts«, sagte Hippo.

»Was für ein Zufall?«

»Na ja, als ich auf Marcel gewartet habe, da habe ich mir die *Dépêche du Midi* aus Ihrem Papierkorb geangelt. Als er dann gekommen ist, habe ich sie aufgeschlagen auf dem Tisch liegenlassen, während ich uns etwas zu trinken geholt habe. Ihm ist die Anzeige mit dem Namen der Nonne Cathérine Labouré ins Auge gestochen. Das hat uns auf das Thema unserer Unterhaltung gebracht.«

Alex warf einen Blick auf die Seite im zweiten Teil der Zeitung, der sich auf Geschehnisse im Département Aude bezog. Dort war eine halbseitige Anzeige zu sehen, in der eine Son-et-lumière-Aufführung von Arthur Honeggers Oratorium *Johanna auf dem Scheiterhaufen* angekündigt wurde, das von der »Fenster auf für das Theater»-Bühne im Château de Saissac im Dorf Saissac im Aude aufgeführt werden sollte; lediglich zwei Vorstellungen, die eine am Samstag, dem 21. September, um zwanzig Uhr (diesen Abend), die andere am Sonntag, dem 22. September (am nächsten Abend); in der Titelrolle: Mademoiselle Cathérine Labouré als heilige Johanna.

Im Hintergrund der Anzeige war der verschattete Umriß einer mittelalterlichen Burgruine abgebildet; das Modell derselben hatten Alex und Varnas vor ein paar Tagen auf dem Zeichentisch in Pierre-Yves' Atelier betrachtet.

Ohne zu zögern, nahm Alex an, Cathérine Labouré sei Angélique Églantine, und beschloß, augenblicklich nach Saissac aufzubrechen. Allerdings war es schon zu spät, um einen Polizei-

oder Charterhubschrauber zu bekommen, der ihn noch heute abend dorthin gebracht hätte. Er müßte die entsprechenden Vorkehrungen also morgen treffen.

Er ließ eine Bemerkung fallen, wie häufig doch der Name Labouré sei, und wechselte beiläufig das Thema, damit Hippo mit seinen feinen Antennen nichts merkte. Anschließend stieg er ins Cockpit hinauf und grillte die Steaks.

Beim Essen hielt Hippo einen ebenso aufschlußreichen wie unterhaltsamen Vortrag über seine Arkebusenluntenschloßmuskete mit glattem Lauf. Nachdem sie sich bei einem Courvoisier noch ein wenig unterhalten hatten, machte Marcel sich mit seinem BMW-Motorrad auf den Heimweg. Es war zehn Uhr. Wenige Minuten später zog Hippo sich für die Nacht in Philippas Kajüte zurück.

Alex stand in der Mitte der Salonkabine und übte die kleine Rede ein, mit der er den Kommissar überreden wollte, ihm morgen ein Flugzeug zur Verfügung zu stellen. Nach etlichen Durchläufen rief er den Kommissar zu Hause an. Niemand nahm ab. In der Maison probierte er es gar nicht erst. Es war schließlich Samstagabend. Der Kommissar hatte sich heute abend, vielleicht das ganze Wochenende frei genommen.

Im Dunkeln lag er in seiner Koje und hörte zu, wie die Métro Nr. 7 unter dem Kanal hindurchrumpelte. Sein letzter Gedanke vor dem Einschlafen war, daß es vielleicht unmöglich wäre, am Sonntag ein Flugzeug aufzutreiben.

Irgendwann im Lauf der Nacht träumte er, das Telephon läute. Das war komisch, denn er war elf Jahre alt und klaubte für seine Mutter Muscheln von den Überresten eines verlassenen Piers bei Tréboul in der Nähe von Douarnenez. Er wußte, auf dem Pier gab es kein Telephon. Und wenn eines dagewesen wäre, hätte der Anruf nicht ihm gegolten, denn als er elf gewesen war, hatte ihn nie jemand angerufen. Folglich überhörte er das Klingeln und sammelte weiter Muscheln.

Am nächsten Morgen stand er um sieben Uhr auf und stellte

fest, auf dem Anrufbeantworter war eine Nachricht für ihn. Philippa hatte um vier Uhr morgens mitteleuropäischer Zeit aus London angerufen. Sie klang ein bißchen beschwipst.

»Warum bist du um diese Zeit nicht zu Hause in deinem Bett? Beantworte die Frage nicht. Hör mir statt dessen gut zu:

›Miß Wattens hebt Bournonville auf eine neue Ebene der Sinnlichkeit‹ – *The London Times*.

›Miß Wattens' beeindruckende Meisterschaft, stets innerhalb der Grenzen von Bournonvilles Stil, ist in ihrer Erotik dennoch bemerkenswert‹ – *The Guardian*.

›Eine stehende Ovation für dieses neueste, köstliche gallische Gericht! Publikumsliebling Philippa Wattens bezaubert als Teresina‹ – *The Sun*.

Nicht schlecht, hm? Nicky hat den meisten Ruhm eingeheimst, aber schließlich hat er auch die beste Rolle. Zumindest haben sie mich erwähnt. Ehrlich gesagt, ich war göttlich. Übrigens, Nicky hat Stéphane einmal angeschaut und ihr eine Stelle in Kopenhagen angeboten, ohne allerdings zu sagen, als was. Ich hab' dich lieb. Bis Montag.«

Alex ließ das Band zurücklaufen und rief Varnas zu Hause an, um ihm von der Geschichte mit Cathérine Labouré zu berichten. Doch gleich nach dem ersten Läuten legte er wieder auf. Varnas und Madame waren bestimmt in der Frühmesse.

25

Varnas

MADAME Roget stand in der ersten Reihe und hielt seine Hand. Am Tag zuvor waren beide bei der Beichte gewesen. Jener Sonntag nun sollte ihre letzte Kommunion vor der Hochzeit sein.

Varnas war sich sicher, daß nie zwei Menschen mit tadelloseren Referenzen in den Stand der Ehe getreten waren als er und Madame. Daß er völlig durcheinander war, minderte diese Tatsache in keiner Weise. Doch obwohl er auf einer Wolke der Tugendhaftigkeit dahintrieb, hatte er ein wachsames Auge auf alles, das ihren heiteren Seelenfrieden bedrohen könnte.

Er geriet daher leicht aus der Fassung, als in dem Augenblick, da er während der Kommunion vor dem Altargitter stand und eben den Leib und das Blut Christi empfangen wollte, sein Piepser ertönte. Einen kurzen Augenblick lang hatte er den Eindruck, Madame gäbe vor, ihn nicht zu kennen. Irgend etwas schien ihr ins Auge geraten zu sein. Er schaltete den Piepser aus, schluckte die Hostie, bekreuzigte sich, beugte die Knie und schlich auf Zehenspitzen an der Sakristei vorbei zum Büro des Küsters, in dem sich ein Telephon befand.

Als er in der Maison anrief, nannte die Vermittlung ihm die Nummer eines Mobiltelephons, die er als die Joëlles erkannte. Sie beobachtete nach wie vor das Haus Pierre-Yves' in der Rue Marbeau.

»Gerade ist ein roter Ferrari mit Schweizer Nummer durch das Tor in die Allee neben seinem Haus gefahren«, berichtete sie. »Er hatte einen elektronischen Türöffner mit Fernbedienung. Jetzt ist der Wagen drinnen, und das Tor ist wieder verriegelt. Den Fahrer hab' ich nicht sehen können.«

»Wahrscheinlich Schwester von Pierre-Yves«, meinte Varnas. »Sie ...« Mitten im Satz brach er ab. »Ich rufe Sie zurück, Joëlle. Behalten Sie Haus scharf im Auge.«

Varnas rief bei Gus zu Hause an. Nach dem dritten Läuten nahm der Pfleger, Arnaud, ab.

»Guten Morgen«, begrüßte Varnas ihn fröhlich. »Ich habe gute Neuigkeiten.«

»Wissen Sie, wie spät es ist?« flüsterte Arnaud heiser.

»Zehn vor acht«, erwiderte Varnas.

»Es ist, verdammt noch mal, mitten in der gottverfluchten Nacht!« zischte Arnaud. »Gus schläft. Ich habe auch geschlafen. Herrgott noch mal!« Noch nie hatte Varnas in einer Kirche ein solches Fluchen gehört. »Was sind das für gute Neuigkeiten?«

»Wir finden Pierre-Yves. Er ist in Sicherheit.«

»Ich werd's Gus ausrichten.«

»Gut. Aber, bitte, für das Polizeiprotokoll brauchen wir die Telephonnummer von Pierre-Yves' Schwester in Lausanne.«

»Warten Sie.« Einen Augenblick später lieferte Arnaud ihm die Nummer. »Und rufen Sie nie wieder vor zehn an.«

Varnas wählte die nationale Vorwahl und die Nummer und ließ das Gespräch auf die Rechnung der Maison verbuchen. Nachdem er es ein paarmal hatte läuten lassen, antwortete die geschäftsmäßige Stimme einer Frau.

»Klinik d'Ouchy.«

Varnas bat darum, ihn mit Mademoiselle Gastin zu verbinden.

»Augenblick, bitte.« Fast unmittelbar darauf erklärte dieselbe Stimme: »Bedaure, Monsieur, aber Mademoiselle Gastin ist gerade zur Chemotheraphie gegangen. Wollen Sie eine Nachricht hinterlassen?«

»Nein, keine Nachricht«, erwiederte Varnas. »Vielen Dank.«

Rue Marbeau

Ohne Blaulicht oder Sirenen einzuschalten, riegelten die Leute von der Maison die Straße, in der Pierre-Yves wohnte, sowohl bei der Rue Pergolèse als auch beim Boulevard de l'Amiral-Bruix ab. Lautlos sprengten Techniker das elektronisch gesicherte Tor. Zusammen mit zwei Leuten von der Einheit für Spezialwaffen und taktisches Vorgehen betraten Varnas und Joëlle von der Allee aus durch den Hintereingang das Haus. Varnas rümpfte die Nase. Er roch eine eigenartige Mischung aus erhitzter Butter und Lavendelwasser und ging in die Küche. Dort stand die Garderobiere aus dem Théâtre Bakoledis am Herd und briet sich ein Spiegelei.

Die Maison

Durch Varnas' Anruf zu so früher Stunde aufgeschreckt, erschien Gus mit einer Tüte voll frischer Wäsche und einer Speisenauswahl aus einem chinesischen Restaurant für Pierre-Yves. Da er annahm, sein Freund befinde sich wegen irgendeiner Nichtigkeit in Gewahrsam, so daß er wohl eine Kaution hinterlegen müsse, verlangte er, Chefinspektor Grismolet oder Inspektor Varnas zu sprechen. Man hieß ihn warten.

Während er kochend vor Wut auf einer Bank in der Eingangshalle saß und dabei von einer der Frühlingsrollen naschte, wurde er Zeuge, wie seine mit Handschellen an eine junge Polizistin gekettete und von etlichen bewaffneten Polizisten begleitete Garderobiere hereingeführt wurde. In einigem Abstand folgte

Varnas. Als sie ihren Arbeitgeber sah und da sie annahm, er sei ihretwegen gekommen, machte die Frau den Mund auf, um etwas zu sagen; man schob sie jedoch eilig weiter zum Schalter des Aufsichtsbeamten vom Dienst, um sie ins Register einzutragen. Gus, entsetzt, daß sich nicht nur einer, sondern zwei seiner Kollegen in polizeilichem Gewahrsam befanden, sprang auf und brüllte: »Lassen Sie auf der Stelle die Frau da los!«

Varnas kam zu ihm herüber und berührte ihn am Arm. »Folgen Sie mir, Gus«, sagte er sanft und führte ihn nach draußen in die Sonne.

Er lehnte sich an die reichverzierte, frisch gereinigte Sandsteinwand des Innenministeriums und berichtete Gus sehr ruhig die Geschichte von Pierre-Yves, Angélique und dem Tod Virgile de la Pageries.

Zuerst zweifelte Gus aus Gewohnheit und Instinkt alles an, was Varnas ihm erzählte, dann ging er in die Defensive und schließlich zum Gegenangriff über. Er weigerte sich, zu glauben, daß Angélique am Leben sei. Er war bei ihrer Beerdigung dabeigewesen. Als jedoch klar wurde, auch noch so viel wütendes Kopfschütteln änderte nichts an der Tatsache, daß zwei seiner engsten Freunde schuldig waren und für ihre Niedertracht auf ewig eingesperrt werden würden, schwieg er. Er stellte die Tüte mit der Wäsche und dem chinesischen Essen auf dem Gehsteig ab und drehte sich mit dem Gesicht zur Wand. Und so ließ Varnas ihn stehen.

»Ich hoffe, eines Tages gibt es für Sie Théâtre Auguste«, sagte er und ging hinein.

Da Alex Pierre-Yves verhört hatte und Varnas die Garderobiere für eine mögliche Komplizin hielt, wollte er Alex die Möglichkeit bieten, sie ebenfalls zu befragen. Er rief also auf der »Yacht Club« an. Alex war schon unterwegs. Varnas wies die Vermittlung an, ihn über Funk zu benachrichtigen. Binnen fünf Minuten rief Alex zurück.

»Pierre-Yves' Ferrari ist da, aber Fahrerin ist nicht Pierre-Yves' Schwester. Fahrerin ist Garderobiere aus Théâtre Bakoledis. Sie sagt, ihr Name ist Véronique.«

»Véronique. Ist das die Véronique, die der Bürgermeister von Seigneur-sous-Tarn als Gesellschafterin Angéliques erwähnt hat?«

»Wahrscheinlich. Sie sagt, sie ist schon seit vielen Jahren Angèles Garderobiere und arbeitet jetzt für Gus und Pierre-Yves. Willst du sie verhören?«

»Geht nicht. Ich versuche ein Flugzeug zu mieten.«

»Wo fliegst du hin, Alexei? Morgen ist Hochzeitstag.«

Alex schilderte ihm kurz die Geschichte mit Cathérine Labouré und erklärte ihm, warum es notwendig sei, nach Saissac zu fliegen. Er versprach, rechtzeitig zur Feier zurückzukommen, ob nun Cathérine Labouré Angélique war oder nicht.

»Wieviel kostet es, Flugzeug zu mieten?« wollte Varnas wissen.

»Sechstausend in der Stunde.«

Varnas pfiff. »Ich hoffe um deinetwillen, Cathérine Labouré ist Angélique.« Und legte auf.

Véronique

Um die Möglichkeit einer weiteren häusliche Krise wegen des Lavendelwassers auszuschalten, bestand Varnas darauf, daß die Garderobiere duschte und frische Gefängniskluft anzog.

Dies fand unter den wachsamen Blicken Joëlles statt, die jetzt aktiv am Ausbildungsprogramm der Sûreté für Inspektorenanwärter teilnahm. Nach Beendigung des Baderituals brachte Joëlle Véronique in den Verhörraum, in dem Varnas wartete.

»Wir begegnen uns wieder«, erklärte Varnas liebenswürdig. Véronique setzte sich auf die andere Seite des Tisches. »Wünschen Sie Kaffee?«

»Ich möchte nur, daß dieser Alptraum aufhört und ich aus dieser Sträflingskluft rauskomme.«

»Selbstverständlich.«

Joëlle nahm ihr die Handschellen ab und ging.

»Ehe wir anfangen, Mademoiselle, machen Sie sich bitte klar, Pierre-Yves gesteht bereits Mord und daß Angélique Églantine ohne jeden Zweifel daran beteiligt ist.«

Véronique zögerte. »Ist Angélique verhaftet worden?«

»Noch nicht. Ist nur Frage der Zeit.«

»Verstehe.«

»Ich sage Ihnen dies, damit Ihre Zeugenaussage nicht an der erfindungsreichen Schwindelei krankt. Okay?«

»Wie Sie meinen.«

»Gut. Also, während Ihrer langen Beziehung zu Angélique als Garderobiere und Gesellschafterin, sind Sie sich da je bewußt, daß sie und Pierre-Yves dieses Verbrechen planen?«

Sie starrte auf den Tisch.

»Lassen Sie sich Zeit.«

»Ich war mir dessen nie bewußt – bis es geschehen war.«

»Das ist gut.«

»Als ich dem Bürgermeister von Seigneur geholfen habe, ihren Leichnam in den Sarg zu legen, und zugeschaut habe, wie er den Deckel zugenagelt hat, da habe ich geglaubt, ich würde sie nie wiedersehen.« Véroniques Augen schimmerten feucht. »Ich wollte mit ihr sterben. Kurz darauf, nachdem der Bürgermeister die Villa verlassen hatte, ist Pierre-Yves mit der Schaufensterpuppe angekommen. Als er den Sargdeckel aufgestemmt hat, konnte ich mir nicht vorstellen, was er damit bezweckte. Aber das hat keine Rolle gespielt, denn sie hat die Augen aufgeschlagen und mich angelächelt. An den restlichen Nachmittag erinnere ich mich nur verschwommen.

Als wir ihr aus dem Sarg geholfen und an ihrer Stelle die Puppe hineingelegt haben, da war mir natürlich klar, irgend etwas stimmte da nicht und man hatte mich, worum auch immer es ging, nicht eingeweiht. Aber ich habe nicht gefragt, und es war mir auch egal. Ich war zu glücklich. Später hat Pierre-Yves irgend etwas von einem Plan gesagt, für den es von ausschlaggebender Bedeutung sei, daß gewisse Leute glaubten, Angélique sei tot.«

»Sie vermuten jedoch nicht, daß dieser Plan Mord ist.«

»Nicht, ehe ich am Morgen nach der Premiere von *Eurydice* die Zeitung gelesen hatte.«

»Das ist gut. Aber als wir uns ein paar Tage später in der Theatergarderobe begegnen, da wissen Sie bereits, wer Delap tötet?«

»Ich habe es vermutet, ja.«

»Das ist schlecht. Weil Sie die Information zurückhalten.«

»Inspektor, ich habe festgestellt, für diejenigen, die man liebt, ist es oft besser, Informationen zurückzuhalten oder zu lügen, als die Wahrheit zu sagen. Ich habe die Ehe meiner Eltern gerettet, weil ich meiner Mutter nicht gesagt habe, daß mein Vater mit ihrer besten Freundin geschlafen hat. Bilden Sie sich also ja nicht ein, ich würde Angélique verraten, wenn ich glaube, ein Zurückhalten von Informationen könnte ihr nützen.«

»Sie müssen jedoch einsehen, jetzt hilft es ihr nicht mehr.«

Sie zuckte die Schultern.

»Also. Wer ist diese Angélique, die Ihnen so am Herzen liegt? Was für Art Person ist sie?«

»Die Frage ist nicht richtig gestellt. Angélique ist eigentlich keine Person. Sie ist ein Schauspielinstrument, das auf vollkommene Weise gestimmt ist, über ein außergewöhnliches Einfühlungsvermögen und überragende Muskelkontrolle und -koordinierung verfügt, wenn sie eine Rolle spielen muß.«

»Eine Theaterrolle?«

»Normalerweise ja.«

»Und wenn sie keine Rolle zu spielen hat, wer ist sie dann?«

»Na ja, sie ist eine der großen Künstlerinnen Europas und besessen von Technik, Körper- und Sprachbeherrschung. In der Zeit zwischen zwei Rollen trainiert sie. Sie stimmt das Instrument, körperlich und ästhetisch. Sie nimmt Unterricht. Sie studiert. Wenn sie in einem Stück von Racine spielen soll, befaßt sie sich mit der Malerei, der Literatur, der Kleidung, der Musik und der Politik jener Zeit, in der das Stück spielt. Das zeigt ihr, wie sie atmen, gehen und ihren Kopf drehen muß. Wenn sie in einem übersetzten Theaterstück spielt, lernt sie die Muttersprache des Autors zumindest so gut, daß sie den Text im Original lesen kann, ob es sich nun um Turgenjew, T'ang Hsien-tsu oder Terence McNally handelt.«

»Tatsächlich? Pierre-Yves schreibt ihren Erfolg ihrer Spontaneität zu. Dieses ganze Training klingt nicht sehr spontan.«

»Spontaneität ist eine Folge von Training. Eigentlich bezeichnet nur Pierre-Yves dies als ›Spontaneität‹. Ich ziehe das Wort ›Vielseitigkeit‹ vor. Einmal habe ich miterlebt, wie sie in einer Matinee die Phädra gespielt hat, und eine Stunde später haben ihre Kollegen regelrechte Lachkrämpfe bekommen, als sie ihnen vorgeführt hat, wie Nancy Reagan versucht, Arnold Schwarzenegger auf den Topf zu setzen.«

»Ja. Aber schließlich und endlich muß sie doch irgendwann einmal nach Hause gehen, Wäsche waschen, einkaufen, auf Toilette, schlafen, aufstehen und in Spiegel schauen. Wenn sie in Spiegel sieht, wer ist sie dann?«

»Die Frage ist bedeutungslos. Sie ist niemand.«

»Zum Mittagessen gehen?«

»Nein, nein. Sie geht nie mittagessen. Wenn sie in den Spiegel schaut, dann um zu entscheiden, was sie mit dem machen soll, was sie da sieht. Sie sieht eine leere Leinwand, die darauf wartet, bemalt zu werden. Es ist doch mit Sicherheit besser, ein Gemälde auf einer leeren Leinwand zu beginnen als auf einer, die schon bemalt ist. Hören Sie, wenn Sie an einen Schauspieler oder Entertainer denken, dann drücken Sie auf einen Knopf, und schon springt Michael Jackson oder Johnny Hallyday heraus. Das sind Persönlichkeiten. Sie ist keine. Wenn Sie auf der Straße an ihr vorbeigingen, würden Sie sie nicht erkennen. Solange sie nicht auf der Bühne steht, ist sie völlig unauffällig, unbedeutend sogar. Sie ist der verkörperte Gegensatz von Persönlichkeit.

Im Grunde genommen ist Persönlichkeit für die meisten Schauspieler ein Hemmnis. Deswegen versuchen so viele, keine zu haben. Laurence Olivier zum Beispiel oder Lena Olin oder Isabelle Adjani. Olin sagt, ihr Ehrgeiz als Schauspielerin sei es, überhaupt kein Ich zu haben. Adjani behauptet, je mehr sie sie selber zu sein versuche, desto einsamer werde sie.

Aber um Ihre Frage zu beantworten, ich habe mich um ihre Wäsche gekümmert, und Pierre-Yves hat die Einkäufe erledigt. Bis sie zu Delap gezogen ist.«

»Und dann?«

»Der hat versucht, sie zu zähmen, sie nach seinen Vorstellungen zu formen, die Qualitäten an ihr zu zerstören, die ihn zuerst so angezogen haben. Warum machen Männer so etwas? Können Sie sich das vorstellen, er hat versucht, sie zu einer Analyse zu zwingen! Eine Analyse wäre für Angélique tödlich gewesen.«

»Warum?«

»Weil sie nicht wissen will, wer sie ist, sondern nur, was sie werden kann. Sie glaubt, daß Kunst und Leben nicht unterscheidbar sind. Er hingegen hat geglaubt, wenn sie nicht zwischen Kunst und Leben unterscheiden könne und nicht wisse, wer sie ist, wäre sie niemals in der Lage, eine Rolle glaubwürdig zu gestalten. Er hat eines nicht verstanden: Seine Wahrheit war nicht die ihre. Ihre Wahrheit ist die Bühnenwahrheit, in deren Rahmen sie jede Rolle spielen kann, wenn sie die entsprechenden Hintergründe versteht. Es ist völlig gleichgültig, wer sie ist. ›Es geht nicht darum, *wer* ich bin!‹ sagt sie, ›sondern darum, was ich *mache*! Sobald ich weiß, worum es sich handelt.‹«

Varnas vermutete, daß dies der Wirklichkeit Angéliques ziemlich nahe kam. Denn wenn Kunst und Leben ununterscheidbar sind, dann gilt dies auch für Gestalt und Schatten, für Realität und Phantasie. Er fragte: »Welche Rolle spielt sie, als sie am Flughafen Barcelona Inhalatoren austauscht?«

Einen Augenblick lang dachte Véronique nach. »Eine überaus talentierte Charakterdarstellerin, die Böses im Schilde führt, etwa wie bei Molière.«

»Weiß sie, daß das, was sie in Umhängetasche steckt, tödliches Gift ist?«

»Die Frage ist wiederum falsch gestellt. Der *Augenblick* fasziniert sie. Ihre ganze Aufmerksamkeit richtet sich auf die *Darstellung*. Ich bin sicher, sie hat die Figur der Flughafenangestellten mit der gleichen Eindringlichkeit gespielt wie die heilige Johanna oder Claire Zachanassian. Ob der Inhalator nun Zyanid oder Selleriesalz enthalten hat, war ihr vermutlich völlig gleichgültig.«

»Aber dann ist sie Ungeheuer!«

»Nein, sie ist kein Ungeheuer. Sie kann ein Ungeheuer spielen. Oder ein liebes Mädchen. Oder eine sanfte Frau. Je nachdem, was die Rolle erfordert.«

Allmählich wurde Varnas dieser theoretischen Antworten überdrüssig. Er sagte: »Mademoiselle Véronique, Sie erzählen mir alles über Angélique – aber, *warum*? Warum tötet sie Virgile de la Pagerie? Und sagen Sie nicht, weil er ihr schlechte Kritik schreibt.«

Véronique seufzte und wich seinem Blick aus. »Na schön.« Sie holte tief Luft. »Eines ihrer Lieblingsstücke ist *Intermezzo* von Jean Giraudoux. Und ihre Lieblingspassage daraus ist die Rede, die im dritten Akt der Geist hält. Sie sagt, daß diese Rede sie davor bewahrt habe, die Torheit zu begehen, de la Pagerie zu heiraten. In dieser Szene spricht der Geist von jungen Mädchen.« Leise begann Véronique zu rezitieren:

»Sie sitzen hinter dem Fenster im Schein der Lampe, ein schimmernder Fleck zwischen dem Schatten drinnen und dem Schatten draußen; wie Blumen im Sommer, und im Winter wie die Gedanken von Blumen, und sie wählen ihren Platz im Gewühl der Menschheit immer so geschickt aus, daß sie uns nicht als

Menschen im Werden, sondern als höchste Blüte dieser Menschheit erscheinen. Die Wand zwischen der Welt des jungen Mädchens und der Welt des Geistes ist offenbar nicht mehr als als ein hauchzarter Gazeschleier; man möchte meinen, in jedem Augenblick ströme Unendlichkeit durch die Seele eines Mädchens, und das Unendliche könne ins Endliche fließen und vollends von ihm Besitz ergreifen.

Aber plötzlich erscheint der Mann. Die jungen Mädchen haben nur noch für ihn Augen. Er versteht es, sich selbst zu inszenieren. Er stellt sich auf die Hinterbeine, um nicht vom Regen durchnäßt zu werden und um sich Orden an die Brust zu heften. Er läßt den Bizeps anschwellen. In geheuchelter Bewunderung zittern sie vor ihm, beben vor Angst, wie selbst ein Tiger sie ihnen nicht einflößt, und machen sich nicht klar, von allen fleischfressenden Tieren hat allein dieser Zweibeiner verfaulte Zähne. Und wie sie ihn so anstarren, bewölken sich die Fenster der Seele, durch die sie einst die Myriaden von Farben der Außenwelt sahen, werden undurchsichtig, und in diesem Augenblick ist die Geschichte vorbei … und das Leben beginnt. Die Lust des Bettes beginnt. Und die Lust des Tisches. Und die Gewöhnung an diese Lust. Und die Lust der Eifersucht … und die Lust der Grausamkeit … und die Lust des Leidens. Und zuletzt die Lust der Gleichgültigkeit. So verliert die Perle nach und nach ihren Glanz und ist, lange ehe sie stirbt, tot.«

Véronique atmete aus und wandte sich wieder zu Varnas. »Im September 84 hat sie, nachdem er sie immer wieder wegen der Richtung, die ihre Laufbahn nahm, wegen *Hedda* oder *Rachel* angegriffen und beschimpft hatte, die Rede des Geistes auf Tonband aufgenommen, das Band zusammen mit einem Brief auf Delaps Schreibtisch gelegt und ist ausgezogen.«

»Wohin?«

»Zu Pierre-Yves!«

»Und?«

»Delap ist spät abends nach Hause gekommen. Als er sich das Band angehört hat und ihm klar geworden ist, was sie ihm damit zu verstehen geben wollte, war das ein schwerer Schlag für sein Ego. Nachdem er ein Vermögen dafür ausgegeben hatte, die Wohnung umzugestalten, nachdem er in aller Öffentlichkeit seine Absichten bekanntgegeben hatte, konnte er mit dieser Demütigung durch eine Frau, von der er geglaubt hatte, er beherrsche sie, und der er sich intellektuell eindeutig überlegen fühlte, einfach nicht fertigwerden. Er ist durchgedreht, ist zu Pierre-Yves' Haus gefahren und dort eingebrochen, hat sie aus dem Bett gezerrt. Beinahe hätte er sie umgebracht. Wäre sie nicht in einer so hervorragenden körperlichen Verfassung gewesen, hätte er das auch geschafft. Er hat ihre Stimmbänder verletzt, das Instrument verletzt, auf dessen Vervollkommnung sie ihr halbes Leben verwandt hatte.«

»Wo ist Pierre-Yves währenddessen?«

»In Lausanne.«

»Verklagt Angélique ihn?«

»Nein.«

»Warum nicht?«

»Na ja ... sie hat es verdrängt. Wollte so tun, als sei es nie geschehen. Fragen Sie irgendeine beliebige Frau, die ihr Mann geschlagen hat, warum sie auf den Bullen losgeht, der den Mann verhaften will.«

»Aber das ist verrückt! Sie hat keinen Grund, ihn zu schützen.«

»Ihn hat sie nicht beschützt; sie hat sich selber geschützt, hat versucht, nicht in die Schlagzeilen zu kommen.« Einen Augenblick lang schwieg Véronique und sah an Varnas vorbei. »Angèle hatte sich noch nicht wieder erholt, als sie ein paar Wochen darauf in *Rachel* aufgetreten ist. Das war ein Fehler. Sie hätte damit warten sollen. Sie war der Rolle noch nicht gewachsen, und das hat sie auch gewußt, was das Ganze noch schlimmer gemacht hat. Als *Rachel* dann Premiere hatte und er sie noch einmal fast umgebracht hat, diesmal in der Presse ...« Sie führte den Satz nicht zu Ende.

»Wollen Sie damit sagen, daß es Angéliques Idee war, ihn zu ermorden?«

»Nein. Das war Pierre-Yves' Idee.«

»Und was ist sein Grund?«

Véronique zögerte, dann starrte sie Varnas unvermittelt an. »Der Grund? Er hat sie geliebt.«

Varnas starrte zurück. »Pierre-Yves liebt Angélique?«

»Ja.«

»In seiner Zeugenaussage erwähnt er derlei mit keinem Wort!«

»Weil er, rein technisch gesehen, schwul ist. Er wollte seine Glaubwürdigkeit in der Theaterwelt nicht unterminieren, und natürlich wollte er nicht, daß Gus es weiß. Ich hoffe, Gus erfährt es nie.«

»Großer Gott! Ist Angélique in Pierre-Yves verliebt?«

»Nein. Angélique liebt nur mich.«

»Sie? Sie sind ein Liebespaar?«

»Nein. Ich bin ihre Mutter.«

26

Saissac

EIN paar Minuten nach zwanzig Uhr flog Alex in einem Hochdecker mit Propellerantrieb Marke Mitsubishi-Marquise vom Flughafen Orly los. Es handelte sich um ein Polizeiflugzeug, das das Büro des Obersten Terroristenfahnders in letzter Minute zur Verfügung gestellt hatte. Alex' Ziel war der kleine Landeplatz in Castelnaudary am Canal du Midi, wo er damals für seinen und Philippas Nichturlaub die Motorjacht »Sirocco« gemietet hatte. In Castelnaudary waren Thérèse Chalant und jetzt auch Marie-Rose Fournier und Vercingétorix zu Hause. Das Dorf Saissac lag keine zwanzig Kilometer nördlich davon in den Vorhügeln der Montagne Noir. Alex saß neben dem Piloten auf dem rechten Vordersitz und hatte die Arme fest über der Brust verschränkt, um nicht der Versuchung zu erliegen, den Steuerknüppel zu packen und zum Mond zu fliegen.

Vor dem Abflug rief er Varnas an, um sich zu erkundigen, was Véronique ausgesagt hatte.

Varnas wiederholte die wichtigsten Punkte, vor allem die, die Pierre-Yves' Darstellung der Ereignisse und Motive widersprachen, und fügte hinzu: »Pierre-Yves hat großes Geheimnis, Alex.«

»Nämlich?«

»Er ist in Angélique verliebt.«

»Na, das nenne ich eine Überraschung. Weiß Gus das?«

»Véronique hofft nicht. Übrigens ist Véronique Angèles Mutter.«

Diese Tatsache schien, wiewohl unerwartet, Alex nicht weiter von Bedeutung – erst später. Er sagte: »Wir sehen uns in der Kirche«, und legte auf.

Kurz vor zehn landete die Mitsubishi in Castelnaudary. Ein »Alouette«-Hubschrauber von der Flugeinheit der Marseiller Polizei wartete bereits auf der Rampe; die wirbelnden Rotorblätter brachen das Scheinwerferlicht der Propellermaschine, die Alex als Taxi gedient hatte, zu zuckenden Lichtblitzen. Alex stieg in den Hubschrauber um, und binnen Minuten hoben sie ab.

Einige winzige Nadelpunkte von bernsteinfarbenem Licht zogen unter ihnen dahin, sie sahen kurz die Spiegelung des Mondes auf dem Canal aufblitzen, und Castelnaudary lag hinter ihnen. Sechshundert Meter über der fahlen Düsternis der Weinberge, aus denen hier und da ein Licht aus einem der verstreuten Bauernhäuser aufschimmerte, flogen sie dahin.

Nach wenigen Minuten tippte der Pilot Alex auf den Arm und deutete nach vorne auf ein leuchtendes Rechteck am Horizont. Hin und wieder schien das helle Objekt zu tanzen und wie ein weit entfernter Fernsehschirm Farbe und Helligkeit zu verändern. Als der Hubschrauber näherkam, nahm der sich ausdehnende Lichtfleck Form und Struktur an. Spinnenartige verfallene Türme tauchten auf, die über das Rechteck aufragten, das schließlich zu einer in gleißendes Licht getauchten Bühne wurde. Gelbe, schwarze und karmesinrote Punkte wurden zu kostümierten Chorsängern, die im Hintergrund auf verschiedene Ebenen verteilt waren. Und was anfangs wie ein vereinzelter Fleck im Vordergrund gewirkt hatte, wurde zu einer in Weiß gewandeten weiblichen Gestalt, die auf Pierre-Yves' schräg abfallender Lichtung an den aus einem Scheiterhaufen aufragenden Pfahl gefesselt war.

Das gesamte Bühnenbild versank plötzlich und verschwand hinter einem Nadelgehölz, als die »Alouette« zum Sinkflug ansetzte und auf einer Weide am Rand des Dorfes landete. Der Landeplatz wurde von den Scheinwerfern eines Polizeiautos beleuchtet, in dem ein Chauffeur und zwei Sicherheitsbeamte saßen.

Binnen weniger Minuten waren sie am Aufführungsort. Gegenüber der Burgruine und der Bühne bildete ein halbkreisförmiger Abhang ein natürliches Amphitheater. Die Zuschauer saßen auf in den Hügel eingelassenen Sitzen, und auf dem freien Platz zwischen Bühne und Publikum waren das Orchester und der Dirigent untergebracht. Oben auf dem Hügel stand kurz hinter der Stelle, an der der Polizeiwagen angehalten hatte, eine Projektionskabine, das Kontrollzentrum für den Regisseur und seine Licht- und Tonausrüstung.

Jetzt tauchte aus dem Verschlag ein kleiner wütender Mann auf, der Regisseur höchstpersönlich. Er rannte auf den Polizeiwagen zu und trat mit dem Fuß gegen die Autotür.

»Unmenschen!« zischte er. »Warum sind Sie nicht gleich auf der Bühne gelandet? Dann hätten Sie, anstatt nur die Aufführung zu verderben, gleich auch noch die Schauspieler umgebracht!«

Er erinnerte Alex an Gus, nur daß er kleiner war. »Idioten!« brüllte er und hastete in seine Kabine zurück.

Der Zwischenfall schien das Publikum jedoch nicht allzusehr gestört zu haben. Es widmete dem Oratorium, das sich dem Schluß näherte, seine volle feierliche Aufmerksamkeit.

Die Bühne war in orangefarbenes Licht und Rauch getaucht. Auf die grauen Streifen eines durchsichtigen Baumwollstoffs, der jetzt zwischen den Bühnenpfeilern und dem Amphitheater niederging, wurde eine erstaunlich wirklichkeitsgetreue Flamme projiziert, die aufloderte und funkensprühend knisterte.

Der Chor sang:

Keiner kennt eine größere Liebe
denn jener, der denen, so er liebt,
sein Leben opfert!

Die Musik schwoll in einem Crescendo an. Johanna auf dem Scheiterhaufen, ihre Fesseln durch Gottes Liebe gelöst, schien, die Arme mit überkreuzten Handgelenken gen Himmel gereckt, von den Flammen verzehrt zu werden. Die Lichter hinter dem Baumwollschleier verblaßten allmählich. Als die letzten Töne erklangen, waren nur noch die auf den Stoff projizierten Flammen zu sehen. Die Vorstellung war zu Ende, und Beifall brandete auf.

Der Chauffeur lenkte das Auto auf eine Zufahrtsstraße und um die Rückseite der Burg herum zu einem Treppenaufgang aus Holz, der zu den Kulissen hinter der Bühne führte. Er parkte neben dem für alle Sport- und Theatervorstellungen im Freien gesetzlich vorgeschriebenen Krankenwagen. Alex und die Sicherheitsbeamten stiegen aus, als sich die Schauspieler und der Dirigent, die sich oben auf der Bühne versammelt hatten, gerade vor dem Publikum verbeugten.

Mademoiselle Labouré trat mit Frère Dominique nach vorne, dann verbeugte sie sich zusammen mit Frère Dominique und dem Dirigenten, sodann gemeinsam mit der gesamten Truppe, und schließlich trat sie allein nach vorne, um sich unter Beifallrufen und Applaus triumphierend zu verneigen. Doch als sie sich wieder aufrichtete, taumelte sie plötzlich, schwankte hin und her und brach auf der Bühne zusammen. Aus dem Publikum stieg ein kollektiver Seufzer auf, gefolgt von verdutztem Schweigen.

Mitglieder des Ensembles umringten sie. Jemand rief: »Nicht berühren! … Treten Sie zurück! … Sie braucht Luft zum Atmen!«

Alex schloß sich der Sanitätsmannschaft an, die die Treppe zur Bühne hinauf und zu der Stelle rannte, wo die Schauspielerin reglos und mit starren Augen auf dem Rücken lag. Der Arzt kniete sich neben sie. Er knöpfte das Oberteil ihres weißen Gewandes auf, das bis auf einen Make-up-Flecken auf dem Kragen makellos war. Er untersuchte sie kurz und ging dann in die Hocke.

»Holt eine Tragbahre«, erklärte er mit ruhiger Stimme. »Sie hat Verbrennungen ersten Grades.«

Man flog sie mit der »Alouette« zu der kleinen Klinik in Castelnaudary, wo sie auf die Wachstation gebracht wurde. In der Tat bewacht. Da Alex überzeugt war, sie sei durchaus in der Lage, erneut ihr Herz zum Stillstand zu bringen oder vor ihren Augen zu verschwinden, plazierte er auf der einen Seite ihres Bettes eine Krankenschwester, um ihren Puls zu überwachen, auf der anderen eine Polizistin.

Er sprach mit dem leidgeprüften Regisseur und einem Vertreter der »Fenster auf für das Theater«-Bühne. Beide schienen unter Schock zu stehen.

Sie sagten aus, Cathérine Labouré habe seit Mai für das »Fenster-Theater« sowie die Theatergemeinde gearbeitet. Anfangs hätte sie nur kleine Rollen gespielt, aber bald eine derartige Bandbreite an Ausdrucksmöglichkeiten gezeigt, daß man, als die Entscheidung zur Aufführung von Honeggers Oratorium gefallen war, einstimmig beschlossen hatte, ihr die Rolle der Johanna anzuvertrauen.

Alex wollte wissen, ob sie seit Mai ununterbrochen mit ihnen zusammengearbeitet hätte.

»Ja, abgesehen von zwei Wochen vor Probenbeginn für diese Aufführung, als sie in Spanien Urlaub gemacht hat. Während sie weg war, hat sie am Bühnenbild und an den Kostümentwürfen gearbeitet.«

»Sie hat behauptet, sie hätte das Bühnenbild und die Kostüme entworfen?«

»Es war eine Gemeinschaftsarbeit«, erklärte der Regisseur. »Sie hat die Entwürfe und Kostümzeichnungen geliefert, und wir haben sie in unseren Werkstätten hier ausgeführt. Sie ist außerordentlich begabt.«

»In der Tat«, meinte Alex. »Außerordentlich. Aber sie heißt nicht Cathérine Labouré. Ich hoffe, Sie haben eine Zweitbesetzung, denn diese heilige Johanna ist verhaftet.«

Um Mitternacht stellte der Klinikarzt vom Dienst fest, sie hätten nicht die Möglichkeiten, die Patientin angemessen zu versorgen, falls ihr Puls und ihre Temperatur weiterhin anstiegen. Er drängte Alex, sie nach Marseille in die Spezialklinik für Verbrennungen oder nach Paris zu verlegen.

Alex nahm noch einmal Verbindung mit dem Büro des Obersten Terroristenfahnders auf. Um ein Uhr morgens wurde ein Rettungsflugzeug mit Air-condition, das gerade von einer nach zweitausend Flugstunden fälligen Überholung in der Werkstatt zurückgekommen war, von Tarbes eingeflogen, und man brachte Angélique in das Amerikanische Krankenhaus in Neuilly-sur-Seine.

Obwohl die Blutuntersuchungen keinerlei Hinweise auf eine Infektion ergaben, erhielt sie Breitbandantibiotika, Tetanus-Toxoid und IV-Infusionen. Die Prognose war weder gut noch schlecht. Genauer gesagt, es gab überhaupt keine Prognose. Die Ärzte hatten keine Ahnung, was ihr fehlte.

Um sechs Uhr traf Alex wieder in der Maison ein. Die Hochzeit würde in vier Stunden stattfinden, er hatte noch jede Menge zu erledigen, und das alles, ohne ein Auge zugetan zu haben.

Schnurstracks ging er zum Zellentrakt und wies die Aufseherin an, Véronique zu wecken. Nach zehn Minuten schlurfte sie in Hausschuhen und einem Gefängnismorgenrock aus Baumwolle herein; sie roch nach Zahnpasta und Mundwasser.

»Tut mir leid, daß ich Sie geweckt habe«, entschuldigte er sich. »Ich brauche Ihre Hilfe.«

Sie antwortete nicht.

»Ehe wir gestern abend Ihre Tochter verhaftet haben, ist sie auf der Bühne mit Verbrennungen ersten Grades zusammengebrochen.«

Véronique nickte. »Sie erleidet immer Verbrennungen, wenn sie die Johanna spielt. Normalerweise verschwinden sie rechtzeitig vor der nächsten Aufführung.«

»Es wird keine nächste Aufführung geben.«

»Das könnte ein Problem werden. Wo ist sie?«

»In einem Einzelzimmer im Amerikanischen Krankenhaus. Sie liegt in einem Bett auf dem Rücken. Die Augen hat sie geschlossen und die Hände auf der Brust zum Gebet gefaltet, wie eine Heilige aus Stein, die auf einem Katafalk ruht. Die Verbrennungen sind nicht verschwunden, und sie hat einundvierzig Grad Fieber.«

»Ich kann Ihnen nicht helfen.«

»Warum nicht?«

»Sie brennt. Sie brennt, weil sie Ihre Gefangene ist. Und sie ist immer noch die Johanna.«

»Aber das ist alles gespielt!«

»Natürlich ist das gespielt! Sie ist Schauspielerin!«

27

Orly

ALLMÄHLICH wurde die Zeit knapp. Schließlich schaffte Alex es zur »Yacht Club«, duschte und zog sich um. Fast wäre es zu einem tödlichen Zusammenstoß mit seiner Fliege gekommen, aber nach dem vierten Versuch kriegte er ein einigermaßen glaubwürdiges Faksimile des klassischen Schmetterlingsknotens hin.

Er war dem Zusammenbruch nahe und kam sich, um acht Uhr früh in seinen mitternachtsblauen Smoking gekleidet, einigermaßen seltsam vor, als er jetzt in der strahlenden Morgensonne mit dem Käfer zum Flughafen fuhr. Die Verhaftung Angéliques hatte ihn zwar kurzfristig von seiner Sorge um Philippa und Stéphane abgelenkt, doch jetzt drang sie wieder an die Oberfläche.

Philippa absolvierte ihr Eintreffen in der Ankunftshalle ganz in Mauve: ein malvenfarbenes Chanel-Kostüm mit kurzem Jäckchen, Wildlederpumps und ein großer breitrandiger Strohhut. Wie ein Filmstar sah sie aus. Ein rotgesichtiger älterer Herr im Regenmantel trug ihren malvenfarbenen Kosmetikkoffer. Am Ausgang entließ sie ihn mit einem Lächeln breit wie eine Klaviertastatur und gestattete ihm ein Küßchen auf die Wange. Vor sich hin murmelnd trollte er sich.

Als sie Alex sah, stellte sie den kleinen Koffer hin, nahm ihren Hut ab und wartete. In dem Augenblick löste sich die Erschöpfung, und die Anspannung in seinen Schultern glitt seinen Rücken hinunter wie geschmolzene Butter. Er nahm sie in die Arme, küßte ihr Haar, ihr Gesicht, ihre Lippen und erneut ihr Gesicht.

»Mehr bitte«, flüsterte sie und klammerte sich an ihn. Eine winzige grauhaarige Frau von fernöstlichem Aussehen machte mit ihrer Fuji-Automatik ein Blitzlichtphoto von den beiden.

»Wer war denn dein erlauchter Begleiter?« wollte Alex wissen, als er den Käfer vom Flughafenparkplatz steuerte.

»Hab' nicht die geringste Ahnung«, meinte sie. »Ein Handelsvertreter für Kakao aus Bristol. Seine Frau heißt Gemma, und sie haben sechs Kinder.« Als sie in die A6 einbogen, schwieg sie. Dann: »Stéphane läßt dich grüßen und sagt dir auf Wiedersehen.«

Alex blinzelte. »Dann ist sie also doch nach Kopenhagen?«

»Alex. Wenn sie es nicht schafft, mit Maurice Béjart in Brüssel zu arbeiten, dann erst recht nicht, mit Nicky Blixen nach Kopenhagen zu gehen. Nein. Sie ist gestern von London aus direkt nach Antibes geflogen, wo sie eine Weile bleiben wird.« Philippa musterte Alex' Profil. »Sie hat sich verändert. Wirkt irgendwie gedämpft ... und nachdenklich. Und ich möchte nicht darüber reden.«

»Okay.«

Nach kurzem Schweigen: »Übrigens, ich habe nicht mit Nicky geschlafen.«

»Warum nicht? Ich habe gedacht, das gehört zum Programm?«

»Na ja, man hat es von mir erwartet. Ehrlich gesagt, wir haben es sogar probiert. Aber ich habe Schluckauf bekommen. Er war schrecklich beleidigt.«

»Ich will nicht darüber reden.«

Sie lächelte und drückte seinen Arm. »Hör zu, ich wollte es dir sagen, als ich dich angerufen habe. Olivia ist zur Premiere gekommen.«

»Olivia?«

»Rudys Assistentin. Sie hat gesagt, vor dem 14. Oktober brauche ich nicht zu den Proben für den *Nußknacker* zu erscheinen. Das bedeutet, ich habe zwei Wochen frei. Das bedeutet, wir könnten immer noch den Canal du Midi entlangschippern, wenn du frei kriegst. Schaffst du das?«

»Das hängt von Angélique ab.«

Philippa runzelte die Stirn. »Wer, zum Teufel, ist Angélique?«

Église Saint-Charles de Monceau

Die Hochzeit fand in einer kleinen Seitenkapelle der Kirche statt.

Wäre an jenem Montagmorgen in Paris ein größeres Verbrechen, das in die Zuständigkeit der nationalen Polizei fiel, begangen worden, hätten die Gangster gute Aussichten gehabt, unentdeckt davonzukommen, da bis auf eine Handvoll Leute, die den Betrieb notdürftig am Laufen hielten, alle Inspektorenanwärter und Abteilungsleiter bei der Hochzeit waren, einschließlich Isabelles, Joëlles, Alex', Biramoules, Varnas' und natürlich des Kommissars, umrahmt von seiner Gemahlin auf der einen und einer hinreißenden jungen Frau mit roten Haaren auf der anderen Seite. Diese zog während der ganzen Feier Isabelles ungeteilte Aufmerksamkeit auf sich.

Außerdem war ein repräsentativer Querschnitt der Pariser Unterwelt, Abteilung Kleinkriminalität, vertreten. Alle waren sie zu irgendeinem Zeitpunkt Informanten für Varnas gewesen. Dieser Haufen behielt seine Mäntel an.

In der ersten Reihe auf der Seite der Braut saß Suzanne vom Chez Suzanne. Sie trug ein leuchtend rotes Kleid, einen silbern funkelnden Hut und ihren gesamten Schmuck. Irgendwie ähnelte sie einem Feuerwehrauto und strahlte von dem Augenblick an, als sie sich hinsetzte, bis zu dem Augenblick, als sie die Kirche verließ, besitzergreifend in die Runde.

Hinter ihr saß eine Abordnung der Mieter von 8, Rue Georges-Berger, deren Geschenk für die Braut das Einsammeln und Entsorgen des Abfalls für die Dauer einer Woche war.

Als alle Platz genommen hatten, traten Varnas und Alex zusammen mit dem Priester an das Altargitter. Ein Geigenduo spielte den Hochzeitsmarsch, als Philippa, den Arm voller Margeriten und Nelken, in die winzige Kapelle trat, gefolgt von der verschleierten Braut, strahlend schön in einem auf Taille gearbeiteten weißen Brokatgewand mit winzigen Perlen. Sie schritt am Arm des Chefinspektors Hippolyte Maurice Ludovic du Temple (Hippo) einher, der, da kein erwachsener männlicher Verwandter aufzutreiben gewesen war, freiwillig die Rolle des Brautführers übernommen hatte.

Während der gesamten Feier wandte Clothilde die Augen nicht von Varnas' Gesicht, weder als der Priester die obligate Frage stellte noch während des Gebets, weder beim Tausch der Ringe, noch als sie niederkniete, um den Segen zu empfangen. Als Philippa den Schleier zurückschlug, sank Clothilde endlich in die Arme des ihr frisch Angetrauten, und die versammelte Gemeinde, der auf einmal bewußt wurde, daß sich in ihrer Gegenwart etwas Bedeutsames ereignet hatte, stieß einen kollektiven Seufzer aus. Suzanne applaudierte. Das Geigenduo spielte Mendelssohn.

An die Trauung schloß sich ein Empfang mit Mittagessen im Chez Suzanne an. Für die normale Kundschaft war das Restaurant montags geschlossen. Dies war Suzannes Geschenk für Braut und Bräutigam, und sie übertraf sich selber: gemischte Hors d'œuvres, geräucherter Lachs, Lauchcremesuppe, Coq au vin, grüner Salat mit Kresse, Erdbeertorte mit frischer Sahne und verschiedene Käsesorten, das alles begleitet von Champagner und drei verschiedenen Weinen.

Isabelle, die einen kleinen Champagnerschwips hatte, begegnete Alex in der Pause zwischen dem Ende des Essens und dem Augenblick, in dem Braut und Bräutigam aufbrechen sollten.

»Dieser umwerfende Rotschopf, der mit dem Kommissar gekommen ist.«

»Was ist mit dem?«

»Da haben wir uns vertan. Sie ist die Tochter seiner Frau aus erster Ehe. Ehemaliges Blumenkind, das sich seiner Mutter entfremdet hatte, bis Demonet sie in den Schoß der Familie zurückgeführt hat. Als ich zwei zu eins gewettet habe, daß er ein Schätzchen hat, habe ich sechshundert Francs verloren. Aber mit meiner Schätzung, daß sie keine fünfunddreißig ist, habe ich zweihundertzwölf zurückgewonnen. Und die Wette acht zu fünf, daß er nicht mit ihr schläft, hat mir fünfhundertzwei eingebracht. Ich liege also um hundertvierzehn Francs vorn.« Sie trank ihren Champagner aus, während die Leute mit Reiskörnern zu werfen begannen. »Wo verbringen die Varnas ihre Flitterwochen?«

»Zu Hause im Bett.«

Die Maison

Philippa flog mit der Nachmittagsmaschine nach London zurück. Am Donnerstag würde sie wieder nach Paris kommen. Falls Angéliques Zustand sich besserte und Alex sie bis dahin vernommen hatte, würden er und Philippa nach Süden fliegen und noch rechtzeitig die »Sirocco« mieten, um am Wochenende aufzubrechen. Im Augenblick erschien dies allerdings eher unwahrscheinlich.

Schon zuvor hatten die Boulevardblätter die Geschichte mit Angélique herausbekommen. Photographien der berühmten Goldstatue der heiligen Johanna in der Kathedrale von Reims,

Lithographien der Schauspielerin Rachel als Johanna, Photos von Ingrid Bergman als Johanna, von Siobhan McKenna, Julie Harris und Angélique als Johanna erschienen. Johanna war plötzlich wieder in Mode. Bald würde es entsprechende T-Shirts und Plastiktüten geben. Bislang unbekannte Archivare des Hundertjährigen Kriegs wurden im Fernsehen nach ihren verborgenen Einsichten hinsichtlich des Phänomens der Jungfrau gefragt, die 1431 wegen Ketzerei hingerichtet, 1456 rehabilitiert, 1909 selig- und 1920 heiliggesprochen worden war.

Alex allerdings war überzeugt, daß Angéliques Bewußtlosigkeit ein Trick war und sie, wenn sie schließlich den Ernst ihrer Lage einsähe, das Spiel beenden würde.

Als er um halb vier in die Maison zurückkehrte, war er daher durchaus nicht auf den Anruf aus dem Amerikanischen Krankenhaus gefaßt, in dem man ihm mitteilte, man habe Angéliques Kreislauf seit ihrer Einweisung ins Krankenhaus ununterbrochen elektronisch überwacht.

Jetzt kommt's, dachte Alex. Die hat schon wieder ihr Herz stillstehen lassen.

»Heute nachmittag«, erklärte der Anrufer, »stieg Mademoiselle Églantines Puls auf hundertvierzig; gleichzeitig zeigte der Herzmonitor ein unvermitteltes Ansteigen der Herzfrequenz. Um vier Minuten nach drei ist das gesamte Kreislaufsystem kollabiert. Als Todesursache nimmt man akute Pyrexie unbekannten Ursprungs mit Symptomen eines tödlichen Infarkts an.«

Alex glaubte kein Wort. Unverzüglich fuhr er zum Krankenhaus und nahm den Aufzug zu dem Stockwerk, in dem Angélique lag. Da niemand im Stationszimmer war, trat er in ihr Zimmer. Das Bett war bereits abgezogen, und der Raum wurde gelüftet; das Fenster stand weit offen. Der Elektrokardiograph war weggeräumt worden, aber die Infusionsflasche hing nach wie vor an dem Ständer neben dem Bett; die losen Schläuche baumelten in der leichten Brise, die die Gazevorhänge vor dem Fenster bauschte, hin und her.

Die Stationsschwester erschien. Von ihr erfuhr Alex, daß Angélique bereits im Leichenkühlraum, aber infolge des Irrtums einer Lernschwester mit einer falschen Identifizierungskarte nach unten gebracht worden war. Erregt bestritt die Lernschwester, einen Fehler gemacht zu haben, und auf Beschuldigungen, um das Gesicht zu wahren, folgten Gegenbeschuldigungen. Folgerichtig bestand der Leichenbeschauer auf einer eindeutigen Identifizierung, ohne die er keinen Totenschein ausstellen wollte.

Irgendwie war Angéliques Karte am Leichnam einer älteren Asiatin namens Charan Pornthip befestigt worden, während Charan Pornthips Identifikation einer Europäerin mittleren Alters angehängt worden war. Alex sah sich beide Leichen an. Obwohl er Angélique außer als Stewardeß und heilige Johanna nie zu Gesicht bekommen hatte, war er sicher, daß sie keine der beiden Frauen war. Er schickte nach Véronique, um eine eindeutige Identifizierung vorzunehmen.

In Begleitung Joëlles traf Véronique aus der Maison ein. Sie schien auffällig gelassen. Trotzdem verlangte sie ein Beruhigungsmittel, und man verabreichte ihr zehn Milligramm Valium.

Bei der Identifizierung stand Alex neben ihr. Véronique erklärte, weder die Asiatin mit Angéliques Namensschild noch die Europäerin mit Charan Pornthips Identifikationskarte sei Angélique. So weit, so gut. Anschließend zeigte man ihr drei weitere kürzlich verstorbene Frauen. Sie waren als Françoise Crusson, Madeleine Durant und Nicole Zeller ausgewiesen. Als der für die Leichen zuständige Angestellte das Laken von Nicole Zellers Gesicht zog, schloß Véronique die Augen und weinte leise. Damit war die Identifizierung abgeschlosen. Alex sagte nichts und schickte Véronique zusammen mit Joëlle zur Maison zurück.

Auf diese Weise wurde Nicole Zeller vorübergehend Angélique, die Europäerin mittleren Alters Nicole Zeller und die ältliche Asiatin wieder Charan Pornthip. Alle schienen zufriedengestellt, außer Alex. Er bat darum, die Lernschwester sprechen zu dürfen.

Die junge Frau hatte sich in das Wohnheim der Lernschwestern in der Nähe des Krankenhauses zurückgezogen. Man schickte nach ihr. Nach wenigen Minuten erschien sie mit roten Augen und trotziger Miene in der Haupthalle. Alex zog sie auf die Seite. Sie setzten sich neben einer Fächerpalme auf gepolsterte rostfreie Stahlstühle.

»Mademoiselle, berichten Sie mir ganz genau und der Reihe nach, was geschehen ist, nachdem man Ihnen die Anweisung erteilt hatte, Mademoiselle Églantine in den Leichenkühlraum hinunterzufahren«, forderte Alex sie auf.

»Ich habe sie nicht hinuntergefahren, Monsieur. Das dürfen wir nicht. Nachdem Doktor Doyle den Elektrokardiographen ausgeschaltet und die Infusion entfernt hatte, hat er eine Rollbahre angefordert, und zwei Pfleger haben sie darauf gehoben und zugedeckt. Ich habe ihr Einlieferungsarmband abgeschnitten, den Namenszettel ausgefüllt, ihn an der Bahre befestigt und die Tote in den Leichenkühlraum begleitet.«

»Sie haben den Leichnam aus dem Zimmer in die Halle hinunter, in den Aufzug ...«

»... in den Aufzug und hinunter ins Kellergeschoß begleitet; dort befindet sich der Leichenkühlraum.«

»Während Sie dabei waren, hat sich nie die Gelegenheit geboten, daß irgend jemand sich an dem Namensschild zu schaffen gemacht hätte?«

»Nein, Monsieur.«

»Was war, als Sie beim Leichenkühlraum angekommen sind?«

»Wir haben sie in den angrenzenden Korridor geschoben. Die Pfleger sind gegangen. Ich bin ins Büro, habe das Sterbeformular abgegeben, auf die Empfangsbestätigung gewartet und bin dann wieder auf meine Station zurück.«

»Sie haben sie in den Gang geschoben?«

»Ja.«

»Außerhalb des Leichenkühlraums, unbeaufsichtigt?«

»Ja. Das machen wir immer so.«

»Wie lange, schätzen Sie, hat sie im Korridor gelegen?«

»Eine halbe Stunde vielleicht. Vor ihr waren noch zwei.«

Alex stand auf. »Zeigen Sie mir das.«

Es war gerade Besuchszeit und die Aufzüge gesteckt voll; sie gingen also über die Treppe in das Kellergeschoß hinunter. Wie vorherzusehen, hatte der lange Korridor weiße Wände, einen schwarzen Fußboden und war hell erleuchtet. Im Augenblick warteten keine Leichen vor der automatischen Doppeltür, die in den Leichenkühlraum führte.

Alex spähte den Gang hinunter. »Gibt es einen Ausgang aus dem Keller?«

»Das weiß ich nicht, Monsieur. Ich fahre immer mit dem Aufzug.«

Weiter hinten waren auf beiden Seiten des Korridors Türen. »Führen die Türen da zum Leichenkühlraum?«

»Weiß nicht. Ich war noch nie da hinten.«

»Schauen wir uns das mal an.«

Sie gingen den Korridor entlang. Auf der ersten Tür rechts stand »Wartungsraum«. Alex öffnete sie. In der Kammer befanden sich Eimer, Mops, eine Bohnermaschine, ein Lochbrett mit Zangen verschiedener Größe, Metallsägen und so weiter. Er schloß die Tür wieder und ging weiter den Korridor hinunter.

»Wonach suchen Sie, Monsieur?« fragte die Lernschwester.

»Nach Angéliques Rollbahre.«

Sie blieb wie angewurzelt stehen.

»Mademoiselle, wenn Angélique Églantine am Leben ist – und das glaube ich – und ihr Namensschild an der Bahre von Charan Pornthip und das von Charan Pornthip an der der Europäerin befestigt hat, ehe sie das Krankenhaus verließ, dann müßten wir irgendwo hier unten ihre Rollbahre und möglicherweise auch das Namensschild der Europäerin finden. Und falls wir die finden, sind Sie automatisch von dem Vorwurf entlastet, irgendwas durcheinandergebracht zu haben.«

Die Lernschwester folgte Alex in sicherem Abstand, als dieser jetzt weiter den Korridor hinunterging und dabei die Türen zu einem Wäscheraum, einem kleinen Gymnastikraum, einer leeren Herren- und einer leeren Damentoilette öffnete. Der Gang endete mit einer rechtwinkligen Biegung nach rechts. Um die Ecke befand sich eine Treppe ins Erdgeschoß, neben der »Ausgang« stand, und gegenüber eine Stahltür mit der Aufschrift »Kesselraum«.

Alex öffnete die Tür zum Kesselraum. Drinnen war es dunkel. Er tastete nach einem Lichtschalter und schaltete das Licht ein. Gleich hinter der Tür hingen an Kleiderhaken aus Messing drei weiße Overalls aus Baumwolle. Der vierte Haken war leer. Die fehlende Rollbahre stand neben der Kontrollvorrichtung für die Heißluftzufuhr zum Heizungssystem. Auf ihr lagen ein zerknülltes Laken und ein Papierschild, auf dem der Name Faïence Krumwiede stand.

Alex gab das Namensschild der Lernschwester. »Benachrichtigen Sie den Leichenbeschauer, daß die eben erst als Angélique Églantine identifizierte Leiche doch Nicole Zeller und die als Nicole Zeller identifizierte Tote in Wirklichkeit Faïence Krumwiede ist. Ich werde der Krankenhausleitung mitteilen, daß Sie keinen Fehler gemacht haben und daß Mademoiselle Églantine sich heute nachmittag ungefähr zu dem Zeitpunkt, als man mir ihren Tod mitteilte, selber aus dem Krankenhaus entlassen hat.«

Die Maison

Alex ließ einen Fahndungsbefehl an alle Dienststellen sowie an die Zoll- und Einwanderungsbehörden, an die Paßkontrollen, an Interpol sowie an alle Fluggesellschaften und Eisenbahnlinien durchgeben. Beigefügt waren Photos von Angélique in ihren letzten vier Rollen sowie der Hinweis, möglicherweise trage sie einen weißen Baumwolloverall.

Da Angélique vielleicht nicht wußte, daß sowohl Pierre-Yves als auch Véronique im Gefängnis saßen, traf Alex die zusätzliche Vorsichtsmaßnahme, vor Pierre-Yves' Haus und Véroniques Wohnung Wachtposten aufzustellen. Dann ging er zum Zellenblock hinunter, um Véronique zur Rede zu stellen. Sie war noch ganz benommen von dem Valium.

»Ihr Verhalten im Krankenhaus war nicht mehr ein Vergehen, sondern schon ein Verbrechen.«

Sie zuckte die Schultern. »Ich helfe, so gut ich kann.«

»Wir könnten es wieder zu einem Vergehen zurückstufen, wenn Sie mit uns zusammenarbeiten.«

»Wie denn? Indem ich Ihnen sage, wo sie ist? Ich weiß es nicht.« Véronique beugte sich vor und brüllte: »Hören Sie mir gut zu! Ich will nicht, daß sie ins Gefängnis kommt! Im Gefängnis stirbt sie! Stirbt wirklich! Verstehen Sie, was ich sage? Schauspielern ist ihr Leben! Nicht zu spielen bedeutet ihren Tod!« Sie rückte ein Stück näher; ihre Augen glänzten. »Große Schauspieler betrügen durch Täuschung«, schrie sie. »Schade, daß kein Krieg ist! Sie gäbe eine hervorragende Spionin ab!«

Alex ging in sein Büro zurück. Nach sechsunddreißig Stunden ohne Schlaf war er immer noch auf den Beinen und tippte jetzt mühsam auf dem Computer seinen Bericht, fertigte eine Kopie an und telephonierte nach einem Inspektorenanwärter, der ihn ins Archiv hinunterbringen sollte. Joëlle erschien. Ohne die geringste Spur von Herablassung klärte sie Alex auf, daß er in Zukunft keine Kopien fürs Archiv mehr zu machen brauche. Die Computer der Maison war neuerdings vernetzt. Das heißt, alle einzelnen Computer konnten miteinander kommunizieren und hatten Zugang zu zentralen Daten und Programmen.

Alex musterte das fröhliche, vertrauensvolle, gesunde junge Gesicht und erwog ernstlich eine Frühpensionierung.

»Vernetzt«, murmelte er. »Wo haben Sie denn das gelernt?«

»In der Schule.«

»Zum Teufel, können Sie auch ungekürzte Divisionen durchführen?«

Sie grinste. »Ja – mit einem Taschenrechner.«

»Ich schätze, Sie wollen meinen Job.«

»Irgendwann schon mal.«

»Sie können ihn jetzt gleich haben. Aber vorher bringen Sie die Kopie da ins Archiv runter, nur für den Fall, daß mein verdammter Computer nicht kommunizieren mag. Und nehmen Sie die Anrufe für mich entgegen.«

Joëlle ging wieder. Alex legte die Füße auf seinen Schreibtisch und lehnte sich zurück. Noch ehe Joëlle im Erdgeschoß ankam, war er eingeschlafen. Es war achtzehn Uhr zwanzig.

Als um neunzehn Uhr zwei ein Fax vom Innenministerium kam, weckte Joëlle Alex nicht auf. Das Fax lautete:

Personen, die Zugang zum Zeugenschutzprogramm der Regierung haben, bestätigen, daß Charles Fannois, als er erfuhr, er gelte im Mordfall de la Pagerie nicht mehr als Verdächtiger, laut Mitteilung des Personals in der psychiatrischen Klinik in Toulouse eine auffällige Veränderung in seinem Verhalten gezeigt hätte. Er malt keine mitleidsvollen Gesichter mehr auf ausrangierte Fernsehgeräte, sondern verbringt seine Zeit jetzt in der Bibliothek des Krankenhauses und liest Zeitungen und juristische Bücher. Man hat ihn neuerlich untersucht und ihm an den Wochenenden Freigang gestattet.

Um zwanzig Uhr fünfzehn allerdings kam Joëlle sehr wohl herauf und schüttelte Alex. Er schnaubte, schlug die Augen auf und sagte: »›Blue Turning Gray over You‹, Fats Waller, B-Dur.« Dann blinzelte er und fügte hinzu: »Wasislos?«

»Telephon für Sie, Chef«, antwortete Joëlle und schüttelte ihn erneut.

»Werisdran?«

»Gus.«

Augenblicklich war Alex wach. Er drückte auf den blinkenden Knopf auf seinem Schreibtischtelephon und nahm den Hörer ab.

»Ja?«

Die tiefe, volltönende Stimme war kaum hörbar. »Chefinspektor Grismolet?«

»Am Apparat.«

»Sie ist hier.«

Rue Pirandello

Seiner Berufung gemäß wohnte Gus im Abschnitt Mitte/Nord des Dreizehnten Arrondissements in einer Straße, die nach dem berühmten Dramatiker benannt war.

Jetzt machten sich Joëlles drei Jahre Streifendienst auf dem Motorroller Nr. 2 bezahlt. Sie kannte die Straßen von Paris wie ein alter Taxifahrer und dirigierte drei Zivilfahrzeuge der Polizei sicher über die Boulevards und die Avenuen des Achten und Siebten und durch Seitenstraßen und -gassen des Sechsten und Dreizehnten, von denen Alex nie etwas gehört geschweige denn gesehen hatte. Binnen weniger als zehn Minuten kamen sie in der Rue Pirandello an. Als sie eintrafen, hatten die Beamten des dortigen Polizeikommissariats die Straße bereits abgeriegelt. Hinter der Absperrung hatte sich eine Menschenmenge angesammelt.

Alex ließ das Untergeschoß, die Feuertreppen und alle Eingänge des alten Wohnhauses sichern. Er und Joëlle gingen die Treppe hinauf in den zweiten Stock zu Gus' Wohnung. Einen Aufzug gab es nicht.

Auf dem Treppenabsatz im ersten Stock flüsterte Alex Joëlle Anweisungen zu und ließ sie von ihrem Mobiltelephon aus in Gus' Wohnung anrufen.

Joëlle sagte: »Sûreté, Monsieur. Ihre Pizza ist da.«

»Bringen Sie sie rauf«, erwiderte Gus und legte auf.

Sie stiegen die letzte Treppe hinauf und fanden die Wohnung. Die Tür war nur angelehnt. Gus hatte sich mit einer Flasche Chartreuse in der einen und einer 5,5-Millimeter-Mauser-Automatik in der anderen Hand auf einer Chaiselongue ausgestreckt. Er war betrunken.

»Sie ist im Bad«, erklärte er. »Hier auf meiner Türschwelle ist sie aufgetaucht und hat Zuflucht gesucht wie ein verdammtes Unschuldslämmchen. Ist so eine Chuzpe noch zu überbieten? Ich meine, das war einfach zuviel!« Er gab Alex die Pistole. »Ich wollte sichergehen, daß sie nicht abhaut, ehe Sie hier eintreffen. Sagen Sie mir Bescheid, wenn Sie was zu trinken wollen.«

Alex ging durchs Schlafzimmer und öffnete die Tür zum Bad. Gus hatte Angélique erschossen, als sie gerade aus der Dusche kam. Halb lag sie in der Duschkabine, halb draußen, und über sie war ein riesiges Badetuch gebreitet, auf dem in purpurfarbenen Lettern *Der Besuch der alten Dame* in Saint-Jean-de-Luz angekündigt wurde. Abgesehen von dem winzigen Loch in der Stirn hatte sie das frischgewaschene Gesicht eines Kindes, unauffällig, aber neugierig und ausdrucksvoll, vor allem um die dunkelbraunen Augen herum. In dem Moment schien ihr Gesicht – Alex fiel kein anderer Ausdruck ein – Erleichterung auszudrücken.

Ehe sie ihn wegbrachten, machte Gus eine Aussage. »Ich kann ihr nicht verzeihen, was sie getan hat. Sie hat keine Spur von Reue gezeigt und hat es verdient zu sterben.« Diese Aussage wurde sowohl zum Zeitpunkt seiner Verhaftung als auch später völlig falsch ausgelegt.

28

Die »Yacht Club«

TROTZ seiner Erschöpfung konnte Alex nicht einschlafen.

Er fand, er habe einen fast quälenden Respekt vor Angélique entwickelt. Es war nicht ungewöhnlich, daß ein Jäger derlei für seine Beute empfand. Doch diese war nicht zu fassen gewesen. Nicht er hatte sie zur Strecke gebracht, sondern die Tatsache, daß sie die Spitze eines gefühlslastigen Dreiecks gewesen war, das sie nicht entworfen hatte. Ihre Leidenschaft war dies nicht gewesen. Es war Pierre-Yves' Leidenschaft gewesen. Und die von Gus, als er dahintergekommen war.

Ihre Leidenschaft war es gewesen, etwas vorzutäuschen. Dieses Ende hätte sie nie und nimmer verstanden.

Zum zehnten Mal drehte er sich in seiner Koje um, dann stülpte er seine Walkmanhörer über, lauschte ein paar Minuten Lullys Oper *Atys* und schlief ein.

Er schlief bis weit in den Vormittag hinein. Als er, noch etwas benommen, über den Niedergang auf das Vorderdeck kletterte, sah er sich einer großen, flachen Holzkiste gegenüber, die im Cockpit stand. Vorne und hinten waren sein Name und seine Adresse aufgemalt. Ein Absender war nicht zu entdecken.

Nachdem er einen Splitthammer geholt hatte, schleppte er die Kiste ans Ufer und stemmte sie auf dem Kai auf. Behutsam holte er einen in Papier gewickelten dünnen Rahmen hervor. Als er die Umhüllung aufriß, war er fassungslos. Er blickte auf ein hinreißendes Aquarell der »Yacht Club«, wie sie vermutlich aussähe, wenn sie in einer karibischen Bucht mit klarem, amethystfarbenem Wasser inmitten einer üppigen Dschungellandschaft mit exotischen Tropenvögeln dahintriebe. Signiert war das Gemälde mit DGB.

Ein Brief war beigelegt.

Montag

Cher Alex,

bitte nehmen Sie dies als Zeichen unserer Dankbarkeit und Zuneigung an.

Morgen bringe ich meinen Sohn nach Hause. Honoré kommt in ein paar Tagen nach; er will vorher noch Perpignan, seiner Geburtsstadt, einen kurzen – vielleicht seinen letzten – Besuch abstatten. Gott segne Sie.

Délice Géronte Bloch

Ohne zu zögern, hängte Alex das Gemälde in Philippas Kajüte, in der die Morgensonne es beleuchten, aber die lebhaften Farben nicht ausbleichen würde.

Ein paar Augenblicke lang bewunderte er das Bild, dann verriegelte er das Hausboot, ging bei Mariette vorbei, um sich ein frisches Croissant zu holen, und nahm die Nr. 7. An der Station Opéra stieg er aus und schlenderte durch die Madeleine und die Rue Saint-Honoré, als sei er ein ganz normaler Pariser, für den Mord etwas so Fremdartiges ist wie die Tropopause.

Délices Bild von der »Yacht Club« hatte in ihm die Wanderlust geweckt. Ein Bedürfnis wie in seiner Jugend überkam ihn, den großen französischen Seefahrern Gerbault, Moitessier, Colas und Lacombe nachzueifern, vielseitigen Männern, die sich auf der Suche nach Einfachheit allein über die weiten Weltmeere gewagt hatten. Dann erinnerte er sich an den Canal du Midi und Philippa.

Der Kommissar begrüßte ihn herzlich. »Haben Sie nicht Anspruch auf ein paar freie Tage?«

»Die Maison schuldet mir sechs Wochen, Kommissar.«

»Sechs Wochen kann ich Sie nicht entbehren. Und ich kann nicht auf Sie und Varnas gleichzeitig verzichten. Sie wollen doch nicht etwa, daß ich Varnas aus seinen Flitterwochen aufscheuche, oder?«

»Nein.«

»Nehmen Sie sich zwei Wochen frei.«

29

Der Canal du Midi

DIE »Sirocco« erwartete sie im Grand Bassin.

Während Philippa losfuhr, um im Supermarkt Vorräte zu besorgen, machte Alex sich erneut mit der Funktionsweise des Schiffes vertraut, überprüfte den Benzin- und den Wassertank und studierte den *Plan für Wasserstraßen,* der Beschreibungen des Canal, der Schleusen und Anmerkungen von allgemeinem Interesse enthielt. Irgendwann kletterte er ins Cockpit, um die Propanflasche zu checken, und sah sich Thérèse gegenüber, die ihm den Karton mit Vorräten entgegenstreckte, den sie seit seiner ersten Reise, die nicht stattgefunden hatte, aufbewahrt hatte.

»Also segeln Sie jetzt doch endlich los, Monsieur Alex?«

»Ja, vorausgesetzt, das Telephon läutet nicht.«

Sie lachte und errötete gleichzeitig. »Marie-Rose ist mit Vercingétorix spazierengegangen. Sonst wäre sie bestimmt hier, um sich persönlich bei Ihnen zu bedanken, daß Sie geholfen haben, sie zu befreien.«

»Ich habe nur eine unbedeutende Rolle dabei gespielt.«

»Und ich möchte Ihnen ebenfalls danken«, fügte sie hinzu. Verlegen stand sie einen Augenblick lang da, drückte dann spontan seine Hand, drehte sich um und lief davon.

Kurz darauf kam Philippa mit einem Taxi voller Einkäufe, Wein, Brot und Käse, zurück. Eine Stunde lang verstauten sie die Vorräte, dann warf Alex den Diesel an und ließ ihn vorglühen. Als sie gerade Anstalten machten abzulegen, winkte der Leiter des Bootsverleihs ihnen von der Tür seines Büros aus zu und deutete auf Ohr und Mund. Telephon. Alex stöhnte auf. Philippa hielt das Schiff längsseits, während Alex ins Büro rannte.

Joëlle rief aus der Telephonzentrale der Maison aus an. »Das ist gerade reingekommen, Chef«, berichtete sie. »Heute früh hat man Charles Fannois mit dem Gesicht nach unten auf dem Têt treibend gefunden, unter dem Pont Joffre in Perpignan. Wollen Sie sich darum kümmern?«

Wie ein Blitz zuckte das heilige Gesicht Honoré Blochs über den Monitor von Alex' Denken und verschwand wieder. »Nein, danke«, erklärte er. »Perpignan liegt nicht auf unserem Weg.«

Eine orangefarbene Sonne stand im Westen am klaren Himmel, und Platanen warfen ihre langen Schatten auf die Bucht, als sie jetzt endlich, am späten Nachmittag, die »Sirocco« vom Kai losmachten und langsam auf die ersten Tore der vierstufigen Schleuse bei Saint-Roch zusteuerten. Die Tore standen bereits offen.

Sie fuhren hinein, warfen die Leinen über Poller vorn und achtern und legten an der geschwungenen linken Schleusenwand an. Hinter ihnen schlossen sich die Tore. Der Wasserspiegel sank. Sie lockerten die Leinen, als die »Sirocco« langsam auf die nächste Stufe hinabsank. Jetzt öffnete sich das untere Tor, und sie fuhren in die zweite Schleuse.

Viermal wiederholten sie dieses Manöver. Beim ersten Mal bekam Philippa einen Augenblick lang einen trockenen Mund, aber bei der vierten Stufe war sie in Hochstimmung. Sie strahlte die Schönheit und Einfachheit des 17. Jahrhunderts aus, fühlte sich in eine andere Zeit versetzt und verwandelt.

Als sie die vierte Schleuse verließen und in den prachtvollen Tunnel von Bäumen einfuhren, der sich vor ihnen öffnete, kletterte sie auf das Kabinendach, breitete aus schierer Freude die Arme aus und stellte sich halb auf Zehenspitzen. Der Tag schien wärmer, die Luft milder und das Leben köstlicher als zu irgendeiner Zeit, an die sie sich erinnern konnte. Sie war glücklich.

Plötzlich griff sie, in Sonnenstrahlen gehüllt, nach dem Himmel und vollführte eine Grande Arabesque. Im gleichen Augenblick bemerkte sie ein kleines Mädchen mit riesengroßen Augen und einen Hund, die sie vom Treidelpfad neben dem Canal aus beobachteten. Der Hund bellte und wedelte mit dem Schwanz. Philippa lächelte und winkte.

Später, als es mit seiner Tante und Vercingétorix allein in der Küche war, sagte das Kind: »Weißt du was, Tante Thérèse?«

»Was denn, Chérie?«

»Wir haben Unsere Liebe Frau wieder gesehen. Diesmal hat sie gelächelt und gewunken.«

MALIK

John Burdett

Eine private Affäre

Roman. Aus dem Englischen von Sonja Hauser.
360 Seiten. Geb.

Nach seinem erfolgreichen Thriller »Die letzten Tage von Hongkong« führt uns John Burdett in die Welt der Londoner High-Society: James Knight hat es geschafft. Der brillante Jurist steht kurz vor seiner ehrenvollen Berufung zum Kronanwalt. Als angesehener Vertreter seines Fachs vertritt er die vornehmsten und einflußreichsten Bürger Londons. Doch eines Abends wünscht die Polizei ihn in der Mordsache Oliver Thirst zu sprechen. Thirst war einer der ersten Klienten des jungen James Knight. Fasziniert von dessen Cleverness und grenzenlosem Ehrgeiz, hatte Knight sich damals mit dem Kleinkriminellen eingelassen und sogar seine attraktive Frau Daisy an ihn verloren. Nun ist Oliver Thirst tot. Und für die Polizei sind James Knight und die ebenso reizvolle wie skrupellose Daisy die Hauptverdächtigen...
Vor dem schillernden Hintergrund der Londoner Society spinnt John Burdett ein raffiniertes Netz aus Obsession und eiskalter Berechnung. »Eine private Affäre« ist die hintergründige Parabel auf das englische Klassensystem und die Geschichte einer fatalen ménage à trois zugleich.